Laura Baldini

Der strahlendste Stern von Hollywood

LAURA BALDINI

Der strahlendste Stern von Hollywood

Katharine Hepburn – Vor den Schatten der Vergangenheit floh sie ins Rampenlicht

ROMAN

PIPER

Mehr über unsere Autorinnen, Autoren und Bücher:
www.piper.de

Wenn Ihnen dieser Roman gefallen hat, schreiben Sie uns
unter Nennung des Titels »Der strahlendste Stern von Hollywood«
an *empfehlungen@piper.de*, und wir empfehlen Ihnen
gerne vergleichbare Bücher.

Unser Versprechen
für mehr
Nachhaltigkeit
Klimaneutrales Produkt
FSC®-zertifiziertes Papier
Hergestellt in Europa

FSC
www.fsc.org
MIX
Papier | Fördert
gute Waldnutzung
FSC® C083411

ISBN 978-3-492-06258-9

Redaktion: Dr. Annika Krummacher
Satz: Uhl + Massopust, Aalen
Gesetzt aus der Adobe Devanagari
Druck und Bindung: CPI books GmbH, Leck
Printed in the EU

New York, Brooklyn, April 1949

Das Licht auf dem Flur des St. George Hotels war gedämpft, und die Wandlampen spendeten gerade ausreichend Licht, damit niemand über die Falten des weinroten Teppichbodens stolperte. Der Großteil der Hotelgäste schlief seit Stunden tief und fest.

Doch Kate ahnte, dass sie auch in dieser Nacht keinen Schlaf finden würde. Um am nächsten Morgen nicht unter Nacken- und Kopfschmerzen leiden zu müssen, hatte sie einen der bequemen Lehnsessel, die normalerweise neben dem Bücherregal am Ende des Hotelflurs standen, vor Spencers Zimmertür geschoben. Einer der Hotelpagen hatte ihr dabei geholfen. Sie wollte nicht schon wieder auf dem Fußboden sitzen.

Mit angezogenen Knien harrte sie auf dem Sessel aus. Immer wieder stand sie auf, legte das Ohr an die weiß gestrichene Tür und lauschte angespannt. Solange sie Geräusche vernahm, war alles gut. Gefahr drohte erst, wenn es da drinnen leise wurde. Das laute Poltern, Fluchen und Türenschlagen war schon vor Stunden einem leisen Wimmern gewichen. Kate kannte die Geräusche nur zu gut. Bald würde ein hemmungsloses Schluchzen nach außen dringen.

Am frühen Nachmittag war Spencer mit einer Kiste irischem Whiskey in sein Zimmer gegangen. Er hatte all ihre Bitten ignoriert und sie brutal zur Seite gestoßen. Noch immer schmerzte Kates rechte Schulter von dem Stoß, den er ihr versetzt hatte. Mit Sicherheit würde sich auf ihrer hellen Haut ein hässlicher blauer Fleck bilden, der sie tagelang an Spencers Verhalten erinnern würde. Wenn er wieder bei Bewusstsein war, würde er sich für sein Verhalten entschuldigen und ihren Körper nicht ansehen können, bis der Fleck vollständig verschwunden war. Denn sobald er wieder nüchtern war, kam sein Selbsthass.

Doch nun würde er erst einmal einen Teil der Flaschen leeren. Sobald es völlig still hinter der Tür wurde, musste Kate sich auf die Suche nach einem loyalen und diskreten Hotelmitarbeiter machen, der gegen ein großzügiges Trinkgeld das Zimmer für sie aufsperrte. Die Gefahr, dass Spencer in seinem Rausch etwas zustieß, war zu groß. Bei seinem letzten Absturz hatte er stundenlang bewusstlos dagelegen.

Was war diesmal nur schiefgelaufen?, fragte sich Kate. Drei Wochen lang war Spencer trocken gewesen. Sie hatte auf jedes noch so kleine Anzeichen reagiert und versucht, sofort gegenzusteuern. Die harmloseste Kritik an seiner Person hatte sie im Keim erstickt. Probleme mit Kollegen und Reportern hatte sie aus dem Weg geräumt. Bei jeder Probe hatte sie ihn angehimmelt und ihn umsorgt wie eine persönliche Assistentin. Sie hatte ihm Kaffee und Erfrischungen gebracht, die Schläfen und die Füße massiert, mit ihm die heiklen Textpassagen einstudiert und ihm Mut zugesprochen. Die verstörten Blicke ihrer Kollegen hatte sie geflissentlich ignoriert. Aber trotz ihrer Bemühungen war es erneut passiert. Sobald der letzte Drehtag für den Film *Ehekrieg* vorbei war, hatte Spencer wieder zur Flasche gegriffen. Kate hatte ihn nicht davor bewahren können. Alles, was sie jetzt noch tun konnte, war abwarten. Doch die Abwärtsspirale, in die er sich so oft begab, drehte sich immer schneller, und die Pausen zwischen seinen Abstürzen wurden kürzer.

Kate hörte ein helles Klirren. Eine Flasche wurde achtlos in eine Kiste gestellt. Sie drückte das Ohr an die Tür. Flüssigkeit wurde in ein Glas geschenkt. Bis zum endgültigen Zusammenbruch hatte sie noch ein paar Stunden Zeit, um Kräfte zu sammeln. Dass sie sie brauchen würde, wusste sie. Es war nicht ihre erste Nacht auf dem Flur des St. George. Kate faltete die Hände und bettete ihren Kopf darauf. Dann schloss sie die Augen, und ihre Gedanken drifteten ab – in eine Zeit, die viele Jahre zurücklag.

Bryn Mawr College, Pennsylvania,
September 1926

»Ich bin so froh, dass du zurück aufs College gekommen bist.« Alice Palache sah von ihren Büchern auf, und das brünette Kraushaar rutschte ihr in die Stirn. Nachlässig strich sie es hinters Ohr. »Ich hatte solche Angst, du würdest aufgeben.«

»Mein Vater hätte niemals zugelassen, dass ich das College ohne Abschluss verlasse«, antwortete Kate. »Du kannst dir nicht vorstellen, was für ein Theater er gemacht hat.«

»Will er denn immer noch, dass du Medizin studierst?«

»Daran hat sich nichts geändert.« Kate schlug ihr Heft zu und schob es in ihre Ledertasche.

Dank der intensiven Hilfe ihrer klugen Freundin hatte sie die komplizierten Gleichungen lösen können, die bis zum nächsten Tag zu bearbeiten waren. Mrs Fellner, die strenge Mathematiklehrerin, würde ausnahmsweise mit ihr zufrieden sein. Kate selbst war verblüfft, wie es Alice mit viel Geduld gelungen war, ihr die komplizierten Aufgaben zu erklären. Mrs Fellner hingegen pflegte nur damit zu drohen, dass Kate das Semester wiederholen müsse, wenn sich ihre Noten in Mathematik nicht verbesserten.

»Willst du denn in die Fußstapfen deines Vaters treten und Chirurgin werden?«, fragte Alice.

»Um Himmels willen, nein!« Auf Kates schmalem, sommersprossigem Gesicht breitete sich ein Lächeln aus. »Ich werde Schauspielerin!«

Ihre übermütigen Worte brachten ihr einen finsteren Blick der Bibliothekarin ein.

»Komm, lass uns woanders hingehen«, schlug Kate vor und zog Alice am Ärmel aus dem Lesesaal der Bibliothek. Gut gelaunt liefen die beiden die auf Hochglanz polierte Teakholztreppe hinunter.

Sie waren ein ungleiches Paar. Kate war groß, schlank und rothaarig, und die jungen Männer sahen ihr nach, wenn sie an ihnen vorbeilief. Das war nicht immer so gewesen. Noch vor einigen Jahren hatte Kate darunter gelitten, dass die Jungs sie nicht beachtet hatten. Wegen ihres dürren Körpers und ihres roten Haars war sie als »Bohnenstange« verspottet worden. Alice hingegen war klein und eher unscheinbar.

Als Einzelgängerin hatte Kate die ersten zwei Jahre auf dem College fast ausschließlich in ihrem Zimmer verbracht. Sie hatte es nur der geselligen Alice zu verdanken, dass sie sich aus ihrem Schneckenhaus gewagt und sich in mehrere Sportkurse eingeschrieben hatte, von denen ihre Freundin sogar einige leitete. Während Kate zu den schlechtesten Schülerinnen in Bryn Mawr zählte, war Alice eine der besten. Kate war der Meinung, dass man ihrer Freundin am Ende des Jahres zwei Diplome verleihen müsse – eines für ihre eigenen Leistungen und eines dafür, dass sie Kate durch alle Unterrichtsfächer getragen hatte.

Die beiden jungen Frauen verließen das düstere Treppenhaus und gelangten durch einen Korridor zum Kreuzgang, in dessen gekiester Mitte sich ein riesiger Steinbrunnen befand. Laut Kalender war es bereits Herbst, doch die Temperaturen waren eher sommerlich. Drückend heiß brannte die Sonne vom Himmel und trieb ihnen den Schweiß auf die Stirn.

»Weißt du, worauf ich jetzt Lust hätte?« Kates grüne Augen glitzerten schalkhaft.

Alice schien die Gedanken ihrer Freundin lesen zu können, denn sie schüttelte entschieden den Kopf. »Denk nicht einmal daran«, warnte sie.

Kate hatte bereits vor den Ferien vorgeschlagen, in einer lauen Sommernacht ein Bad im Brunnen zu nehmen. Am liebsten nackt. Alice war entsetzt gewesen.

»Aber warum denn nicht?«, fragte Kate. »Es ist heiß, und hier ist Wasser. Wir können uns doch nirgendwo anders abkühlen.«

»Ich erinnere dich daran, dass du Mitglied der Theatergruppe werden willst. Dazu benötigst du exzellente Noten und eine Akte ohne irgendwelche Strafpunkte.«

»Ich hasse diese Regeln. Sie wurden von Spießern gemacht«, erklärte Kate und stemmte die Hände in die Hüften. »Als meine Mutter und ihre Schwester Edith hier zur Schule gingen, mussten sie sich nicht mit solchen Ärgernissen herumschlagen.«

»Damals waren die Regeln noch viel strenger«, sagte Alice. »Denk nur an die früheren Fotos von jungen Frauen in Schuluniform. Wir dürfen Kleidung unserer Wahl tragen.«

»Pah, dass ich nicht lache«, entgegnete Kate. »Ich habe meine Hose eingepackt, die werde ich morgen anziehen.«

»Das solltest du dir noch einmal gründlich überlegen«, meinte Alice besorgt. »Sonst wird das nichts mit der Theatergruppe.«

Kate stampfte so fest auf, dass der Kies unter ihren Füßen

knirschte. »Kannst du mir bitte erklären, was altmodische Kleidung und gute Noten mit Schauspielerei zu tun haben?«

»Die Theatergruppe soll dich nicht vom Studium ablenken.«

»Wenn ich einen Text auswendig lerne, setze ich mich intensiver mit Literatur auseinander, als wenn ich langweilige Erörterungen und Interpretationen schreibe. Nur wer eine Figur in einem Stück versteht, kann sie auch glaubhaft spielen. Diese Art von Lernen macht mir viel mehr Freude.«

»Ach, Kate!« Alice lachte. »Mich musst du nicht überzeugen.«

»Also nehmen wir jetzt ein Bad?«

»Auf gar keinen Fall.«

Kate verdrehte die Augen.

»Aber zu einer Partie Tennis würde ich mich überreden lassen«, fuhr Alice versöhnlich fort.

»In Ordnung.«

Nach den endlosen Stunden im Lesesaal war Bewegung genau nach Kates Geschmack. Sport hatte in ihrer Familie immer eine sehr wichtige Rolle gespielt. Ihre fünf Geschwister und sie selbst waren in Schwimmen, Tennis, Golf, Segeln und Kunstspringen unterrichtet worden und hatten regelmäßig an Wettkämpfen teilgenommen. Thomas Hepburn, Kates Vater, war ein leistungsorientierter Mensch. Ein zweiter Platz in einem Wettkampf war für ihn undenkbar, und er pflegte zu sagen, dass Siegen eine Hepburn-Verpflichtung sei. Regelmäßige Bewegung war Kate in Fleisch und Blut übergegangen. Ein Tag ohne Sport war in ihren Augen ein verlorener. Dank ihrer Freundin lief sie nicht mehr allein über den Sportplatz, sondern stets in Gesellschaft.

Sie hakte sich bei Alice unter, und die beiden schlenderten gemeinsam durch den herbstlichen Collegegarten. Die Blätter der Ahornbäume färbten sich bereits dunkelrot, und die Astern und ein paar spät blühende Rosen trugen zum Farbenrausch bei.

»Am Wochenende fahre ich nach Hause«, sagte Kate. »In Hartford findet ein Golfturnier statt. Hast du Lust, mitzukommen?«

»Ich soll dich begleiten?« Alice blieb überrascht stehen.

»Ja, dann lernst du endlich meine Familie kennen. Mein Vater ist so stolz auf unser neues Haus. Nach all den Jahren hat er ein großes, eindrucksvolles Ziegelgebäude errichten lassen. Es steht direkt gegenüber vom Golfclub. Nimm deine Golfschläger mit, dann spielen wir gemeinsam.«

»Denkst du, deine Eltern sind mit meinem Besuch einverstanden?«

»Sie werden begeistert sein«, war Kate überzeugt. »In unserer Familie sind Gäste immer willkommen. In meiner Kindheit war die Eistruhe in unserem Ferienhaus in Fenwick stets mit Ginger Ale und Brause gefüllt, damit wir genug Vorrat hatten, wenn die Nachbarskinder aus der Umgebung zum Spielen vorbeikamen.«

»Du scheinst ja eine idyllische Kindheit gehabt zu haben«, sagte Alice.

»Die Sommermonate in Fenwick waren in der Tat paradiesisch. Wir haben dort mit Tante Edith, Onkel Don und deren Kindern gewohnt, und es herrschte immer ein großes, lautes Durcheinander. Irgendwann musst du mich auch dorthin begleiten. Du magst doch das Meer, oder?«

»Ja, natürlich«, meinte Alice. »Verbringt ihr die Sommer immer noch in Fenwick?«

»Vor fünf Jahren hat Vater die Haushälfte von Tante Ediths Familie dazugekauft. Wir sind im Sommer immer noch dort, aber ohne meine Tante, meinen Onkel und die Cousins ist es dort sehr einsam.«

»Das klingt traurig.«

Kate zuckte mit den Schultern. »Dinge verändern sich nun einmal. Man muss sich damit abfinden. Also, was ist? Kommst du mit nach Hartford?«

»Nichts würde ich lieber tun«, meinte Alice, worauf Kate sie überschwänglich umarmte.

»Das ist die Antwort, die ich hören wollte.«

Kate lenkte den alten Ford, den sie von ihrem Vater übernommen hatte, auf die Einfahrt und parkte direkt vor dem Hauseingang.

»Du hast gar nicht gesagt, dass ihr in einem Schloss wohnt«, sagte Alice beeindruckt. Sie hielt ihr Gesicht so dicht an die Scheibe des Wagenfensters, dass ihre kleine runde Nase einen Abdruck hinterließ.

Kate lachte. »Ach, übertreib nicht. Das Haus ist groß, aber kein Palast.«

»Du solltest mal unser Haus sehen«, meinte Alice. »Mein Vater ist Direktor der mineralogischen Abteilung in Harvard. Im Vergleich zu euch leben wir wirklich bescheiden.«

»Dad arbeitet seit über zwanzig Jahren als Chirurg im Hartford Hospital. Er verdient auch keine Unsummen, das kannst du mir glauben«, erklärte Kate. »Aber meine Mutter hat von ihrem Onkel Amory Houghton eine beträchtliche Summe geerbt. Er hat den Anteil ihres Erbes klug angelegt und bis zu ihrer Volljährigkeit für sie verwaltet.«

»Houghton, der Glasbaron, dem Corning Glass gehörte?«

»Du kennst seinen Namen?« Kate warf ihrer Freundin einen erstaunten Blick zu.

»Jeder kennt ihn! Er war ein erfolgreicher Unternehmer.«

Wieder einmal war Kate vom Wissen ihrer Freundin beeindruckt. Alice konnte zu jedem Thema kluge Beiträge liefern. Die Hepburns würden sehr angetan von ihr sein. Kates Eltern liebten geistreiche Diskussionen mit klugen Gesprächspartnern.

Voller Vorfreude auf das Wochenende kletterte Kate aus dem Wagen, und Alice folgte ihr. Das zweistöckige Gebäude erinnerte an einen Herrensitz in England. Die drei kleinen Spitzdächer, der Efeu, der sich die Backsteinfassade emporrankte, und der weitläufige, akribisch gepflegte Garten hätten ebenso gut nach Cornwall oder in die Cotswolds gepasst.

Kates Mutter trat aus dem Haus und kam ihnen mit weit ausgebreiteten Armen entgegen. Katharine Houghton Hepburn war trotz ihrer fünfzig Jahre eine attraktive Frau. Ihrem athletischen Körper sah man weder ihr Alter noch die sechs Schwangerschaften an. Ihr langsam ergrauendes Haar hatte sie zu einem eleganten Knoten hochgesteckt, und sie trug ein dunkles, modernes Baumwollkleid, das lose ihren schlanken Körper umspielte.

»Herzlich willkommen!« Sie umarmte Kate. Der vertraute Geruch von Kölnisch Wasser stieg Kate in die Nase. Sie spürte einen feinen Stich der Wehmut in der Brust, der aber sofort wieder verschwand.

Dann wandte ihre Mutter sich an Alice. »Sie müssen Kates Freundin sein, die ihr beim Bestehen der Prüfungen geholfen hat.«

»Das hat Kate ganz allein geschafft«, meinte Alice bescheiden.

»Unsinn!«, widersprach Kate. »Ohne deine Hilfe hätte ich die Kurse niemals mit vorzeigbaren Noten abschließen können.« Sie drehte sich schwungvoll zu ihrer Mutter. »Alice ist das klügste Mädchen, dem ich je begegnet bin. Ihr werdet sie lieben. Sie wird euch beeindrucken.«

Beschämt errötete Alice, während Kates Mutter schmunzelte.

»Lasst uns ins Haus gehen, dein Dad erwartet euch bereits.«

Kate schaute auf ihre Armbanduhr. »Immer noch der Fünfuhrtee?«

»Selbstverständlich! Lieb gewonnene Rituale soll man beibehalten.«

Kate verkniff sich die Antwort, die ihr auf der Zunge lag. Nur zu gut erinnerte sie sich an Zeiten, als ihre Mutter darüber gejammert hatte, dass ihr Vater auf der täglichen Teestunde bestand. Unzählige Male hatte sie von den Versammlungen des Frauenwahlrechtkomitees nach Hause hetzen müssen, nur um ihrem Ehemann rechtzeitig Tee zu servieren.

Im Flur wurden sie höflich von Margaret und Marion begrüßt, Kates jüngeren Schwestern. Marion war acht und Margaret sechs Jahre alt, und beide trugen ihr langes blondes Haar zu ordentlichen Zöpfen geflochten. Kate hatte weder zu den beiden kleinen Mädchen noch zu ihren Brüdern ein besonders enges Verhältnis. Mit dreizehn und fünfzehn Jahren interessierten sich Robert und Richard für völlig andere Themen als Kate. Derzeit waren sie ohnehin im Internat und würden erst am Ende des Monats für ein Wochenende nach Hause kommen.

»Dad sitzt im Wintergarten«, erklärte Katharine Houghton Hepburn.

Kate zog ihre Freundin schwungvoll mit sich durchs

Wohnzimmer. Im sonnendurchfluteten Wintergarten saß Thomas Hepburn am gedeckten Tisch und las in der *New York Times*. Als er seine Tochter kommen sah, legte er die Zeitung zur Seite.

»Du hast einen Gast mitgebracht?«, fragte er.

Kates Vater war ein stattlicher Mann und gehörte wie seine Frau zu den glücklichen Menschen, die auch im fortgeschrittenen Alter noch bewundernde Blicke auf sich zogen. Täglicher Sport half ihm dabei, seine athletische Figur zu bewahren. Wenn Thomas Hepburn einen äußeren Makel besaß, dann waren es seine Augen. In ihnen lagen eine unbeugsame Härte und ein fast krankhafter Ehrgeiz. Werte, die er nicht nur sich selbst, sondern auch seinen Kindern abverlangte.

»Das ist Alice Palache«, sagte Kate, beugte sich zu ihrem Vater und drückte ihm einen schmatzenden Kuss auf die Wange. »Alice ist meine beste Freundin.«

»Freut mich, Sie kennenzulernen.« Ihr Vater streckte Alice seine Hand entgegen, ohne dabei die Lippen zu einem Lächeln zu verziehen. »Nehmt Platz.«

Auch Margaret und Marion waren gekommen und setzten sich artig auf zwei der Korbstühle. Kates Mutter übernahm das Ausschenken des Tees. Sie reichte einen silbernen Servierteller mit Sandwiches herum, die Gloria in der Küche zubereitet hatte. Gloria war Putzfrau, Köchin, Kindermädchen und der gute Geist der Familie. Schon lange unterstützte sie Kates Mutter im Haushalt. Mittlerweile war sie ein wenig in die Jahre gekommen und erledigte ihre Arbeit nicht mehr so flink wie früher. Ihre Tomatensandwiches waren aber nach wie vor die besten.

»Was tut sich am College?«, erkundigte sich Kates Vater.

»Dank Alice' Hilfe habe ich alle Prüfungen bestanden«,

erklärte Kate stolz. »Im Frühjahr werde ich bei der Aufführung von *The Truth About Blayds* die Rolle des jungen Oliver spielen.«

»Bist du immer noch so versessen auf die Bühne?«, fragte Kates Vater. Er wirkte ein wenig verstimmt.

»Ich kann mir nichts Schöneres und Erhabeneres vorstellen«, sagte Kate voller Enthusiasmus. Sie richtete sich auf, straffte die Schultern und verlieh ihrer Stimme einen ernsten, tragenden Unterton, während sie einen kurzen Monolog aus einem Shakespeare-Stück zum Besten gab.

Angesichts der Begeisterung seiner Tochter zuckten Thomas Hepburns Mundwinkel nun doch amüsiert.

»Wie geht es Tante Edith in ihrem Kampf gegen Geschlechtskrankheiten?«, wechselte Kate abrupt das Thema, nachdem sie wieder Platz genommen hatte. »Schreibt sie ein neues Buch?«

Alice neben ihr verschluckte sich an ihrem Sandwich und musste husten. Kate klopfte ihr auf den Rücken.

»Es ist nicht nur der Kampf meiner Schwester«, entgegnete Kates Mutter. »Die Connecticut Society of Social Hygiene ist uns allen ein Anliegen. Dein Dad war jahrelang der Sekretär des Vereins. Deine Tante und ich haben uns für die Finanzierung die Füße wund gelaufen.«

Kate sah, dass Alice besorgt zu den kleinen Schwestern hinüberschielte. Offenbar war sie der Meinung, dass das Thema sich nicht ganz für die Ohren junger Mädchen eignete.

»Bei uns wird offen über alles diskutiert«, beruhigte Kate sie.

»Es gibt keine Tabuthemen«, bestätigte Mrs Houghton Hepburn. »Wir reden über Lenin und den Kommunismus ebenso wie über die Gefahren von Geschlechtskrankheiten, die Gleichberechtigung der Frauen oder den Rassismus im Land.«

Alice' Augen wurden immer größer.

»Meine Mum und Tante Edith waren Suffragetten«, ergänzte Kate. »Sie sind nach Washington marschiert und haben für das Wahlrecht der Frauen gekämpft.«

Alice war sichtlich beeindruckt.

»Unsere kleine Kate stand schon im zarten Alter von zehn Jahren mit mir auf der Bühne des Belasco Theatre in Washington«, fuhr Kates Mutter fort. »Damals verliehen wir den Frauen, die man am 15. November brutal misshandelt und ins Gefängnis gesperrt hatte, silberne Broschen als Zeichen der Wertschätzung für ihren unermüdlichen Kampf für das Wahlrecht.«

Kate lachte. »Oh, ich kann mich noch gut daran erinnern. Ich war so enttäuscht, weil du keine Brosche bekommen hast. Es waren hübsche kleine Schmuckstücke in Form von Zellengitter. Ich wollte, dass man dir auch eine Brosche ansteckt.«

Mrs Hougthon Hepburn schmunzelte bei der Erinnerung. »Du warst furchtbar empört, Kate«, erzählte sie. »Nach der Verleihung bist du zur Vorsitzenden gegangen und hast auch für mich eine Brosche verlangt.«

»Und hast du eine für deine Mutter bekommen?«, wollte Alice wissen.

»Leider nicht«, gab Kate zu. »Mum hat die Broschen bloß verliehen.«

»Es stand mir keine zu«, erklärte ihre Mutter. »Ich war bei dem Marsch am 15. November nicht dabei, weil ich mit Marion schwanger war.«

Kate griff nach einem weiteren Sandwich und biss davon ab. »Du hast immer noch nicht meine Frage beantwortet. Plant Tante Edith ein neues Buch?«

»Nicht, dass ich wüsste«, entgegnete ihre Mutter und wandte

sich dann an Alice. »Meine Schwester hat bereits eine Abhandlung über die Gefahren von Geschlechtskrankheiten herausgegeben. Darin hat sie unter anderem gefordert, dass Männer ihre Frauen nicht betrügen.«

»Wusstest du, Alice, dass in Hartfords teuerstem Bordell jede Prostituierte pro Nacht bis zu fünfundzwanzig Männer empfängt? Das Elend der Frauen ist kaum vorstellbar«, ergänzte Kate empört.

Ihre Freundin verfolgte mit erstauntem Blick und offenem Mund die Unterhaltung. Für gewöhnlich redete man nicht über Prostitution. Die Familie Hepburn bildete in diesem Punkt eine Ausnahme.

»Die Geschlechtskrankheiten, die in dem Bordell übertragen werden, stellen eine Gefahr für uns alle dar«, erklärte Thomas Hepburn. »Erst letzte Woche habe ich einer Frau sagen müssen, dass ihr Kind taub ist, weil sie es mit Syphilis angesteckt hat. Sie wusste nichts von ihrer Krankheit. Ihr Mann hat den Abend vor der Hochzeit im Bordell verbracht. Es ist leider noch immer die übliche Art, sich vom Junggesellendasein zu verabschieden.«

Kate lehnte sich zurück und beobachtete ihre Freundin. Alice schien schockiert und fasziniert zugleich zu sein. Genau auf diese Reaktion hatte Kate gehofft. Alle anderen Freundinnen, die sie mit nach Hause gebracht hatte, waren ausschließlich entsetzt gewesen. Keine hatte mit der Offenheit umgehen können, mit der in Kates Familie über politisch und gesellschaftlich heikle Themen gesprochen wurde. Alice war in dieser Hinsicht zum Glück anders.

»Ich wusste davon nichts«, sagte sie betroffen.

»Deshalb ist es so wichtig, sich ohne Vorbehalte über solche Themen zu unterhalten«, entgegnete Kates Mutter.

Marion langte über den Tisch und stieß dabei das Milchkännchen um, dessen Inhalt sich auf das Tischtuch und den Boden ergoss.

»Pass doch besser auf«, schimpfte der Vater. »Wie oft habe ich dir schon gesagt, dass du einen Mund hast, mit dem du nach Dingen fragen kannst?«

Das Mädchen presste die Lippen aufeinander. Thomas Hepburn nahm seine Stoffserviette und reichte sie wortlos seiner Frau. Ohne zu zögern, kniete sie sich unter den Tisch und wischte die Milch weg. Als sie wieder aufstand, waren ihre Wangen gerötet. Sie legte die Serviette zur Seite, griff nach dem Silberteller und hielt ihn dem Besuch hin.

»Wollen Sie noch ein Tomatensandwich?«, wandte sie sich an Kates Freundin.

Alice winkte dankend ab. Sie wirkte irritiert. Vielleicht hatte sie gehofft, dass eine Suffragette auch zu Hause für eine moderne Rollenverteilung kämpfte. Für Kate hingegen war es ganz selbstverständlich, dass sich ihre Mutter innerhalb der eigenen vier Wände ihrem Mann unterordnete.

Nach dem Tee führte Kate die Freundin durchs Haus. Sie zeigte ihr die geräumige Küche mit der stets gefüllten Vorratskammer, das Speisezimmer und die Räume ihrer kleinen Schwestern. Die beiden Mädchen waren inzwischen ein wenig aufgetaut und versuchten, Alice und Kate zum Bleiben zu überreden. »Spielt ihr mit uns eine Runde Domino?«

»Jetzt nicht, später vielleicht«, vertröstete Kate sie und ging mit Alice weiter durchs Obergeschoss. »Dort drüben liegen die Zimmer von Robert und Richard, meinen beiden Brüdern«, erklärte sie und lief die Treppe wieder hinunter. An einer Wand im Treppenhaus hing eine großformatige gerahmte Fotografie.

»Ist das deine Familie?«, fragte Alice neugierig.

»Ja, da waren wir in Fenwick am Strand«, erwiderte Kate. »Das ist schon ein paar Jahre her. Margaret war noch ein Baby. Neben ihr sitzt Marion, und die beiden Jungen weiter rechts sind Richard und Robert.«

Alice blieb noch eine Weile stehen und betrachtete es eingehend.

»Und wer ist der Junge, der hinter deiner Mutter steht?«

»Das ist mein Bruder Tom«, erwiderte Kate. »Aber jetzt lass uns noch in den Garten gehen! Ich hatte als Kind einen Lieblingsplatz, von wo aus man einen wundervollen Ausblick über ganz Hartford hat. Man kann bis zum Krankenhaus sehen.«

»Muss ich dazu auf einen Baum klettern?«

»Keine Angst«, meinte Kate lachend. »Bloß auf eine Steinmauer.«

»In Ordnung, das werde ich schaffen«, sagte Alice und folgte ihrer Freundin in den Garten.

Gloria hatte Kate und Alice ursprünglich in zwei verschiedenen Zimmern unterbringen wollen, aber Kates Mutter hatte vorgeschlagen, dass die beiden Freundinnen sich ein Zimmer teilten.

»So könnt ihr die ganze Nacht plaudern«, hatte sie gesagt. »Ich weiß noch genau, wie Mary und ich in eurem Alter waren. Wir haben stundenlang geredet und gekichert. Würden wir heute eine Nacht im selben Zimmer verbringen, wäre es wohl immer noch so.«

Mary Towl war Mrs Houghton Hepburns beste Freundin. Sie war Taufpatin ihrer Kinder und wurde von Kate liebevoll »Tantchen« genannt. Anders als Alice hatte sich Mary nie an die Gesprächsthemen im Hause Hepburn gewöhnen können. Kate hatte noch bestens den Nachmittag in Erinnerung, an dem Mary empört das Haus verlassen hatte, weil Tante Edith sich mit ihrem Vater über das Thema Nacktbaden gestritten hatte. Der Freundschaft zwischen Kates Mutter und Mary Towl hatte dieser Vorfall allerdings keinen Abbruch getan.

»Was sagst du zu meiner Familie?«, wollte Kate neugierig wissen.

»Ich komme mir vor wie auf einem anderen Planeten«, gab Alice zu. »Bei mir zu Hause wurde und wird nie über Sex gesprochen. Ich glaube, meine Mutter weiß gar nicht, dass es dieses Wort gibt. In ihrem Wortschatz existiert es nicht.«

Kate kicherte. »Sie muss doch wissen, was es ist, sonst gäbe es dich nicht.«

»Ich habe noch nie eine Familie erlebt, in der es anscheinend keinerlei Tabuthemen gibt«, sagte Alice. »Ich frage mich, was meine Eltern zum Thema Geschlechtskrankheiten sagen würden. Vermutlich ahnen sie nicht einmal, was für fatale Folgen sie haben können.«

»Warte erst mal, bis mein Vater nackt durchs Haus läuft. Oder meine Mutter ihn leidenschaftlich küsst.«

»Er rennt nackt im Haus herum?« Kate sah im Halbdunkel das Weiß von Alice' weit aufgerissenen Augen leuchten.

»Manchmal«, sagte Kate und lachte.

»Ich hoffe, dass er davon Abstand nimmt, wenn Besuch hier ist.« Alice senkte die Stimme. »Ich habe noch nie einen nackten Mann gesehen. Und ich fände die Vorstellung, dass dein Vater der erste wäre, ein bisschen gruselig.«

Kate lachte so herzhaft und laut, dass es von den tapezierten Wänden widerhallte. Dann beruhigte sie sich und wischte sich die Lachtränen aus den Augen.

»Du hast wirklich noch keinen nackten Mann gesehen?«, fragte sie ernst.

»Für gewöhnlich rennen Männer ja nicht unbekleidet durch die Straßen.«

»Dad sagt, dass er sich in seinem eigenen Haus keine Vorschriften machen lässt. Ich glaube, dass er damit die Menschen provozieren will. Mums Schwester findet seine Angewohnheit schrecklich. Es hat deshalb in den Sommermonaten immer wieder Streit gegeben, wenn wir alle zusammen in Fenwick waren. Ewig schade, dass Tante Edith ihren Teil vom Haus verkauft hat.«

»Wie kam es überhaupt dazu, dass deine Mutter und sie sich gemeinsam ein Haus gekauft haben?«

»Onkel Don, Tante Edith und Dad haben zusammen studiert. Allein hätten beide Paare sich das Haus damals nicht leisten können. Deshalb haben sie zusammengelegt und es gemeinsam erworben. Sie haben ja ohnehin die meiste Zeit zusammen verbracht.«

»Ist deine Tante auch Ärztin?«

»Sie hat im letzten Semester ihr Studium aufgegeben, weil sie Onkel Don nach Berlin begleiten wollte. Als sie wieder in die Staaten kamen, gründeten sie gemeinsam mit meinen Eltern den Verein zur Bekämpfung von Geschlechtskrankheiten.«

»Was für eine unglaubliche Familie.« Alice seufzte beeindruckt. »Solltest du jemals zu mir zu Besuch kommen, wirst du dich fühlen wie im vorigen Jahrhundert. Verglichen mit euch sind wir ein Haufen langweiliger Spießer.«

»Ach, deine Familie ist bestimmt sehr nett. Sonst wärst du doch nicht so ein hilfsbereiter und intelligenter Mensch geworden«, entgegnete Kate lächelnd. Sie hatte noch nie darüber nachgedacht, dass ihre Familie ungewöhnlich sein könnte. Für sie waren die Diskussionen und die Offenheit allen Themen gegenüber völlig selbstverständlich. Kate war in einem liberalen Klima aufgewachsen. Dass Alice konservative Eltern haben könnte, war ihr bis jetzt nicht in den Sinn gekommen.

»Und deine Mutter hat wirklich für das Frauenwahlrecht gekämpft?«, wollte Alice wissen.

»Ja. Sie ist eine wunderbare Rednerin.«

»Warum ist sie nicht Politikerin geworden? Ich bin mir sicher, sie hätte die Menschen überzeugen können.«

»Man hat sie gebeten, in den Senat einzuziehen.«

»Tatsächlich?«, fragte Alice begeistert.

»Sie wollte annehmen, aber mein Vater war dagegen. Er hat ihr mit der Scheidung gedroht. Danach hat Mum das Thema nie wieder angesprochen.«

»Oh, wie schade!«

»Ich finde es auch sehr bedauerlich«, meinte Kate. »Aber ich glaube, Mum ist zufrieden und hat ihre Entscheidung nie bereut. Marion und Margaret sind ja noch so jung. Sie brauchen unsere Mutter hier zu Hause.«

Alice öffnete den Mund zum Widerspruch. Kate ahnte schon, was sie sagen wollte. Die Freundin war der Meinung, dass man doch ebenso gut Kindermädchen mit der Erziehung beauftragen könne.

»Lass uns den morgigen Tag planen«, schlug Kate vor, um das Thema zu wechseln. »Was willst du zuerst machen? Tennis spielen, zum Golfplatz gehen? Ein Eis essen?«

»Klingt alles sehr gut«, meinte Alice und gähnte. »Das können wir morgen ja noch entscheiden. Ich brauche dringend Schlaf.«

Dann fiel ihr doch noch etwas ein.

»Was ist eigentlich mit deinem Bruder Tom? Du hast mir noch nie von ihm erzählt.«

»Er ist verunglückt, als er fünfzehn war.«

»Oh, das tut mir leid«, sagte Alice mitfühlend.

»Schon gut, das konntest du ja nicht wissen«, meinte Kate. »Es war ein tragischer Unfall. Sein Tod schmerzt immer noch.«

»Willst du darüber reden?«

»Nein.«

»Dann lass uns schlafen.« Alice drehte sich zur Seite. »Gute Nacht.«

»Gute Nacht.«

Tatsächlich schlief Alice auf der Stelle ein.

Kate brauchte deutlich länger. In manchen Nächten dauerte es bis weit nach Mitternacht, bis sie endlich in den Schlaf fand. Dann lag sie wach in ihrem Bett und starrte an die Decke. Heute wiegte sie der gleichmäßige Atem der Freundin schließlich in einen unruhigen Schlaf, der von wirren Träumen begleitet wurde.

Liebster, bester Freund,
kann ein Geheimnis Sicherheit garantieren? Oder verursacht es nur noch mehr Dunkelheit? Anderen mit Offenheit zu begegnen, heißt nicht, dass man keine Geheimnisse hütet. Ich sehne mich nach Klarheit und versinke immer tiefer im Dickicht der Verstrickungen. Immerzu stelle ich mir dieselben quälenden Fragen, ohne Antworten zu finden.
Ich vermisse dich, mein Freund.
Dein Jimmy

Bryn Mawr College, Pennsylvania, Mai 1927

Kate, was hast du mit deinen Haaren angestellt?« Alice schlug die Hand auf den Mund und starrte ihre Freundin an. Sie schien nicht recht zu wissen, ob sie lachen oder entsetzt sein sollte.

Kate zuckte bloß mit den Schultern. »Ich habe sie mit der Nagelschere abgeschnitten!«

»Warum hast du das nur getan? Deine wunderschönen roten Locken sind weg!«

»Als Oliver kann ich wohl kaum mit langem Haar auf die Bühne gehen.«

Alice rang sich ein Lächeln ab. »Du bist unglaublich«, sagte sie kopfschüttelnd.

Kate trat zum kleinen Spiegel, der neben der Tür ihres Studentenzimmers hing, und betrachtete sich mit zusammengekniffenen Augen. »Ich finde, die Frisur steht mir«, meinte sie selbstbewusst.

»Auch wenn du dir den Kopf abrasieren lässt, bist du immer noch attraktiv«, bemerkte Alice.

Kate nahm das Kompliment bereitwillig entgegen. »Komm, ich habe noch eine Stunde Zeit bis zur nächsten Probe. Lass uns über den Zaun klettern.«

»Hast du denn Zigaretten dabei?«

»Selbstverständlich!« Kate hielt ein Päckchen in die Höhe und verstaute es dann in der Tasche ihres Kleides.

Seit sie einmal beim heimlichen Rauchen im Kreuzgang erwischt worden waren und dafür drakonische Strafen kassiert hatten, stahlen die beiden sich regelmäßig über die Schulhofmauer. Auf diese Weise entgingen sie der Gefahr, entdeckt zu werden. Im Schuppen eines leer stehenden Hauses rauchten sie heimlich und fühlten sich dabei verwegen.

Hinter einem dichten Kirschlorbeerstrauch machte Kate die Räuberleiter für Alice. Sie selbst hielt sich geschickt an den Mauerritzen fest und kletterte flink hoch. Als Kind hatte sie Bäume, Leitern und Felswände bezwungen. Auf der Mauer machte sie kurz halt und sprang dann in einem Satz hinunter. Elegant landete sie im weichen Gras.

»Du solltest Akrobatin werden«, sagte Alice beeindruckt, die selbst eine gute Sportlerin war, aber in dieser Hinsicht mit Kate nicht mithalten konnte.

»Falls es mit der Schauspielerei nichts wird, überlege ich es mir. So ein Zirkusleben ist sicher spannend. Jede Woche in einer anderen Stadt. Ein Bett unter freiem Himmel. Begeisterte Publikumsstürme.«

»Du würdest es schrecklich finden«, widersprach Alice. »Keine intellektuellen Diskussionen, keine Weltverbesserungsvorschläge. Keine Tennis- und Golfplätze. Dafür tägliches Stallausmisten und enge Wohnwagen.«

»Vielleicht hast du recht.« Kate ergriff die Hand der Freundin, und gemeinsam liefen sie über eine saftig grüne Wiese, auf der die ersten Frühlingsblumen ihre gelben Köpfe in den wolkenlosen Himmel streckten. Der Geruch von frischem Gras und warmer Erde lag in der Luft.

Atemlos erreichten sie das leer stehende Haus. Statt in den

Schuppen zu schlüpfen, setzten sie sich auf die Stufen der hellblau gestrichenen Holzveranda.

»Ich kann es kaum erwarten, dich in dem Stück zu sehen«, sagte Alice. Sie hatte in den letzten Wochen mit Kate geübt und wusste, wie viel ihr die Rolle bedeutete.

»Ich bin auch schon sehr aufgeregt«, gab Kate zu. »Mr Greenough ist ein strenger Lehrer. Aber ich denke, dass ich viel von ihm gelernt habe. Es war großartig, dass die Schule einen professionellen Schauspiellehrer engagiert hat.«

Sie holte das Päckchen wieder aus der Tasche und hielt es Alice entgegen. Die Freundin griff mit Zeigefinger und Daumen nach einer Zigarette.

Plötzlich öffnete sich mit einem lauten Quietschen die Tür hinter ihnen. Alice und Kate fuhren herum und starrten erschrocken den großen, schlanken Mann an, der langsam aus dem Haus trat. Er war um die dreißig, vielleicht aber auch jünger. Irritiert sah er von einer zur anderen. Schon wollte Kate aufspringen, um eine Entschuldigung zu stottern, als der Fremde in die ausgebeulte Tasche seiner Bundfaltenhose griff und eine Zündholzschachtel herausholte. »Feuer?«

Ohne auf ihre Antwort zu warten, entzündete er ein Streichholz und hielt es ihnen hin. Verdattert nahmen sie sein Angebot an.

»Ich heiße Jack Clarkes, und das ist mein Freund Ludlow Ogden Smith!« Hinter ihm trat ein weiterer Mann auf die Veranda. Er mochte im gleichen Alter sein, war allerdings etwas kleiner und hatte eine hohe Stirn und kurze dunkle Locken. Seine Wangen waren gerötet, und sein Blick war so sanftmütig, wie Kate es noch nie bei einem Mann gesehen hatte.

»Alle nennen mich Luddy«, sagte er und streckte ihr mit einem breiten Lächeln die Hand entgegen.

Nun stellten sich auch Kate und Alice vor. »Wir sind Studentinnen am Bryn Mawr College«, erklärte Kate.

»Das haben wir uns fast gedacht«, meinte Jack. »Wir haben euch über die Mauer klettern sehen. Seid ihr schon öfter hier gewesen?«

»Ja«, gab Alice zerknirscht zu. »Hier können wir heimlich rauchen, ohne eine Bestrafung zu riskieren.«

»Wir werden euch nicht verraten, versprochen.« Luddy hob feierlich die Hand zum Schwur. »Darf ich?«, fragte er dann und wartete auf Kates Einverständnis, ehe er sich neben sie setzte.

»Wir dachten, das Haus sei unbewohnt«, meinte Kate.

»Ich bin ja auch erst letzte Woche aus New York zurückgekommen«, entgegnete Jack. »Den Winter über hat das Haus in der Tat leer gestanden.«

»Deshalb also haben wir hier noch niemanden gesehen«, bemerkte Alice.

Kate zog an ihrer Zigarette und blies den Rauch genüsslich aus. Luddy beobachtete sie ungeniert und ließ keinen Zweifel daran, dass er sie hübsch fand. In seinen dunklen Augen lag pure Bewunderung.

»Habt ihr heute keinen Unterricht mehr?«, wollte er wissen.

»In einer Stunde muss ich zurück sein«, erklärte Kate. »Die Generalprobe von *The Truth about Blayds* beginnt um sechs.«

»Das Stück sagt mir nichts«, gab Jack zu. »Von wem ist es denn?«

»Von A. A. Milne. Eine herrlich lustige Komödie über einen berühmten Dichter, der seine Gedichte in Wahrheit gestohlen hat.«

»Spielst du eine wichtige Rolle?«

»Ich bin Oliver, die Hauptfigur.«

»Ein Mann?«

Kate hielt die Zigarette zur Seite, um ihn nicht mit dem Rauch zu belästigen. »Eine richtig gute Schauspielerin muss in der Lage sein, jede Rolle zu übernehmen«, sagte sie wichtig. »Zu Shakespeares Zeiten wurden alle Rollen von Männern gespielt, auch die weiblichen, weil Frauen nicht auf der Bühne stehen durften. Heute ist es umgekehrt. Jetzt spielen wir Frauen auch Männerrollen.«

Luddy hing an ihren Lippen. »Gibt es denn noch Karten für das Stück zu kaufen?«

»Selbstverständlich«, sagte Kate. »Zuerst spielen wir auf dem Campus, und ein paar Wochen später gibt es eine Vorstellung im Colony Club in New York.«

Luddy hob die Augenbrauen und lächelte. »Dann weiß ich schon, was ich tun werde, wenn ich wieder in New York bin.«

»Ich kann dir eine Karte besorgen«, schlug Kate vor. »Wie lange bist du denn noch hier?«

»Das ganze Wochenende.« Luddy rückte ein Stück näher. »Und an jedem anderen Tag, an dem ich weiß, dass du über die Mauer kletterst.«

»Das könnte öfter der Fall sein.« Kate lachte fröhlich. »Dann ist es also abgemacht. Ich besorge dir eine Karte, und du schaust dir das Stück an.«

Sie streckte ihm ihre Hand entgegen, um das Geschäft zu besiegeln. Sein Händedruck war warm, fest und versprach Sicherheit. Kate überlegte, ob ihr das gefiel, doch sie kam zu keinem befriedigenden Schluss.

Während der nächsten Stunde unterhielten sie sich angeregt. Luddy erzählte von seinem Job als Börsenmakler in Philadelphia. Er stammte ursprünglich aus dem Ort Strafford, der nur wenige Bahnstationen von Bryn Mawr entfernt lag, und war in die Fußstapfen seines Vaters getreten. Jack berichtete von seinem Einsatz im Krieg, als er in Europa gedient hatte. Er stammte aus einer sehr wohlhabenden Familie, und seine Eltern schienen Kontakte in Politik, Kunst und Wissenschaft zu haben. Alice verriet, dass sie Jura studieren wollte, und Kate gab Geschichten aus der Theatergruppe zum Besten.

Die Zeit verging wie im Flug, und als Kate auf ihre Armbanduhr blickte, sprang sie erschrocken auf.

»Wir müssen los«, sagte sie.

Alice stand ebenfalls auf.

»Wann bringst du mir die Karte?«, wollte Luddy wissen. Er hatte die Abmachung also nicht vergessen.

»Sobald ich sie habe!« Kate griff nach Alice' Hand und zog ihre Freundin ungestüm mit sich. »Wenn wir uns nicht beeilen, bekommen wir Ärger.«

»Ich freue mich darauf, dich auf der Bühne zu erleben«, rief Luddy ihr nach.

Sie winkte ihm bloß, ohne sich noch einmal nach ihm umzudrehen.

Kate kletterte als Erste auf die Mauer, dann half sie Alice mit einem kräftigen Ruck nach oben. Gemeinsam sprangen sie – Kate elegant wie eine Katze, während Alice neben ihr ins Gras plumpste. Als sie wieder auf dem Collegegelände waren, hielt Alice sich die Seite, so außer Atem war sie.

»Du bist eben gerannt, als wärst du auf der Flucht«, klagte sie.

»Ich will einfach nicht zu spät zur Probe kommen«, entschuldigte sich Kate.

Alice runzelte nachdenklich die Stirn. »Ich hatte eher den

Eindruck, du flüchtest vor Luddy. Dabei scheint er sehr nett und klug zu sein.«

»Ja, er ist sympathisch«, gab Kate zu.

»Aber?«

Kate hob die Schultern. »Kein Aber, ich werde ihm eine Theaterkarte besorgen. Wir werden die beiden sicher bald wiedersehen.«

»Gut!« Alice nickte zufrieden. Dann gingen sie zurück zum Haupthaus, wo sich ihre Wege für die nächsten paar Stunden trennten.

Philadelphia, Juni 1927

»In der Rolle des jungen Oliver wirkte Katharine Hepburn ein wenig amateurhaft und verlegen, da sie offenbar zum ersten Mal auf der Bühne stand, aber sie gab einen sympathischen, schelmischen und fröhlichen jungen Mann ab!« Alice legte die *College News* auf den Tisch und schob die Zeitung zu Luddy, der den Artikel gierig überflog.

»Das ist eine großartige Rezension«, sagte er überschwänglich. Er himmelte Kate an. Sobald sie das Wort ergriff, hing er an ihren Lippen. Sein Interesse schmeichelte ihr, machte sie aber auch nervös, denn sie selbst war sich über ihre Gefühle für ihn nicht ganz im Klaren.

Alice hatte sich für diesen Abend bei ihrem Bruder Männerkleidung für sich und ihre Freundin ausgeliehen, um unbeobachtet aus dem College zu gelangen. George war um einen ganzen Kopf größer als Alice, weshalb sie die Hosenbeine vorsichtig mit ein paar Blindstichen gekürzt hatte. Kate hatte zwar mit der Länge der Kleidung keine Schwierigkeiten, dafür musste sie beim Bund mit ein paar Sicherheitsnadeln nachhelfen, um die Hose nicht bei jedem Schritt zu verlieren. Über die Regenrinne waren sie aus dem Gebäude geschlichen. Gemeinsam mit Jack und Luddy wollten sie Kates Erfolg in einem der Lokale von Philadelphia gebührend feiern.

»Habt ihr denn keine Angst, Probleme mit dem College zu bekommen?«, hatte Jack die beiden gefragt, als sie auf die Rückbank seines Wagens geklettert waren. Doch Kate hatte eine wegwerfende Handbewegung gemacht und lachend entgegnet: »Alice ist die Jahrgangsbeste. Solange ich mit ihr unterwegs bin, droht mir höchstens eine Verwarnung.«

Alice hatte nicht widersprochen. In der Tat war die Gefahr gering, dass sie sich mehr als eine kleine Standpauke würden anhören müssen. Hätte Kate sich allein davongemacht, hätte die Sache anders ausgesehen.

Luddy und Jack führten die Mädchen in ein angesagtes Nachtlokal im Zentrum der Stadt aus. Hier gab es Jazzmusik und den offiziell verbotenen Alkohol, der jedoch zu überzogenen Preisen in den Hinterräumen fast aller Kneipen der Stadt angeboten wurde. Es war besser, teuren europäischen Alkohol aus kontrollierter Produktion zu konsumieren als illegal gebrannten Schnaps, nach dessen Genuss man im besten Fall mit Kopfschmerzen aufwachte und im schlimmsten im Krankenhaus landete.

»Wenn wir beim Trinken erwischt werden, kriegen wir trotz meiner guten Noten Ärger«, gab Alice zu bedenken und nippte bloß an ihrem Bierglas.

Auch Kate trank zögerlich, denn sie hatte rasch bemerkt, dass ihr das Getränk zu Kopf stieg. Außerdem mochte sie den bitteren Geschmack nicht. Etwas Verbotenes zu tun, fand sie jedoch aufregend. Am liebsten hätte sie ihr kleines Abenteuer überall herumerzählt.

»Die Polizei ist noch nie in diesem Lokal gewesen«, beruhigte Jack die beiden. Tatsächlich war es so, dass die Polizei die Prohibitionsgesetze nur noch spärlich kontrollierte. Es wäre eindeutig zu viel Arbeit gewesen, in allen Lokalen Razzien durchzuführen. Die Amerikaner mochten es nicht, wenn man ihnen Vorschriften machte, wie sie ihr Leben führen sollten, und auch die Polizisten tranken nach der Arbeit gerne ein Bier.

»Du hast deine Rolle großartig gespielt!« Luddy hatte sein Kinn auf die Hände gestützt und zwinkerte Kate schwärmerisch zu. »Was hast du als Nächstes vor?«

»Natürlich bleibe ich in der Theatergruppe. Ich weiß noch nicht, welches Stück wir als Nächstes aufführen«, entgegnete Kate. »Im Herbst beginnt mein letztes Jahr am College. Danach werde ich Schauspielunterricht nehmen, und irgendwann werde ich am Broadway spielen.«

Luddy schien nicht im Geringsten an ihrem Erfolg zu zweifeln. »Das ist ein guter Plan.«

»Ich will eine der berühmtesten Schauspielerinnen der Welt werden.« Kate breitete lachend die Arme aus. Ihre grünen Augen glänzten, eine Locke ihres kurzen roten Haars rutschte in ihre Stirn, die Wangen waren erhitzt. Sie sah umwerfend aus, schien sich ihrer natürlichen Schönheit aber nicht bewusst zu sein.

»Vorher fährst du aber noch mit mir nach Europa«, unterbrach Alice die aufgekratzte Freundin. »Hast du endlich mit deinen Eltern geredet?«

»Mum ist dafür, Dad überlegt noch.«

»Das verstehe ich nicht«, sagte Alice. »Er behauptet doch immer, dass er großen Wert auf die Selbstständigkeit und die Bildung seiner Kinder legt. Wie kann man schneller selbstständig werden als bei einer Reise nach Europa?«

»Ich habe noch nicht aufgegeben«, beruhigte Kate sie. »Am Wochenende werde ich noch einmal mit Dad reden. Das letzte Wort ist nicht gefallen.«

Seit Monaten redeten die Freundinnen über nichts anderes als die geplante Europareise. Leider teilte Kates Vater ihren Enthusiasmus nicht.

»In zwei Wochen geht es los«, gab Alice zu bedenken.

»Keine Sorge, ich habe einen gültigen Reisepass.«

»Wir brauchen Schiffskarten für eine lange Reise. Die kauft man nicht einfach an der Kasse der Busstation«, wandte Alice ein. »Warum kannst du deinen Vater nicht einfach anrufen? Es wäre mir wohler, wenn ich wüsste, dass du mitkommst. Allein macht das Ganze nur halb so viel Spaß.« Ein bisschen spielte sicher auch eine diffuse Angst hinein, eine so große Reise allein zu unternehmen.

Ihr Vater war der Meinung, dass zur umfassenden Bildung auch eine Reise auf den alten Kontinent gehörte, und er hatte bereitwillig in die Familienkasse gegriffen. Thomas Hepburn hingegen zögerte noch.

»Europa ist wirklich eine Reise wert«, bemerkte Luddy. »Ich habe in Grenoble studiert. Werdet ihr auch nach Frankreich fahren?«

»Eigentlich stehen nur England, Schottland und Wales auf unserer Reiseroute«, erklärte Alice.

»Schade«, meinte Luddy. »Frankreich ist ein wunderschönes Land. Nirgendwo anders habe ich so gut gegessen. Die Sprache klingt wie Musik, und die Menschen sind stolz auf ihre Kultur und Geschichte.«

»Frag deinen Dad«, drängte Alice. »Es wird das Abenteuer unseres Lebens.«

»Wenn ich Dad anrufe, wird er sofort absagen«, gab Kate zu bedenken. »Er mag es nicht, wenn man derart wichtige Dinge am Telefon bespricht. Ich muss persönlich mit ihm reden.«

»Dann gib mir möglichst schnell Bescheid«, sagte Alice. »Die Hin- und Rückreise auf dem Zwischendeck kostet 210 Dollar. 100 Dollar sollten wir in Reserve haben und 190 Dollar für Hotels und Lebensmittel vorsehen. Mit 500 Dollar kommen wir durch.«

Kate wurde blass. »Das ist sehr viel Geld.«

»Ich habe euer Haus gesehen«, entgegnete Alice ungläubig. »Diese Summe dürfte für deinen Vater doch kein Problem sein.«

»Seit wir umgezogen sind, streiten sich meine Eltern ständig wegen Geld«, berichtete Kate. »Dad wirft Mum vor, sie gebe zu viel für unnütze Dinge aus.«

»Und stimmt das?«, fragte Jack.

»Nein! Auf keinen Fall.« Kate schüttelte entschieden den Kopf.

»Ich werde meiner Frau niemals Vorhaltungen wegen ihrer Ausgaben machen«, sagte Luddy ernst.

»Du hast leicht reden«, entgegnete Alice lachend. »Du stammst aus einer wohlhabenden Familie. Geld spielt bei dir keine Rolle.«

»Auch wenn ich nicht so viel besäße, würde ich meiner Frau keine Vorschriften machen«, versicherte Luddy. »Sobald man verheiratet ist, teilt man alles. Also auch das Geld. Vertrauen ist die Grundlage einer jeden Beziehung.«

Seine letzten Worte wurden vom Klang eines Saxofons übertönt. Die Band, die im Hintergrund spielte, gab eine beschwingte Melodie zum Besten.

»Oh, ich liebe dieses Stück«, rief Kate. »Kommt, lasst uns tanzen.«

Sie sprang auf und nahm Luddy mit sich auf die verrauchte Tanzfläche, während Alice und Jack sitzen blieben. Im Rhythmus der Musik bewegten sich Kate und Luddy über das Parkett. Zunächst wirkte er ein wenig unbeholfen, doch dann zog er Kate eine Spur zu nah an sich. Sie ließ ihn gewähren. Die Nähe zu einem Mann, der acht Jahre älter war als sie selbst, fand sie aufregend. Sie konnte seinen Herzschlag spüren. Sein dezentes Parfum roch angenehm. Bestimmt war es teuer gewesen.

War es der Musik, dem dämmrigen Licht, dem Bier oder Luddy geschuldet, dass sie sich zu ihm hingezogen fühlte? Sie genoss den Tanz mit ihm in vollen Zügen und lehnte sich an ihn.

Als das Lied zu Ende war, legte die Band eine Pause ein. Kate trat einen Schritt zurück. Ihr Wunsch nach weiterer Nähe war schlagartig verschwunden. Sie sah die Enttäuschung in Luddys Blick, als sie gemeinsam zum Tisch zurückkehrten.

»Ihr gebt ein hübsches Tanzpaar ab«, bemerkte Alice grinsend.

Luddy errötete, doch Kate wechselte rasch das Gesprächsthema. »Ich werde morgen in aller Frühe nach Hartford fahren und Dad um eine Unterredung bitten.«

»Ich hoffe so sehr, dass er seine Erlaubnis gibt«, sagte Alice. Sie warf einen Blick auf das Bierglas, das sie geleert hatte, während Kate und Luddy auf der Tanzfläche waren.

»Soll ich noch eines bestellen?«, fragte Jack.

»Lieber nicht«, meinte Alice. »Sollten wir erwischt werden, gibt es am Ende vielleicht doch mehr als bloß eine Verwarnung. Das dürfen wir auf keinen Fall riskieren. Ich will unbedingt nach Europa.«

»Das will ich auch«, sagte Kate ernst. In Gedanken legte sie sich die Argumente zurecht, die sie am nächsten Tag vorbringen wollte. Leider war ihr Verhältnis zu ihrem Vater getrübt, seit sie nicht mehr Medizin studieren wollte. Diese Entscheidung wollte er partout nicht akzeptieren. Doch wenn sie geschickt vorging, würde sie ihn hoffentlich zur Reise mit Alice überreden können.

Einen ganzen Sommer allein mit der Freundin auf dem alten Kontinent – das klang nach Picknick am Strand, nach Sonnenuntergängen auf den Klippen, nach Fahrten mit einem gemieteten Auto ins Unbekannte. Es verhieß neue Bekanntschaften, fremde Sprachen, ein großes, aufregendes Abenteuer. Diese Reise war genau nach Kates Geschmack. So sollte das Leben sich anfühlen: intensiv und wahrhaftig, ungestüm und unverfälscht, voller Risiko, aber echt.

Die Band kam zurück und stimmte die Instrumente. Noch bevor die ersten Klänge ertönten, zog Kate Luddy erneut auf die Tanzfläche. Es war ihr ganz egal, was gespielt wurde. Auch die Tatsache, dass sie die Einzigen waren, die tanzten, war belanglos. Die Hauptsache war, dass sie sich amüsierten, lachten und lebten.

Liebster, bester Freund,
ich kenne das eisige Grauen, von dem du gesprochen hast. Aber ich werde es mit aller Kraft bekämpfen und ihm nie wieder eine Chance geben. Auf jede Nacht folgt ein Tag, auf jede Dunkelheit neues Licht.
Ich liebe dich.
Dein Jimmy

Hartford, Juni 1927

Thomas Hepburn starrte grimmig in seine Teetasse, während Kate sich den Mund fusselig redete. Seit über einer Stunde versuchte sie, ihren Vater zu überreden, sie nach Europa reisen zu lassen, doch bisher mit mäßigem Erfolg.

»Bitte, Dad. Ich wünsche mir die Reise so sehr. Alice' Eltern wäre es auch lieber, wenn sie nicht allein fahren müsste.«

»Was Mr und Mrs Palache ihrer Tochter erlauben oder verbieten, ist allein deren Angelegenheit«, antwortete Thomas Hepburn ernst. »Genauso wie es meine Entscheidung ist, dir diese Reise zu untersagen.«

»Aber warum, Dad?« Kate schaute Hilfe suchend zu ihrer Mutter, die bis jetzt schweigend danebengesessen und an ihrem Tee genippt hatte. Wie immer sah sie perfekt aus. Selbst zu Hause trug sie ein elegantes Kostüm aus feinem Wollstoff, mit dem sie bei jeder Dinnerparty eine gute Figur abgegeben hätte. Jetzt meldete sie sich zu Wort.

»Als Mutter habe ich aber auch ein Wörtchen mitzureden«, unterbrach Katharine Houghton Hepburn ihren Mann. »Ich finde die Idee einer Reise nach Europa sehr vernünftig. Kate kann ihren Horizont erweitern und lernt, über den Tellerrand hinauszuschauen. Für meine Persönlichkeitsentwicklung war es sehr wichtig, den alten Kontinent zu sehen.«

»Du warst damals mit dem College fertig«, erinnerte Thomas Hepburn seine Frau. »Kate hat noch ein Jahr vor sich.«

»Mit den neuen Erfahrungen wird das Lernen viel einfacher sein«, meinte Kate. »Ich werde mich anstrengen und bemühen, nur noch gute Noten zu schreiben. Versprochen.« Zur Bestätigung ihrer Worte hob sie die Hand zum Schwur.

Ihr Vater blieb unbeeindruckt. Allein mit Argumenten würde sie nicht zum Ziel gelangen. Sie stand von ihrem Sessel auf und umrundete den Tisch. Neben dem Sessel ihres Vaters ging sie in die Knie und nahm seine Hände in die ihren. So, wie sie es früher getan hatte, wenn sie als kleines Mädchen ihren Willen durchsetzen wollte.

»Bitte, Dad. Die Reise bedeutet mir so viel. Ich war noch nie in Europa. Alle anderen am College waren schon mal dort.« Sie flunkerte, was ihr Vater genau zu wissen schien. Er verzog die Mundwinkel zu einer ungläubigen Grimasse.

»Alice ist eine vernünftige junge Frau.« Von Kates Mutter kam weitere Unterstützung. »Die beiden werden keinen Unfug anstellen.«

»Hm.« Thomas Hepburn löste seine Hände aus denen seiner Tochter. »Die Reise kostet ein Vermögen.«

»Fünfhundert Dollar sind nicht die Welt«, sagte Katharine Houghton Hepburn.

Der Kopf ihres Mannes schnellte nach oben. »Du hast keine Ahnung von unseren Finanzen. Woher kommt das Geld, um all deine schönen Kleider, die Einrichtung, die neuen Vasen, deine Bücher zu finanzieren? Ich bin es, der Tag für Tag in der Klinik steht.«

»Ich weiß«, sagte Kates Mutter ruhig. Ihr Gesicht schien emotionslos, aber Kate wusste, dass hinter der makellosen Stirn die Gedanken arbeiteten. Der Ärger ihrer Mutter war förmlich zu spüren. »Wir haben Kinder, und aus diesem Grund habe ich das Angebot abgelehnt, Abgeordnete zu werden.« Sie brauchte nicht zu sagen, dass sie als Politikerin Geld verdient hätte und Thomas Hepburn es vehement abgelehnt hatte, dass seine Frau in den Kongress einzog.

Seine Mimik verfinsterte sich. Es war ein heikles Gesprächsthema. Nicht selten endete es im Streit. Heute schien Kates Vater allerdings nicht auf eine Konfrontation aus zu sein. Er räusperte sich, richtete sich auf und meinte dann ernst: »Meinetwegen. Fahr mit Alice nach Europa.«

»Oh, Dad, vielen Dank!« Kate umarmte ihn so stürmisch, dass er wieder nach hinten gegen die Lehne des Sessels kippte. Ein Lächeln stahl sich in sein Gesicht.

»Aber ich will im letzten Collegejahr keine Diskussionen wegen schlechter Noten führen müssen.«

»Ganz bestimmt nicht«, versicherte Kate strahlend. »Ich werde nur die allerbesten Noten nach Hause bringen.«

Und in Gedanken fügte sie hinzu: Sollten schlechte dabei sein, werde ich sie nicht herzeigen. Grundsätzlich hatte Kate nicht vor, lügen zu müssen. Sie würde sich bemühen, so gut es eben ging. Jetzt musste sie auf der Stelle zum Telefon laufen und Alice die wundervolle Nachricht verkünden. Sie würden in zwei Wochen gemeinsam nach Europa reisen. Das Leben war einfach großartig.

Kates Freude schien eine ansteckende Wirkung zu haben, denn sowohl ihr Vater als auch ihre Mutter sahen mit einem Mal sehr viel zufriedener aus. Katharine Houghton Hepburn stand vom Tisch auf. »Soll ich meine alten Reisetagebücher holen?«, fragte sie. »Ich denke, dass auch zwei Fotografien dabei sind.«

»Unbedingt«, rief Kate begeistert. Sie hatte nicht gewusst,

dass ihre Mutter nach dem College in Europa gewesen war. Wenn sie es recht bedachte, so wusste sie nur sehr wenig über die Kinder- und Jugendjahre ihrer Eltern. Beide hielten sich diesbezüglich bedeckt. Jede Information, die sie bekommen konnte, war interessant.

»Nimmst du auch die Fotos von unserer gemeinsamen Reise nach Europa mit?«

»Ihr seid gemeinsam verreist?«, fragte Kate erstaunt.

Nun lächelte ihr Vater und warf seiner Frau einen Blick zu, der verriet, wie tief seine Gefühle für sie waren. »Es gab eine Zeit, bevor wir Eltern wurden.« Jetzt zwinkerte er schelmisch. Kate liebte diese seltenen Augenblicke, wenn er nicht der strenge Arzt und Familienvater war. Sie schaute zu ihrer Mutter. Waren ihre Wangen dunkler geworden? Auf alle Fälle erwiderte sie das Lächeln ihres Manns. Dann lief sie ins Schlafzimmer, wo sie ihre Tagebücher aufbewahrte. Kate nutzte die Gelegenheit und sauste zum Telefon. Alice sollte nicht eine Minute länger warten müssen. Sie wollte der Freundin auf der Stelle die großartige Nachricht mitteilen. Aber sie würde sich kurz halten, denn sie war gespannt auf die Reisetagebücher ihrer Mutter.

Bryn Mawr College, Pennsylvania, Mai 1928

Kate stand aufgeregt am Ende des Arkadengangs neben der Bühne, die man im Innenhof des Colleges aufgebaut hatte, und wartete auf ihren Auftritt. Sie trug ein langes weißes Gewand, das antik anmutete. Auf ihrem Haar, das inzwischen wieder schulterlang war, saß ein Kranz aus geflochtenen Blumen. Sie war angespannt, aber es war eine angenehme, aufregende Nervosität, wie sie sie nur vor einem Bühnenauftritt verspürte. In diesem Jahr hatte sie die Hauptrolle in John Lylys *The Woman in the Moon* bekommen. Das Theaterstück, das in der griechischen Mythologie angesiedelt war und aus dem 16. Jahrhundert stammte, war zwar etwas verstaubt, aber das war Kate gleichgültig. Sie spielte die Hauptrolle, die Pandora – und nur das zählte.

Das letzte Collegejahr war im Nu verflogen. Kaum, dass Alice und sie von ihrer Europareise zurückgekehrt waren, hatten auch schon die Weihnachtsvorbereitungen begonnen. Kate war über die Feiertage nach Hartford gefahren. Ihre Zukunftspläne waren dabei ebenso wenig Thema gewesen wie ihre Noten, weshalb sie das Fest im Kreis ihrer Familie in vollen Zügen hatte genießen können. Danach hatten die großen Prüfungen stattgefunden, die Kate dank Alice' Hilfe allesamt geschafft hatte, und jetzt stand die Theateraufführrung auf dem Programm. In wenigen Wochen würde das College Geschichte sein, doch zuvor wollte sie alle noch einmal beeindrucken – die Studentinnen, die Lehrerinnen und ihre Familie. Dann wartete die große Freiheit auf sie.

Kate ließ ihren Blick über das Publikum schweifen. Ganz hinten saßen ihre Eltern und neben ihnen Luddy und Jack. Sie kannten sich bereits, denn Kate hatte die beiden jungen Männer vor einigen Wochen zum Fünfuhrtee mit nach Hause genommen. Jack und Luddy hatten den Test ihres Vaters problemlos bestanden, was sicher nicht zuletzt ihrem guten Elternhaus und ihrer Bildung zu verdanken war. Insbesondere Luddy hatte bei ihren Eltern einen guten Eindruck hinterlassen. Seine rasche Auffassungsgabe und sein Talent für Sprachen hatten ihrem Vater imponiert, während Kates Mutter vor allem seine Sanftmut schätzte.

In der ersten Reihe erkannte Kate die Dekanin Helen Manning und ihren Mann Fred Manning. Sie hatten einen Ehrengast dabei, den Dichter Phelps Putnam, der im vergangenen Jahr seinen ersten Gedichtband *Trinc* veröffentlicht hatte. Die Rezensenten waren begeistert gewesen. Putnam galt als der brillanteste amerikanische Dichter seiner Zeit und wurde in einem Atemzug mit Ernest Hemingway und F. Scott Fitzgerald genannt. Leider schien er im Moment eine kleine Schaffenskrise zu haben. Kate hatte gelesen, dass sein Verleger seit Monaten auf einen weiteren Lyrikband wartete. Angeblich war er Mitte dreißig, doch sie fand, dass er jünger wirkte, was vielleicht an dem modischen Schnurrbart und den breiten Schultern lag. Eine geheimnisvolle Düsternis umgab ihn, die auf Kate anziehend wirkte.

Gerade als sie ihn ansah, blickte auch er hoch. Kate erstarrte. Seine dunkelbraunen, fast schwarzen Augen trafen sie und schienen bis in ihr tiefstes Inneres zu blicken. Ungeniert musterte er sie. Kate schoss das Blut in die Wangen. Rasch drehte sie sich um und eilte zurück hinter die Bühne zu den anderen Schauspielerinnen. Aus den Augenwinkeln sah sie, wie er lächelte. Machte er sich etwa über sie lustig?

Als sie kurz darauf ihren Auftritt hatte, war der Mann in der ersten Reihe wieder vergessen. Kate konzentrierte sich ausschließlich auf ihre Rolle. Sie sprach ihren Text fließend und voller Überzeugungskraft, genau wie sie es wochenlang geübt hatte. Energiegeladen lief sie über die Bühne, schrie ihr Gegenüber wütend an und flehte schließlich um Vergebung. Dabei befand sie sich in einer Art Rausch. Sie war Pandora, die erste Frau auf der Erde. Zuerst war sie bloß eine starre Statue, doch dann hauchten die Götter ihr Leben ein und beschenkten sie mit den sieben besten Gaben. Kate fühlte sich tatsächlich unbesiegbar. Erst als der Vorhang fiel, kehrte sie in die Wirklichkeit zurück und schlüpfte wieder in ihr wahres Ich. Sie hörte begeisterten Applaus, der ihr zu gelten schien. Ihr Name wurde gerufen.

Ihre Schauspiellehrerin Mrs Green winkte sie vor den Vorhang. »Kommen Sie«, drängte sie. »Die Leute wollen Sie sehen.«

Kate stürmte auf die Bühne zurück. Sie verbeugte sich mehrere Male. Am liebsten hätte sie ihre Freude lauthals hinausgeschrien. Es fühlte sich an, als müsste sie platzen. Die Menschen im Publikum waren aufgestanden und klatschten ihr zu. Es war tatsächlich ihr Erfolg, genau wie sie es sich erträumt hatte. Kate schwebte förmlich auf einer Wolke und sonnte sich im Beifall.

Als der Applaus schwächer wurde, verließ sie immer noch taumelnd vor Glück die Bühne. Mrs Green trat auf sie zu.

»Die Dekanin hat darum gebeten, dass Sie am Abendessen teilnehmen.«

»Aber meine Eltern sind hier, und ich…« Kate brach mitten im Satz ab. Sie sah den strengen Blick der Lehrerin, und ihr wurde bewusst, wie unhöflich und unangebracht es gewesen wäre, diese Einladung auszuschlagen. »Ja, natürlich. Sehr gerne nehme ich an dem Essen teil. Ich muss nur kurz meiner Familie Bescheid geben.«

Ein wohlwollendes Lächeln legte sich auf das schmale Gesicht von Mrs Green. »Wir erwarten Sie in einer Stunde.«

In Windeseile schminkte Kate sich ab und schlüpfte in ihr neues Baumwollkleid. Dann hastete sie an ihren Schauspielkolleginnen vorbei. »Du warst großartig!«, rief Dorothy ihr hinterher, die für den Notfall als zweite Besetzung vorgesehen gewesen war.

»Danke!« Kate warf ihr eine Kusshand zu und rannte die Treppe hinunter zu ihren Eltern. Auch Tante Edith und Onkel Don waren gekommen. Den Auftritt ihrer Nichte hatten sie sich nicht nehmen lassen.

Kate umarmte einen nach dem anderen.

»Du warst ganz hinreißend«, sagte Tante Edith. Obwohl sie jünger war als ihre Schwester, sah sie deutlich älter aus. Sie trug ein altmodisches Kleid und hatte ihr Haar nachlässig zu einem Knoten zusammengebunden. Äußerlichkeiten waren ihr immer unwichtig gewesen, für sie zählten die inneren Werte.

»Danke, Tante Edith. Wie schön, dass ihr kommen konntet.«

Nun traten auch Luddy und Jack näher, die Kate ebenfalls beglückwünschen wollten.

»Ich würde so gerne mit euch essen gehen, aber ich bin

eben von Mrs Manning zum Dinner eingeladen worden«, erklärte Kate. »Es tut mir so leid, aber Mrs Green besteht darauf, dass ich dabei bin.«

»Natürlich musst du gehen«, sagte ihre Mutter. »Die Dekanin kann man nicht vor den Kopf stoßen. Das war schon zu unserer Zeit auf dem College so.«

»Angesichts deiner Noten ist es in der Tat ratsam, wenn du die Einladung annimmst«, mischte sich ihr Vater ein. In ein paar Wochen sollten die letzten Abschlussgespräche stattfinden. Es war unwahrscheinlich, dass dabei noch etwas schiefging, aber er schien erst an ihr Diplom zu glauben, wenn er es in der Hand hielt.

»Warum, was ist mit Kates Noten?«, wollte Edith wissen.

»Sie entsprechen nicht dem, was Kate leisten könnte«, erklärte ihr Vater streng.

Tante Edith machte eine wegwerfende Handbewegung. »Das galt ganz sicher auch für die Noten von meiner Schwester und mir.«

Kates Mutter wollte zum Protest ansetzen, aber Tante Edith kam ihr zuvor. Sie wandte sich an Thomas und richtete ihren Zeigefinger auf seine Brust. »Du solltest endlich damit aufhören, deine Kinder unter Druck zu setzen. Du weißt, wohin das führen kann.«

Für einen Moment schwand die Farbe aus dem Gesicht von Kates Mutter, während sich die Züge ihres Ehemanns verfinsterten. Thomas Hepburn war wütend, daran bestand kein Zweifel. Er ließ sich nicht gerne Vorhaltungen machen. Belehrungen kamen für ihn nur dann infrage, wenn er selbst sie aussprach.

Es war Luddy zu verdanken, dass die Unterhaltung nicht im Streit endete.

»Wenn Kate heute mit der Schulleitung essen muss, vereinbaren wir doch einen Abend, an dem wir ihren Erfolg gebührend nachfeiern«, schlug er vor. Die Unbekümmertheit und Freundlichkeit in seiner Stimme besänftigten alle, auch Kates Vater.

Kate fragte sich jedes Mal, wie Luddy es immer wieder schaffte, die Gemüter zu beruhigen. Selbst ihrer Schwester Marion, die ein stilles Kind war, das nur selten lachte, entlockte er ein Lächeln, wenn er zu Besuch kam. Im Lauf des letzten Jahres war Luddy langsam, aber beständig zu einem von Kates engsten Vertrauten geworden. Sie konnte ihm ihr Herz ausschütten, denn er war ein wunderbarer Zuhörer, ebenso häufig lachte sie aber auch mit ihm. Es war unübersehbar, dass er sich mehr als bloß eine Freundschaft ersehnte, aber er akzeptierte die Grenzen, die Kate ihm setzte. Er war ein guter Freund, und daran sollte sich nichts ändern.

»Morgen Mittag?«, fragte Tante Edith. »Wir reisen am Nachmittag wieder ab.«

»Es gibt ein gemütliches Lokal gleich neben dem College«, entgegnete Kate. »Dort serviert man den besten Lammeintopf der Stadt.«

Sie wusste, dass dies die Lieblingsspeise ihres Vaters war. Mit dem Vorschlag war auch er einverstanden.

Im kleinen Esszimmer neben der Bibliothek wurde Kate von Mrs Manning und ihrer ausgesuchten Gästeschar bereits erwartet. Sie betrat den dunkel getäfelten Raum als Letzte. Hier drinnen roch es nach Bienenwachs, mit dem das Holz eingelassen worden war, und nach einer kräftigen Rindersuppe, die die Gäste aus ihren weißen Porzellanschüsseln löffelten. Leise Tischgespräche und das Klappern von Geschirr waren zu hören. Ein einziger Platz an der langen Tafel war noch frei. Es war der Stuhl zwischen der Dekanin und Phelps Putnam, dem berühmten Dichter, der Kate vorhin so spöttisch angeblickt hatte. Ihr wurde heiß, und sie fächelte sich Luft zu.

»Ms Hepburn, treten Sie näher!« Mrs Manning winkte sie zu sich. »Wir haben bereits mit der Suppe begonnen. Setzen Sie sich.«

Kate nahm Platz, griff nach der Serviette aus steifem Damast, faltete sie auf und breitete sie sittsam auf ihrem Schoß aus.

»Sie haben uns alle mit Ihrer Darbietung der Pandora in den Bann gezogen«, sagte Mrs Manning anerkennend. »Ich gratuliere Ihnen zu Ihrer Leistung.«

Nur selten sprach die strenge Dekanin ein so offenes Lob aus. Kate bedankte sich höflich. Aus den Augenwinkeln sah sie verstohlen zu dem Dichter, der aufgehört hatte zu essen und sie mit unverhohlener Neugier ansah. War da immer noch Spott in seinem Blick? Er war der aufgehende Stern am Schriftstellerhimmel. Seine Meinung zählte mehr als die Kritik aller anderen im Raum. Kate wurde nervös. Aber sie konnte sich erst zu ihm drehen, als die Dekanin sich dem Tischnachbarn auf der anderen Seite zuwandte. Seine Augen waren fast schwarz.

»Sie waren tatsächlich hinreißend«, sagte er mit samtweicher Stimme. Dabei lächelte er schief. Auf seiner rechten Wange entstand eine tiefe Falte. Kate war sich nicht sicher, ob er das Lob ernst meinte.

»Es freut mich, dass Ihnen das Stück gefallen hat«, bedankte sie sich vorsichtig.

»Das Stück war grauenvoll«, widersprach Putnam. »Selten habe ich einen solchen Unsinn sehen müssen. Ich frage mich, warum man Stücke aus dem 16. Jahrhundert ausgräbt, wo es doch so viele talentierte Dramatiker gibt, die mit ihren Stücken Wichtigeres und weitaus Aktuelleres zu sagen haben. Nein, ich spreche allein von Ihrer Leistung. Haben Sie schon darüber nachgedacht, professionelle Schauspielerin zu werden?«

Die Erleichterung fühlte sich an, als fiele ein Stein von ihrer Brust. Konnte er Gedanken lesen?

»Genau das ist mein Plan«, platzte sie eine Spur zu laut heraus. Für einen Moment verstummten alle am Tisch und blickten zu ihr. Das Blut schoss ihr in die Wangen, und sie setzte ihr charmantestes Lächeln auf. Sofort widmeten die Gäste sich wieder ihrer Suppe.

»Das ist gut«, sagte Putnam. »Es gibt nichts Schlimmeres als vergeudete Talente. Wer Potenzial hat, sollte es auch nutzen.«

»So wie Sie«, entgegnete Kate und seufzte. »Sie sind ein großartiger Poet.«

Die ungebremste Bewunderung in ihrer Stimme entlockte ihm ein Schmunzeln. »Ich wagte nicht, zu hoffen, dass junge Frauen wie Sie sich für die Dichtkunst interessieren.«

»Wer denn sonst, wenn nicht wir?«, entgegnete Kate.

Ein Gespräch über Lyrik, Theater und moderne Romanliteratur entspann sich. Kate war ihrer Mutter unendlich dankbar dafür, dass sie die ganze Familie stets dazu angehalten hatte, auf dem Laufenden zu bleiben und zu aktuellen Themen eine eigene Meinung zu vertreten.

»Ich bin selten einer so faszinierenden Frau wie Ihnen begegnet. Sie sprühen vor Lebensfreude. Sie sind die Inspiration, die ein Künstler benötigt, um Großes zu schaffen.«

Putnam rückte ein Stück näher, was Kate gut gefiel.

»Eigentlich will ich lieber selbst Großes tun«, erwiderte sie. Dieses Gespräch war genau nach ihrem Geschmack. Ihr war schon bewusst, dass sie auf der Hut sein sollte, denn dem Dichter eilte der Ruf eines Frauenhelden voraus. Aber sie fand ihn zu faszinierend, um auf das Geplänkel zu verzichten. Was sollte dabei auch schon passieren? Sie hatte Spaß, das allein zählte.

»Darf ich Ihnen ein Exemplar meines Gedichtbands *Trinc* schenken?«

»Sehr gerne.« Sie verzog die Lippen zu einem breiten Lächeln. »Ich hoffe, Sie schreiben eine persönliche Widmung ins Buch.«

Er lehnte sich so nah zu ihr, dass es gerade noch schicklich war. »Wenn Sie nach Ihrem Abschluss nach New York kommen, verspreche ich Ihnen, dass ich Sie ein paar wichtigen Menschen vorstellen werde. Möglicherweise wird der eine oder andere Ihnen weiterhelfen können.«

»Wirklich?« Kate hob den Kopf. Was Putnam gesagt hatte, klang aufregend und verheißungsvoll.

»In Ihnen steckt eine wilde, ursprüngliche Kraft. Sie verkörpern das pure Leben. Sie gehören auf die Bühne«, fuhr Putnam fort.

Seine Worte waren wie Balsam auf Kates Seele. Am liebsten hätte sie ihm zugestimmt, doch das wäre sicher unangemessen gewesen. Also saß sie bloß da und hoffte auf noch mehr schmeichelnde Komplimente.

Doch statt weiterzusprechen, streckte er ihr die Hand entgegen. »Dann ist es also abgemacht. Sie kommen zu mir nach New York, wir gehen in eines der angesagten Lokale am Broadway, und ich mache Sie mit ein paar wichtigen Theaterleuten bekannt.«

New York, Brooklyn, April 1949

Kate war kurz eingenickt. Nun schreckte sie hoch und blinzelte. Es dauerte ein paar Augenblicke, bis sie wieder wusste, wo sie sich befand. Auf dem Flur des Hotels war es mucksmäuschenstill. Besorgt erhob sie sich. Ihr Nacken schmerzte, aber das war unwichtig. Sie hielt ihr Ohr gegen die Tür. Auch im Inneren des Hotelzimmers war nichts zu hören. Aufgeregt klopfte sie dagegen. Es kam keine Antwort. Dann hämmerte sie mit beiden Fäusten an die Tür. Die Schläge hallten über den schmalen Gang, doch Kate wusste, dass der Lärm niemand Außenstehenden wecken würde. Abgesehen vom Zimmer eines fast tauben Ehepaars aus Texas war die Etage unbewohnt. Dem Hoteldirektor war bewusst, dass es Ärger gab, wenn Spencer Tracy sich mit einer Kiste Whiskey für ein paar Tage einsperrte.

»Spencer!« Kate rief laut seinen Namen. Es kam keine Antwort.

Panik erfasste sie. Ihr Herz raste. Wie hatte sie nur einnicken können? Sie hatte sich doch geschworen, wach zu bleiben. Kate hastete zum Lift, drückte den Knopf. Es dauerte schier eine Ewigkeit, bis der hohe Klingelton die Ankunft des Fahrstuhls ankündigte. Mit einem lauten Rattern öffnete sich die schwere Metalltür. Der Nachtliftboy, ein Mann um die fünfzig, sah sie fragend an. Kate kannte ihn, denn sie hatte ihn schon öfter um Hilfe gebeten. Sein Name war ihr allerdings entfallen. Hilfe suchend blickte sie auf das goldene Namensschild seiner dunkelgrünen Hoteluniform.

»Walter, können Sie bitte das Zimmer von Mr Tracy aufsperren?«

»Miss Hepburn, Sie wissen, dass ich das nicht darf.«

Kate presste ihre schmalen Hände fest gegeneinander. »Bitte, bitte!«

Als Walter die Mundwinkel verzog, wusste Kate, dass sie gewonnen hatte. Er hielt den Lift an.

»Wenn ich Ärger kriege, müssen Sie die Sache für mich regeln«, brummte er finster. »Ich will wegen eines Betrunkenen nicht meinen Job verlieren. Auch dann nicht, wenn er ein berühmter Schauspieler ist.«

»Sie werden keinen Ärger bekommen«, versprach Kate hastig. »Der Hoteldirektor wird Ihnen dankbar sein. Er ist um Diskretion bemüht und schätzt Mr Tracy als langjährigen Gast. Kommen Sie.«

Walter ging mit bedächtigen Schritten den Flur entlang, so als hätte er alle Zeit der Welt. Am liebsten hätte Kate ihn von hinten angeschoben.

»Ich bin eingenickt, und als ich aufwachte, konnte ich nichts mehr hören«, sagte sie verzweifelt.

»Wahrscheinlich ist er eingeschlafen«, entgegnete Walter. »Kein Wunder, bei den Mengen Alkohol, die er am Nachmittag mit aufs Zimmer genommen hat.«

Kate widersprach nicht. Sie hoffte inständig, dass Spencer im Bett seinen Rausch ausschlief und nicht in der Badewanne, wie er es hin und wieder tat. Ihr Herz raste immer noch. Was, wenn Spencer gestürzt war und sich verletzt hatte?

Viel zu langsam holte Walter den Generalschlüssel aus der Tasche seiner Uniformjacke.

»Bitte beeilen Sie sich«, flehte sie. Nervös biss sie auf ihre Unterlippe.

Walter ließ sich von ihrer Ungeduld nicht beirren. Bedächtig steckte er den Schlüssel ins Loch, drehte ihn um und sperrte seelenruhig auf. Mit einem leisen Knarren drückte er die Tür zum Hotelzimmer auf.

»Bitte schön.« Er machte eine einladende Geste.

Kate starrte auf den offenen Spalt. Das Licht einer kleinen Stehlampe fiel auf den Teppichboden des kleinen Vorraums. Es war vollkommen still. Kate fühlte sich wie gelähmt. Es erschien ihr unmöglich, den ersten Schritt zu tun. Ein längst vergangenes Bild tauchte in verschwommenen Fragmenten vor ihr auf. Eine Holztür, deren Farbe abgesplittert war. Sie hörte ein gespenstisches Quietschen und roch den Staub eines ganzen Jahrzehnts. Mit einem Mal wurde ihr schwarz vor Augen. In ihren Ohren sauste es. Ein hoher, schriller Ton erklang.

»Ich kann nicht«, hauchte sie tonlos.

»Aber Sie wollten doch, dass ich aufsperre«, entgegnete Walter irritiert. Seine Stimme holte sie in die Gegenwart zurück.

»Bitte gehen Sie als Erster«, bat Kate.

Er sah sie verständnislos an, schien jedoch Mitleid mit ihr zu haben und vielleicht auch Angst, sie könnte vor seinen Augen kollabieren.

»In Ordnung«, murmelte er und trat ein.

»Mr Tracy?« Er klang verhalten, vorsichtig.

Kate stand immer noch regungslos da, während der Liftboy hinter der offen stehenden Tür verschwand. Kate lauschte angespannt und wagte nicht, zu atmen. Sie hörte ein Rumpeln, dann ein lautes Fluchen. Es war Spencers Stimme. Erleichtert stieß sie die Luft aus und folgte Walter ins Hotelzimmer.

Mit einem einzigen Blick erfasste sie die Lage. Spencer lag auf dem Boden, in Unterhose und einem schmutzigen Hemd. Ein unangenehmer Dunst von Alkohol erfüllte den Raum.

»Vielen Dank, Walter. Ich schaffe das jetzt allein.«

Kate holte einen Zehndollarschein aus ihrer Hosentasche und drückte ihn Walter in die Hand. Sie hatte das Geld in weiser Voraussicht eingesteckt, weil sie befürchtet hatte, damit das Schweigen eines Hotelangestellten erkaufen zu müssen.

Wie erwartet hellte sich Walters Gesichtsausdruck auf. »Das ist sehr großzügig, vielen Dank.«

»Ich bin Ihnen zu Dank verpflichtet und rechne mit Ihrer Diskretion.«

»Keine Ursache.«

Kate wusste, dass Walter nichts davon an die Presse weitergeben würde. Er war ein langjähriger Mitarbeiter, der seinen Job schätzte. In einigen Jahren würde er in Rente gehen, dann bestand die Gefahr, dass er plauderte. Aber bis dahin konnte sie sicher sein, dass nichts von dem, was er heute sah, an die Öffentlichkeit dringen würde. Ein einziges Wort würde ihn seine Anstellung kosten und damit auch seine wohlverdiente Pension.

»Mr Tracy ist ein großartiger Schauspieler«, sagte Walter ernst. »Ich liebe seine Filme. Jeder trinkt mal einen über den Durst. Das ist doch etwas absolut Menschliches. Meine Frau und ich haben *Der beste Mann* dreimal gesehen und können es kaum erwarten, dass *Ehekrieg* in die Kinos kommt. Meine Frau wollte Karten für die Premiere nächste Woche kaufen, aber sie hat keine mehr bekommen.«

»Da lässt sich gewiss etwas machen«, versprach Kate.

»Sie meinen, Sie können mir Karten für die Filmpremiere besorgen?« Walter grinste breit. Der Abend schien sich für ihn gelohnt zu haben. Sein Gesicht hatte Ähnlichkeit mit dem eines kleinen Jungen, der zu Weihnachten sein lang ersehntes Spielzeug unter dem Tannenbaum entdeckt.

»Ich werde Ihnen und Ihrer Frau Karten in der ersten Reihe zukommen lassen«, versicherte Kate. »Und hinterher lade ich Sie zum Essen ins Toffenetti am Times Square ein.« Das Lokal zählte nicht zu den vornehmsten Adressen, war im Moment aber eines der beliebtesten Lokale der Stadt.

»Das ist ja großartig!« Walter schnalzte zufrieden mit der Zunge. Damit weckte er Spencer auf, der sich zur Seite drehte und in einem Schwall übergab.

Angewidert verzog Walter das Gesicht.

»Sie können wirklich gehen«, wiederholte Kate und schob Walter aus dem Zimmer. »Haben Sie vielen Dank für Ihre Unterstützung. Ich werde mich persönlich beim Hoteldirektor für Ihren Einsatz heute Nacht bedanken. Und die Karten liegen morgen früh in Ihrem Spind. Versprochen. Ich wünsche Ihnen noch eine gute Nacht.«

»Die Reinigung kommt erst gegen sechs. Soll ich gleich jemanden schicken?«

»Nein, es ist alles in Ordnung, haben Sie vielen Dank, Walter, und grüßen Sie Ihre Frau von mir.«

Kate redete schnell und ohne Unterbrechung, während sie den Liftboy zur Tür brachte, ihn auf den Flur schob und die Tür hinter ihm schloss. Dann lief sie zurück zu Spencer, der sich umständlich aufzurichten versuchte. Kate kniete sich neben ihn auf den Boden.

»Verschwinde«, lallte er.

Seine rotblonden Locken hingen ihm verklebt in die verschwitzte Stirn. Er stank erbärmlich. Seine hellblauen Augen waren blutunterlaufen und glasig, vom Alkohol, aber auch vom Schmerz. Er hatte geweint, Kate konnte es sehen. Ihn leiden zu sehen, brach ihr das Herz.

»Ich helfe dir ins Bett.«

»Du sollst verschwinden!« Er hielt die Augen halb geschlossen. »Geh!«

»Nein.«

Er zögerte, stützte sich mit beiden Händen ab und versuchte, über die Knie nach oben zu kommen. Kates Blick fiel auf die Kiste, die neben seinem Bett stand. Vier der Whiskeyflaschen waren leer. Sie wusste, schon nach drei Gläsern davon könnte sie ihren eigenen Namen nicht mehr aussprechen. Spencer war unglaubliche Mengen Alkohol gewöhnt. Er konsumierte sie seit Jahren.

Kate ignorierte seinen Protest, schob ihren Arm unter seine Achseln und zog ihn mit aller Kraft hoch. Trotz ihres schlanken Körpers war sie eine kräftige Frau. Der regelmäßige Sport machte sich bezahlt. Ächzend hievte sie Spencer auf die Füße. Er schwankte und sah sie nun direkt an. Sein Gesicht war nur eine Handbreit von ihrem entfernt.

»Warum machst du das?«, fragte er.

Mit einem Mal sah er wie ein kleiner Junge aus. Ein verletzliches Kind, das seinen Ängsten nicht gewachsen war und sich irgendwo verkriechen wollte.

Es schnürte ihr die Kehle zu. Aus den Tiefen ihres Unterbewusstseins tauchten verblasste Bilder eines anderen Kindes auf. Sie waren nur vage und verschwanden sofort wieder.

»Weil ich dich liebe«, sagte sie.

Er schüttelte vehement den Kopf. »Niemand soll mich lieben. Ich bin ein Stück Dreck.«

»Psst.« Kate legte ihren Zeigefinger auf seine Lippen.

Die Wut war längst aus seinen Augen gewichen und hatte tiefer Verzweiflung und grenzenlosem Selbstmitleid Platz gemacht. Mühsam zerrte Kate ihn zum Bett. Spencer streckte sich aus und begann zu weinen. Morgen würde er von all dem nichts mehr wissen, und Kate würde sich hüten, ihn darauf anzusprechen.

Fürsorglich zog sie die Decke über seinen Körper. Dann setzte sie sich an die Bettkante und legte den Arm um ihn. Sie war müde und erschöpft, aber noch wollte sie für ihn da sein, um zu verhindern, dass er in die Schattenwelt abglitt. Sie durfte der Dunkelheit keine Chance geben.

»Schlaf dich aus, mein Liebling.« Sie summte ein Wiegenlied, während sie zusah, wie Spencers Augenlider sich schlossen. Wie er langsam in den Schlaf glitt, wo sein Körper sich von den Strapazen erholen konnte. Sie hielt seine Schulter, streichelte sein Haar und summte. »Alles wird gut«, flüsterte sie.

Hartford, Juni 1928

»Die erste Hürde hast du geschafft«, sagte Kates Vater erleichtert, als er ihr Diplom in den Hauptfächern Geschichte und Philosophie in den Händen hielt. Kritisch prüfte er die Noten.

»Du hättest besser abschneiden können«, bemerkte er, »aber wenn du erst mal Ärztin bist, fragt kein Mensch mehr nach den Noten am College.« Dann widmete er sich dem Rosinenkuchen auf seinem Teller.

Kate steckte ihre Zeugnisse zurück in eine Mappe und stützte ihre Ellbogen auf der Tischplatte ab.

»Dad, ich habe bereits einen Beruf.«

Die nun folgende Stille im Wintergarten war beängstigend. Sowohl ihre Brüder Richard und Robert als auch ihre kleinen Schwestern verharrten in den Bewegungen. Das Ticken der alten Standuhr im Nebenzimmer hallte bis in den sonnendurchfluteten Raum.

»Will noch jemand Tee?«, fragte Kates Mutter mit übertriebener Fröhlichkeit. Sie stand auf und hielt die Teekanne in beiden Händen. Niemand reagierte.

»Was soll das für ein Beruf sein?«, fragte Thomas Hepburn mit grimmigem Gesichtsausdruck.

Kate ließ sich davon nicht beirren. »Ich bin Schauspielerin.«

»Unsinn.«

»Das ist kein Unsinn«, entgegnete Kate. »Jack hat mir nach dem Auftritt als Pandora ein Empfehlungsschreiben für den Produzenten Edwin Knopf gegeben, der ein Repertoiretheater in Baltimore leitet. Am 12. Mai war ich bei Tante Edith und habe bei ihr übernachtet. Sie kennt alle Leute in Baltimore, die gesellschaftlich oder politisch von Wichtigkeit sind. Ihr Name hat großen Eindruck gemacht, und Knopf wird mich engagieren. Mary Boland spielt die Hauptrolle.«

Jack hatte auf Kates Drängen die Kontakte seiner Familie genutzt. Sein Vater kannte nicht nur in der Wirtschaft, sondern auch in der Kulturszene Männer in Schlüsselpositionen, so auch in der Theaterwelt.

Thomas Hepburns Gesicht hatte sich in eine wütende Grimasse verwandelt. Er starrte seine Frau an. »Wie kann deine Schwester es wagen, sich in die Erziehung unserer Kinder einzumischen?«

»Dad, ich bin einundzwanzig Jahre alt. Ich bin erwachsen«, fiel ihm Kate ins Wort.

»Es ist mir egal, ob du einundzwanzig bist! Zählen kann ich selbst«, rief ihr Vater aufgebracht. »Aber es ist offensichtlich, dass du noch nicht erwachsen bist, sonst würdest du nicht so ein unsinniges Zeug reden. Du wirst Ärztin. Punkt.«

»Nein.«

»Darf ich aufstehen, Mum?«, fragte Margaret leise.

Kates Mutter nickte. Marion und Margaret standen auf und verließen eilig den Raum. Robert wollte ihnen folgen, aber Kates Vater schlug mit der Faust so fest auf den Tisch, dass der Fünfzehnjährige sich wieder setzte.

»Ihr steht erst dann auf, wenn ich es euch gestatte!«, rief er. Sein finsterer Blick war weiter auf seine Frau gerichtet. »Hol die Mädchen wieder zurück zum Teetisch.«

»Sobald diese unerfreuliche Diskussion beendet ist, werde ich es tun.« Katharine Houghton Hepburn ließ keinen Zweifel aufkommen, dass sie ihre Worte ernst meinte.

Das Gesicht ihres Ehemanns war nun so dunkelrot, dass es Ähnlichkeit mit einer reifen Tomate hatte. Zu Kates Verwunderung widersprach er seiner Frau nicht, sondern wandte sich an seine Tochter.

»Die Lebensweise von Theaterleuten ist skandalös! Es ist der kürzeste Weg zur Prostitution!«

»Thomas, jetzt übertreibst du«, entgegnete Kates Mutter.

»Wenn Kate schon keine Ärztin werden will, dann hat sie sich in die Rolle einer anständigen Frau zu fügen«, fuhr Kates Vater fort. »Die einzigen vernünftigen Ziele einer jungen Frau sind eine ordentliche Ehe und die Mutterschaft.«

»Du klingst wie ein Mann aus dem vorigen Jahrhundert«, widersprach seine Frau aufgebracht. »Wo sind deine modernen Ansichten? Willst du etwa ernsthaft behaupten, Frauen sind dazu bestimmt, zu Hause zu bleiben? Wir leben in den Vereinigten Staaten des Jahres 1928 und nicht im europäischen Mittelalter.«

»Ich halte meine Tochter nicht vom Studium ab«, entgegnete er. »Ich bin bereit, die Kosten dafür zu zahlen.«

»Dad, ich will aber nicht Ärztin werden«, mischte sich Kate ein. Obwohl es in dem Streit um sie ging, fühlte sie sich wie eine Zuschauerin bei einem Ringkampf. Die Stimme ihrer Mutter war nun lauter geworden. Sie funkelte ihren Ehemann wild an. Es hatte den Anschein, als würde es gar nicht mehr um Kate gehen, sondern um ganz andere Themen, die das aufgebrachte Ehepaar gerade beschäftigten.

»Ich werde deine Haltung akzeptieren und dich nicht um Geld bitten, Dad.« Kate sprach ruhig, damit die Situation nicht eskalierte. »Ich werde am Sonntag aufbrechen, zwei Wochen in Baltimore bleiben und dann weiter nach New York gehen. Es ist mein Leben, und ich habe das Recht, es so zu führen, wie es mir richtig erscheint. Diese Haltung fällt nicht vom Himmel. So wurde ich erzogen.«

Sie hoffte, mit diesem Argument ihrem Vater den Wind aus den Segeln zu nehmen. Tatsächlich räusperte er sich und fuhr dann fort: »Ich werde dir keinen Cent für deine liederlichen Pläne geben.«

Kate nickte tapfer. Es war nicht die Antwort, die sie erhofft hatte, aber er sprach immerhin kein Verbot aus. Noch nie hatte sie sich dem Willen ihres Vaters widersetzt, doch diesmal hätte sie es gemacht. Die Schauspielerei war ihr einfach zu wichtig.

»Dann hätten wir dieses Thema geklärt und können uns wieder wie zivilisierte Menschen unterhalten.« Kates Mutter hielt immer noch die Teekanne in beiden Händen. »Wem darf ich einschenken?«

Der Rest des Fünfuhrtees verlief wie immer. Man redete über Politik, Gesellschaft und über den geplanten Umbau im Krankenhaus von Hartford. Es war, als hätte der Streit nie stattgefunden.

Als Kate am Sonntagmorgen aufbrach, befand sich in ihrem Korbkoffer ein Umschlag, der zehn Dollar enthielt.

»Ich habe das Geld bei einer Bridgepartie gewonnen«, sagte ihr Vater beiläufig. »Es ist unrechtmäßig erworbenes Geld, das ich dir bedenkenlos überlassen kann.« Nie im Leben hätte Thomas Hepburn zugegeben, dass er gerade seinen eigenen Vorsatz brach und seine Tochter finanziell unterstützte.

Kate bedankte sich bei ihm. Sie hütete sich davor, den

Bridgegewinn anzuzweifeln, auch wenn sie wusste, dass ihr Vater nie um Geld spielte. Dann umarmte sie ein Familienmitglied nach dem anderen. Zuletzt drückte sie ihre Mutter an sich.

»Pass gut auf dich auf und verwirkliche deine Träume«, sagte Katharine Houghton Hepburn leise. Auch sie steckte Kate zehn Dollar zu. »Gloria wird nächste Woche den Hackfleischbraten mit reichlich altem Brot strecken. Niemand wird es bemerken.« Sie zwinkerte ihrer Tochter verschwörerisch zu.

In Baltimore bezog Kate ein Zimmer im Bryn Mawr Club, wo sie als frühere Studentin des Colleges kaum Miete zahlen musste. Sie trug weite Hosen, schmutzige Tennisschuhe und einen verwaschenen grünen Männerpullover, den sie sich letzten Sommer von Luddy geliehen und nicht zurückgegeben hatte. Auf dem Kopf hatte sie einen verbeulten Filzhut, unter dem sich ihre roten Locken kräuselten.

Kate fühlte sich unbeschwert wie noch nie zuvor in ihrem Leben. Selbst auf der Reise durch Großbritannien war sie nicht so glücklich gewesen. Es kam ihr so vor, als stünden ihr alle Wege offen und als könnte sie jedes Ziel erreichen, sei es auch noch so fern. Sie war ungebunden und frei. Nie wieder musste sie sich mit Zahlen und Gleichungen herumschlagen. Ab sofort würde sie nur noch das tun, was ihr Spaß machte: an ihrer Karriere als Schauspielerin arbeiten.

Gleich nach ihrer Ankunft in der Stadt nahmen die Mitglieder des Theaterensembles sie unter ihre Fittiche. Geprobt wurde im Hinterhof eines alten Fabrikgeländes. Zwischen verrosteten Stahlträgern und leeren Holzkisten zeigte Mary Boland ihr, wie man sich gekonnt die Augen schminkte.

»So kannst du unmöglich auf die Bühne gehen«, erklärte die Hauptdarstellerin. Noch bevor Kate etwas einwenden konnte, bearbeitete Mary ihr Gesicht mit Wimperntusche und reichlich Farbe.

Als Kate sich im Handspiegel betrachtete, schreckte sie entsetzt zurück.

»Auf der Bühne musst du doppelt so viel Schminke auftragen wie sonst«, erklärte Mary. »Sonst sehen die Menschen im Publikum nichts davon, und du wirkst blass und unscheinbar, wie eine kleine graue Maus.«

Dieses Argument leuchtete Kate ein. Noch am selben Nachmittag kaufte sie in einer Drogerie Schminkutensilien. Die Verkäuferin, eine Frau im akkurat gebügelten weißen Apothekermantel, musterte Kate beim Bezahlen mit strengem Blick. Es galt als unschicklich, wenn junge Frauen ihre natürliche Schönheit mit Hilfsmitteln nachbesserten. Kate hätte ihr erklären können, dass sie die Schminke für die Bühne benötigte, aber das hätte ihr den Spaß verdorben. Mit hoch erhobenem Kopf bezahlte sie die Rechnung und trug die Einkaufstüte wie eine Trophäe aus dem Geschäft. Sie fühlte sich herrlich modern. Sie war der Meinung, dass sie jedes Recht der Welt hatte, ihr Gesicht zu bemalen, schließlich war es ihr eigenes. Das vorige Jahrhundert war überwunden. Die Zukunft gehörte jungen Frauen, die selbstbewusst durchs Leben gingen.

Bei der nächsten Probe riet Mary ihr, den »Golfplatzgang« abzulegen.

»Welchen Golfplatzgang?«, fragte Kate irritiert.

»Du gehst wie ein männlicher Sportler oder wie ein kleines Kind. Bei jedem Schritt glaubt man, du willst einen Wettkampf gewinnen.«

Kate beobachtete sich beim Gehen im Spiegel, doch ihre Bewegungen erschienen ihr völlig normal. Was daran sollte nicht stimmen?

»Tritt weiblicher auf«, forderte Mary.

Kate gab sich große Mühe, ihre Schritte geschmeidiger zu gestalten, jedoch ohne überzeugenden Erfolg. Als sich auch nach zwei Wochen nichts an ihrem Gang änderte, schickte der Schauspieler MacKenna sie mit einem Empfehlungsschreiben nach New York.

»Mrs Robinson-Duff ist die beste Lehrerin, die es in den Staaten gibt«, versicherte er. »Sie wird aus dir eine glamouröse Schauspielerin machen.«

In dem Brief stand zwar, dass Kate eine schreckliche Haltung habe und sich lieber auf den Boden als auf einen Stuhl setze. Doch MacKenna hatte auch geschrieben, dass sie über ein großes Talent verfüge, das gefördert werden müsse.

Kate war auf diesen Brief stolzer als auf alle Zeugnisse, die sie in Bryn Mawr jemals erhalten hatte. Am liebsten hätte sie das Schreiben golden gerahmt. Stattdessen faltete sie es säuberlich und steckte es zu ihren anderen Habseligkeiten in den Korbkoffer.

New York, Manhattan, Juli 1928

Mit dem Schreiben im Gepäck nahm Kate den Zug nach New York. Sie löste ein Ticket in der billigsten Klasse und saß eingepfercht zwischen Fabrikarbeitern und Tagelöhnern auf einer harten Holzbank, doch das störte sie nicht im Geringsten. Sie konnte es kaum erwarten, nach New York zu kommen.

Kate kannte die Stadt von früheren Besuchen. Sie liebte die Grand Central Station. Bei der offiziellen Eröffnung des Bahnhofsgebäudes war sie sechs Jahre gewesen. Mary Towl, die alte Freundin ihrer Mutter, hatte damals die ganze Familie nach New York eingeladen, doch nur Kate und Tom waren gefahren. Eine Blaskapelle hatte gespielt, und es hatte Würstchen mit Sauerkraut und Senf in weichen Weißbrötchen gegeben und dazu Waldmeisterbrause. Alle hatten kleine Fähnchen geschwenkt und ausgelassen gefeiert. Kate hatte das Spektakel genossen. Ihr Bruder Tom war von der Deckenbemalung der Bahnhofshalle beeindruckt gewesen. Auch jetzt hielt Kate einen kleinen Moment inne und sah hinauf. Die aufgemalten Sterne erinnerten sie an die Sommer in Fenwick. Nirgendwo anders konnte man so viele Sternschnuppen sehen wie am Strand.

Noch bevor weitere wehmütige Erinnerungen in ihr aufstiegen, wurde sie von den Menschenmassen aus dem Gebäude geschoben. Zu Fuß ging sie in die 46th Street. An jeder Ecke boten Straßenhändler ihre Ware an. Von Zündholzschachteln über Hirschhornkämme bis zu Zahnpasta und Tabak war hier alles zu bekommen. In den Auslagen der Geschäfte war das Angebot noch reichhaltiger und deutlich luxuriöser. Kate ließ sich im Strom der Menschen mittreiben. Stimmen wurden vom Lärm der Automobile, Busse und Baustellen geschluckt, und sie wusste gar nicht, wo sie zuerst hinsehen sollte. Rechts und links von ihr erhoben sich Wolkenkratzer, und in schwindelerregender Höhe turnten Bauarbeiter auf Stahlbetonträgern, als seien sie Akrobaten in einer Zirkusmanege.

Kate kam an Zeitungskiosken, Schuhputzern und Hotdog-Verkäufern vorbei. Eben noch hatte es nach gebratenen Würstchen gerochen, doch schon im nächsten Moment stieg ihr der Duft von frisch gebackenen Muffins aus einer der zahlreichen Bäckereien in die Nase. Schade, dass sie im Zug ihr Butterbrot gegessen hatte und nicht mehr hungrig war.

An der nächsten Straßenecke hielt sie an. Eigentlich hätte sie als Erstes zu Mrs Norris gehen sollen, einer Freundin ihrer Mutter. Die frühere Schulkameradin, deren Wohnung gleich um die Ecke lag, hatte versprochen, sie für ein paar Tage bei sich aufzunehmen. Aber das hieße, dass Kate noch länger darauf warten müsste, Mrs Robinson-Duff kennenzulernen. Der Erfolg ihres New-York-Aufenthalts hing maßgeblich von der Schauspiellehrerin ab. Was, wenn sie ihr keinen Unterricht erteilte, weil sie der Meinung war, Kate sei nicht talentiert genug?

Noch war sie zuversichtlich, doch je länger sie warten musste, umso größer würden ihre Zweifel und Ängste werden. Also fasste sie einen spontanen Entschluss. Sie holte den Zettel aus ihrer Hosentasche, prägte sich die Adresse von Mrs Robinson-Duff ein und lief weiter Richtung Central Park, bis zur 62nd Street. Vor dem zehnstöckigen Backsteinbau blieb sie stehen, schaute kurz die Fassade hoch und betrat dann beherzt das Gebäude. Der Portier an der Eingangstür nannte ihr das richtige Stockwerk. Kate nahm die Treppen statt des Lifts und klingelte an der Tür von Frances Robinson-Duff. Es dauerte schier eine Ewigkeit, bis die ein wenig korpulente Fünfzigjährige ihr öffnete. Sie trug einen bunten Seidenkimono und hatte ihr gefärbtes Haar zu einer extravaganten Frisur hochgesteckt.

»Ja, bitte?«

»Mein Name ist Kate. Ich will Schauspielerin werden!«

Mrs Robinson zog die gezupften, schmalen Augenbrauen hoch.

»Bitte bringen Sie mir alles bei, was ich als Schauspielerin wissen muss«, fuhr Kate fort.

Immer noch keine Antwort.

Kate drückte ihren Korbkoffer fest an den Oberkörper und hielt sich daran fest.

»Ich habe ein Empfehlungsschreiben von Mr MacKenna.«

»Er hat mich am Telefon bereits vorgewarnt«, entgegnete die Schauspiellehrerin endlich. »Haben Sie den Brief dabei?«

Kate stellte den Korbkoffer neben sich ab, kniete sich hin und kramte das Schreiben heraus. Sie reichte es Mrs Robinson-Duff, die es mit spitzen Fingern entgegennahm. Dabei musterte sie Kate voller Neugier über den Rand ihrer Brille hinweg.

Es dauerte schier endlos, bis sie den Brief gelesen hatte. Kate fragte sich, ob die Schauspiellehrerin den Inhalt wohl auswendig lernte. Als sie das Papier sinken ließ, sagte sie:

»Das Erste, was ich Ihnen empfehle: Üben Sie sich in Langsamkeit. Wenn Sie auf der Bühne so schnell sprechen wie mit mir, versteht Sie kein Mensch im Publikum.«

»Heißt das, Sie werden mich unterrichten?«

Statt zu antworten, öffnete Mrs Robinson-Duff die Tür noch weiter.

»Geradeaus, ins Wohnzimmer«, sagte sie. »Aber benutzen Sie einen der Stühle. Nur Tiere sitzen auf dem Boden.«

Nach einem kurzen Gespräch, bei dem es insbesondere um die Bezahlung ging, reichte Mrs Robinson-Duff Kate drei Murmeln. »Die nehmen Sie heute Abend in den Mund, stellen sich vor den Spiegel und versuchen, Gedichte von Byron aufzusagen.«

Überrascht nahm Kate die Glaskugeln entgegen, dann bestellte Mrs Robinson-Duff sie für den nächsten Tag um die Mittagszeit wieder zu sich. Die Schauspiellehrerin war nämlich der Überzeugung, dass die Stimme Zeit brauche, um aufzuwachen. »Wer vor elf mit dem Stimmtraining beginnt, ist selbst schuld, dass er keine ordentlichen Ergebnisse zustande bringt«, erklärte sie, bevor sie ihre neue Schülerin verabschiedete.

Kate, die eine Frühaufsteherin war, saß am nächsten Morgen wie auf Kohlen. Sie hatte wie geplant eine Übernachtungsmöglichkeit bei Mrs Norris gefunden. Die Bekannte ihrer Mutter war hilfsbereit, hatte ihr aber deutlich gemacht, dass sie nicht ewig bleiben könne. Doch das hatte Kate auch nie vorgehabt. Sie wollte sich eine eigene Bleibe suchen, sobald sie eine feste Stelle als Schauspielerin bekommen hatte.

Nun befand sie sich in ihrem Zimmer bei Mrs Norris und konnte gar nicht erwarten, ihre erste Schauspielstunde zu bekommen. Die Übung mit den Murmeln hatte sie bald aufgegeben, nachdem sie beim ersten Versuch beinahe erstickt wäre. Kate beschloss, sich die Wartezeit mit einem ausgiebigen Spaziergang durchs Viertel zu vertreiben. Sie verließ die Wohnung, betrat die Straße und schaute sich interessiert um. Sie beobachtete den Besitzer des kleinen Kaffeehauses, der den Rollladen hochzog und die winzigen Stühle auf den Bürgersteig stellte. Den Zeitungsjungen, der lautstark die Morgenausgabe anpries, und die Blumenverkäuferin, die ihre Ware hübsch drapierte. Nur zu gern hätte sie sich in eines der schicken Lokale gesetzt, um einen frischen Bagel zu essen und duftenden Kaffee aus Porzellantassen zu trinken. Doch dafür reichte ihr Geld nicht. Stattdessen begnügte sie sich mit einem Brötchen vom Straßenhändler, der es für sie mit einer Extraportion Buttercreme füllte.

Kurz vor halb zwölf kehrte Kate zum Wohnhaus der Schauspiellehrerin zurück, grüßte den Portier und lief die Treppe hoch. Vor der Tür war sie außer Atem. Sie wartete ein paar Augenblicke, bis ihr Herz wieder ruhiger klopfte, erst dann klingelte sie. Es dauerte eine halbe Ewigkeit, bis Mrs Robinson-Duff öffnete. Heute trug sie einen lila Kimono und hatte ihr Haar mit einem orangenen Seidenschal aus der Stirn gebunden. Ein paar Cremereste von ihrer Morgentoilette klebten noch am Haaransatz. Sie begrüßte Kate und winkte sie herein.

Genau wie am Tag zuvor nahm Kate im Wohnzimmer der Lehrerin Platz, das mit extravaganten Möbelstücken ausstaffiert war. Die Einrichtung sah aus, als hätte Mrs Robinson-Duff sie aus den Requisiten unterschiedlicher Bühnenproduktionen zusammengestellt. Ein ausgestopfter Löwenkopf an der Wand zog Kates Interesse auf sich.

»Beachten Sie George nicht«, sagte Mrs Robinson-Duff. »Er ist ein Geschenk eines Verehrers.«

Kate lag eine böse Bemerkung über Männer auf der Zunge, die ausgestopfte Löwenköpfe verschenkten, behielt sie aber für sich. Eine Frau, die dem Kopf einen Namen gab, fand den Scherz vielleicht nicht angebracht.

»So, dann wollen wir mal«, sagte Mrs Robinson-Duff und klatschte motivierend in die Hände. »Ich hoffe, Sie haben fleißig mit den Murmeln im Mund geübt? Lassen Sie mal ein Gedicht hören.« Sie setzte sich Kate gegenüber und schob den Sessel näher an sie heran.

»Ich wäre an den Murmeln beinahe erstickt. Ich habe die Übung aufgegeben«, gab Kate kleinlaut zu.

Die Augenbrauen von Mrs Robinson-Duff wanderten in die Höhe. »Das war aber Ihre Hausaufgabe.«

Kate hatte nicht gedacht, dass die Lehrerin den Auftrag ernst gemeint hatte. Die Murmeln stellten eine gesundheitliche Gefahr dar, denn Kate hätte daran ersticken können.

»Ihre Aussprache ist schnell und verwaschen«, erklärte Mrs Robinson-Duff.

»Mit den Murmeln im Mund klingt alles noch viel schlimmer«, entgegnete Kate. »Kein Mensch kann erahnen, was ich sage. Nicht einmal ich selbst.«

»Genau deshalb müssen Sie trainieren.«

Kate erkannte den Sinn der Übung nicht. Sie wollte Unterricht nehmen, um zu lernen, und nicht, um schikaniert zu werden. Trotzig verschränkte sie die Arme vor der Brust. Sie fühlte sich an den Mathematikunterricht in Bryn Mawr zurückversetzt.

»Schätzchen, jetzt sage ich Ihnen etwas.« Mrs Robinson-Duff beugte sich nach vorne. Ein Schwall schweren Parfums wehte Kate entgegen. »Wenn Sie an meinen Methoden zweifeln, dann können Sie auf der Stelle wieder gehen. Und wenn Sie wollen, dass ich Ihnen etwas beibringe, dann halten Sie sich an meine Anweisungen.« Sie sah sie eindringlich an. »Und zwar an alle.«

Kate schwieg betroffen.

Mrs Robinson-Duff schien ihre Worte ernst zu meinen. Kate war hin- und hergerissen. So hatte sie sich den Unterricht nicht vorgestellt. Schließlich lenkte sie ein.

»Ich will nicht gehen.« Sie holte die Murmeln aus ihrer Hosentasche und steckte sie in den Mund. »Alsch isch mit Schmerzen in Tränen und stumm …«

Zufrieden lehnte sich Mrs Robinson-Duff zurück. »Na bitte«, sagte sie. »Es geht ja.«

Die nächsten Wochen verbrachte Kate mit Sprechübungen. Mrs Robinson-Duff quälte sie weiter mit den Murmeln, mit dem Ausblasen von Kerzen, dem Aufsagen von Gedichten, Zungenbrechern und Balladen. Die Wohnsituation bei Mrs Norris wurde von Tag zu Tag unangenehmer. Kate wusste, dass sie bloß geduldet wurde und man darauf wartete, dass sie ihren Koffer packte und weiterzog. Für die Bekannte ihrer Mutter war Kates Lebensweise zu unkonventionell und modern. Sie stieß sich nicht nur an deren Kleidung, sondern auch an ihrer ungestümen und direkten Art. Dass die beiden sich nicht in die Haare gerieten, war der langjährigen Freundschaft zwischen Mrs Norris und Kates Mutter geschuldet. Mrs Norris wollte die Tochter ihrer Freundin nicht einfach auf die Straße setzen. Leider wuchsen bezahlbare Wohnungen in Manhattan nicht auf den Bäumen, und so war Kate ständig auf der Suche nach einem preiswerten kleinen Zimmer, bisher jedoch ohne Erfolg.

Nach der ersten Woche in Manhattan erhielt Kate einen Anruf von Edwin Knopf. Er hatte sich dazu entschlossen, in seinem Repertoiretheater die Inszenierung der Komödie *The Big Pond* von George Middleton zu riskieren. Der Autor war jung und unbekannt, doch Knopf war von der Qualität des Stücks überzeugt.

»Ich würde dir gern ein Angebot unterbreiten, Kate. Fühlst du dich bereit, die Zweitbesetzung der Barbara zu übernehmen?«

Es dauerte einen Moment, bis sie die Tragweite der Frage begriff. Kaum war die Botschaft bei ihr angekommen, schrie sie begeistert in den Telefonhörer: »Ja, auf jeden Fall!«

Kate schwebte auf Wolken. Nach nur wenigen Wochen in New York hatte sie ihr erstes Angebot. Es war zwar bloß eine Zweitbesetzung, und vielleicht hatte die Tatsache hineingespielt, dass George Middleton, der Autor der Komödie, mit der Suffragette Fola La Follette verheiratet war, einer alten Freundin ihrer Mutter und ihrer Tante Edith. Aber das war alles völlig unwichtig. Kate hatte ein Angebot, und das allein zählte.

Jetzt musste sie ihr Talent unter Beweis stellen. Aber sie hatte keine Zweifel daran, dass es ihr gelingen würde. Bald würden größere Rollen kommen, und dann konnte sie sich auch eine eigene Wohnung leisten.

Aufgeregt griff sie nach ihrem Mantel, um zu Mrs Robinson-Duff zu laufen und ihr die Neuigkeit zu erzählen. Eilig lief sie die Treppen hinunter ins Erdgeschoss und nahm immer drei Stufen auf einmal. Als sie schwungvoll auf die Straße trat, hielt sie abrupt inne. Beinahe wäre sie in Phelps Putnam hineingelaufen, den sie seit dem Abend in Bryn Mawr nicht mehr gesehen hatte.

Putnam hatte ihr seitdem mehrere Briefe geschrieben, in

denen er mit blumigen Worten seine glühende Bewunderung zum Ausdruck gebracht hatte. Kate hatte sich geschmeichelt gefühlt und die ersten Briefe ausführlich beantwortet. Seit sie in New York war, hatte die Korrespondenz für sie jedoch an Wichtigkeit verloren, und sie hatte ihm nur eine kurze Ansichtskarte geschickt.

Jetzt, da sie Putnam wiedersah, schlug ihr Herz schneller. Durch die langen Briefe kam er ihr seltsam vertraut vor, obwohl sie ihm erst einmal begegnet war.

»Was machen Sie hier?«, fragte sie überrascht.

»Sie haben mir geschrieben, dass Sie in der Stadt sind und nach einer dauerhaften Bleibe suchen, da Sie nicht ewig bei der Freundin Ihrer Mutter wohnen können.«

Er trat zur Seite und wich einem Botenjungen aus, der einen schweren Handkarren hinter sich herzog. Dabei verrutschte sein Schlapphut. Wie beim letzten Mal sah er hinreißend aus. Sein Bart war akkurat getrimmt, sein Haar eine Spur zu lang. Der Anzug, den er trug, war zerknittert, aber schick. Es war, als wollte er der ganzen Welt zeigen: Seht her, mir sind Äußerlichkeiten nicht wichtig, mein Kapital sind meine Gedanken und meine Kreativität. Gerade deshalb bin ich ein attraktiver Mann.

Kate konnte gar nicht den Blick von ihm wenden. »Haben Sie denn ein Zimmer, das Sie mir vermieten können?«

»Ich nicht, aber mein Freund Russell Davenport. Er besitzt ein Apartment in der 54th Street. Im Moment wohnt er an der Westküste und braucht die Wohnung nicht. Sie können sie haben.«

»Einfach so?«, fragte Kate erstaunt.

»Ich würde mich natürlich freuen, wenn ich von Zeit zu Zeit vorbeikommen könnte.«

Kate riss amüsiert die Augen auf. War das etwa ein unmoralisches Angebot gewesen? Sie fand die Vorstellung unglaublich aufregend.

Er schien ihre Gedanken zu erraten und hob entschuldigend die Hände. »Die Besuche wären natürlich rein freundschaftlicher Natur. Ich bin schließlich ein verheirateter Mann.«

Kate verkniff sich die Antwort, die ihr auf der Zunge lag. Ganz Amerika wusste, wie ernst Phelps Putnam seine Ehe nahm. Sogar in der Zeitung stand, dass er nicht davor zurückschrecke, seine eigene Frau zu betrügen, die zu Hause in Massachusetts auf ihn wartete. Doch die Tatsache, dass er bereits vergeben war, ließ den Dichter in Kates Augen noch begehrenswerter erscheinen.

»Lassen Sie uns bei einem gemütlichen Abendessen alles in Ruhe besprechen«, schlug er vor. »Sagen wir acht Uhr? Ich hole Sie ab.« Dagegen hatte Kate nichts einzuwenden.

Putnam wählte ein kleines italienisches Restaurant in der Nähe des Times Square aus, wo sie in einer Nische einen Tisch ergatterten. Der Besitzer, ein Mann aus Neapel, kannte Putnam und begrüßte ihn wie einen alten Freund. Kate bestellte einen Teller Pasta. Die Nudeln waren verkocht und die Soße zu salzig, aber das störte sie nicht. Sie hätte ohnehin nicht bemerkt, was sie auf ihre Gabel spießte, denn ihre Aufmerksamkeit galt ausschließlich Putnam. Seine Nähe machte sie auf angenehme Weise nervös. Mit jeder Faser ihres Körpers fühlte sie sich zu ihm hingezogen. Wie es wohl sein mochte, sein dunkles Haar zu berühren? Seine vollen Lippen zu küssen?

»Ich bin froh, dass Sie mir von Ihrer Suche nach einem

Apartment geschrieben haben«, sagte er. Er selbst aß nichts und begnügte sich mit einem Glas Wein. Auch hier wurde trotz der Prohibitionsgesetze Alkohol ausgeschenkt.

Kate wurde heiß, und sie schlüpfte aus ihrer Weste. Dabei war es eigentlich nicht besonders warm in der Gaststube.

»Ich kenne eine Menge einflussreicher Menschen in New York – Theaterdirektoren, Zeitungsmänner und Autoren«, fuhr Putnam fort. »Wenn Sie wollen, kann ich Sie mit einigen davon bekannt machen.«

Kates Mund war voll, deshalb nickte sie bloß.

»Glauben Sie mir, wenn Sie am Theater Erfolg haben wollen, sind Bekanntschaften das Allerwichtigste.«

Kate glaubte ihm aufs Wort. Sie hatte selbst erfahren, was die Kontakte ihrer Tante bewirkt hatten. Auch den Unterricht bei Mrs Robinson-Duff hatte sie einem Empfehlungsschreiben zu verdanken.

»Das ist sehr großzügig von Ihnen, Mr Putnam«, entgegnete sie.

»Nennen Sie mich doch Phelps, meine Liebe.«

»Gerne.« Sie prostete ihm mit Gingerale zu.

Dann wechselte er das Thema. »Seit unserem letzten Treffen habe ich wieder zu schreiben begonnen.«

»Das ist ja großartig. Erzählen Sie mir davon«, bat Kate ihn.

»Es ist ein Gedicht. Und es handelt von Ihnen.«

Kate schoss das Blut in die Wangen. Sicher hatte die Farbe ihres Gesichts nun Ähnlichkeit mit der Soße auf ihrer Pasta. Noch nie hatte jemand ein Gedicht über sie geschrieben. Der Gedanke war aber durchaus schmeichelnd.

»Sie war das leibhaftige Chaos der Liebe, sie war die Unerklärte, das Ende der Liebe, die das träumerische Ich einnimmt. Die eine Erscheinung in der endlichen Welt, der wir eines Tages begegnen, und die hinterher untröstlich durch alle Liebe verzweifelt«, deklamierte er.

Kate hatte die Ellbogen auf dem Tisch abgestützt, die Hände gefaltet und das Kinn darauf abgelegt. »Das klingt wunderschön!«, sagte sie und seufzte.

»Es freut mich, dass es Ihnen gefällt«, sagte er. »Sie sind es, die mich zu diesen Worten inspirieren.«

Kate beugte sich weit über den Tisch. Ihr Mund war nur noch eine Handbreit von seinem entfernt. Sie konnte die kleinen Fältchen sehen, die sich tief in die Haut rund um seine Augen gegraben hatten. Er war mit Abstand der attraktivste Mann, der ihr bisher begegnet war. Wie weit musste sie sich wohl noch zu ihm beugen, damit er sie küsste?

»Wann kann ich in die Wohnung einziehen?« Ihre Stimme klang heiser. Endlich verstand sie, was Mrs Robinson-Duff meinte, wenn sie von ihr verlangte, verführerisch zu klingen. Man musste Gefühle am eigenen Leib spüren, um sie glaubhaft darstellen zu können.

Die Situation hatte etwas Aufregendes und Verbotenes. Kate hob ihren Kopf, schob ihre Rechte langsam über den Tisch und legte sie auf seine Hand. Es war, als durchzuckte sie ein kleiner Stromschlag. Ein Lauffeuer, das sich in ihrem ganzen Körper ausbreitete.

Phelps richtete sich auf. »Heute noch?«

Er entzog ihr die Hand und verschränkte die Arme vor der Brust. »Ich versichere Ihnen, dass es sich um kein unanständiges Angebot handelt.«

Kate entging jedoch nicht, dass die Sehnsucht in seinen Augen im Widerspruch zu seinen Worten stand. Sie war berauscht von Glück. Gegen ein unmoralisches Angebot hatte sie absolut nichts einzuwenden. Sie war einundzwanzig, alt genug, um auch auf diesem Gebiet Erfahrungen zu sammeln. Die verstaubten Moralvorstellungen der Generation ihrer Großeltern waren ihr ein Gräuel. Sie wollte leben und dabei Spaß haben.

Ein paar Stunden später stand sie in einer hübschen Eisenbahnerwohnung im Osten der 54th Street mit direktem Blick auf den Fluss. Es gab eine kleine Küche, ein Wohnzimmer und einen Schlafraum. Auf der Flussseite führte eine eiserne Feuerleiter auf die Straße hinunter. Auf ihr konnte man sitzen und rauchend die Schiffe auf dem Wasser beobachten. Kate wusste, dass es ihr Lieblingsort werden würde. Russell Davenport, der für die Magazine *Fortune* und *Time* schrieb, hatte ein komplettes Badezimmer mit einer Wanne in die Wohnung einbauen lassen.

»Es ist Monate her, dass ich ein Vollbad genommen habe«, meinte Kate begeistert.

»Na, dann nichts wie in die Wanne!« Phelps' Blick glitt ungeniert über ihren Körper. Da war es wieder, dieses aufregende Kribbeln in ihrer Körpermitte. Keck erwiderte sie seinen Blick. Erst als sie einen Schritt auf ihn zumachte, schien er zu bemerken, was er eben gesagt hatte. »Natürlich erst, wenn ich gegangen bin«, fügte er hinzu.

»Wo werden Sie übernachten?«, fragte Kate.

»Bei einem Freund, gleich um die Ecke. Aber ich werde Sie morgen zum Frühstück abholen.«

»Ich bin um halb zwölf mit Mrs Robinson-Duff verabredet.« Kate machte einen weiteren Schritt auf ihn zu. Er musste das Knistern zwischen ihnen doch ebenso spüren wie sie. Das Verlangen, von ihm berührt zu werden, war beinahe schmerzhaft. Langsam zog sie ihre Weste aus und öffnete Knopf für

Knopf die Bluse. Der leichte Baumwollstoff glitt über ihre rechte Schulter. Darunter war sie nackt. Sie war sich der Wirkung ihres prallen weißen Busens mit den aufgestellten rosa Brustwarzen bewusst. Zufrieden nahm sie Phelps' Keuchen wahr. Sein Blick war voller Begierde. Doch statt nach dem zu greifen, was sie ihm bereitwillig anbot, wandte er sich ab.

»Ich werde morgen früh pünktlich sein«, sagte er heiser. »Ein paar Straßen weiter gibt es die besten Bagels der Stadt.«

Kate folgte seiner Bewegung und zwang ihn förmlich zu einem Kuss, doch er hauchte ihn bloß auf ihre Wange, dabei streifte seine Hand ihren nackten Busen. Fast erschrocken, als hätte er etwas Verbotenes getan, zuckte er zurück. Kate wollte mehr. Sie drängte sich an ihn, doch er drehte sich erneut von ihr weg.

»Bis morgen«, murmelte er, machte auf dem Absatz kehrt und lief zur Tür. Kate hörte, wie er die Stufen hinunter ins Erdgeschoss polterte. Dann fiel die Tür krachend ins Schloss. Sie zog ihre Bluse wieder über und sauste zum Fenster. Geschickt kletterte sie auf die Feuertreppe und verrenkte ihren Hals, in der Hoffnung, einen Blick auf ihn zu erhaschen. Tatsächlich konnte sie die Rückseite seines hellen, zerknitterten Mantels ausmachen. Gerade als sie seinen Namen rufen wollte, drehte er sich um, schickte ihr eine Kusshand und ging dann mit beschwingten Schritten davon.

Kate kehrte zurück ins Zimmer. Ein ganzer Schwarm von Schmetterlingen flatterte in ihrem Bauch herum und verdrängte die Enttäuschung. Dies war erst der Anfang. Kate würde um diesen Mann kämpfen. Um die Energie loszuwerden, die sie zu ersticken drohte, tanzte sie laut singend durchs Zimmer. So lange, bis sie außer Atem war und erschöpft auf das Sofa sank. Erst dann ließ sie sich ein warmes Bad ein.

Heute war er gegangen, aber er würde wiederkommen, und beim nächsten Mal würde er bleiben. Dessen war Kate sich sicher. Für den Moment schien ihr Leben perfekt.

Die nächsten Tage vergingen wie im Flug. Vormittags übte Kate mit Mrs Robinson-Duff, nachmittags probte sie im National Theatre. Die zehn Straßenzüge dorthin legte sie stets zu Fuß zurück. Am liebsten hätte sie den Menschen, die ihr auf dem Weg begegneten, entgegengerufen, dass sie ihr erstes Engagement bekommen hatte und bald eine berühmte Schauspielerin sein würde. An der Ecke zur 40th Street gönnte sie sich jedes Mal einen Hotdog, um ihren aufgeregten Magen zu beruhigen.

Niemand von ihren Kollegen sollte ihre Nervosität bemerken. Schon gar nicht Lucile Nikolas, die Erstbesetzung ihrer Rolle. Bereits am ersten Tag hatte die Schauspielerin Kate als gefährliche Konkurrenz eingestuft. Offenbar sah sie in ihr eine Bedrohung, die es zu bekämpfen galt. Lucile Nikolas ließ keine Gelegenheit aus, Kate zu demütigen, dabei war ihre Stimme zuckersüß, und sie hatte stets ein Lächeln für sie bereit.

»Tragen Sie bitte mein Kostüm zur Schneiderin. Sie soll den Saum noch einmal nachbessern. Sie haben im Moment ohnehin nichts Besseres zu tun.«

»Honey, können Sie mir eine Tasse Kaffee holen? Sie müssen doch heute ohnehin nicht proben.«

»Ach, schauen Sie nicht so traurig. Es dauert oft Jahre, bis man in der ersten Reihe spielen darf. Viele Kolleginnen geben vorher auf.«

Mit Arbeitsaufträgen und Entmutigungen wies die Diva Kate in die Schranken. Sie sollte nicht vergessen, dass sie bloß die Zweitbesetzung war. Kate versuchte, nicht auf die Sticheleien einzugehen, sondern stets mit Fröhlichkeit zu reagieren, auch wenn sie bisweilen innerlich vor Wut kochte oder so gekränkt war, dass sie sich gerne weinend in eine Ecke zurückgezogen hätte. Doch jedes Mal schüttelte sie die negativen Gedanken ab und war fest entschlossen, sich die gute Laune nicht verderben zu lassen.

Abends nach den Proben ging sie mit Phelps in die angesagtesten Lokale der Stadt, wo sie Schauspieler, Dichter, Literaten und Presseleute kennenlernte. Auch hier musste sie sich ihre Stellung erkämpfen, da sie mit Abstand die Jüngste in der Runde war. Sie konnte weder große Erfolge noch besonders viel Erfahrung vorweisen, denn bis jetzt hatte sie bloß in College-Aufführungen mitgewirkt. Dementsprechend abschätzig behandelte man sie. An manchen Abenden wurde sie völlig ignoriert. Aber Kate überspielte ihre Unsicherheit mit übertriebenem Selbstbewusstsein. Wenn jemand einen Witz machte, lachte sie herzhaft und legte mit einem noch derberen nach. Was konnte ihr schon passieren? Sie war jung und unabhängig und hatte nichts zu verlieren.

Kate war bis über beide Ohren in Phelps verliebt. Das Wissen, dass sie ihn zu seinem hochgelobten Werk »Die Töchter der Sonne« inspiriert hatte, stärkte ihren Selbstwert. Alle wussten, wer gemeint war, wenn er vom »weißen, erlesenen Körper« sprach, der in »seinen Händen funkelte«. Und das ließ Kate die anderen spüren. Schon bald hörte man ihr zu, wenn sie etwas sagte. Gleichzeitig wuchs Kates Ungeduld, denn den lyrischen Worten folgten keine Taten. Sie wollte Phelps nah sein und endlich auch den letzten Schritt zur Frau machen. Einmal, als sie wusste, dass er sie gleich abholen würde, stieg sie gerade aus der Badewanne und empfing ihn splitterfasernackt. Aber er war zu keinen leidenschaftlichen Handlungen bereit, die über intensive Küsse hinausgegangen wären. »Meine Begierde für dich ist unerträglich ekstatisch«, hauchte er ihr ins Haar. »Dieses Gefühl will ich nicht zerstören.«

Kate fühlte sich hin- und hergerissen. Auf der einen Seite schmeichelten ihr seine Worte, auf der anderen stieß er sie damit von sich. Der Wunsch, ihn zu erobern, wurde immer mehr zum Wettkampf. Ein Spiel, das Kate auf keinen Fall verlieren wollte. Als Besiegte vom Feld zu gehen, war für sie undenkbar. Je länger Kate sich um seine Aufmerksamkeit bemühte, umso größer wurden ihre Selbstzweifel. War sie etwa nicht attraktiv? War ihr Körper nicht weiblich genug?

Es war Alice, die ihre Befürchtungen zerstreute. Zwei Wochen vor der Premiere des Stücks kam sie nach New York, um Kate zu besuchen. Nachdem sie Hotdogs auf einer Holzbank im Central Park gegessen hatten, saßen sie nun rauchend auf der Feuerleiter und schauten auf den Fluss. Ein breiter Dampfer zog langsam stromaufwärts.

»Stimmt etwas nicht mit mir? Bin ich zu dürr, ist mein Busen zu klein? Sind meine Augen zu grün, oder ist mein Haar zu rot?«, fragte Kate besorgt. »Phelps hat unzählige Geliebte gehabt. Warum gelingt es mir nicht, ihn zu verführen?«

»Weil dein Dad ihm gedroht hat«, antwortete Alice.

»Wie kommst du auf die Idee?«

»Ich habe die beiden in Bryn Mawr reden hören«, erklärte Alice und blies eine Rauchwolke in winzig kleinen Kringeln aus, die dem abendlichen Himmel entgegenschwebten.

»Und warum hast du mir nichts davon gesagt?«, wollte Kate empört wissen.

»Hätte es denn etwas verändert? Du wärst bloß wütend auf deinen Dad gewesen, und daran wollte ich nicht schuld sein.«

»Die Wahrheit hätte mir eine Menge Aufwand und Selbstzweifel erspart. Weißt du, wie es sich anfühlt, wenn man denkt, dass man hässlich ist?«

Alice lachte vergnügt. »Ich habe nicht den Eindruck, dass es dir an Selbstvertrauen mangelt. Niemand kann Menschen besser von sich selbst überzeugen als du.«

Kate verzog den Mund. Sie kannte Alice gut genug, um zu wissen, dass die Bemerkung bewundernd und nicht böse gemeint war.

»Ich kann deinen Dad gut verstehen«, fuhr die Freundin fort. »Putnam ist nicht nur dreizehn Jahre älter als du, sondern auch verheiratet und hatte zahlreiche Geliebte. Er gilt zwar als vielversprechender Dichter, aber er trinkt zu viel und hat kein Geld. Daran können auch seine Freunde nichts ändern. Das ist nicht der Mann, den sich ein Vater für seine Tochter wünscht.«

»Dad hat trotzdem nicht das Recht, sich in mein Liebesleben einzumischen«, meinte Kate wütend. Doch ihr Ärger richtete sich nicht mehr gegen ihren Vater, sondern gegen Phelps, der sich von ihm hatte einschüchtern lassen. »Was hat Dad zu ihm gesagt?«

»Sollte Phelps sich dir gegenüber ungebührend verhalten und dich verführen, würde dein Dad ihn umbringen. Er klang sehr überzeugend, und ganz offenbar ist Putnam nicht sonderlich wagemutig.«

»Du hältst ihn für einen Feigling?«

»Das habe ich nicht gesagt!« Verteidigend hob Alice beide Hände.

Kate kaute nachdenklich auf ihrer Unterlippe. »Wenn Phelps nur nicht so unglaublich attraktiv wäre«, seufzte sie.

Alice antwortete nicht, doch Kate konnte auch so sehen, dass die Freundin ihre Meinung nicht teilte.

»Er reist übermorgen zu einem Freund nach Neuengland.«

Kate sprach mehr zu sich selbst. »Vielleicht sollte ich mir eine andere Bleibe suchen.«

»Hat er gesagt, dass du ausziehen musst, wenn er nicht da ist?«

»Nein, mit keinem Wort«, versicherte Kate. »Aber was mache ich, wenn Davenport zurückkommt und mich aus der Wohnung wirft? Ich kenne den Mann nicht einmal.«

»Denkst du wirklich, das könnte passieren?«

Kate zuckte mit den Schultern. »Ich will es nicht darauf ankommen lassen. Ich halte die Fäden lieber selbst in der Hand und entscheide, wann und wo ich hinziehe.«

»Das ist die Kate, die ich kenne«, sagte Alice zufrieden. Sie drückte den Zigarettenstummel gegen das Gitter der Feuertreppe, dann schnippte sie ihn nach unten auf die Straße. »Das ist eine sehr kluge Entscheidung. Weißt du schon, wo du wohnen wirst?«

»Ich kann Tante Betty fragen. Sie hat eine hübsche Wohnung nur ein paar Straßenzüge von hier entfernt, die für eine alleinstehende Frau viel zu groß ist.«

»Ist das die Schwester deines Vaters?«

»Nein, die Frau seines verunglückten Bruders. Dad mag sie nicht besonders und lässt kein gutes Haar an ihr, aber Mum findet sie sympathisch.«

»Das klingt doch ganz vielversprechend.«

»Sobald ich ein festes Engagement als Schauspielerin habe, miete ich ohnehin eine eigene Wohnung.«

»Wird das in absehbarer Zeit der Fall sein?«

Kate schlug sich mit der flachen Hand gegen die Stirn. Phelps hatte ihre Gedanken derart vernebelt, dass sie die wichtigste Nachricht des Tages völlig vergessen hatte.

»Heute Mittag wurde ich gebeten, etwas länger zu bleiben

und meine Rolle noch einmal zu lesen. Ich glaube, dass alle sehr beeindruckt waren.«

»Und was heißt das?«

Kate grinste breit. Ihre Zuversicht war eben zurückgekehrt. »Mit etwas Glück bekomme ich die Hauptrolle. Lucile Nikolas hat eine furchtbar schlechte Darbietung abgeliefert.«

»Wann erfährst du, ob du die Erstbesetzung spielen darfst?«

»Morgen.«

Alice hob beide Hände und drückte die Daumen. »Ich kenne diese Lucile Nikolas nicht«, sagte sie. »Und ich wünsche grundsätzlich niemandem etwas Schlechtes. Aber in diesem Fall mache ich eine Ausnahme.«

Kate und Alice fingen gleichzeitig an zu lachen, und zum ersten Mal seit ihrem Abschluss in Bryn Mawr bemerkte Kate, wie sehr sie die Freundin hier in New York vermisste.

Als Putnam zwei Tage später zu einem Freund nach Neuengland reiste, weinte Kate ihm keine Träne nach. Er schrieb ihr: »Ich habe die Glut des Lebens von dir empfangen.« Kate legte den Brief zur Seite und ließ ihn unbeantwortet. Sie war von ihm geheilt. Noch am selben Nachmittag packte sie ihre Sachen und zog aus Davenports Apartment am Fluss aus. Dann ging sie zur Probe ins Theater. Ihre Habseligkeiten stellte sie in der Garderobe ab und schnappte die Textmappe. Gerade wollte sie in den Probenraum gehen, als Edwin Knopf sie zu sich ins Büro winkte.

»Kate, haben Sie einen Moment Zeit?« Seine Stimme klang viel ernster, als sie es erwartet hatte.

»Ja, natürlich.« Mit klopfendem Herzen folgte sie ihm und schloss leise die Tür hinter sich. Hatte sie ihre Hoffnungen zu hoch gesetzt?

»Sie waren bei den letzten Proben gut. Ich will, dass Sie die Erstbesetzung übernehmen. Fühlen Sie sich dazu in der Lage?«

Kate brauchte einen Moment, bis die Nachricht zu ihr durchgedrungen war. Sie würde ab sofort keine Hilfsdienste für Lucile Nikolas verrichten und sich nicht mehr von ihren überheblichen Blicken gedemütigt fühlen. In Zukunft würde Kate selbst vor dem Publikum stehen.

Am liebsten wäre sie in die Luft gesprungen und hätte vor Freude laut geschrien. Stattdessen blieb sie nach außen hin ruhig und meinte gelassen: »Natürlich fühle ich mich dazu bereit. Ich probe seit Wochen dafür.«

Amüsiert hob Knopf die buschigen Augenbrauen. »Wunderbar, dann machen Sie so weiter.« Er beugte sich wieder über seine Unterlagen, das Gespräch war beendet.

Kate marschierte in den Probenraum und benahm sich den ganzen Nachmittag so wie immer. Szene für Szene ging sie mit den Kollegen die Rolle durch. Dabei ließ sie sich ihre Freude nicht anmerken, sondern tat so, als hätte sie nie mit etwas anderem gerechnet.

Erst als sie das National Theatre verließ und auf den Broadway trat, ließ sie ihren Emotionen freien Lauf. Übermütig sprang sie vor Freude in die Luft und schrie so laut und ausgelassen, dass die Passanten auf der gegenüberliegenden Straßenseite ihr verstörte Blicke zuwarfen. Offenbar waren sie der Meinung, sie hätte den Verstand verloren oder sei betrunken. Kate konnte es ihnen nicht verübeln. Sie fühlte sich tatsächlich wie berauscht.

New York, Manhattan, Oktober 1928

»Aber natürlich kannst du so lange bei mir wohnen, bis du etwas Passendes gefunden hast«, meinte Tante Betty, während sie Kate ins Gästezimmer ihres Reihenhauses in der 60th Street führte.

Elisabeth Newport Hepburn war Dichterin und Romanautorin. Sie war nur einem kleinen Publikum bekannt und lebte seit dem Tod ihres Ehemanns zurückgezogen. Ihre Kleidung und die Einrichtung ihrer Wohnung waren extravagant. Sie liebte ausgefallene Designerstücke, die nicht so recht zum rustikalen Südstaatenflair passten, den ihr Mann bevorzugt hatte. Kate mochte die Wohnung, die zwar chaotisch, aber heimelig und einladend war.

»Emma wird uns eine Kleinigkeit zu essen zubereiten. Du hast doch Hunger?«

»Ich bin immer hungrig«, gestand Kate.

Zum Glück war sie in den letzten Wochen oft von Putnam oder einem seiner Freunde zum Lunch oder zum Dinner eingeladen worden, was ihr Portemonnaie geschont hatte. Sie selbst leistete sich bloß Hotdogs vom Straßenverkäufer. Erleichtert stellte sie ihren Korbkoffer auf den Fußboden ihres neuen Zuhauses. Er musste nun schon mit zwei Lederriemen zusammengehalten werden, denn zu ihren Habseligkeiten waren Textbücher, Murmeln, Kerzen und ein Spiegel hinzugekommen.

»Ist das dein ganzes Gepäck?«, fragte Tante Betty.

»Ja.«

»Die meisten Menschen besitzen ohnehin viel zu viele Dinge, die sie nicht wirklich brauchen.« Tante Betty hakte sich bei ihrer Nichte unter und führte sie in den Salon. Kurz darauf servierte ein Dienstmädchen Sandwiches und Tee.

»Du hast dich also dazu entschieden, Schauspielerin zu werden«, sagte Tante Betty und goss sich statt Tee reichlich Gin in ein Glas. Auch auf die Sandwiches verzichtete sie zugunsten einer Zigarette.

Sie war keine besonders attraktive Frau, dazu war ihr Haar zu schütter und ihr Körper zu breit. Aber sie hatte eine Ausstrahlung, der man sich nicht entziehen konnte. Kate hatte immer gut nachvollziehen können, warum Onkel Charles sie geheiratet hatte – im Gegensatz zu ihrem Vater, der Betty bis heute nicht ausstehen konnte. Er gab ihr die Hauptschuld am Unfalltod seines Bruders und war davon überzeugt, dass sie ihn hätte verhindern können. Als er am Telefon erfahren hatte, dass Kate eine Weile bei seiner Schwägerin einziehen wollte, hatte er verärgert den Hörer auf die Gabel geknallt. Kate hatte sich von seiner Reaktion nicht abhalten lassen und war dennoch in die 60th Street marschiert.

»Ich werde die Hauptrolle in *The Big Pond* spielen«, erklärte sie ihrer Tante stolz. »Das ist eine Komödie von George Middleton, in der ein überfürsorglicher Vater seinen zukünftigen Schwiegersohn auf Herz und Nieren prüft. Das Stück ist zum Schreien komisch.«

»Das klingt aufregend.«

»Es wird der Anfang einer großen Karriere«, erwiderte Kate.

Tante Betty lächelte. »Du glaubst an dich, das ist gut.«

»Das liegt in der Familie.« Kate biss herzhaft von ihrem Sandwich ab. »Dad ist auch von sich überzeugt. Man kann alles erreichen, wenn man nur hartnäckig genug dafür arbeitet.«

»Das stimmt«, meinte Tante Betty. »Leider haben nicht alle ein solches Selbstwertgefühl in die Wiege gelegt bekommen. Diese Eigenschaft wurde von deinen Großeltern auch recht ungleich verteilt.«

»Wie meinst du das?«, fragte Kate.

»Nun, mein Mann war ein angesehener und erfolgreicher Rechtsanwalt, dennoch litt er ständig unter Selbstzweifeln.«

»Das wusste ich gar nicht«, erwiderte Kate. Sie war erleichtert, dass ihre Tante über ihren Ehemann Charles redete und nicht etwa über Kate und ihre Geschwister.

»Dein Onkel Sewell, der dritte Hepburn-Bruder, war wie dein Vater ein brillanter Arzt, doch im Gegensatz zu ihm hat er nicht an seine medizinischen Fähigkeiten geglaubt.«

Während die beiden Brüder von Kates Vater bereits verstorben waren, lebte seine Schwester, Tante Selina, noch. Sie hatte vier Kinder, doch leider gab es zu diesem Teil der Familie nur wenig Kontakt. Regelmäßigen Austausch hatte es immer nur mit Tante Edith und Onkel Don und deren Kindern gegeben, was vor allem daran lag, dass Kates Mutter und ihre Schwester Edith ein so inniges Verhältnis hatten.

»Warum haben Onkel Charles und Onkel Sewell an sich gezweifelt?«, fragte Kate.

Tante Betty zuckte mit den Schultern. »Wer weiß das schon so genau?« Sie nahm einen Schluck Gin. »Charles war immer der Meinung, er sei nicht gut genug für diese Welt.«

»Und war das so?«

»Nein, ganz im Gegenteil. Er war ein großartiger Jurist. In den vierundzwanzig Jahren unserer Ehe hat er so viel Geld verdient, dass ich bis zu meinem Lebensende sorgenfrei leben kann. Er war attraktiv und gesellschaftlich hoch angesehen. Unsere Ehe war zwar kinderlos, aber glücklich.«

»Was hat ihn dann zweifeln lassen?«

»Ich denke, dass seine Krankheit damit zu tun hatte.«

»Welche Krankheit?«

»Mein Mann hatte Depressionen. Auch sein Bruder Sewell hat darunter gelitten.«

»Ich wusste gar nicht, dass die beiden krank waren«, sagte Kate leise. Alles, was sie als Kind erfahren hatte, war, dass die beiden tragisch verunglückt waren.

»Was war das eigentlich für ein Unfall damals, bei dem Onkel Charles ums Leben gekommen ist?«

Tante Betty sah Kate schweigend an. War sie entsetzt? Ängstlich? Beunruhigt? Kate konnte den Ausdruck nicht deuten, spürte aber, dass sie mit ihrer Frage eine unsichtbare Grenze überschritten hatte.

»Du musst nicht darüber reden, wenn du nicht willst«, sagte sie schnell. Kate hatte ihre Onkel kaum gekannt. Bei Onkel Charles' Tod war sie acht gewesen, bei Onkel Sewells Unfall dreizehn Jahre, und sie war bei keinem der beiden Begräbnisse gewesen. Auch ihr Vater hatte nicht daran teilgenommen, da er in der Arbeit unabkömmlich gewesen war.

Kate griff nach einem weiteren Sandwich und überlegte fieberhaft, was sie für ein neues Gesprächsthema anschneiden könnte. Doch da ergriff Tante Betty das Wort.

»Bei Depressionen handelt es sich um eine schwerwiegende Erkrankung, gegen die die Ärzte immer noch machtlos sind«, sagte sie traurig. »Der Tod meines Mannes hat unmittelbar mit seiner Krankheit zu tun.«

Sie vergaß, an ihrer Zigarette zu ziehen. Die Asche rieselte auf das blütenweiße Tischtuch und hinterließ dort hässliche Flecken.

»Du kannst dir selbst ausmalen, warum er aus dem Fenster gestürzt ist.«

Kate verging der Appetit. Sie legte das angebissene Gurkensandwich wieder zurück auf den Porzellanteller. Hatte ihre Tante ihr eben tatsächlich erzählt, dass ihr Ehemann sich das Leben genommen hatte?

»Und Onkel Sewell?«, fragte Kate tonlos.

»Auch sein angeblicher Unfall hatte mit seiner Erkrankung zu tun«, sagte Tante Betty. »Es gibt nur einen Grund, warum man sich bei laufendem Motor und geschlossener Garagentür in seinen Wagen setzt.«

Fassungslos starrte Kate die Tante an. Warum hatten ihre Eltern ihr nie davon erzählt? Konnte es sein, dass sie die wahren Gründe nicht kannten?

»Wissen meine Eltern davon?«

»Selbstverständlich«, sagte Tante Betty bitter. »Alle kennen die Wahrheit. Aber niemand will sie aussprechen. Es ist ein unerfreuliches Thema, über das man nicht gerne redet.«

Kate betrachtete das angebissene Weißbrot auf ihrem Teller. Zu wissen, dass zwei ihrer Onkel den Freitod gewählt hatten, fühlte sich schrecklich an. Vielleicht hatte ihr Vater deshalb nicht gewollt, dass sie bei Tante Betty wohnte. Er kannte seine Schwägerin und hatte wohl befürchtet, dass sie rasch mit dieser Geschichte herausrücken würde.

»Die Wahrheit ist nicht schön, aber sie ist immerhin weniger bedrohlich als ein düsteres Geheimnis«, sagte Tante Betty.

»Eines Tages holt einen die Wahrheit immer ein. Deshalb ist es gut, darauf vorbereitet zu sein.«

Kate verstand nicht, was ihre Tante ihr damit sagen wollte, und runzelte ratlos die Stirn.

»Wie auch immer«, fuhr Tante Betty fort. »Wie waren wir nur so rasch auf ein so unerfreuliches Gesprächsthema gekommen? Das Ganze ist ja schon lange her. Lass uns lieber über deine Rolle sprechen. Wen wirst du in der Komödie spielen, und wann kann man dich auf der Bühne bewundern?«

Es dauerte einen Augenblick, bis Kate sich auf den Themenwechsel einlassen konnte. Sie holte tief Luft, dann plapperte sie bereitwillig drauflos.

»Ich spiele die Tochter eines Kaugummifabrikanten, die sich bei einer Reise durch Europa in einen Fremdenführer verliebt, der aus einer verarmten Familie stammt.«

»Das klingt romantisch.«

»O ja, das ist es auch«, versicherte Kate. »Aber die Geschichte ist auch wunderbar komisch. Ich habe ja schon erwähnt, dass der Vater seinen zukünftigen Schwiegersohn auf die Probe stellen will. Er gibt ihm einen Job in seiner Fabrik in New York. Der Fremdenführer zieht nach Manhattan, und es kommt zu einer Reihe von Verwechslungen und lustigen Szenen. Am Schluss denkt der Vater, der Verlobte seiner Tochter hätte Rum in die Kaugummis gemischt und so etliche Menschen betrunken gemacht.«

Kate lachte. Die düsteren Gedanken von vorhin waren wieder abgeschüttelt. Munter plauderte sie weiter. Sie erzählte vom Schauspielunterricht bei Mrs Robinson-Duff und ihren Fortschritten mit der Murmelübung. »Mittlerweile kann ich mehrere Zungenbrecher problemlos mit drei Murmeln im Mund sprechen.«

»Wozu soll das gut sein?«

»Das habe ich mich anfangs auch gefragt«, gab Kate zu. »Aber meine Aussprache hat sich durch diese Übung verbessert. Ich klinge jetzt deutlicher und spreche pointierter. Soll ich es dir zeigen?« Schon sprang sie auf, um die Murmeln aus ihrem Koffer zu holen, doch Tante Betty hielt sie zurück.

»Lass nur, ich glaube es dir auch so.«

Kate setzte sich wieder. Dann berichtete sie vom Abschluss in Bryn Mawr, von der feierlichen Übergabe der Diplome, von ihren kleinen Schwestern und davon, dass ihr Bruder Robert im Sommer an der Segelregatta in Fenwick teilnehmen wollte. Sie redete so schnell und ohne Unterbrechung, dass Tante Betty gar nichts anderes übrig blieb, als ihr zuzuhören. Als Kate eine kurze Pause einlegte, um wieder nach dem angebissenen Sandwich zu greifen, stand Tante Betty auf.

»Du entschuldigst mich«, sagte sie. »Ich bin müde und gehe schlafen. Emma zeigt dir dein Zimmer.«

Bevor sie den Salon verließ, drehte sie sich noch einmal um. »Mach dir keine Sorgen wegen Charles und Sewell. Du bist aus einem ganz anderen Holz geschnitzt.«

Liebster, bester Freund,
ab wann ist eine Geschichte eine Lüge? Denkst du, dass man die Vergangenheit umschreiben kann, ohne es selbst zu bemerken? Ich habe Angst, dass Wahrheit und Lüge ineinander verfließen, bis die Grenzen nicht mehr erkennbar sind.
Ich vermisse dich, mehr denn je.
Dein Jimmy

New York, Long Island, Oktober 1928

Als Lucile Nikolas erfahren hatte, dass Kate die Hauptdarstellerin und nicht mehr die Zweitbesetzung war, hatte sie vor Wut gekocht und eine Vase gegen die Wand ihrer Garderobe geschleudert. Jetzt hingen Haken mit Kostümen an der Stelle, damit man die Dellen im Mauerwerk nicht sah. Noch am selben Tag hatte die Diva ihre Taschen gepackt und war abgezogen.

»Ich werde auf keinen Fall zurückkommen!«, hatte sie geschrien. »Auch dann nicht, wenn die rothaarige Bohnenstange versagt, und das wird sie, darauf könnt ihr Gift nehmen. Sie ist eine blutige Anfängerin, die keine Ahnung vom Theater hat.«

Kate hatte versucht, gelassen zu reagieren und so zu tun, als hätte sie die bösen Worte nicht gehört. Ans Versagen wollte sie auf gar keinen Fall denken. Sie würde ihre große Chance nutzen und der Welt beweisen, was in ihr steckte.

Eine Woche später durfte sie ihr Kostüm bei Bergdorf Goodman einkaufen, dem größten und teuersten Kaufhaus der Stadt. Es hatte erst in diesem Jahr eröffnet und galt als neuer Konsumtempel in New York. Das Kaufhaus lag nur einen Block entfernt vom Central Park. Kate empfand den Besuch der Modeabteilung als fast so aufregend wie den bevorstehenden Auftritt. Ihre Unsicherheit überspielte sie mit selbstbewusstem Auftreten. Als sie mit der Rolltreppe ins erste Stockwerk fuhr, tauchte sie in eine völlig neue Welt des Glamours ein. Ihr eigenes Kleid, dessen fehlende Knöpfe sie durch Sicherheitsnadeln ersetzt hatte, kam ihr schäbig vor, und sie schwor sich, nur noch in Kaufhäusern wie diesem einzukaufen, sollte sie eines Tages genug Geld verdienen. Dem mitleidigen Blick der Verkäuferin begegnete sie mit Arroganz.

»Sind Sie sicher, dass Sie sich dieses Kleid leisten können?«, fragte die Frau, die eine elegante Kaufhausuniform mit gestärktem weißem Kragen trug.

»Nein«, entgegnete Kate stolz. »Aber das muss ich auch nicht, es ist Teil der Theaterausstattung. Die Company bezahlt die Rechnung.«

Sie entschied sich für einen sündteuren Strickzweiteiler, der später abgeholt und zur Kostümprobe ins National Theatre in der 41st Street gebracht werden würde.

Die Premiere fand am Samstagabend im Great Neck Theatre auf Long Island statt. Kate lieh sich für den besonderen Abend Tante Bettys Wagen, denn damit war sie schneller, als wenn sie die Bahn nahm. Da sie die Wegzeit nicht abschätzen konnte, brach sie viel zu früh auf. Bereits um fünf Uhr nachmittags traf sie im Vergnügungsviertel der Halbinsel ein. Vor allen anderen Schauspielerkollegen betrat sie die leeren Garderoben und kam sich lächerlich vor. Nur blutige Anfänger, die Angst vor dem Auftritt hatten, erschienen so zeitig. Kate wollte sich keine Blöße geben, und niemand sollte ihre Nervosität oder ihre Unerfahrenheit erkennen, also verließ sie das Theater wieder und ging eine Runde am Strand spazieren. Immer wieder sagte sie sich die gleichen Sätze vor: Das ist dein großer Abend, genieß ihn in vollen Zügen. Die Menschen kommen, um dich spielen zu sehen.

Sie setzte sich auf eine der Parkbänke, beobachtete das Meer und die Möwen, die kreischend ihre Kreise über ihrem Kopf zogen, und packte ihr mitgebrachtes Sandwich aus. Emma hatte es ihr noch rasch zugesteckt. »Mit einem leeren Magen kann man nichts leisten«, hatte sie gesagt.

Halbherzig biss sie davon ab, denn eigentlich verspürte sie keinen Hunger. Doch schon bald bemerkte sie, dass das Kauen sie tatsächlich beruhigte. Sie dachte an die Theateraufführung im Kreuzgang des Colleges zurück. Dort hatte sie das Publikum überzeugt. Genauso würde es heute Abend sein. Sie war eine gute Schauspielerin. Mit jedem weiteren Bissen wuchs ihre Zuversicht.

Als sie wieder aufstand, fühlte sie sich deutlich wohler. Doch ein Blick auf ihre Armbanduhr ließ sie erstarren. Sie hatte so lange getrödelt, dass sie sich nun beeilen musste. Hastig rannte sie den Weg zurück zum Theater. Mit einem Schlag kehrte die Nervosität zurück.

»Du hast ja Nerven«, sagte Harlan Briggs, der im Stück ihren Vater spielte. »Wir beginnen in ein paar Minuten. Wo hast du so lange gesteckt?«

Kate machte eine wegwerfende Handbewegung, die keineswegs ihrer wahren Gemütsverfassung entsprach. Zeig deine Nervosität nicht!, sagte sie sich. Sie ist ein Zeichen von Schwäche. Dann stürmte sie in die Garderobe, schlüpfte in ihr Kostüm, schminkte sich in Windeseile und steckte ihr Haar hoch.

Aufs Stichwort stürmte sie auf die Bühne. Erwartungsvoll blickte sie in den vollen Publikumssaal. Ihr Herz raste, und für einen Moment hatte sie Angst, ihre Stimme könnte versagen. Sie öffnete den Mund, doch es kam ihr vor, als säße ein Frosch darin. Sie musste einen französischen Akzent nachahmen, für gewöhnlich ein Kinderspiel für sie, heute war alles anders. Zögerlich begann sie zu sprechen. Die Zuschauer lachten und klatschten mitten in der Szene Beifall. Genau so sollte es sein. Der Bann war gebrochen, und die Aufregung verflog. Kate fühlte sich großartig. Mit einem Mal hatte sie das Gefühl, als könnte sie fliegen.

Die Leute lieben mich, ich bin ein Star, ging es ihr durch den Kopf. Sie raste förmlich über die Bühne und spielte mit einer Besessenheit, die einem Rausch glich. Die Worte schossen immer schneller aus ihrem Mund, ihre Stimme wurde höher, so als gelte es, einen Wettkampf zu gewinnen. Kate ignorierte das Wedeln der Souffleuse und die alarmierten Blicke ihres Kollegen. Auch die Zuschauer im Publikumssaal verlor sie aus dem Blick. Sie spielte nur noch für sich selbst und ging völlig in ihrer Rolle auf.

Erst als der Vorhang fiel, erwachte sie aus dem Traum. Sie verbeugte sich vor einem verhalten applaudierenden Publikum.

Keiner ihrer Kollegen kam zu ihr, um ihr zu ihrer Leistung zu gratulieren. Kate wusste nicht, wie es sonst Brauch war, denn es war ja ihr erster Abend als Hauptdarstellerin. Als ihr auch die Bühnenarbeiter auswichen und sie allein in der Garderobe saß, kamen ihr erste Zweifel. Nur Harlan Briggs trat zu ihr, als sie das Theater verließ, und fragte, ob sie ihn im Auto mitnehmen könne, da sie denselben Weg hatten.

»Ja, natürlich, steig ein!«

Den ersten Teil der Strecke schwiegen sie. Kurz bevor Harlan ausstieg, fasste Kate ihren Mut zusammen. »Stimmt irgendetwas nicht?«

»Nein, alles gut.« Er verließ fluchtartig das Auto.

Kate fuhr nachdenklich nach Hause. Erschöpft fiel sie ins Bett und schlief auf der Stelle ein.

Gerade als sie am nächsten Morgen zu den Proben aufbrechen wollte, klingelte das Telefon. Ihre Tante nahm ab und reichte ihr den Hörer. »Das Gespräch ist für dich!«, sagte sie. Kate kehrte zurück ins Wohnzimmer. Frances Robinson-Duff war in der Leitung.

»Kommen Sie gleich bei mir vorbei«, sagte sie.

»Aber ich muss ins Theater«, entgegnete Kate. »Die Proben beginnen in einer halben Stunde.«

»Es wird niemanden stören, wenn Sie später dran sind, Schätzchen.« Bevor Kate weiter nachfragen konnte, legte Mrs Robinson-Duff auf.

Was hatte das alles zu bedeuten?, fragte sich Kate auf dem Weg zur Schauspiellehrerin. Als sie in der obersten Etage ankam, erwartete Mrs Robinson-Duff sie bereits bei geöffneter Tür. Ein einziger Blick in ihr ernstes Gesicht reichte.

»Ich bin gefeuert«, sagte Kate tonlos.

»Ja.«

Kate schluckte hart. Ihre Hände formten sich zu Fäusten. Tief in ihrem Inneren hatte sie es befürchtet. Die Reaktionen ihrer Kollegen waren so verhalten gewesen. Warum hatte niemand den Mut gehabt, ihr die Wahrheit zu sagen? Auch jetzt wälzte man die Überbringung der schlechten Nachricht an ihre Lehrerin ab. Wie unglaublich feige.

»Kommen Sie rein, Schätzchen. Brauchen Sie ein Taschentuch?«

»Ich werde nicht heulen.«

»Schade. Das wäre eine ehrliche Reaktion, die der Situation angemessen wäre.«

»Weinen ist ein Zeichen von Schwäche«, sagte Kate tapfer. Sie hatte diesen Leitsatz unzählige Male gehört und bereits als Kind verinnerlicht. Ihr Vater duldete kein Jammern und kein Heulen. Wenn eines seiner Kinder weinte, dann wurde es nicht getröstet, sondern mit Verachtung gestraft. Kates Mutter war in dieser Hinsicht anderer Meinung. Sie hatte den Kindern die Tränen abgewischt und sie in den Arm genommen.

»Das ist ein ausgemachter Unsinn«, widersprach Mrs Robinson-Duff. »Wenn Sie eine gute Schauspielerin werden wollen, müssen Sie sämtliche Gefühlszustände, in denen sich Menschen befinden können, nachvollziehen und verstehen können.« Sie drückte Kate auf einen Sessel. »Sie wollen eine trauernde Frau spielen? Dann müssen Sie wissen, wie sich Trauer anfühlt.«

Kate schwieg.

»Sie waren gestern Abend viel zu schnell, Ihre Stimme hat sich überschlagen«, fuhr die Schauspiellehrerin fort. »Sie waren einfach grauenvoll. Kein Mensch im Publikum konnte verstehen, was Sie gesagt haben.«

Verärgert presste Kate ihre Lippen gegeneinander. Nach einer Weile hob sie trotzig den Kopf. »Ich weiß selbst, dass ich es versemmelt habe. Sie müssen nicht auch noch Salz in die Wunde streuen.«

»Es geht nicht darum, Sie weiter zu demütigen«, entgegnete die Lehrerin, »sondern darum, konstruktive Kritik zu äußern, mit der Sie an sich arbeiten können.« Sie setzte sich zu Kate und reichte ihr ein Taschentuch. Nun begann Kate doch zu schniefen.

»Na bitte«, sagte die Schauspiellehrerin zufrieden. »So ist es schon viel besser.«

»Das ist albern.« Kate schnäuzte sich in das Tuch.

»Nein, es ist ehrlich«, widersprach Mrs Robinson-Duff. »Und das werden Sie als Schauspielerin sein müssen. Sobald Sie auf der Bühne stehen, müssen die Gefühle schonungslos echt sein. Die Zuschauer spüren es, wenn die Schauspieler nichts fühlen.«

Wieder prustete Kate in das Taschentuch.

»Und jetzt lassen Sie uns an Ihren Stärken weiterarbeiten.«

»Habe ich denn welche?«

»Selbstverständlich.« Mrs Robinson-Duff lächelte. »Ich habe noch nie eine junge Frau unterrichtet, die mit so viel Energie über die Bühne gefegt ist wie Sie gestern Abend. Sie haben regelrecht vor Kraft gesprüht, und diese Kraft werden wir nutzen.«

Halbherzig verzog Kate die Lippen zu einem Grinsen.

»Ich sollte mich täuschen, wenn Sie in den nächsten Tagen nicht das eine oder andere Angebot bekommen.«

»Sie glauben, dass man mich erneut engagieren wird?« Kate wischte die Nase trocken. »Nach diesem desaströsen Abend?«

»Darauf möchte ich sogar wetten«, entgegnete Mrs Robinson-Duff. »Lassen Sie uns keine Zeit verlieren. Wir machen mit den Stimm- und Sprechübungen weiter. So etwas wie gestern wird kein zweites Mal passieren.«

Dann stand sie auf und holte die Kerze, die Kate in den letzten Wochen hassen gelernt hatte. Heute würde sie die Übung erneut mit voller Konzentration ausüben.

Mrs Robinson-Duff sollte recht behalten. Schon zwei Tage nach ihrem Rauswurf erhielt Kate zwei Anrufe. Einen von Jacob J. Shubert und einen von Arthur Hopkins. Shubert hatte sie in *The Big Pond* gesehen und die Reaktion des Publikums miterlebt. »Die Leute waren anfangs begeistert«, sagte er. »Erst gegen Ende der Vorstellung haben Sie die Zuschauer verloren.«

»Das Management sieht das leider anders«, entgegnete Kate ehrlich.

»Die waren dumm, dass sie Sie gehen ließen. Ich biete Ihnen einen Fünfjahresvertrag. Für den Anfang zweihundertfünfzig Dollar, dann bis zu tausendfünfhundert Dollar Jahresprämie, wenn die Vorstellungen gut besucht werden.«

Kate überlegte. Die Begeisterung, die sich einstellen sollte, blieb aus, denn die Vorstellung, sich für fünf Jahre zu verpflichten, jagte ihr Angst ein. Die Zeitspanne kam ihr ewig vor. Sehr diplomatisch bedankte sie sich für das großzügige Angebot und schlug es aus.

Kaum hatte sie den Hörer aufgelegt, suchte sie Arthur Hopkins auf, der ihr am Telefon nichts Näheres hatte verraten wollen. Über den Hintereingang betrat sie das Plymouth Theatre in der 45th Street und stieg die Treppe hinter dem Orchestergraben hinauf. Dort befand sich das kleine Reich des Theaterdirektors, ein Büro, das bis zur Decke mit Regalen vollgeräumt war. Seine Sekretärin erwartete sie bereits. Die Frau im grauen Kostüm, deren Gesicht ebenso farblos wie ihre Kleidung war, winkte sie gelangweilt weiter. Hopkins saß hinter seinem riesigen Schreibtisch. Er war so klein und rundlich, dass er beinahe vollständig hinter dem großen Möbelstück verschwand, und der haarlose Kopf hatte die Form eines Eis. Sein Theater war winzig, aber Hopkins nahm sich die Freiheit, einzig und allein Stücke zu inszenieren, die ihm gefielen.

»Ich habe Sie am Wochenende gesehen, und ich will, dass Sie für mich arbeiten«, erklärte er. »Vorerst geht es um ein Stück, aber wenn Sie sich bewähren, reden wir über die nächste Rolle.«

Das war genau nach Kates Geschmack. Keine jahrelangen Verpflichtungen, nur ein Angebot auf beschränkte Zeit.

»Sehr gerne«, erwiderte sie.

»Wollen Sie gar nicht wissen, welche Rolle ich Ihnen biete?«

»Ich spiele jede Figur«, antwortete Kate ehrlich. »Ich werde Sie nicht enttäuschen.«

»Davon bin ich überzeugt. Sonst hätte ich Sie nicht angerufen.«

Die Proben für *These Days* von Katharine Clugston begannen schon am nächsten Tag. Kate mimte darin ein Schulmädchen. In einer der Szenen wurde sie von der Direktorin verhört und antwortete ausschließlich mit: »Ja, Miss Van Allstyne«, und: »Nein, Miss Van Allstyne.« Doch sie gab nichts über ihre Freundin preis, die etwas ausgefressen hatte. Kate liebte die Rolle, mit der sie sich wunderbar identifizieren konnte. Es war nur ein paar Monate her, dass sie selbst Studentin am College gewesen war und der Dekanin Rede und Antwort hatte stehen müssen.

Ihr rotes Haar hatte sie zu zwei sittsamen Zöpfen geflochten, und ihr Kostüm war eine langweilige Schuluniform und kein teures Kostüm von Goodman, doch sie genoss die Arbeit trotzdem. Anders als im National Theatre arbeiteten hier die Kollegen miteinander und nicht gegeneinander. Alle Schauspieler saßen beim Einstudieren der Texte im Kreis und lasen ihre Rollen so oft, bis alle das Stück und die Figur, die sie verkörperten, verstanden hatten. Erst dann ging es daran, auf der Bühne zu proben. Kate gefiel diese unkonventionelle Herangehensweise.

»Auf diese Weise hopst niemand mit dem Skript in der

Hand über die Bühne, ohne zu wissen, was er eigentlich tut«, erklärte Hopkins streng.

Dank der Unterstützung von Mrs Robinson-Duff brillierte Kate in ihrer Rolle, und schon nach dem Premierenabend erhielt sie ein Engagement für das nächste Stück, *Holiday*, das im Riviera Theatre gespielt werden sollte. Diesmal war sie zwar nur für die Zweitbesetzung vorgesehen, aber sie hatte eine Teiletappe erreicht. Sie war nun eine Schauspielerin, die mit ihrem Gehalt immerhin ein bescheidenes Leben finanzieren konnte. Jetzt galt es, die nächste Stufe auf der Karriereleiter zu erklimmen.

Mit Tante Betty verstand sie sich so gut, dass sie vorerst keine Notwendigkeit sah, sich nach einem anderen Zimmer umzusehen. Die meiste Zeit sahen sie sich nicht, und wenn sie einander doch begegneten, erzählte Kate vom Theater. Tante Betty hörte interessiert zu. Gelegentlich machte sie sich Notizen, die sie in einem ihrer Romane einbauen wollte. Den Tod ihres Ehemanns und den ihres Schwagers erwähnte sie nie wieder, und auch Kate sprach das dunkle Thema nicht an.

Als sie an einem verregneten Herbsttag nach zähen Proben für das neue Stück nach Hause kam, erwartete Tante Betty sie mit einem vielsagenden Blick.

»Du hast Besuch.«

»Wer ist es denn?«, wollte Kate wissen.

»Ein junger Mann. Er wirkt charmant und hat gute Manieren.«

»Das muss Luddy sein!«, rief Kate erfreut und lief ins Wohnzimmer. Es war beinahe fünf Monate her, dass sie sich das letzte Mal gesehen hatten. Luddy hatte sich nicht verändert. Er war immer noch der stille junge Mann mit den klugen Augen, dem verträumten Blick und der sanften Stimme.

»Ich war zufällig in der Stadt, da dachte ich …« Er hob entschuldigend die Hände.

Kate ließ ihn nicht aussprechen. Sie trat auf ihn zu und umarmte ihn stürmisch. »Es ist so schön, dass du hier bist!«

Sein Gesicht hellte sich auf.

»Warum kommst du jetzt erst?«, fragte sie vorwurfsvoll.

»Ich dachte nicht, dass du mich sehen willst. In den Zeitungen stand, dass du dich mit dem berühmten Dichter Phelps Putnam triffst. Es gab sogar ein Bild, das dich gemeinsam mit ihm zeigt.«

Kate tat seine Worte mit einer Handbewegung ab. »Wir haben keinen Kontakt mehr.«

»Das wusste ich nicht.«

»Er hat ein großartiges Gedicht geschrieben, zu dem ich ihn inspiriert habe«, sagte Kate gut gelaunt. »Aber das war es auch schon.«

Luddy bohrte nicht weiter nach. »Darf ich dich zum Abendessen einladen?«, fragte er stattdessen.

»Immer, gerne!« Kate setzte den Hut wieder auf, den sie noch in der Hand hielt, nachdem sie ihn abgenommen hatte. »Ich bin schon fertig.«

Nur zu gerne bot Luddy ihr seinen Arm an. Sie verabschiedeten sich von Tante Betty und verließen ihr Haus. Gemeinsam spazierten sie quer durch Manhattan. Es war ein lauer Herbstabend, und hätte der Geruch von welkem Laub sie nicht daran erinnert, dass der Winter im Anmarsch war, hätte man gut glauben können, es wäre April. Warm strich der Wind über Kates erhitzte Wangen. In Greenwich Village kannte Luddy ein kleines französisches Restaurant, wo die Kellner ausschließlich Französisch sprachen.

»Magst du Zwiebelsuppe?«, fragte er.

»Ich esse alles«, beteuerte Kate. Ihre Tage waren meist so voll, dass sie entweder ganz aufs Essen verzichtete oder sich bloß von belegten Broten ernährte. Nur hin und wieder gönnte sie sich einen Hotdog an der Straßenecke. Sie waren mit Sauerkraut und Senf gefüllt, und sie musste jedes Mal aufpassen, dass sie die matschige Füllung nicht auf ihre Kleidung kleckerte.

Das Lokal wirkte sehr europäisch. Auf den kleinen Holztischen lagen rot-weiß karierte Tischtücher. Der Kellner entzündete eine Kerze und brachte die Getränke. Sie stießen zuerst mit Zitronenlimonade an, dann mit Rotwein, der ebenfalls in Limonadengläsern serviert wurde.

»Das Lokal ist entzückend«, sagte Kate. »Vielen Dank, dass du mich einlädst.«

Luddys Lächeln wurde noch breiter. »Jederzeit wieder.«

Kate erzählte von ihrem desaströsen Auftritt und von ihren beiden neuen Angeboten. Luddy hing an ihren Lippen. Kate kannte keinen aufmerksameren Zuhörer. Sie redete wie ein Wasserfall. Dazwischen lachten sie über dieselben Witze, sie teilten den gleichen Humor. Kate stellte fest, dass sie ihren guten Freund vermisst hatte – seine ruhige Art, Dinge ganz pragmatisch zu betrachten, und seine breite Schulter, an die man sich anlehnen konnte. Ganz egal, wie groß die Probleme sein mochten, strahlte Luddy eine unerschütterliche Sicherheit aus. An seiner Seite konnte einem nichts passieren, und man durfte sich geborgen fühlen.

Noch nie war Kate diese Aussicht so erstrebenswert erschienen wie an diesem Abend, nach all den Wochen der Turbulenzen und Aufregungen. Nach der Zwiebelsuppe bestellte Kate einen Fischeintopf, der mit Kräutern aus der Provence gewürzt war.

»Köstlich!«, schwärmte sie. »Der Geschmack lässt mich von Sonne, Meer und unbeschwertem Glück träumen.«

»Würdest du gerne Frankreich kennenlernen?«, fragte Luddy.

»Unbedingt«, versicherte Kate. »Aber zuvor muss ich mein Französisch auffrischen.« Sie lachte. »Bis auf den nasalen Akzent habe ich alles vergessen, was ich jemals gelernt habe. Dabei hatte ich einige Semester Unterricht.«

Sie führte Luddy den Akzent vor, genau wie sie ihn auf der Bühne auf Long Island zum Besten gegeben hatte, und brachte ihn so zum Lachen, dass Tränen über seine Wangen kullerten. Der Abend war einfach wunderbar. Kate fühlte sich rundherum zufrieden. Obwohl sie längst beide satt waren, orderten sie auch noch einen Nachtisch, nur um noch eine Weile im Lokal zu sitzen. Warum war Kate bisher nicht aufgefallen, dass seine Augenbrauen und Lippen sanft geschwungen und seine braunen Augen hellgrün gesprenkelt waren? Alles passte so gut zu seinem Wesen.

Kate war sich sicher, dass sie niemals mit Luddy streiten könnte. Er würde sie niemals enttäuschen, wie Phelps es getan hatte. Verträumt löffelte sie ihre Crème brûlée. Sie verließen als letztes Paar das Lokal. Hinter ihnen schloss der Kellner die Tür ab und ließ die Rollläden laut scheppernd nach unten krachen.

Zu Fuß liefen sie zurück zu Tante Bettys Reihenhaus. Während des Essens hatte es draußen zu nieseln begonnen, und es war kühler geworden. Das Licht der Straßenlaternen spiegelte sich auf dem nassen Asphalt wider. Trotz des unfreundlichen Wetters nahmen sie kein Taxi. Ohne es richtig zu bemerken, glitt Kates Hand in die von Luddys. Es geschah unspektakulär und mit einer Selbstverständlichkeit, die sich richtig anfühlte.

Irgendwann blieb Kate stehen und suchte in ihrer Handtasche nach dem Schlüssel. Als sie wieder aufblickte, war Luddys Gesicht ganz nah bei ihrem. Eine sanfte Neugier lag in seinen freundlichen Augen. Kate beantwortete sie, indem sie ihn küsste. Es war ein zärtlicher Kuss, der ein warmes, wohliges Gefühl in ihr auslöste. Kein Herzrasen und keine feuchten Hände wie bei Putnam. Es fühlte sich vertraut und richtig an. Für den Moment war es gut so.

New York, Brooklyn, April 1949

Während Spencer im Badezimmer duschte, hatte Kate den Zimmerservice gerufen und um eine gründliche Reinigung gebeten. Sie selbst half beim Aufräumen mit, zog schmutzige Kissenbezüge ab, kehrte Glasscherben zusammen, riss die Fenster weit auf und versprühte ein paar Spritzer ihres teuren französischen Parfums in der Luft. Als Spencer eine Stunde später aus dem Badezimmer trat, war sein Zimmer so ordentlich und sauber, als hätte nie ein Alkoholexzess stattgefunden. Nur die nassen Flecken auf dem Teppich erinnerten an die Reinigung.

Auf dem Frühstückstisch befanden sich ein Krug mit frisch gepresstem Orangensaft, Kaffee, Tee und knusprige Croissants. Kate schenkte Tee in eine Porzellantasse.

»Wie geht es dir?« Besorgt fragte sie sich, an wie viele Details des gestrigen Abends Spencer sich noch erinnern konnte. Mit der gründlichen Reinigung hatte Kate dafür gesorgt, dass keine sichtbaren Spuren zurückgeblieben waren, die ihm ein schlechtes Gewissen einjagen könnten.

»Gut.« Er fuhr sich mit beiden Händen übers Gesicht und durch die rotblonden Locken. Sie waren vom Duschen noch feucht und kringelten sich an den Schläfen. Kate mochte diesen Anblick. Er wirkte so jungenhaft und verwundbar. Wie dünn seine helle, sommersprossige Haut unter seinem rüpelhaften Verhalten war, wusste Kate nur allzu gut.

Spencer setzte sich zu ihr an den Tisch. Er war barfuß und trug bloß seine Hose und ein weißes Hemd, dessen Ärmel nachlässig nach oben gekrempelt waren. In den letzten zwei Jahren hatte er an der Taille ein wenig zugelegt. Eine Folge des Alkohols, den er konsumierte. Kate störte sich nicht dran. Sie liebte ihn, wie er war, mit all seinen Kanten und Ecken oder besser gesagt mit seinen Pölsterchen und Falten.

»Es wäre nicht nötig gewesen, dass du hier sauber machst«, murmelte er und griff nach einem Croissant, ohne sie anzuschauen. Er hatte also das Chaos zuvor wahrgenommen und wusste, wie tief er diesmal abgestürzt war.

»Das sehe ich anders«, meinte Kate. Sie verlieh ihrer Stimme einen übertrieben fröhlichen Klang. »Ein neuer Tag beginnt doch gleich viel besser mit einem köstlichen Frühstück. Die Croissants von Liebermann sind einfach die besten. Der Bäcker verwendet ein original französisches Rezept.«

Munter plapperte sie drauflos. Sie hatte Übung darin, denn in den letzten Jahren hatte es etliche vergleichbare Situationen gegeben. Kate war nach Spencers Exzessen immer für ihn da gewesen. Sie betreute ihn liebevoll und versuchte, ihn vor einem neuen Absturz zu bewahren. Leider nur mit mäßigem Erfolg. Auch ihre Anwesenheit schützte ihn nicht davor, nach der Flasche zu greifen.

Sie nippte an ihrem Tee. Trotz der schrecklichen Nacht sah sie blendend aus. Sie hatte zuvor eilig etwas Schminke aufgelegt und ihr Haar sorgsam hochgesteckt. Die dunklen Ringe unter ihren Augen waren mit Make-up verdeckt. Sie wollte Spencer das Gefühl geben, dass alles perfekt war und dass sie zufrieden war, solange sie für ihn da sein durfte.

»Nach dem Frühstück fahre ich zu Louise und den Kindern«, verkündete er und schenkte schwungvoll Orangensaft in sein Glas. Kates Herz sank. Sie sah, dass seine Hand leicht zitterte.

Hoffentlich konnte sie ihre Enttäuschung vor ihm verheimlichen. Er blickte hoch, und sie lächelte.

Doch er durchschaute sie.

»Du wirst mich nicht davon abhalten, meine Familie zu besuchen«, fuhr er fort.

»Ich halte dich von gar nichts ab«, versicherte sie.

Nach jeder überstandenen Krise führte Spencers erster Weg zu seiner Familie. Kate konnte ihm deshalb keine Vorwürfe machen. Sie verstand, dass er seinen 25-jährigen Sohn John und seine 17-jährige Tochter Susie sehen wollte. Doch es schmerzte sie, dass es ihn regelmäßig zu seiner Frau zog. Louise war in Spencers Augen eine Heilige, die nicht nur seine Kinder geboren hatte, sondern sich auch aufopfernd um seinen tauben Sohn kümmerte. Sie hatte eine Klinik gegründet und nach ihm benannt, die John-Tracy-Klinik, in der taube Kinder behandelt wurden. Tapfer sammelte Louise Spendengelder, um den Betrieb des Krankenhauses zu finanzieren. Mit ihrem karitativen Verhalten band sie Spencer an sich. Aber das war nicht alles. Viel schwerer wog Spencers schlechtes Gewissen. Es war seine Schuld, dass sein Sohn taub war. Spencer hatte sich bei einer seiner zahlreichen Geliebten mit einer Geschlechtskrankheit angesteckt und sein Kind damit geschädigt. Louise machte ihm deshalb keinen Vorwurf, aber das musste sie auch nicht, das übernahm Spencer selbst. Er hasste und verachtete sich, und jedes Mal, wenn er seinen Sohn ansah, quälten ihn Schuldgefühle.

»Wie lange wirst du bleiben?«, wollte Kate wissen.

»Solange es nötig ist.« Er starrte grimmig auf seinen Frühstücksteller.

»Am Dienstag hast du einen Termin bei MGM.«

»Wir haben einen Termin«, verbesserte Spencer sie. »Ich werde pünktlich da sein und dich nicht hängen lassen.«

Bei der Filmproduktionsgesellschaft Metro-Goldwyn-Mayer sollte es um ihr nächstes gemeinsames Filmprojekt gehen.

Nun hob er den Kopf und mühte sich ein Lächeln ab. Kate konnte sehen, wie viel Kraft es ihn kostete.

»Ich schaue heute Abend bei dir vorbei«, versprach er.

Als Kate nicht reagierte, fuhr er fort: »Danach fahren wir gemeinsam eine Woche in den Süden. Wir verbringen ein paar erholsame Tage am Strand.«

»Hm.« Kate hätte sich auch mit einem Abend zufriedengegeben, aber er schien zu wissen, dass er ihr nach dieser Nacht mehr schuldete als bloß ein gemeinsames Dinner und ein Abenteuer im Bett.

Kate fragte sich, ob sein schlechtes Gewissen so groß war, dass sie einen weiteren Vorstoß wagen konnte. »Was hältst du davon, wenn wir nicht nur eine Woche zusammen verbringen? Wäre es nicht an der Zeit, zusammenzuziehen?« Sie hatte diese Bitte in den letzten Monaten immer wieder vorgebracht, doch sie war jedes Mal auf Granit gestoßen. Kate war es leid, dass sie Spencer nur dann zu Gesicht bekam, wenn ihm danach war. Würde sie mit ihm zusammenleben, würde sie besser auf ihn achtgeben können. Gemeinsam würden sie seine Krankheit in den Griff bekommen.

»Das geht nicht«, sagte er finster.

»Warum?« Kate stellte die Tasse zurück auf den Tisch. »Wir sind seit acht Jahren ein Paar. Jeder weiß es. Die Leute von der MGM zahlen den Reportern Unsummen, um unsere Beziehung vor der Öffentlichkeit geheim zu halten. Warum, denkst du, hat noch keine Klatschzeitung ein Bild von uns gebracht?«

»Ich bin verheiratet.«

»Deine Ehe existiert schon seit Jahren nur mehr auf dem Papier«, widersprach Kate. »Du kannst Louise auch noch treffen, wenn du von ihr geschieden bist. Und die Kinder kannst du sogar noch öfter sehen, weil du dann nicht mehr von Louises Terminkalender abhängig bist.«

»Ich bin Katholik.«

Kate verzog den Mund. »Du hast in deinem Leben schon so viele Regeln der Kirche gebrochen, da macht eine Scheidung das Kraut auch nicht mehr fett.«

Spencer erstarrte, und Kate biss sich auf die Unterlippe. Sie war zu weit gegangen.

»Bitte verzeih mir«, entschuldigte sie sich. Sie hatte Spencers Affären im Allgemeinen gemeint und nicht die eine, die so verheerende Auswirkungen gehabt hatte.

»Du musst mir nicht erklären, dass ich meine Frau betrüge, und mich auch nicht daran erinnern, dass ich für die Behinderung meines Sohnes verantwortlich bin«, sagte Spencer düster. »Das weiß ich selbst.«

»Das wollte ich auch gar nicht«, verteidigte sich Kate. Sie stand auf, trat von hinten zu ihm und legte ihm versöhnlich die Arme um die Schultern. Zärtlich küsste sie ihn aufs Haar. Es duftete vertraut nach Spencers Lieblingsshampoo. Kate hatte es ihm gekauft. »Die Sache mit John habe ich nicht gemeint«, sagte Kate leise.

Es war eine Ironie des Schicksals, dass ausgerechnet Kate, deren Familie jahrelang eine Aufklärungskampagne gegen

Geschlechtskrankheiten geführt hatte, einen Mann liebte, der mit seinem Besuch im Freudenhaus die Behinderung seines Sohnes verschuldet hatte.

Spencer nahm ihre Hände von seinen Schultern und drehte sich zu ihr. Der Schmerz in seinen Augen schnitt Kate tief ins Herz. »Ich kann nicht mir dir zusammenleben«, sagte er. »Ich bin nicht gut genug für dich.«

»Unsinn«, widersprach Kate. »Ich kann selbst entscheiden, was mir guttut.«

Spencer schüttelte den Kopf. »Ich bringe den Menschen, die mich lieben, nur Unglück.«

»Sehe ich denn unglücklich aus?« Sie setzte ihr strahlendes Lächeln auf. Eigentlich wollte sie ihn auf den Mund küssen, doch er wich ihr aus, und sie erwischte nur die frisch rasierte Wange.

Kate nahm wieder Platz. Sie stützte die Ellbogen auf den Tisch, legte das Kinn in die Hände und sah ihm tief die Augen. »Ich will jede Minute meines Lebens mit dir verbringen.«

»Warum?«, fragte er.

»Es tut mir weh, mitanzusehen, wie du dich selbst zerstörst. Ich weiß, dass ich dir helfen und dich beschützen kann. Ich will dich vor dem Untergang retten.«

»Indem du mich rund um die Uhr überwachst?«

»Wenn das der einzige Weg ist?«

Spencer zögerte. Einen Moment schien er ernsthaft über Kates Vorschlag nachzudenken. Sie wagte kaum zu atmen, so angespannt wartete sie auf seine Antwort. Doch dann schüttelte er entschieden den Kopf.

»Nein«, sagte er. »Das ist unmöglich.«

Kate schwieg. Jeder weitere Satz würde ihn wütend machen und die Distanz zwischen ihnen vergrößern. In den letzten

Jahren hatte sie gelernt, Spencers Reaktionen vorherzusehen. Sie konnte seine Mimik lesen und wusste ganz genau, was ihn aus der Fassung brachte. Auf gar keinen Fall wollte sie ihn verlieren. Ihr war völlig klar, dass ihre Liebe auf Außenstehende befremdlich wirken musste. Oft genug verstand sie ihre Gefühle ja selbst nicht. Aber sie wusste, dass sie stärker waren als alles andere. Deshalb hielt sie sich an Spencers Spielregeln. Für heute war die Diskussion beendet.

Hartford, November 1928

»Du willst Luddy heiraten?« Kates Mutter goss aus Versehen ein paar Tropfen Tee neben die Tasse, und die weiße Tischdecke färbte sich dunkelbraun.

»Er hat mich gefragt, und ich war einverstanden.« Kate antwortete mit einer Selbstverständlichkeit, als hätte Luddy sie zum Essen eingeladen und nicht darum gebeten, den Rest seines Lebens mit ihr zu verbringen. Sie griff nach einer Serviette und machte sich daran, den Fleck wegzuwischen. Doch dabei rieb sie die Flüssigkeit bloß noch tiefer in den Stoff.

»Lass nur«, meinte ihre Mutter. »Gloria wird sich später darum kümmern.«

»Ich mag den jungen Mann«, sagte Thomas Hepburn. »Er ist kultiviert, verfügt über ein beträchtliches Vermögen, und was das Wichtigste ist, er hat Humor.«

Die Aussage überraschte Kate. Sie liebte ihren Vater, aber Humor gehörte nicht gerade zu seinen Stärken. Umso interessanter war es, dass er ihn von anderen einforderte.

»Liebst du ihn denn?«, wollte Kates Mutter wissen.

»Ich denke schon«, meinte Kate.

»Diese Ehe ist das vernünftigste Vorhaben, von dem du uns in den letzten Jahren erzählt hast.« Ihr Vater war mit ihrer Entscheidung sichtlich zufrieden.

»Was wird aus deinem Engagement beim Theater?«, fragte Kates Mutter.

»Ich bin bloß die Zweitbesetzung«, gab Kate zerknirscht zu. »Vorerst werde ich eine Pause einlegen und kündigen. Wir wollen unsere Flitterwochen auf den Bermudas verbringen und im Sommer nach Europa fahren. Luddy hat in Frankreich viele Bekannte, die wir alle besuchen werden. Wir werden Unmengen köstlichen französischen Käse essen, dazu knuspriges Baguette knabbern und uns fühlen wie Gott in Frankreich.«

Kates Mutter wollte nicht so recht in die Begeisterung ihrer Tochter einstimmen. Sie schien immer noch unschlüssig zu sein, was sie von Kates spontaner Entscheidung halten sollte, auch wenn sie den jungen, sanftmütigen Börsenmakler sehr schätzte. Er war ein kluger Gesprächspartner, der zu allen aktuellen Themen eine handfeste, vernünftige Meinung hatte.

»Ich finde es schön, dass du Luddy heiratest«, sagte Marion. »Er ist der lustigste Mann, den ich kenne.« Sie machte kein Geheimnis daraus, dass sie für ihren zukünftigen Schwager schwärmte. Er war der Einzige, der mit seinen lustigen Geschichten das schwermütige Mädchen zum Lachen bringen konnte. »Wenn ich groß bin, werde ich auch einen Mann wie ihn heiraten. Er ist so nett.«

»Das finde ich auch«, stimmte Kate gut gelaunt zu.

»Denkst du, es reicht für eine Ehe, dass du deinen zukünftigen Mann nett findest?«, gab Kates Mutter leise zu bedenken.

»Ich werde es herausfinden«, entgegnete Kate.

»Es ist eine solide Grundlage für eine glückliche und gut funktionierende Ehe«, meinte ihr Vater. »Ihr werdet selbstverständlich hier heiraten. Unser Haus ist groß genug, wir können die Trauung und das Fest im Garten abhalten.«

»Ich will die Brautjungfer sein!«, rief Marion.

»Ich auch!« Margaret hob ebenfalls die Hand. »In einem rosaroten Kleid mit vielen Rüschen. Oder soll ich lieber ein fliederfarbenes mit kleinen Blümchen tragen?«

Die Schwestern waren begeistert und überboten sich mit Vorschlägen für das perfekte Brautjungfernkleid.

»Ich nehme an, dass du als verheiratete Frau die Schauspielerei aufgibst. Die Kündigung ist ein Schritt in eine vernünftige Zukunft«, sagte Thomas Hepburn zufrieden.

Kate musste ihn enttäuschen. »Ganz und gar nicht, Dad. Luddy hat versprochen, dass er mich in allem, was ich vorhabe, unterstützen wird. Sobald wir aus den Flitterwochen zurück sind, werde ich nach einem neuen Engagement suchen. Diesmal will ich eine Erstbesetzung. Sobald ich eine bekomme, wird er Tag und Nacht mit mir die Rolle üben, bis auch er sie auswendig kann. Er ist einfach großartig.«

Während Thomas Hepburn missbilligend das Gesicht verzog, schienen diese Worte ihre Mutter endlich zu überzeugen. »Das klingt sehr gut«, sagte sie. »Du hast dich nicht Jahre durchs College gequält, nächtelang über Büchern gebrütet und Texte auswendig gelernt, damit du einem Mann die Wäsche wäschst und ihm das Essen servierst.«

Kate verkniff sich ein Schmunzeln. Ihre Mutter kämpfte für die Rechte der Frauen, doch zu Hause servierte sie ihrem Mann den Tee.

Thomas Hepburn öffnete den Mund, um etwas zu erwidern, schloss ihn aber wieder.

Seit Kurzem war Katharine Houghton Hepburn im National Committee on Federal Legislation for Birth Control als

Vorsitzende für Gesetzesfragen verantwortlich. Nachdem das Wahlrecht für Frauen endlich umgesetzt worden war, hatten Kates Mutter und Tante Edith sich ein neues Ziel gesetzt: die Legalisierung der Empfängnisverhütung. In Connecticut galt Verhütung immer noch als eine Form der Abtreibung. Versuchte eine Frau aktiv, sich vor einer Schwangerschaft zu schützen, musste sie ins Gefängnis. Ein Unrecht, das Kates Mutter mit allen Mitteln bekämpfen wollte. Gemeinsam mit ihrer Schwester verbrachte sie täglich mehrere Stunden im Komitee.

Thomas Hepburn war mit dieser Entwicklung nicht glücklich. Die Abwesenheit seiner Frau gefiel ihm ganz und gar nicht, auch wenn er die Forderung nach der Legalisierung grundsätzlich befürwortete. Erst heute Morgen hatten sich Kates Eltern deshalb in die Haare gekriegt. Thomas Hepburn war ausfällig geworden, weshalb er nun bemüht war, sie Situation nicht erneut eskalieren zu lassen.

»Ich werde bestimmt nicht Luddys Wäsche waschen«, meinte Kate lachend. »Dazu gibt es viel zu viele interessantere Dinge, mit denen ich mich in den nächsten Jahren beschäftigen will.«

Ihr Vater runzelte missbilligend die Stirn, doch noch bevor er einen neuerlichen Streit vom Zaun brechen konnte, wandte sich seine Frau mit einer weiteren Frage an Kate: »Hast du die Rede gelesen, die ich gemeinsam mit der Vertreterin der American Eugenics Society gehalten habe? Dad war ganz angetan davon.« Sie warf ihrem Mann einen liebevollen Blick zu. Offenbar war der Artikel genau nach seinem Geschmack gewesen, denn er widersprach nicht.

Kate hatte nur eine verkürzte Version der Rede gelesen. Ihre Mutter hatte darin provokant gemeint, dass untaugliche

Eltern, die dennoch Kinder zur Welt brachten, gemeine Verbrecher seien. Damit hatte sie die Forderungen der Eugenik sehr zugespitzt und das erwünschte Aufsehen in der Presse erregt. Ihre Rede war in allen bekannten Zeitschriften abgedruckt worden. Mehr Aufmerksamkeit hätte sie für ihr Anliegen nicht bekommen können.

Grundsätzlich bewunderte Kate ihre Mutter für ihr Engagement, aber in diesem Punkt war sie anderer Meinung. Die Eugenik hielt mittlerweile in allen Bereichen der Wissenschaft Einzug. Ihre Vertreter forderten, die schlechten Erbanlagen zu eliminieren, um die Gesundheit der Gesellschaft zu stärken. Ihre Stimmen wurden immer lauter, sowohl in Europa als auch in Amerika.

»Ich bin mir nicht ganz sicher, was ich von den Eugenikern halten soll«, sagte Kate zögerlich. »Wer kann denn entscheiden, was lebenswert ist und was nicht?«

»Diese Frage ist ganz einfach zu beantworten«, meinte ihre Mutter. »Eltern, die nicht in der Lage sind, ihrem Nachwuchs ein sicheres und stabiles Zuhause zu bieten, sollten damit aufhören, zehn und mehr Kinder in die Welt zu setzen. Keines davon hat je eine Chance auf eine bessere Zukunft. Sie alle landen im Elend. Diesen Teufelskreis gilt es zu durchbrechen. Alle Kinder haben ein Recht auf Bildung und somit auf ein erstrebenswertes Leben.«

»Ich halte nichts vom Marxismus.« Ungeduldig unterbrach Thomas Hepburn seine Frau. »Aber als Mediziner stimme ich den Eugenikern zu. Körperliche Krankheiten könnten damit ebenso ausgemerzt werden wie Geisteskrankheiten. Die Kette der Vererbung würde durchbrochen und die allgemeine Gesundheit der Gesellschaft verbessert werden.«

»Wenn ein Familienmitglied krank ist, heißt das noch

lange nicht, dass alle anderen auch von dem Leiden betroffen sind«, gab Kate zu bedenken. Ihr Vater setzte zu einer Erwiderung an, aber Kate war schneller. »Würde man dieser Theorie Glauben schenken, würde es doch bedeuten, dass du genau wie deine Brüder unter Depressionen leiden müsstest.«

Kate hatte schon lange vorgehabt, ihre Eltern auf dieses Thema anzusprechen, bis jetzt hatte sich jedoch keine Gelegenheit geboten.

Augenblicklich erstarrte Thomas Hepburns Gesicht. Auch seine Frau wirkte betroffen. Die beiden sahen Kate entsetzt an.

»Wie kommst du auf die absurde Idee, dass es in meiner Familie Fälle von Depression gegeben haben sollte?« Thomas Hepburns Stimme war gefährlich leise.

Kates Verstand sagte ihr, dass es besser wäre, zu schweigen, dennoch antwortete sie: »Tante Betty hat mir …«

Weiter kam sie nicht. Aufgebracht sprang ihr Vater von seinem Sessel auf. Dabei verfing sich seine Hand im Tischtuch. Die Tassen und Teller klirrten, doch es ging nichts zu Bruch.

»Ich will nichts von dieser unmöglichen Person hören«, schrie er laut und erbost. »Meine Schwägerin ist eine hinterhältige Lügnerin, die Unwahrheiten über meinen Bruder verbreitet. Du hättest niemals bei ihr einziehen dürfen.«

Kate war Wutausbrüche ihres Vaters gewöhnt, die Heftigkeit seiner Reaktion überraschte sie dennoch. Rasch wollte sie die Situation wieder beruhigen. »Sobald ich verheiratet bin, werde ich nicht mehr bei Tante Betty wohnen«, sagte sie versöhnlich.

Die Hände ihres Vaters zitterten, doch er setzte sich wieder, worüber Kates Mutter sehr erleichtert erschien. Sie griff zur Teekanne, um nachzuschenken, aber Kate winkte ab.

»Ich werde mich fürs Tennis umziehen«, sagte sie und bemühte sich, unbeschwert zu klingen. So als hätte der Wutausbruch eben nicht stattgefunden. Hastig trank sie ihren Tee aus und stand auf. »Richard wartet auf dem Tennisplatz. Ich werde meinen kleinen Bruder in wenigen Sätzen vom Platz fegen!«

Sichtlich dankbar nahm ihr Vater den Themenwechsel an. »Dass du dich da mal nicht irrst«, sagte er. »Richard ist im letzten Jahr besser geworden.«

»Das hoffe ich sehr!«, entgegnete Kate übertrieben gut gelaunt. »Ich will, dass er zumindest das Gefühl hat, er hätte eine Chance gegen mich.« Sie redeten über Sport und übers Gewinnen und befanden sich damit wieder auf sicherem Terrain.

Liebster, bester Freund,
wie viel von dem, was in uns steckt, bekommen wir am Tag unserer Geburt in die Wiege gelegt? Kann es sein, dass wir unser Schicksal gar nicht selbst in der Hand haben? Dass unser vermeintlich freier Wille in Wahrheit bloß ein Trugbild ist? Eine Illusion, der wir aufsitzen, in der Hoffnung, dass wir selbst über unseren Weg bestimmen können? Du könntest meine Frage beantworten, wärst du bei mir.
Dein Jimmy

New York, Manhattan, Februar 1930

Wie jeden Abend saß Kate hinter der Bühne des Riviera Theatre am Upper Broadway und beobachtete Hope Williams als Linda Seton in der Komödie *Holiday*. Die Rolle der reichen, etwas überheblichen jungen Frau, die es als Selbstverständlichkeit hinnahm, dass die ganze Welt ihr zu Füßen lag, war der erfolgsverwöhnten Schauspielerin auf den Leib geschrieben. Kate studierte Hopes Mimik, ihre Gestik, die Stimmlage und ihre Bewegungen. Mittlerweile wusste sie, wann Hope eine kurze Pause einlegte, um dem Publikum Zeit für Gelächter zu geben, und wann sie sich im Applaus sonnen konnte.

Zu Hause übte Kate vor dem Spiegel Hope Williams' Körperhaltung. Sie war sich sicher, die Rolle mindestens genauso überzeugend spielen zu können wie die Diva. Leider bekam sie keine Gelegenheit dazu, denn Hope Williams hatte eine unerschütterliche Gesundheit und fühlte sich niemals krank oder schwächlich. Jeden Abend erschien sie pünktlich zur Vorstellung und war schon vor allen anderen in der Garderobe.

Kates Nebenrolle in *These Days* hatte leider nicht den erhofften Erfolg gebracht. Sie hatte bloß die Zweitbesetzung für die Rolle der Linda Seton in *Holiday* ergattert, aber sie war wild entschlossen, eines Tages die Erstbesetzung zu sein.

»Mach nicht so ein enttäuschtes Gesicht«, sagte Hope Williams zu Kate. »Irgendwann kriegst auch du deine Chance.« Dabei lächelte sie mitleidig, womit sie Kate durch die Blume sagte, dass sie dafür sorgen würde, dass das in absehbarer Zeit nicht der Fall sein würde.

Nach dem zweiten Akt stand Kate von ihrem wackeligen Hocker auf und ließ ihren Blick durch den Zuschauerraum gleiten. Das Riviera Theatre unterschied sich erheblich vom Theater auf Long Island und der kleinen Bühne im Plymouth Theatre. Das gesamte Gebäude war elegant ausgestattet und erinnerte an altehrwürdige Bühnen in Europa. Mit rotem Samt bespannte Wände, goldene Spiegel und kostbare Kristalllüster sorgten für ein glamouröses Ambiente, und auch das Publikum war stilgerecht gekleidet. Die Frauen trugen bodenlange Abendkleider und die Männer dunkle Anzüge. Wie gerne hätte Kate das alles von der Bühne aus betrachtet und nicht bloß vom Holzschemel hinter dem schweren Vorhang!

Niedergeschlagener als gewöhnlich machte sie sich an diesem Abend nach der Vorstellung auf den Heimweg. Sie zweifelte an sich und fragte sich, ob sie jemals ein ernst zu nehmendes Angebot als Schauspielerin bekommen würde. Die ganze Quälerei erschien ihr sinnlos. Müde sperrte sie die Wohnungstür auf. Als sie das Apartment vor einigen Stunden verlassen hatte, war Luddy gerade von der Arbeit zurückgekehrt, und sie hatten sich bloß einen flüchtigen Kuss gegeben. Häufig trafen sie sich nur bei der Wohnungsübergabe, doch Luddy hatte sich noch nie darüber beschwert. Ob er schon schlief? Er hatte erschöpft ausgesehen, als sie aufgebrochen war.

Kate betrat das Vorzimmer. Zu ihrer großen Überraschung drang aus dem Wohnzimmer Licht.

»Hallo, mein Schatz.« Luddy rappelte sich schlaftrunken vom Sofa auf.

»Du bist ja noch wach!« Kate zog den Mantel aus, nahm ihren Hut ab und schlüpfte aus den Schuhen.

»Ich bin kurz eingenickt«, gestand Luddy und breitete die Arme aus, damit Kate sich zu ihm setzen und sich an seine Schulter lehnen konnte. Nur zu gern nahm sie das Angebot nach dem deprimierenden Abend an. Luddy beugte sich zu ihr und wollte sie küssen, doch er erwischte bloß ihre Wange.

»Trotz deiner Müdigkeit siehst du hinreißend aus, wie immer.« Er vergrub seine Nase in ihrem Haar.

Es verging kein Tag, an dem Luddy seiner Frau keine Komplimente machte. Er betete sie an und ließ keine Gelegenheit aus, ihr das zu sagen und zu zeigen. Kate freute sich darüber, doch ihre Selbstzweifel hatten nicht mit ihrem Aussehen zu tun, sondern mit der Befürchtung, dass sie womöglich keine gute Schauspielerin war.

»Seit sechs Monaten bin ich nur die Zweitbesetzung«, jammerte sie. »Ich habe es so satt, immer nur hinter dem Vorhang zu sitzen. Ich will auf der Bühne stehen und spielen!«

»Das wirst du bald«, versuchte Luddy, sie zu trösten.

»Mittlerweile kenne ich das Stück in- und auswendig. Wenn du mich mitten in der Nacht aufwecken würdest, könnte ich dir jede beliebige Stelle aufsagen. Selbst die Textpassagen der anderen Kollegen könnte ich spielen.«

»Ich weiß, mein Schatz.«

»Ich frage mich, wie sinnvoll das Ganze ist. Vielleicht bin ich einfach nicht gut genug. Am liebsten würde ich die ganze Schauspielerei hinwerfen.«

»Unsinn«, widersprach Luddy energisch. »Du liebst die Bühne und bist eine großartige Schauspielerin. Eines Tages wirst du zu den ganz Großen am Broadway zählen.« Er glaubte an sie wie kein anderer, und dafür war Kate ihm dankbar.

»Meinst du wirklich?«, fragte sie verzagt.

»Ganz bestimmt. Von dir gehen eine Kraft und eine Lebensfreude aus, die andere mitreißen. Du strahlst wie ein Stern am Himmel. Eines Tages wird es der Theaterhimmel sein.«

Kate wollte ihm glauben, aber es fiel ihr von Tag zu Tag schwerer.

»Was hältst du davon, wenn wir in einem Monat noch einmal nach Frankreich fahren?«, schlug Luddy vor. »Die Reise hat dir gefallen. Du würdest auf andere Gedanken kommen, und wir könnten wieder mehr Zeit zu zweit verbringen.«

»Eine himmlische Idee«, sagte Kate. Wie von Luddy prophezeit hatte sie sich in Frankreich verliebt. Das Land war einfach großartig, doch sie hatten erst einen Bruchteil davon gesehen. Es gab noch so viel zu entdecken. Der Gedanke, erneut hinzufahren, war verlockend.

»Komm, lass uns ins Bett gehen«, bat Luddy. »Ich habe extra auf dich gewartet.« Liebevoll nahm er eine ihrer Strähnen zwischen zwei Finger und wickelte sie auf.

Seit mehr als einem Jahr waren sie nun verheiratet, und die Abende, die sie gemeinsam verbrachten, ließen sich, bis auf die gemeinsamen Urlaube, an zwei Händen abzählen. Luddy ging morgens zur Arbeit, während Kate noch im Bett lag, und wenn er abends wieder nach Hause kam, machte Kate sich auf den Weg ins Theater. Sie lebten in derselben Wohnung und teilten sich ein Bett, aber sie trafen kaum gemeinsame Freunde. Ihre Freizeit beschränkte sich auf wenige Stunden am Meer, auf dem Golf- oder auf dem Tennisplatz. Kaum hatten sie ein Match geschlagen, musste Kate auch schon wieder ins Theater oder Luddy zu einem Geschäftstermin.

Letzte Woche hatte Kate mit Alice über ihren Alltag gesprochen.

»Du hast großes Glück mit Luddy«, hatte Alice gemeint. »Andere Männer hätten sich schon längst beschwert oder versucht, dir das Theaterspielen auszureden.«

»Luddy weiß, dass ich ohne Theater nicht leben kann.«

»Ich sage ja, dass du Glück mit ihm hast.«

Kate hatte der Freundin nicht widersprochen. Sie wusste, dass Alice recht hatte, und dennoch zweifelte sie manchmal. Kate kannte die Beziehung ihrer eigenen Eltern. Sie liebten und begehrten sich, aber sie stritten auch, was das Zeug hielt. Eine ernsthafte Auseinandersetzung mit Luddy war undenkbar. Er war sanft und verständnisvoll und hätte Kate nie im Leben kränken oder verletzen wollen. Ganz im Gegenteil – er tat alles, damit es ihr gut ging und sie glücklich und zufrieden war. Er würde es auch jetzt hinnehmen, wenn sie ihm sagte, dass sie zu müde war, um mit ihm zu schlafen. Hin und wieder überkam Kate die Angst, sie könnte Luddys Großzügigkeit ausnutzen.

Sie drehte den Kopf zu ihm. In seinen Augen lagen so viel Liebe und Zuneigung, dass sie nicht anders konnte, als sich zu ihm zu beugen. Sie küsste ihn. Dann taumelten sie gemeinsam ins Schlafzimmer und landeten im Bett.

Kate war etwas spät dran. Aber es war ohnehin egal. Sie würde wieder einmal hinter der Bühne sitzen und Hope Williams dabei beobachten, wie sie vom Publikum mit tosendem Applaus gefeiert wurde. Mit mäßig schnellen Schritten ging Kate den Broadway entlang und kam gerade noch rechtzeitig ins Theater, wo ein aufgelöster Arthur Hopkins sie in der Garderobe erwartete.

»Kate, wo bleiben Sie nur?«, fragte er vorwurfsvoll und schaute dabei auf seine Armbanduhr.

Kate war sich keiner Schuld bewusst. Sie war doch nur ein paar Minuten zu spät.

»Schnell, ziehen Sie sich um. Eben hat Hope Williams angerufen. Sie ist krank und hat keine Stimme. Also kann sie heute nicht auftreten.«

»Und ich werde die Hauptrolle spielen?«

»Das ist der Sinn einer Zweitbesetzung. Denken Sie, ich zahle Ihnen aus Jux jede Woche Geld?«

Kate hätte gerne vor Freude laut geschrien, doch sie unterdrückte den Impuls und schwieg. Seit Monaten sehnte sie diesen Augenblick herbei. Jetzt, da er eingetreten war, konnte sie es kaum glauben. Endlich würde sie ihr Können unter Beweis stellen.

Hopkins deutete ihr Schweigen falsch. »Sie können die Rolle doch, oder?«, fragte er besorgt.

»Selbstverständlich.«

»Na dann! Worauf warten Sie? Ziehen Sie sich um!«

Schon war Kate auf dem Weg in Williams' Garderobe, wo die Kostüme des Bühnenstars hingen. Man hatte bei der Ausstattung bloß auf die Diva Rücksicht genommen und sämtliche Kostüme auf sie abgestimmt. Hope Williams war um einiges kleiner als Kate, was jetzt zum Problem wurde. Kate zwängte sich in ein Kleid, das ihr an den Armen und um die Waden zu kurz war. Verzagt betrachtete sie sich im Spiegel und versuchte, ihre Nerven zu beruhigen. Es kam auf ihre schauspielerische Leistung an und nicht auf ihr Kostüm.

»So können Sie nicht auf die Bühne.« Die Kostümbildnerin hielt eine Schere und ein Nadelkissen in den Händen.

»Was haben Sie vor?«, fragte Kate.

»Entweder lasse ich den Saum raus, oder ich stecke unten eine Borte an.«

»Und das funktioniert?«

»Keine Ahnung«, gab die junge Frau zu.

Kate kämpfte tapfer gegen das Lampenfieber an. Sie wollte souverän wirken und nicht wie eine ängstliche Debütantin, deren weitere Karriere von diesem Auftritt abhing.

»In Ordnung«, sagte sie möglichst zuversichtlich. »Passen Sie das Kostüm an.«

Kurz darauf steckten mehrere spitze Nadeln und einige Meter dunkler Spitze am Saum ihres Kleides. Auch die Ärmel wurden auf diese Weise verlängert. Kate durfte keine abrupten Bewegungen machen, um sich nicht ständig zu piksen. Ein Blick in den Spiegel verriet ihr, dass das Kleid immer noch kurz war, aber nicht mehr aussah, als hätte sie es sich von ihrer kleinen Schwester geliehen. Noch bevor sie weiter über ihr Aussehen nachdenken konnte, wurde sie auf die Bühne gewinkt.

Kate ließ den Blick durch den Zuschauerraum gleiten. Die Augen des Publikums waren erwartungsvoll auf sie gerichtet. Ihr Herz klopfte vor Aufregung schneller. Es fühlte sich großartig an. Beherzt begann sie ihren Text zu sprechen.

Kate hatte Hope Williams monatelang beobachtet. Sie kannte die Rolle bis ins kleinste Detail und ahmte die Diva nach. Gekonnt spielte sie eine überhebliche, unnahbare Millionärin. Aber sosehr sie sich auch bemühte, es gelang ihr nicht, das Publikum so mitzureißen, wie Hope Williams es Abend für Abend tat. Der Funke, der sonst so schnell übersprang, zündete nicht. An den Stellen, an denen für gewöhnlich gelacht wurde, herrschte Stille im Saal. Kate spürte Panik in sich aufsteigen. Was war nur los mit ihr? Sie machte doch alles genau so, wie sie es immer gesehen hatte. Sie imitierte jede noch so kleine Handbewegung, jede Mimik, jede Nuance in Willams' Stimme, und trotzdem kam keine Begeisterung auf. Bevor der Pausenvorhang fiel, wurde ihre Leistung mit verhaltenem Applaus bestraft.

Unruhig ging Kate in der Garderobe auf und ab, als die Kostümbildnerin zu ihr kam und das Kleid überprüfte. Ein paar der Nadeln hatten sich gelockert.

»Dieses Kostüm ist auf Ms Williams' Körper zugeschnitten«, sagte sie entschuldigend. »Ich habe es in den letzten sechs Monaten so oft für sie verändert, dass es niemand anderem mehr passt. Daran können ein paar Nadeln nichts ändern.« Sie steckte den Stoff wieder hoch. »Besser wäre gewesen, Sie hätten ein völlig anderes Kleid angezogen. Eines, in dem Sie sich wohlfühlen.«

»Dafür ist es jetzt zu spät«, seufzte Kate niedergeschlagen.

Kurz darauf stand sie wieder auf der Bühne. Die Worte der Kostümbildnerin beschäftigten sie immer noch. Hope Williams hatte die Rolle der Linda Seton zu ihrer gemacht, genau wie das Kostüm, das sie jeden Abend trug. Kate musste sich davon lösen. So, wie sie ein anderes Kleid hätte anziehen sollen, sollte sie die Rolle auf ihre Weise interpretieren. Sie musste eine Linda Seton zum Besten geben, so wie sie sie verstand. Die Protagonistin war eine reiche Frau, die ihren Status als Selbstverständlichkeit betrachtete und aus diesem Grund spontan, unbeherrscht und impulsiv reagierte. Das bedeutete nicht, dass sie auch arrogant war. Kate versuchte, diese Seite abzulegen.

Schon nach den ersten Sätzen hatte sie das Publikum auf ihrer Seite. Eine Frau in der ersten Reihe lachte so herzhaft, dass sie mit einem Taschentuch ihre Augen abtupfen musste.

Nach einer Szene auf einem Golfplatz hatte Kate auch die restlichen Zuschauer für sich gewonnen und wurde mit begeistertem Applaus belohnt. Interessanterweise lachte das Publikum an völlig anderen Stellen als bei Hope Williams. Kaum war das Eis gebrochen, spielte Kate voller Leidenschaft. Sie vergaß den Druck, der noch während der Pause auf ihr gelastet hatte. Mit jedem Dialog kehrte ihr Selbstvertrauen zurück. Sie ging in ihrer Rolle auf und genoss es, im Rampenlicht zu stehen. Sie war die Heldin des Abends. Es fühlte sich großartig an.

Als der Vorhang fiel, sonnte sie sich im Beifall. Erst als das letzte Klatschen verhallte, verließ Kate die Bühne und verspürte ausschließlich Bedauern. Gerne hätte sie noch weitergemacht. Die Kollegen gratulierten ihr zu ihrem Auftritt, und auch Arthur Hopkins kam zu ihr und schüttelte ihr die Hand: »Das war eine sehr gute Darbietung.«

»Vielen Dank.« Kate schwebte in die Garderobe. Genauso hatte sie sich das Theaterleben immer vorgestellt. Doch schon im nächsten Moment wurde sie auf den Boden der Tatsachen zurückgeschleudert.

»Hope hat eben angerufen. Es geht ihr deutlich besser. Sie wird morgen Abend wieder spielen können.«

Die Kostümbildnerin nahm Kate das Kleid ab. »Dann werde ich rasch alle Nadeln und die Borte wieder abnehmen.«

»Tun Sie das«, sagte Hopkins. »Wir sehen uns morgen Abend, so wie immer.«

Das bedeutete für Kate die Zweitbesetzung, und erneut auf dem wackeligen Hocker sitzen zu müssen, fühlte sich bitterer an als je zuvor.

New York, Manhattan, März 1931

»Ich habe beschlossen, Sie in Zukunft gemeinsam mit einer anderen Schülerin zu unterrichten.« Mrs Robinson-Duff winkte Kate in ihr Apartment.

»Aber ich brauche den Einzelunterricht«, widersprach Kate. »Sie haben selbst vor ein paar Wochen gemeint, dass ich noch intensiver an meinen Figuren arbeiten muss. Meiner Darstellung der Linda Seton in *Holiday* fehlt immer noch das gewisse Etwas.« Kate holte Luft. »Das waren genau Ihre Worte.«

Seit über einem Jahr hatte sie das Gefühl, als bewege sie sich keinen Zentimeter weiter. Den ganzen Tag übte und probte sie. Dabei arbeitete sie härter an sich als alle ihre Kolleginnen. Und trotzdem saß sie jeden Abend hinter der Bühne und sah frustriert der Erstbesetzung zu.

»Ich weiß sehr wohl, was ich gesagt habe, Schätzchen!« Mrs Robinson schob Kate ins Wohnzimmer. Nur widerwillig ließ Kate es geschehen. Sie war fassungslos. Wie konnte ihre Lehrerin ihr so in den Rücken fallen? Sie zahlte Mrs Robinson-Duff ein kleines Vermögen für jede Unterrichtseinheit. Ohne Luddys Unterstützung hätte sie längst keine Stunden mehr nehmen können. Und ohne seine unermüdlichen Ermunterungen und seinen festen Glauben an ihr Talent hätte

Kate wohl das Handtuch geworfen und sich ein anderes Ziel gesucht.

Bevor sie weiterjammern konnte, sah sie eine junge Frau, die bereits auf dem Sofa im Wohnzimmer saß. Sie war etwa in Kates Alter. Ihr brünettes Haar war zu einem modischen Pagenkopf geschnitten, und sie trug ein dunkelblaues Kostüm von Coco Chanel. Ihre maßgeschneiderten Schuhe wirkten ebenso teuer wie die dazu passende Handtasche. In ihrer Rechten hielt sie lässig eine Zigarette, die sie eben aus einem silbernen Etui genommen hatte. Als sie Kate erblickte, legte sie beides zurück auf den Tisch. Die Fremde war keine auffallende Schönheit, alles an ihr wirkte durchschnittlich, und dennoch verriet ihre Körperhaltung, dass sie sich für etwas Besonderes hielt.

»Darf ich Ihnen Miss Harding vorstellen?« Mrs Robinson wies auf die Fremde, die nun aufstand und Kate die Hand entgegenstreckte.

»Angenehm. Ich bin Laura.«

Zögernd ergriff Kate die Hand. Es dauerte einen Moment, bis sie begriff, wer da vor ihr stand.

»*Die* Laura Harding?«, fragte sie erstaunt. Sie hatte in den Zeitungen von dem extravaganten Society Girl gelesen, das durch den Tod seines Vaters zur Besitzerin eines milliardenschweren Unternehmens geworden war.

»Ja, die bin ich.«

Laura Harding machte kein Geheimnis daraus, dass sie sowohl ihren Reichtum als auch ihren gesellschaftlichen Status mit der Muttermilch aufgesogen hatte.

»Ich werde Sie in Zukunft gemeinsam unterrichten, weil ich davon überzeugt bin, dass Sie voneinander profitieren werden«, erklärte Mrs Robinson. »Setzen Sie sich.«

Die beiden jungen Schauspielschülerinnen folgten murrend der Anweisung, während die Lehrerin auf ihrem Lehnstuhl Platz nahm.

»Ich will, dass Sie etwas Zeit miteinander verbringen«, fuhr Mrs Robinson fort.

»Aber...« Weiter kam Kate nicht, denn Mrs Robinson hielt ihr warnend die Hand entgegen.

»Lassen Sie mich aussprechen.«

Widerwillig presste Kate die Lippen gegeneinander.

»Sie sind eine ehrgeizige junge Frau mit viel Potenzial und Talent.«

Kate straffte stolz die Schultern. Schade, dass ihr Vater das nicht hören konnte.

»Aber«, fuhr die Lehrerin ernst fort, »Sie haben keine Ahnung, was eine Frau wie Linda Seton, die Sie verkörpern wollen, wirklich fühlt. In welchen Kreisen sie sich bewegt und was ihr wichtig ist. Ihre Interpretation der Rolle war gut, aber es geht noch eine Spur besser. Wenn Sie zu den Besten gehören wollen, dann müssen Sie sich eine Besonderheit erarbeiten, die Sie von allen anderen Schauspielerinnen unterscheidet.«

Kate war sich nicht sicher, was diese Besonderheit sein sollte. Etwas ratlos sah sie zu Laura Harding, die eine Zigarette aus ihrem Etui nahm und sie entzündete, ohne sich danach zu erkundigen, ob das in Ordnung sei. Als sie Kates Blick bemerkte, hielt sie ihr fragend das Etui entgegen: »Wollen Sie auch eine?«

Kate lehnte dankend ab.

»Miss Harding verfügt über das Wissen, das Ihnen fehlt, Miss Hepburn.«

Laura zog genussvoll an ihrer Zigarette, stieß den Rauch

in kleinen Kringeln aus und sagte dann gedehnt: »Sie wollen, dass ich Kate zu ein paar Dinnerpartys mitnehme?«

»Ja, das wäre ein gutes Beispiel«, entgegnete Mrs Robinson. »Im Gegenzug kann Miss Hepburn Sie in durchschnittlichere Kreise einführen.«

Kate schluckte betroffen und stellte sich vor, was ihre Eltern dazu sagen würden, wenn sie erführen, dass man sie als »durchschnittlich« bezeichnete. Die Hepburns waren vieles, aber ganz bestimmt nicht gewöhnlich. Sie waren zeit ihres Lebens gegen den Strom geschwommen und zählten zur intellektuellen Elite des Landes. Welche andere Schauspielerin konnte schon von sich behaupten, dass ihre Mutter eine Suffragette war und ihr Vater sich dem Kampf gegen Geschlechtskrankheiten verschrieben hatte?

»Gerne stelle ich Laura meine Familie vor«, sagte Kate eine Spur herablassend. »Meine Mutter hat für das Frauenwahlrecht gekämpft und setzt sich jetzt für die Geburtenkontrolle ein. Mein Vater ist ein angesehener Chirurg.«

»Aha.« Laura wirkte unbeeindruckt. Kannte sie andere Suffragetten und Ärzte? Kate spürte, wie Ärger in ihr aufstieg.

Die Einzige, die zufrieden aussah, war Mrs Robinson-Duff. Sie rieb sich die Hände, als wäre ihr eben der Streich ihres Lebens geglückt.

»Glauben Sie mir, in ein paar Wochen werden Sie mich verstehen.«

Laura zuckte lässig mit den Schultern, während Kate ungeduldig auf ihrem Stuhl hin- und herrutschte und nach einem Ausweg suchte, um diesem Experiment zu entgehen.

Doch noch bevor sie passende Worte gefunden hatte, sagte Laura: »Heute Abend findet in meinem Apartment eine kleine Dinnerparty statt. Anschließend gehe ich mit ausgesuchten Freunden in einen Club in Greenwich Village. Ein paar Leute aus der Filmbranche werden dort sein. Hast du Lust, mich zu begleiten?«

Kate starrte sie völlig verdattert an. Konnte es sein, dass sie Lauras Gesichtsausdruck falsch gedeutet hatte? Die reiche Erbin war mit Mrs Robinsons Vorschlag einverstanden und wollte noch heute Abend mit der Umsetzung beginnen. Mit einem Mal erkannte Kate die Möglichkeiten, die Laura ihr bieten konnte. Sie würde die oberen Zehntausend kennenlernen. Eigentlich hatte sie Luddy versprochen, heute gemeinsam mit ihm zu kochen und anschließend gemütlich auf dem Sofa Musik zu hören. Aber er würde verstehen, dass dieses Treffen wichtiger war als ein Abend zu zweit. Luddy liebte sie. Wenn Kate glücklich war, war auch er zufrieden.

»Ich komme gerne mit«, erklärte Kate.

»Wunderbar«, sagte Mrs Robinson-Duff und klatschte in die Hände. »Jetzt machen wir mit den Stimmübungen weiter. Was helfen die besten Milieustudien, wenn man nicht versteht, was Sie auf der Bühne reden.«

New York, Manhattan, November 1931

Luddy trocknete das Weinglas ab und reichte es Kate, die es zurück in den Küchenschrank stellte. Es war einer der seltenen Abende, die sie zu zweit zu Hause verbrachten.

Da klingelte das Telefon.

»Nanu, erwartest du noch einen Anruf?«, fragte Luddy.

»Nein. Mal sehen, wer es ist.«

Kate lief zum Apparat und nahm den Hörer ab.

»Ja, bitte?«

Eine Männerstimme meldete sich am anderen Ende der Leitung. »Hier ist Philip Barry.«

Kate hob überrascht die Augenbrauen. Barry war ein angesagter Broadwayautor, den Kate seinerzeit kennengelernt hatte, als sie mit Phelps Putnam durch die Lokale der Stadt gezogen war. Er hatte unter anderem die Komödie *Holiday* geschrieben, bei deren Inszenierung sie wenigstens einmal die Linda Seton hatte spielen dürfen. Letzte Woche war Kate ihm bei einer von Lauras Partys wiederbegegnet. Sie hatten sich eine ganze Stunde lang intensiv unterhalten. Kate hatte ihm ihre Telefonnummer gegeben, aber nicht damit gerechnet, dass er sie jemals anrufen würde. Sie hatte keine Ahnung, was der Autor von ihr wollte.

»Ich habe ein Stück für Sie geschrieben«, sagte Barry. »Die

Inspiration dazu kam mir bei der Party, als wir uns so lange unterhalten haben.«

»Aha.« Kate warf Luddy einen ratlosen Blick zu.

»Die jungen Amerikanerinnen von heute werden genau wie meine Heldin sein wollen: elegant und anmutig, unkonventionell und fordernd. Sie haben das gewisse Etwas, Kate.«

Noch immer war Kate völlig sprachlos. Ganz offensichtlich war Mrs Robinson-Duffs Plan aufgegangen. Sie hatte das gewisse Etwas. Auch wenn sie keine Ahnung hatte, was es genau sein sollte. Sie wurde aus dem Redefluss des Autors immer noch nicht schlau.

»Ich will, dass Sie meine Protagonistin in dem Stück spielen«, sagte Barry.

Das war ein Satz, den Kate sofort verstand. »Sehr gerne!«

»Ich habe Sie letztes Jahr in *Holiday* gesehen, als Sie für Hope Williams eingesprungen sind. Ihre Version der Linda Seton hat mich begeistert. Als ich Ihnen neulich wiederbegegnet bin, konnte ich mein Glück kaum fassen. Sie sind tatsächlich so wie die Figur, die Sie spielen. Noch am selben Abend habe ich mich hingesetzt und zu schreiben begonnen. Sie haben mich zu einem neuen Stück inspiriert.«

»Das freut mich.« Kates Herz klopfte schneller. Was der Autor da sagte, war zu schön, um wahr zu sein.

»Mein Stück heißt *The Animal Kingdom*. Die Proben beginnen nächsten Monat. Gespielt wird ab Januar im Broadhurst Theatre. Ich will Sie in der Hauptrolle sehen. Haben Sie Zeit und Lust?«

»Sind Sie sicher, dass Sie mir die Hauptrolle anbieten?« Vielleicht träumte Kate das Gespräch ja bloß? Sie zwickte sich vorsichtig in den Unterarm. Der Schmerz war echt.

»Sie sind lustig.« Barry lachte ins Telefon. »Genau aus dem

Grund will ich Sie in dem Stück sehen. Das Publikum wird Ihnen zu Füßen liegen. Was sagen Sie zu meinem Vorschlag?«

»Natürlich spiele ich die Hauptrolle«, entgegnete Kate.

»Wunderbar, dann werde ich Ihnen das Manuskript zukommen lassen. Wann können Sie den Vertrag unterschreiben?«

Am liebsten hätte Kate in den Hörer gerufen: Auf der Stelle – wo soll ich hinfahren? Doch es war zehn Uhr abends, und sie wollte Barry gegenüber nicht zugeben, wie sehr sie von seinem Angebot überwältigt war. Gelassen meinte sie: »Sobald ich das Manuskript gelesen habe, melde ich mich bei Ihnen.«

»Genau so stelle ich mir meine Protagonistin vor«, sagte Barry zufrieden. »Sie werden hinreißend sein. Ich schicke das Manuskript morgen früh mit einem Boten vorbei. Rufen Sie mich an, sobald Sie sich entschieden haben.« Dann verabschiedete er sich.

Kaum, dass Kate den Hörer aufgelegt hatte, konnte sie sich nicht mehr zurückhalten. Sie sprang in die Luft, jubelte laut und streckte beide Arme in einer Siegerpose in die Höhe. Dann rannte sie auf Luddy zu.

»Ich habe eine eigene Rolle!«

»Das klingt ja großartig.« Luddy stand auf, doch Kate umarmte ihn so stürmisch, dass sie zu zweit wieder lachend auf dem Sofa landeten.

»Jetzt kann mich nichts mehr bremsen«, erklärte Kate. »Philip Barry hat eine Rolle nur für mich geschrieben. Dabei kenne ich den Mann kaum. Ich werde damit berühmt werden. Genau wie Hope Williams mit der Linda Seton in *Holiday*.«

»Daran zweifle ich keinen Augenblick.«

Luddy zog Kate noch näher an sich und vergrub sein Gesicht an ihrem Hals.

»Wer wird dein Partner?«

»Keine Ahnung.« Kate lachte übermütig. »Die Hauptdarstellerin bin jedenfalls ich.«

Sie küsste Luddy so leidenschaftlich wie schon lange nicht mehr, und der Abend endete für beide genau so, wie sie es sich erhofft hatten.

Wie angekündigt, brachte am nächsten Tag ein Bote das Manuskript vorbei. Kate saß noch im Morgenmantel beim Frühstück. Statt sich anzuziehen und für den Tag fertig zu machen, ließ sie sich mit einer weiteren Tasse Kaffee auf dem Sofa nieder und stand erst wieder auf, als sie das Stück komplett gelesen hatte. Es handelte von einem sensiblen Mann, der zwischen seiner Ehefrau und seiner Geliebten hin- und hergerissen war. Seiner Geliebten erklärt er, dass ihre Beziehung nur geistiger und freundschaftlicher Natur sei. Manche Passagen deckten sich fast wörtlich mit dem, was Putnam vor nicht allzu langer Zeit zu Kate gesagt hatte. Es fiel ihr leicht, sich mit der Geliebten zu identifizieren. Niemand würde Daisy Sage besser spielen als sie. Die Rolle war ihr tatsächlich auf den Leib geschrieben. Begeistert legte sie das Manuskript zur Seite, rief Barry an und sagte zu.

»Ich erwarte Sie morgen bei den Proben.« Er schien mit dem Anruf gerechnet zu haben. »Leslie Howard spielt die männliche Hauptrolle. Und seien Sie pünktlich.«

»Das bin ich immer«, meinte Kate gut gelaunt.

Das Hüsteln am anderen Ende der Leitung verriet ihr, dass Barry anderes über sie gehört hatte. Sie würde sich bemühen, rechtzeitig das Haus zu verlassen.

Kate hatte so lange im Badezimmer getrödelt und mit ihrem Haar experimentiert, bis sie halbwegs mit ihrer Frisur zufrieden war, dass sie nun trotz aller guten Vorsätze zu spät dran war. Luddy nahm sie im Automobil mit und setzte sie am Broadway ab, denn er benötigte es am Nachmittag.

»Wir brauchen unbedingt einen zweiten Wagen«, meinte Kate nervös.

»Ich verspreche dir, dass wir einen kaufen werden.« Wie immer, wenn Kate einen Wunsch äußerte, war Luddy bemüht, ihn sofort zu erfüllen. An den Falten auf seiner Stirn konnte Kate erkennen, dass er bereits über ein passendes Auto nachdachte.

»Wünsch mir Glück«, sagte sie.

»Du wirst alle verzaubern«, versicherte er.

Kate drückte ihm zum Abschied einen Kuss auf die Wange. Dann rannte sie zum Hintereingang des Theaters.

Dank des Taxidienstes ihres Ehemanns war sie nun zwanzig Minuten zu früh gekommen. Trotzdem war die gesamte Truppe schon in den Garderoben oder im Probenraum. Einige Kollegen übten ihre Texte, andere tranken noch eine Tasse Kaffee, bevor es losging. Eine kleine, rundliche Frau um die vierzig kam auf Kate zu und stellte sich als Rachel Link vor.

»Ich bin die Regieassistentin und Mädchen für alles.«

»Freut mich, ich bin Kate.«

»Wir haben Sie bereits erwartet.« Rachel wirkte etwas gehetzt. Unterm Arm trug sie ein Klemmbrett mit einer Liste von Dingen, die sie offenbar noch erledigen musste.

»Ist Philip Barry hier?«, erkundigte sich Kate.

»Der Autor besucht selten die Proben«, antwortete Rachel. »Wenn er doch vorbeischaut, dann immer unangekündigt. Kommen Sie mit. Ich stelle Sie den anderen vor.«

Im Probenraum saßen bereits einige Kollegen im Sitzkreis. Die meisten begrüßten Kate freundlich und wohlwollend. Nur ein Mann machte sich nicht die Mühe, seinen Widerwillen zu verbergen. Mit finsterer Miene starrte Leslie Howard sie an.

»Das ist ja die reinste Zumutung. Ich muss mit einer Bohnenstange spielen.«

Kate erstarrte mitten in der Bewegung. Auch die anderen Kollegen im Raum verstummten. Die Beleidigung hatte ihr gegolten. Daran bestand kein Zweifel.

Kate atmete tief durch. Nur nicht die Contenance verlieren, sagte sie sich. Ruhig bleiben und keine Blöße zeigen. Sie bemühte sich um ein freundliches Gesicht.

»Wie schön, Sie kennenzulernen«, flötete sie mit übertriebener Fröhlichkeit.

Einen kurzen Moment wirkte Howard irritiert. Sein akkurat gestutzter Schnurrbart zuckte.

»Ich freue mich, dass ich mit Ihnen zusammen auf der Bühne stehen darf«, fuhr Kate fort.

Howards Gesicht blieb finster. Doch er schüttelte ihr die angebotene Hand. Kate nahm ein leises Kichern wahr. Es stammte von einer jungen Kollegin, die seitlich von Howard saß.

Es dauerte noch einige Minuten, bis alle Schauspieler versammelt waren und auch der Regisseur hinzukam. Den ganzen Vormittag wurden die Texte im Sitzen geprobt. Die nächsten beiden Tage verliefen nach einem ähnlichen Muster. Dann wurden die Schauspieler mit den Manuskripten auf die Bühne geschickt. Kate wäre es lieber gewesen, vorher völlig textsicher zu sein, denn sie fand es irritierend, mit dem Heft in der Hand herumzuspazieren. Es war auch wenig hilfreich, ständig in das Manuskript zu schauen, statt in die Gesichter der Kollegen, doch sie hielt sich mit ihrer Meinung zurück. Jeder Regisseur hatte seine eigene Arbeitsmethode. Sie würde sich davor hüten, sie zu bemängeln.

Sosehr Kate sich auch bemühte, gelang es ihr nicht, Howards Meinung über sie zu verändern. Bei jeder sich bietenden Gelegenheit machte er böse Bemerkungen über ihr Aussehen. Ihre Figur war zu dürr, ihr Haar zu rot, ihre Haut zu blass und ihr Busen zu klein. Kate versuchte, die Angriffe zu ignorieren. Barry hatte dieses Stück für sie geschrieben, und sie würde brillieren. Das allein zählte.

Mit vollem Einsatz machte sie Daisy Sage zu ihrer ständigen Begleiterin. Wenn Kate abends heimkam, dauerte es eine Zeit, bis sie die blasierten Redewendungen, die kühle Arroganz und das Selbstverständnis der reichen Protagonistin abgelegt hatte. Luddy unterstützte sie, so gut er konnte. Er versorgte sie mit Kaffee, wenn sie müde war, übte mit ihr den Text und versicherte ihr immer wieder, dass sie großartig war.

Kurz vor Weihnachten fanden die Kostümproben statt. In Kates Garderobe hing ein atemberaubendes Paillettenkleid mit einem aufregend tiefen Rückenausschnitt.

»Das Kleid ist wundervoll«, schwärmte Rachel Link. »Ich wünschte, ich hätte die Figur, um ein ähnliches Kleid beim Silvesterball zu tragen.«

Kate streifte das Kleid über und drehte sich damit vor dem Spiegel. Sie erkannte sich selbst kaum wieder. Die Frau, die ihr entgegenlächelte, sah aus wie eine von Laura Hardings Bekannten. Kate schwor sich, ein ähnliches Kleid zu kaufen, sobald sie die Gage für das Stück ausbezahlt bekam. Noch vor ein paar Jahren hatte sie auf Kleidung keinen Wert gelegt. Seit sie Laura kannte, war sie sich der Wirkung eines maßgeschneiderten Kostüms bewusst.

»Haben Sie schon die Schuhe dazu anprobiert?« Rachel reichte ihr goldene Stöckelschuhe mit zierlichen Riemchen, die um die Knöchel geschnürt werden mussten.

»Ja, aber es war ein Desaster«, gab Kate kleinlaut zu. Für gewöhnlich trug sie flache Sportschuhe oder bestenfalls Pumps mit einem flachen Absatz. »Mit diesen Schuhen werde ich mir den Hals brechen.«

Kate hatte die Schuhe sofort anprobiert und versucht, damit zu gehen. Sie waren hinreißend schön, aber leider extrem unbequem. Kate hatte keine drei Schritte damit geschafft.

»Nehmen Sie die Schuhe mit nach Hause und lernen Sie, damit zu gehen«, riet Rachel ernst. »Philip Barry versteht keinen Spaß, wenn es um die Kostüme geht. Im Manuskript werden die Schuhe genau beschrieben. Sie müssen hoch sein und sollen bei jedem Schritt auf der Bühne laut auf den Holzboden knallen.«

»Ich weiß«, sagte Kate verzagt. Seit zwei Tagen erwog sie, Philip Barry anzurufen und ihm ihr Schuhproblem zu gestehen. Doch bis jetzt hatte sie es nicht gewagt. Die Angst, er könne sie für eine dilettantische Anfängerin halten, die nicht einmal in der Lage war, in Stöckelschuhen über die Bühne zu stolzieren, war zu groß.

»Keine Sorge«, meinte Rachel Link. »Das haben bis jetzt alle Schauspielerinnen geschafft.«

»Meinen Sie wirklich?«

Rachel Link nickte zuversichtlich, und Kate nahm die Schuhe entgegen. Sie sahen wirklich hinreißend aus, und Kate wünschte sich von ganzem Herzen, bald damit gehen zu können.

Zu Hause schlüpfte sie sofort in die glitzernden Goldschuhe und stöckelte vorsichtig damit durch die Wohnung. Als das funktionierte, übte sie im Treppenhaus, trug die Schuhe beim Kochen des Abendessens und zog sie an, als sie den Einkauf beim Lebensmittelladen um die Ecke erledigte. Die Blasen, die nach den ersten zwei Tagen entstanden, klebte sie tapfer mit Verband ab. Die Krämpfe in den Waden massierte Luddy abends auf dem Sofa zärtlich weg. Anfang Januar war Kate in der Lage, mit den Schuhen einem Autobus hinterherzulaufen und problemlos einen Tango zu tanzen. Nun sah sie der Premiere in zwei Wochen voller Zuversicht entgegen.

»Toi, toi, toi!« Luddy hatte beide Daumen gedrückt und ihr alles Gute für die Vorstellung gewünscht. »Wenn du nervös bist, schaust du einfach in die erste Reihe, da sitzen deine Mum, deine beiden Tanten, Alice, Jack und ich. Wir werden dich alle anhimmeln.«

Jetzt lugte Kate hinter dem Vorhang hervor und schaute in den vollen Publikumssaal. Sie waren alle gekommen. Alice saß zwischen Luddy und Jack. Die Freundin hatte sich zur Feier des Tages in ein hübsches Kostüm mit engem Rock gezwängt. Neben ihnen unterhielten sich Tante Betty und Tante Edith angeregt miteinander. Hinter ihnen hatten ihre Eltern und ihre Geschwister Platz genommen. Sie waren übers Wochenende nach New York gekommen, um Kate auf der Bühne zu bewundern.

»Bist du nervös?« Erschrocken fuhr Kate herum. Rachel Link war hinter ihr. Wie immer hatte sie ihr Klemmbrett dabei.

»Nein«, log Kate. Sie klang so überzeugend, dass Rachel zufrieden nickte und sich um die anderen Schauspieler kümmerte. Die Assistentin war wie eine fürsorgliche Mutter, die darauf achtete, dass alle hinter der Bühne zufrieden waren.

Nur Leslie Howard hatte sie nicht davon überzeugen können, dass Kate eine großartige Schauspielerin war und er sich glücklich schätzen konnte, sie an seiner Seite zu haben. Das musste Kate nun selbst erledigen.

Die Theaterglocke läutete zum dritten Mal, und die letzten Zuschauer eilten zu ihren Plätzen. Der Stoff teurer Abendkleider raschelte, es wurde noch schnell gehustet, die letzten Gespräche verstummten, dann gingen die Lichter im Zuschauersaal aus. Kate spürte ein kribbelndes Gefühl grenzenloser Vorfreude in sich aufsteigen. Allein dafür hatte sich die Arbeit der letzten Wochen gelohnt. Langsam hob sich der Vorhang. Die Scheinwerfer waren auf Kate gerichtet, und mit dem ersten Wort, das sie sprach, wusste sie, dass sie die Menschen dort unten in ihren Bann ziehen konnte.

Leslie Howard betrat kurz nach ihr die Bühne. Er kam auf sie zu, und schlagartig zerplatzte Kates Traum wie eine große schillernde Seifenblase. Während der Proben hatte sie nie die Stöckelschuhe angehabt, denn die waren ja bei ihr zu Hause gewesen, wo sie ständig damit geübt hatte. Jetzt erkannte sie, dass das ein großer Fehler gewesen war. Leslie Howard stand direkt neben ihr. Und anders als während der Proben war er einen halben Kopf kleiner als sie und musste zu ihr hochsehen. Jemand im Publikum kicherte. Abgrundtiefer Hass blitzte in Howards Augen auf, er hatte sich jedoch rasch wieder im Griff. Die Menschen im Publikum konnten seine Abneigung nicht sehen, doch Kate blieb sie nicht verborgen.

Mit jeder Textzeile schmolz ihre Zuversicht, und sie hatte Mühe, sich auf ihre Rolle zu konzentrieren. Zum Glück war sie so textsicher, dass ihr weder ein Versprecher noch sonst irgendein Fehler unterlief. Aber die grenzenlose Freude, die sie noch zu Beginn der Vorstellung verspürt hatte und die direkt aufs Publikum übergesprungen war, verschwand zusehends. Kate spielte routiniert, doch sie hatte einen Fehler begangen, und dafür hätte sie sich ohrfeigen können. Sie musste auf Howard hinabsehen, was dem Stück eine Komik verlieh, die es eigentlich nicht haben sollte. Es half auch nichts, dass sie nach der Pause in andere Schuhe schlüpfte. Hinterher beteuerten alle, dass ihnen der Größenunterschied zwischen ihr und ihrem Schauspielpartner in der ersten Hälfte des Stückes gar nicht aufgefallen sei.

»Und wenn schon«, sagte Tante Edith unbeeindruckt. »Leslie Howard ist eben ein kleiner Mann, daran kann auch eine kleinere Partnerin an seiner Seite nichts ändern.«

»Richtig«, stimmte Kates Mutter zu. »Wenn Howard ein Problem hat, soll er selbst Stöckelschuhe anziehen.«

Kate konnte in das fröhliche Lachen der anderen nicht recht einstimmen. Auch Luddy schien zu ahnen, dass ihr Auftritt ein Nachspiel haben würde. Er war der Einzige, der sie besorgt ansah.

Tatsächlich kam schon am nächsten Tag ein Anruf von Philip Barry. »Ich werde die Rolle der Daisy mit einer anderen Schauspielerin besetzen.«

»Warum? Das können Sie nicht tun!«, rief Kate aufgebracht. »Ich verspreche Ihnen, dass ich in Zukunft flache Schuhe anziehen werde.«

»Die Schuhe waren nicht der Grund«, meinte Barry genervt. »Sie waren einfach nicht gut genug. Das ist alles.« Ohne weitere Erklärungen legte er auf.

Es dauerte eine Weile, bis Kate seine Worte verarbeitet hatte. Ihr Traum vom großen Erfolg hatte sich gerade in Luft aufgelöst. Sollte sie weinen? Die vielen Proben waren völlig umsonst gewesen. Die blutigen Zehen, die schmerzenden

Waden. Doch in erster Linie empfand sie unbändigen Zorn und eine schier grenzenlose Enttäuschung.

»Dieser Leslie Howard ist ein aufgeblasener kleiner Wicht. Ein arroganter Zwerg«, schimpfte sie und stampfte dabei laut auf. »Und Philip Barry ist keinen Deut besser. Er hat keine Ahnung, was eine gute Schauspielerin ausmacht.«

Luddy schwieg betroffen.

»Eines Tages werden die zwei sich grün und blau ärgern«, fuhr Kate fort. »Sie haben gerade die Möglichkeit vertan, mit mir auf der Bühne zu stehen.«

»Davon bin ich überzeugt«, sagte Luddy und stand auf, um Kate zu umarmen. Doch sie ließ es nicht zu. Abrupt machte sie einen Schritt zurück und wich ihm aus. Wenn Luddy sie jetzt tröstete, würde sie in Tränen ausbrechen, und diese Genugtuung wollte sie weder Howard noch Barry gönnen – auch wenn die beiden natürlich nicht erfahren würden, wie sie auf die Absage reagiert hatte. In jedem Fall waren sie es definitiv nicht wert, dass Kate ihretwegen Tränen vergoss.

New York, Manhattan, April 1932

Die Kellnerin brachte zwei Teller mit Fleisch und gebratenen Rosmarinkartoffeln und wünschte einen guten Appetit. Kate hatte Alice in ein angesagtes Lokal hinter dem Broadway eingeladen. Die Zeiten, in denen die beiden gemeinsam Hotdogs auf der Straße gegessen hatten, waren vorbei.

»Wer hätte gedacht, dass sich alles zum Guten wendet?« Alice faltete die karierte Stoffserviette auseinander und legte sie auf den Schoß. »Du hast dir die Rolle in dem neuen Stück verdient.«

»Danke«, sagte Kate vergnügt. Eigentlich war sie gar nicht hungrig. Das Leben war so aufregend, und sie hatte nur selten Zeit, zu essen. Seit Hopkins angerufen und ihr erzählt hatte, dass Hope Williams ihm überraschend abgesagt habe und er in *Holiday* dringend einen Ersatz für sie brauche, schien alles wie am Schnürchen zu laufen. Seit mehreren Wochen spielte Kate die Hauptrolle im Stück *The Warrior's Husband*. Sie verkörperte die Amazone, die dank eines magischen Gürtels der Göttin Diana über die Menschen herrschte. Die Protagonistin war eine kühle, starke Frau, die sich in der Männerwelt behauptete und Herkules die Stirn bot. Ein Frauentyp, den Kate mittlerweile sehr überzeugend darstellte.

Hungrig machte Alice sich über die knusprigen Kartoffeln her.

»Ich habe die Rezensionen über dich in der *Times* gelesen«, berichtete sie mit vollem Mund. »Du bist der neue Star am Broadwayhimmel! Man redet schon vom Hepburn-Stil.«

Endlich war das eingetroffen, wovon Mrs Robinson-Duff immer gesprochen hatte. Kate hatte ihren eigenen Stil kreiert und war zu einer Schauspielerin geworden, die von anderen imitiert wurde.

»Ich hatte großes Glück«, entgegnete Kate. »Hope Williams war beleidigt, dass Barry eine Rolle für mich geschrieben hatte. Deshalb hat sie Hopkins gekündigt und ist nach Los Angeles gegangen, um einen Filmvertrag mit RKO Pictures zu unterschreiben. Sie hat genug vom Theater. Daraufhin hat Hopkins mich angerufen und gefragt, ob ich die Rolle der Linda Seton noch spielen könne. Er war sehr verzweifelt und unendlich dankbar, dass ich einspringen wollte.«

Alice schluckte und spülte mit einem Schluck Gingerale nach. »Die Rolle der Linda wirst du dein ganzes Leben nicht mehr aus dem Kopf bekommen.«

»Das kannst du laut sagen. Selbst wenn ich hundert Jahre alt bin und alles andere über mein Leben vergessen habe, diese Rolle ist so fest in meine Erinnerungen gebrannt, dass ich Lindas Sätze noch am Sterbebett rezitieren werde«, meinte Kate lachend. »Aber *Holiday* wurde inzwischen abgesetzt, und jetzt stehe ich mit der Produktion *The Warrior's Husband* auf der Bühne.«

Kurz nach Barrys Kündigung war das Angebot von Hopkins gekommen. Kate hatte noch in derselben Woche die Rolle übernommen und mit ihrem fliegenden Wechsel für Aufsehen in der Theaterwelt gesorgt.

»Ach, und das Allerbeste weißt du noch gar nicht.« Kate beugte sich über den Tisch zu Alice.

»Was könnte denn noch besser sein?«, fragte die Freundin.

»George Cukor hat mich für Probeaufnahmen nach Los Angeles eingeladen«, platzte Kate heraus. Jedes Mal, wenn sie die sensationelle Nachricht erzählte, war es, als explodierte ein kleines Feuerwerk in ihr. Sie konnte es selbst kaum glauben.

»Filmaufnahmen?«, fragte Alice. Ihre Begeisterung hielt sich in Grenzen. »Wer ist George Cukor?«

»Ein Regisseur bei RKO Pictures!« Kate hob die Stimme. »Nein, er ist *der* Regisseur bei RKO. Wie kann es sein, dass du ihn nicht kennst?«

Alice zuckte mit den Schultern. »Ich bin Juristin, schon vergessen?«

Kate ging auf die Bemerkung nicht ein. »Wenn ich es klug anstelle, werde ich ein Filmstar«, schwärmte sie.

»Ich dachte, du wolltest eine richtige Schauspielerin werden.« Alice war der Meinung, dass nur auf der Bühne echte Kunst produziert wurde. Sie ging nur selten ins Kino und war dann meistens enttäuscht.

»Filme sind die Zukunft«, widersprach Kate. »Der Tonfilm wird das Theater nicht ablösen, aber ihm erhebliche Konkurrenz machen.«

»Ich weiß nicht«, meinte Alice zweifelnd. »Im Kino springt der alles entscheidende Funke nicht über. Anders als auf der Bühne entsteht im Film kein wirklicher Kontakt zwischen Publikum und Schauspieler. Außerdem können die Leinwandstars gar nicht richtig Theater spielen. Die haben keine Ausbildung. Viele bringen keinen geraden Satz heraus.«

»Dennoch werden im Kino große Gefühle geweckt«, entgegnete Kate. »Du hast recht, viele Leinwandstars sind keine guten Schauspieler, aber genau deshalb suchen die Regisseure und Produzenten nun nach Talenten von der Bühne. Die Zeiten, in denen es reichte, auf der Leinwand ein entsetztes Gesicht zu zeigen und die Augen weit aufzureißen, sind vorbei. Der Tonfilm hat alles verändert.«

Schweigend schnitt Alice das Fleisch in kleine Stücke. Der Appetit schien ihr vergangen zu sein.

»Was ist los?«, fragte Kate. »Warum freust du dich nicht mit mir?«

»Wirst du mit Luddy nach Los Angeles ziehen?«, fragte Alice vorsichtig. »Falls du einen Filmvertrag unterschreibst?«

»Ich werde ohne ihn gehen«, sagte Kate.

Alice hielt in ihrer Bewegung inne und starrte Kate an.

»Wir haben gestern Abend darüber gesprochen«, fuhr Kate fort.

In Gedanken ließ sie das Gespräch noch einmal Revue passieren. Luddy war zunächst enttäuscht gewesen, dass Kate für längere Zeit in den Süden gehen wollte, doch dann hatte die Freude über diese einmalige Chance überwogen. Er stand nach wie vor hinter ihr. »Das Wichtigste ist, dass du glücklich bist, Honey«, hatte er gesagt, sie hochgehoben und sich mit ihr mehrere Male im Wohnzimmer gedreht, bis sie gemeinsam auf dem Sofa gelandet waren.

»Luddy will, dass ich mir meinen Traum erfülle. Er unterstützt mich«, erklärte Kate.

»Er ist einfach großartig«, meinte Alice. »Das heißt, du gehst ganz allein nach Los Angeles?«

»Laura wird mich begleiten«, berichtete Kate. »Sie fährt mich mit ihrem Wagen hin. Wir können im Strandhaus ihres Vaters wohnen und werden eine Menge interessanter Leute treffen.«

»Laura Harding?«, fragte Alice bitter. Sie nahm die Serviette und tupfte sich die Lippen ab. Ein Teil ihres Lippenstifts blieb darauf zurück.

»Ja, wer denn sonst?«

»Ist sie inzwischen so etwas wie deine beste Freundin geworden?«

Alice funkelte Kate böse an, und ihre dunklen Augenbrauen zogen sich zusammen. War sie etwa eifersüchtig? Kate war schon aufgefallen, dass bei den wenigen Treffen mit Alice und Laura ein eisiger Ton zwischen den beiden geherrscht hatte. Laura behandelte grundsätzlich alle Juristen abfällig. Sie war der Meinung, dass sie für wenig Arbeit viel zu viel Geld verlangten. Gleichzeitig waren Frauen wie sie von den Leistungen ihrer Rechtsanwälte und Berater abhängig.

Für die fleißige, ehrgeizige Alice entsprachen Menschen wie Laura ihrem schlimmsten Feindbild. Ohne arbeiten zu müssen, ruhten sie sich auf den Lorbeeren der anderen aus. Alice war der Meinung, dass Frauen wie Laura zumindest einen Teil ihres Vermögens für wohltätige Zwecke, den Kampf gegen rassistische Diskriminierungen und für Frauenrechte einsetzen sollten. Sich nur dem eigenen Vergnügen hinzugeben, fand sie verwerflich.

Lachend ergriff Kate über den Tisch hinweg Alice' Hände. »Ich mag Laura«, sagte sie ernst. »Sie ist unterhaltsam, kennt eine Menge interessanter Menschen und hat mich in die Kreise der oberen Zehntausend eingeführt.«

Alice machte Anstalten, sich aus dem Griff der Freundin zu befreien, aber Kate hielt ihre Hände fest.

»Das bedeutet aber längst nicht, dass ich mich als ein Mitglied dieser Gesellschaft fühle«, fuhr sie fort.

»Ach, das ist bloß eine Frage der Zeit«, murmelte Alice.

»Unsinn«, sagte Kate und schüttelte vehement den Kopf. »Und eines schreib dir hinter die Ohren.« Ein fröhliches Grinsen breitete sich auf ihrem Gesicht aus. »Denk ja nicht, dass du deine Rolle in meinem Leben verlierst.« Sie drückte Alice' Hände noch fester. »Du bist und bleibst meine beste Freundin und wirst dir auch in Zukunft meine Dummheiten anhören müssen. Daran wird sich auch nichts ändern, sollte Hollywood mich entdecken.«

Alice entspannte sich wieder. »Die wären dumm, würden sie es nicht tun.«

»Das sehe ich auch so!« Kate ließ Alice' Hände los, griff nach ihrem Gingerale und prostete der Freundin zu. »Auf meine Filmkarriere!«

Los Angeles, Hollywood, Mai 1932

Die Sonne knallte glühend heiß vom tiefblauen Himmel und brachte die Luft über dem Asphalt zum Flirren. Nach dem tagelang anhaltenden nasskalten Nieselregen in New York kam endlich Sommerstimmung auf. Gut gelaunt hielt Kate den großen Strohhut fest, den sie sich als Schutz vor der Sonne aufgesetzt hatte.

Laura war eine rasante Autofahrerin, die sich generell an keine Geschwindigkeitsbeschränkungen hielt. Auch hier auf den Hügeln außerhalb von Los Angeles nicht, wo sich das Zentrum der Filmindustrie befand. Der Fahrtwind im offenen Cadillac machte die Hitze wenigstens erträglich.

»Oh, sieh nur!«, rief Kate beeindruckt. »Dort drüben liegt das Grauman's Chinese Theatre. Ich habe mir das Gebäude immer viel kleiner vorgestellt. Es ist ja riesig.« Erst letzte Woche hatte Kate Fotos des Kinopalasts in der *Herald Tribune* gesehen. Auch das Innere des Gebäudes war im chinesischen Stil gestaltet. Angeblich waren einige Bauelemente eigens aus China importiert worden, um eine authentische Atmosphäre zu erzeugen. Sid Grauman hatte sich den Bau zwei Millionen Dollar kosten lassen.

»Ich finde das Egyptian schöner«, sagte Laura.

Kate warf einen Blick auf einen weiteren Kinopalast, der

sich in unmittelbarer Nähe des Chinese Theatre befand. Auch er war von Sid Grauman errichtet worden und erinnerte an einen ägyptischen Tempel. Im Jahr 1922 hatte hier die Premiere von *Robin Hood* stattgefunden. Ursprünglich hatte Kate den Film sehen wollen, aber dann war sie doch nicht ins Lichtspieltheater gegangen. Damals hatte sie Kinosäle gemieden, es war kurz nach dem Tod ihres Bruders gewesen. Ein stechender Schmerz bohrte sich in ihre Brust. Kate schloss für einen Moment die Augen, doch sofort hupte Laura.

»Nicht einschlafen«, warnte sie. »Wir sind fast da. Dort hinten sind die Filmstudios von RKO. Wird David Selznick auch da sein?«

Selznick war der Besitzer der Filmfirma.

»Keine Ahnung, ich habe einen Termin mit George Cukor, dem Regisseur.«

»Lassen wir uns überraschen.« Schwungvoll lenkte Laura den Wagen durch das schmiedeeiserne Tor des Firmengeländes. Mehrere flache Gebäude, die an Lagerhallen erinnerten, reihten sich aneinander. Dazwischen hatte man Oleander und andere üppig blühende Sträucher gepflanzt. Laura hielt den Wagen vor einem zweistöckigen Haus in der Mitte der Anlage an, dessen Fassade zitronengelb gestrichen war. Kate kletterte aus dem Cadillac, doch Laura blieb sitzen.

»Kommst du gar nicht mit?«, fragte Kate. Noch beim Frühstück hatte Laura ihr versichert, dass sie sich diesen Moment nicht entgehen lassen wolle. Sie war ein großer Fan von George Cukor und hatte alle seine Filme mehrere Male gesehen.

»Morgen vielleicht«, antwortete Laura. »Ein Freund hat mich spontan zum Golf eingeladen, ich bin ihm vorhin im Café begegnet. Da konnte ich nicht widerstehen.« Sie zwinkerte Kate zu. »Ich werde mich mit der Rolle begnügen müssen, bloß die Freundin der erfolgreichen Schauspielerin zu sein.«

Kate verzog säuerlich den Mund. Laura liebte Untertreibungen. Beide wussten, dass die Presse viel mehr Interesse an der Millionärin hatte als an der Schauspielerin, deren Namen man zwar in New York am Broadway kannte, während sie hier in Hollywood noch weitgehend unbekannt war. Schon bei ihrer Ankunft in der Stadt hatten mehrere Reporter vor Lauras Strandhaus gelauert und Fotos von ihnen beiden geschossen. Kate war es recht. So bekam sie die Aufmerksamkeit, die sie sich für den Auftritt im Filmstudio wünschte. Laura ihrerseits betrat mit Kates Hilfe neues Terrain. Sie brannte darauf, die Filmindustrie auch von innen kennenzulernen. Umso überraschender war es, dass sie Kate jetzt zuwinkte und den Wagen wieder vom Gelände lenkte. Kate würde sich selbst überlegen müssen, wie sie hinterher wieder ins Strandhaus kam.

Beherzt trat sie auf das Gebäude zu, an dessen heller Fassade die Sonnenstrahlen reflektierten. Sie musste blinzeln, da ihr Sonnenhut nur wenig Schatten spendete.

»Hallo, Kate. Ich habe Sie bereits erwartet.«

Kate fuhr abrupt herum. Vor ihr stand George Cukor, den sie bereits aus New York kannte. Der untersetzte Mann mit der hohen Stirn hatte nach einer Vorstellung von *The Warrior's Husband* am Bühneneingang auf sie gewartet. »Kommen Sie noch diese Woche nach Hollywood«, hatte er gesagt. »Dann mache ich Sie zum Leinwandstar.«

Und nun war sie hier. Sie warf einen Blick auf ihre Armbanduhr. »Ich bin doch nicht zu spät, oder?«

»Keine Angst, Sie sind völlig in der Zeit«, beruhigte er sie im freundschaftlichen Plauderton. »Sind Sie bereit für ein paar Aufnahmen?«

»Ja, natürlich!« Kate war so aufgeregt. Sie konnte es gar nicht erwarten, vor der Kamera zu stehen. Genau diese Reaktion schien er sich erhofft zu haben, denn er grinste zufrieden.

»Was soll ich denn spielen?«, fragte Kate.

»Ich habe an ein paar Szenen aus *Holiday* gedacht.«

»In Ordnung«, sagte Kate. Es war eine Rolle, in der sie absolut sattelfest war. Die monatelangen Beobachtungen hinter der Bühne und die Stunden intensiven Übens mit Mrs Robinson-Duff hatten sich bezahlt gemacht. Endlich würde sie den Lohn dafür einkassieren.

»Sehr gut, dann folgen Sie mir!« Mit kleinen Schritten ging er auf eines der lagerhallenähnlichen Gebäude zu. Auf dem Weg erfuhr Kate, dass es um eine Rolle in einem Film namens *Eine Scheidung* ging.

»Zuerst müssen Sie sich schminken lassen«, erklärte Cukor. »Vor der Kamera brauchen Sie ein besonderes Make-up, das sich von dem auf der Bühne unterscheidet. Also erschrecken Sie bitte nicht.«

»Ich bin keine schreckhafte Person«, versicherte Kate.

Cukor hielt ihr die Tür auf. »Beeilen Sie sich. Herr Selznick wartet nicht gerne.«

Damit war Lauras Frage beantwortet. Der Besitzer der Filmfirma war ebenfalls bei den Probeaufnahmen dabei. Kate versuchte, ihre Nervosität im Zaum zu halten. Sie würde eine Rolle spielen, die sie in- und auswendig konnte. Das war die Chance, auf die sie gewartet hatte. Sie würde allen im Raum beweisen, was in ihr steckte.

Kurz darauf saß sie vor einem Schminktisch und starrte fassungslos ihr eigenes Bild an.

»Um Himmels willen«, raunte sie entsetzt.

»Was ist?«, fragte die Maskenbildnerin, die Kates Wangen mit einer dicken weißen Masse zugekleistert hatte, die Lippen mit Unmengen von roter Farbe bemalt und ihre Augen so dick mit einem Eyeliner bearbeitet hatte, bis sie kaum noch zu sehen waren.

»Ich sehe aus wie eine lebende Tote, die zu Halloween aus ihrer Familiengruft steigt.«

»Wie bitte?« Die Maskenbildnerin beugte sich zu Kate und schaute gemeinsam mit ihr in den Spiegel. Neben ihren gesunden rosigen Wangen hatte Kate noch mehr Ähnlichkeit mit einer Gruselfigur.

»Die Schminke ist perfekt«, widersprach die Maskenbildnerin. »Genauso will es Cukor. Er ist ein Genie. Vertrauen Sie ihm. Wenn ich weniger Make-up nehme, glänzen Ihr Kinn und Ihre Nase, und Sie sehen aus wie ein lackiertes Spielzeugpferd.«

Kate schluckte ihren Protest hinunter. Es blieb ihr ohnehin nichts anderes übrig, als Cukor zu vertrauen. Tapfer nickte sie, dann schlüpfte sie in ein eng anliegendes Abendkleid, das viel zu warm für die Jahreszeit war, und ging ins Filmstudio. Auf zwei Klappstühlen saßen Cukor und ein Mann, der sich als David Selznick vorstellte, während mehrere Menschen geschäftig mit Klemmbrettern, Kabeln und Tafeln herumliefen. Hinter einer riesigen Filmkamera saß ein Mann in legerer Kleidung. Kate hatte sich das Gerät immer viel kleiner vorgestellt. Ihr Herz schlug schneller.

Unschlüssig stand sie herum, bis Cukor ihr bedeutete, ins Scheinwerferlicht zu treten. Es dauerte eine ganze Weile, bis ihre Augen sich an die grelle Beleuchtung gewöhnt hatten. Nun konnte sie weder Cukor noch Selznick oder die anderen Personen im Raum sehen – die Dunkelheit hatte sie verschluckt. Nur der Schauspielkollege, der sich als David Manners vorgestellt hatte, war für sie sichtbar.

Auf einen Zuruf von Cukor begann David, seinen Text zu sprechen. Wie auf Knopfdruck verschwand Kates Nervosität und wich der puren Freude. Wie lange hatte sie darauf gewartet, diese Rolle spielen zu dürfen. Nur wenige Male war es ihr vergönnt gewesen, und dabei hatte sie stets Hope Williams' Kostüm angehabt. Heute trug sie ein hinreißendes Kleid aus einem weichen, fließenden Stoff.

Kate genoss ihren Auftritt. Sie ließ sich Zeit, stellte das Glas graziös auf dem Boden ab und nahm das leise Raunen im Dunkeln nicht wahr. Erst als Cukors Stimme erneut ertönte und kurz darauf die Scheinwerfer ausgeschalten wurden, kehrte sie ins Hier und Jetzt zurück. Etwas benommen blinzelte sie, bis ihre Augen sich an das normale Tageslicht gewöhnt hatten.

Cukor stand auf. »Wenn das Filmmaterial so gut wird, wie ich denke, dann haben Sie die Rolle«, sagte er.

»Nicht so voreilig«, unterbrach ihn David Selznick. »Wir haben noch ein paar Aufnahmen vor uns. Vielleicht ist eine der anderen Frauen besser.«

Kate hielt den Atem an. Warum konnte der Filmproduzent nicht einfach die Meinung des Regisseurs akzeptieren? Ihre Gefühle fuhren Achterbahn.

»Nein, ich denke, dass Miss Hepburn die Richtige für die Rolle der Sydney Fairfield ist«, widersprach Cukor überzeugt. »Ich will sie haben.«

Jemand klatschte, und Kate hielt sich blinzelnd die Hand über die Augen, um zu erkennen, wer es war. Sie musste zweimal hinsehen, um sicherzugehen, dass sie sich nicht geirrt hatte. Es war John Barrymore, der die Hauptrolle in dem Film spielen würde – den Vater von Sydney Fairfield, der auf der Leinwand an einer Geisteskrankheit litt.

»Ich bin ganz Georges Meinung«, sagte er mit tiefer Stimme. »Wir sollten Kate engagieren.«

Selznick war immer noch nicht überzeugt. »Warten wir die ausgearbeiteten Filme ab«, forderte er.

»Sie werden perfekt sein«, meinte Barrymore. Er kam zu Kate und reichte ihr die Hand. Sein Blick war eindringlich, und er beugte sich so nah zu ihr, dass nur sie ihn hören konnte.

»Ihre Tante Edith lässt Ihnen schöne Grüße ausrichten«, sagte er. »Ich habe letzte Woche mit ihr und ihrem reizenden Ehemann Don zu Abend gegessen.« Er lächelte Kate an, ließ ihre Hand wieder los und drehte sich zu Cukor.

»Ich nehme an, unser Team ist vollständig. Wann beginnen die Dreharbeiten?«

Kate starrte dem berühmten Schauspieler nach, als er das Studio verließ. Von dem, was danach passierte, bekam sie nur noch die Hälfte mit. Erst als David Manners ihr ebenfalls die Hand reichte und sie am Set begrüßte, war ihr bewusst, dass sie die Rolle bekommen hatte. Sie würde in einem Film mitspielen. Wohin sollte sie mit all ihrer Freude? Sie wollte springen, schreien, singen. Doch damit musste sie noch warten. Cukor wollte, dass sie mit ihm ins Büro kam, damit das Vertragliche geregelt werden konnte.

Luddy war für die Premiere von *Eine Scheidung* nach Los Angeles gereist, denn er wollte es sich nicht nehmen lassen, seine Frau auf der Leinwand zu sehen.

»Wir hätten uns den Film auch in New York gemeinsam anschauen können«, sagte Kate. Sie wusste, dass Luddy im Moment eine Menge um die Ohren hatte und sich jede Minute mühsam freischaufeln musste.

»Dieses Ereignis will ich mir auf keinen Fall entgehen lassen.« Er stand vor dem Spiegel und band umständlich seine Fliege. Kate trat näher und half ihm.

»Danke!« Luddy nutzte die Gelegenheit, umfasste ihre Hüften und zog sie zu sich. »Ich muss dich jetzt noch küssen«, erklärte er. »Hinterher werden die Reporter dich belagern.«

»Ach, Unsinn«, meinte Kate und lachte. »Es ist meine erste Rolle. Der eigentliche Star ist John Barrymore.«

»Trotzdem werden alle nur Augen für dich haben.« Er küsste Kate leidenschaftlich.

Sanft drückte sie ihn von sich weg. »Ich habe schon meinen Lippenstift aufgetragen.« Besorgt schaute sie in den Spiegel und zog die Lippen noch einmal nach.

Mit dem Automobil fuhren sie zu Grauman's Chinese Theatre. Kate hatte das Gebäude noch nie von innen gesehen und spürte, wie ihre Nervosität stieg. Ihre Hände zitterten leicht. Sie legte sie in den Schoß und knetete sie fest, bis sie wieder ruhig waren. Luddy parkte den Wagen in einer Seitenstraße, denn vor dem Lichtspielsaal waren alle Parkplätze belegt. Hand in Hand gingen sie zum Eingang. Kate trug Stöckelschuhe und hatte sich zur Feier des Tages ein neues Kostüm in einer der teuren Boutiquen gekauft. Endlich konnte sie sich elegante Kleider aus Europa leisten. Ihre Gage für den Film ließen auch kostspieligere Ausgaben zu.

Vor den goldgestrichenen Säulen am Eingang hatten sich Zuschauer, Schauspieler und Reporter versammelt. Kate entdeckte John Barrymore in der Menge und winkte ihm verhalten zu. Er erwiderte den Gruß mit einem Nicken und wandte sich dann einem Journalisten zu, der mit gezücktem Stift und Notizblock neben ihm stand.

»Komm, lass uns reingehen«, sagte Kate und zog Luddy weiter mit sich, vorbei an fantasievollen Drachen und chinesisch anmutenden Figuren. Neben einem Springbrunnen stand George Cukor.

»Kate, meine Liebe«, sagte er und umarmte sie innig. »Ist das dein Ehemann?«

Kate stellte die beiden einander vor.

»Ich habe euch Plätze in der ersten Reihe gesichert«, meinte Cukor. »Nach der Vorstellung gibt es einen kleinen Empfang mit Sekt und pikanten Häppchen.«

»Das klingt ja großartig!« Kates Stimme überschlug sich. Mrs Robinson-Duff wäre entsetzt, doch die schrille Stimmlage war nur ihrer Nervosität geschuldet. Luddy drückte Kates Hand, und sie entspannte sich wieder. Er wusste immer ganz genau, wie er ihre Nerven beruhigen konnte. Gemeinsam bahnten sie sich einen Weg durch die Menschen. Kate begrüßte Kollegen und wechselte ein paar freundliche Worte mit ihnen. Endlich hatten sie ihre Sitzplätze erreicht, die mit Namensschildern versehen waren.

»Katharine Hepburn und Ehemann. Das bin wohl ich.« Luddy grinste.

»Das tut mir leid«, sagte Kate, doch Luddy nahm es mit Humor. Dass er plötzlich seine eigene Identität verloren hatte, störte ihn nicht im Geringsten.

Erleichtert ließ sich Kate auf dem Sessel nieder. Von hier aus konnte sie in Ruhe die anderen beobachten, und niemand merkte, wie aufgeregt sie in Wahrheit war. Gleich würde sie sich selbst auf der Leinwand sehen. Während der Dreharbeiten hatte sie keine einzige Aufnahme zu Gesicht bekommen. Würde sie sich gefallen? Was war mit ihrer Stimme? Wie würde sie sich anhören? Ihre Hände waren feucht, ihr Herz schlug hektisch. Sie setzte ein siegessicheres Lächeln auf und straffte die Schultern. Beides hatte sie lange vor dem Spiegel geübt.

Es dauerte eine halbe Ewigkeit, bis endlich alle Zuschauer saßen. Das Stimmengewirr erinnerte an einen Bienenstock, der Lärmpegel war enorm. Von der anderen Seite kam eine Schauspielkollegin, deren Namen Kate vergessen hatte. Sie war eindeutig schwanger und trug einen riesigen Bauch vor sich her.

»Oh, sieh nur«, sagte Luddy. »Das könnte nach dem erfolgreichen Film unser nächstes Projekt werden.«

Kate wusste, dass Luddy gerne Vater werden wollte, aber für sie war dieses Thema so weit weg, dass sie nicht einmal darüber nachdenken wollte. Entschieden schüttelte sie den Kopf, und Luddy schwieg.

Endlich drängten auch die letzten Zuschauer in den Saal und nahmen Platz. Das Licht wurde gedämpft, die Gespräche verstummten, und das Rascheln der teuren Abendkleider wurde leiser. Der schwere rote Vorhang vor der Leinwand schob sich zur Seite.

Kate richtete sich im Sessel auf. Als das Licht ganz ausging, ertönte die Filmmusik. Der Vorspann lief über die Leinwand. In geschwungenen Buchstaben war der Titel des Films zu lesen, danach wurden die Namen des Regisseurs und des Produzenten eingeblendet. Anschließend waren die Namen der Schauspieler aufgelistet. Als Kates Name erschien, ergriff Luddy ihre Hand und drückte sie. Er sah zu ihr, und der Stolz in seinen Augen rührte sie. Kate wünschte, ihre Eltern wären hier und würden diesen Moment mit ihr teilen. Nicht einmal ihr Vater hätte jetzt Grund, über ihre Berufswahl zu jammern.

Dann starrte sie aufgeregt auf die Leinwand. Sie kannte nur einzelne Szenen und war gespannt, wie George die Teile zu einem großen Ganzen zusammengesetzt hatte. Die ersten Bilder flimmerten über die Leinwand, und ihre Nervosität stieg ins schier Unermessliche. Gleich würde sie auftreten. Sie konnte sich an die Wohnzimmerszene noch gut erinnern. Was aussah wie ein geräumiger, eleganter Salon, war in Wirklichkeit nur ein kahles Studio mit einem Sofa, einem kleinen Tischchen und einer Tür ins Nichts gewesen. Kate sah, wie sie durch die Tür den Salon betrat. Eine schlanke Frau mit einem erschreckend ernsten Gesicht. Die Schminke ließ sie älter aussehen, als sie war.

»Du bist hinreißend«, flüsterte Luddy in ihr Ohr.

Kate schloss die Augen, um sie dann wieder einen Spaltbreit zu öffnen. Es kam ihr so vor, als beobachtete sie eine Fremde, die durch den Salon ging und sich auf das Sofa setzte. Es fiel ihr schwer, sich selbst in dieser Frau zu erkennen, und sie war sich auch nicht sicher, ob sie sich gefiel. Nun hörte sie ihre eigene Stimme und erschrak, denn sie klang grell und schrill. Warum hatte Mrs Robinson-Duff ihr das nie gesagt? Sie hätte mit ihr daran arbeiten können, dass die Stimme tiefer würde.

Vorsichtig schaute Kate sich um. Das Publikum schien ihre Bedenken nicht zu teilen, ganz im Gegenteil. Die Menschen waren begeistert. Gebannt verfolgten sie die Handlung und seufzten ergriffen, als sich die Frau auf der Leinwand mit dem Taschentuch die falschen Tränen abtupfte. Langsam entspannte sich Kate und lehnte sich bequem im Sessel zurück. Allmählich freundete sie sich mit ihrem Aussehen und ihrer Stimme an, und schließlich konnte sie den Film genießen.

Als der Abspann über die Leinwand lief, fühlte sie sich als Siegerin. Sie hatte den Sprung in die Filmwelt geschafft, und sie durfte, ohne als eingebildet zu gelten, stolz auf sich sein. Das Gefühl war berauschend.

New York, Manhattan, September 1932

Sie besitzt eine robuste Aufrichtigkeit, die in ihrer anmutigen Stärke sekundenlang maskulin wirkt, doch ein paar winzige Zelluloidbilder später wird sie so sanft, so mitfühlend, so reizvoll, wie es eine schöne Frau nur sein kann. Sie ist so real, so echt – verdammt noch mal, wie heißt ihr nächster Film? Wir möchten ganz vorn sitzen!«

Luddy legte den *Hollywood Herald*, den er eigens nach New York hatte schicken lassen, zur Seite.

»Du bist ein gefeierter Star!«, sagte er beeindruckt, stand auf und wollte Kate in den Arm nehmen.

Doch sie war vor Aufregung ganz zappelig, wand sich aus seiner Umarmung und griff nach einer anderen Zeitung auf dem Stapel. »Hier vergleicht ein Reporter mich mit Eleonora Duse, Katharine Cornell, Greta Garbo und Lynn Fontanne.«

»Sie können dir alle nicht das Wasser reichen«, entgegnete Luddy lächelnd.

Kate widersprach ihm nicht. Sie fühlte sich großartig. Alle Artikel, die sie bisher gelesen hatte, waren voll des Lobes für ihre Leistung in ihrem ersten Film.

»Das müssen wir gebührend feiern«, meinte Luddy. »Was hältst du davon, wenn wir in ein größeres Apartment näher zum Broadway ziehen?«

Abrupt blieb Kate stehen. »Hast du etwa schon eine Immobilie ins Auge gefasst?«

Seit Monaten diskutierten sie darüber, dass die Wohnung, die sie gemietet hatten, zu klein war. Bisher hatten weder Luddy noch sie genug Zeit gehabt, sich nach etwas Passenderem umzusehen, doch nun grinste Luddy breit. »Es gibt da ein hübsches Reihenhaus in der 49th Street, das wir uns leisten könnten.«

Eigentlich hätte Kate nun in die Luft springen und sich freuen sollen. Jeder hätte sie um diese Adresse beneidet. Aber Kate blieb stehen und sagte nichts.

»Du findest es nicht gut?«

»Das ist eine wunderschöne Wohngegend«, sagte Kate.

»Aber?«

»Ich denke, dass ich mich nach einem Apartment in Los Angeles umsehen werde.«

Luddy ließ sich aufs Sofa fallen. »Aber wir hatten doch vereinbart, dass du während der Dreharbeiten ein Apartment mietest und New York weiterhin unser Lebensmittelpunkt bleibt.«

»Da wussten wir noch nicht, dass ich beim Film so großen Erfolg haben würde!« Kate drehte sich zum Zeitungsstapel und nahm den *Hollywood Reporter* in die Hand.

»Nach dem gestrigen Abend gibt es einen neuen Stern am Filmhorizont, und der heißt Katharine Hepburn. Die dynamische Art, wie diese Anfängerin das Publikum bei der Vorführung mitriss, ist ein sicheres Zeichen dafür, dass sie überall im Land die Herzen von Millionen erobern wird. Nicht oft in der Geschichte der Lichtspielunterhaltung hat es ein Debüt wie das von Miss Hepburn gegeben.«

Luddy kannte den Artikel bereits. »Das ist großartig«, sagte er. »Aber du weißt, dass ich nicht nach Los Angeles ziehen kann. Ich habe mein Büro nach unserer Hochzeit von Philadelphia nach New York verlegt. Ein weiterer Wechsel wäre dem Geschäft nicht gerade zuträglich. Und wir wollten doch auch allmählich an die Familiengründung …«

Weiter kam er nicht, denn Kate streckte ihm abwehrend die Hand entgegen. »Ich kann mir jetzt keine Schwangerschaft leisten. So lange habe ich auf den Erfolg gewartet. Kinder bekommen kann ich immer noch. Wenn ich die Chance, die sich mir gerade bietet, nicht nutzte, wäre ich verrückt.«

Als Luddy schwieg, setzte sich Kate zu ihm und strich ihm zärtlich durchs Haar. Wie immer, wenn sie das tat, glätteten sich die Falten auf seiner Stirn. »Ich könnte ja in Los Angeles wohnen, und du mietest das hübsche Häuschen in der 49th Street. Wenn ich nach New York komme, haben wir so viel Platz, dass wir gemeinsam im Wohnzimmer Walzer tanzen können.« Lachend sprang sie wieder auf, zog Luddy hoch und wiegte sich mit ihm im Dreivierteltakt.

Eine Weile drehte Luddy sich mit ihr, dann blieb er stehen und drückte sie an sich. »Kate, du weißt, dass ich mir nichts sehnlicher wünsche, als dich glücklich zu sehen«, sagte er ernst.

»Dafür bin ich dir unendlich dankbar.« Sie strahlte ihn an.

»Wenn du denkst, dass du in Los Angeles wohnen musst, dann kaufen wir dort eine Wohnung.«

»Es reicht eine winzig kleine«, meinte Kate. »Ich brauche nicht viel. Nur ein Bett, ein Bad und eine Küche.«

Luddy strich ihr verliebt eine Haarsträhne hinters Ohr.

»Sobald die Dreharbeiten für den nächsten Film fertig sind, komme ich wieder nach New York«, versprach Kate.

»Gibt es denn schon ein Angebot?«, wollte Luddy wissen.

»Nein, aber nach diesen Rezensionen wird es nicht lange auf sich warten lassen«, meinte Kate. Sie hatte in den letzten Jahren gelernt, dass Erfolg dem Schneeballprinzip folgte. Einmal ins Rollen gebracht, verselbstständigte er sich.

»Was hältst du davon, wenn wir die Zeit bis dahin nutzen und die Reise nach Europa nachholen, die wir schon letztes Jahr machen wollten?«, schlug Luddy vor.

Kate drückte ihm einen Kuss auf den Mund. »Das ist eine wunderbare Idee! Aber diesmal nehmen wir nicht die billigen Karten im Mitteldeck, sondern leisten uns die erste Klasse.«

Sie lief zum Tisch und suchte im Zeitungsstapel nach einem ganz bestimmten Heft mit Fotos von modischen Kleidern.

»Bevor wir fahren, kaufe ich bei Schiaparelli ein Kostüm. Die Farbe wird eine Mischung aus Rotbraun und Aubergine sein.« Sie schlug eine Seite auf und zeigte auf ein Bild mit einem dreiviertellangen Blazer, einem Rock, einer Bluse und einem Strickhut. »Wenn der Film auch in Europa ein Erfolg ist, wird man dort Fotos von mir machen wollen.«

»Du wirst hinreißend aussehen«, erklärte Luddy.

»Genau das ist der Plan!«

Auch das hatte Kate in den letzten Jahren gelernt: Als Schauspielerin durfte man niemals den Fehler begehen, zu glauben, man würde ausschließlich wegen seines Könnens beurteilt. Ebenso wichtig wie die schauspielerischen Leistungen war die Selbstdarstellung. Man erwartete von erfolgreichen Filmstars, dass sie modern, elegant und überheblich waren. Kate würde diesem Bild entsprechen. Und sie würde die Rolle in vollen Zügen genießen.

Fenwick, Juli 1949

Spencer war wieder einmal bei Louise und seinen Kindern. Kate hatte ihn von dem Besuch nicht abhalten können und schließlich entschieden, zu ihrer eigenen Familie zu fahren. Sie sehnte sich nach ihrer Mutter, die sie schon seit Wochen nicht mehr gesehen hatte. Die regelmäßigen Besuche, die Kate ihren Eltern in Hartford oder Fenwick abstattete, wenn sie sich in New York aufhielt, waren in den letzten Monaten weniger geworden. Ein paar interessante Diskussionen über Politik und Gesellschaft würden sie mit Sicherheit auf andere Gedanken bringen. Im Moment drehte sich in ihrem Leben ansonsten alles nur um Spencer und seine gesundheitlichen Probleme.

Kate kurbelte das Wagenfenster nach unten, um den salzigen Meeresgeruch einzuatmen. Die warme, satte Luft duftete nach unbeschwerter Kindheit, Sommerferien, Lagerfeuer und Himbeerbrause. Hier hatte Kate die glücklichsten Monate ihres Lebens verbracht.

Fenwick lag an der Mündung des Connecticut River etwa siebzig Kilometer von Hartford entfernt. Kates Vater hatte das ursprüngliche Haus auf der Halbinsel, die Long Island vorgelagert war, schon 1913 entdeckt und gemeinsam mit Tante Edith und Onkel Don gekauft. Das dreistöckige, holzverschalte Gebäude im viktorianischen Stil war allerdings 1938 einem Wirbelsturm zum Opfer gefallen. Nach der Naturkatastrophe hatte ihr Vater ein neues Haus errichten lassen, zu dem Zeitpunkt hatte er Tante Edith und Onkel Don längst ausbezahlt. Kate mochte den Neubau und fühlte sich hier wohl. Der Ort erinnerte sie nur an das Schöne der Vergangenheit. Die paar unangenehmen Momente, die es in Fenwick gegeben hatte, schienen mit dem Wirbelsturm davongeweht worden zu sein.

Das Anwesen auf der Landzunge war praktisch von Wasser umgeben. Das Rauschen der Wellen und die Schreie der Möwen, die über ihr kreisten, drangen an Kates Ohr. Im Schritttempo näherte sie sich dem Haus, stellte den Motor ab und blieb noch einen Moment im Wagen sitzen, um alle Eindrücke in sich aufzunehmen. Für gewöhnlich waren an einem sonnigen Wochenende ihre Geschwister mit ihren Familien hier. Alle vier waren mittlerweile verheiratet und hatten selbst Kinder.

Doch heute war ein normaler Wochentag. Kates Nichten und Neffen waren in der Schule und Kates Geschwister in der Arbeit oder zu Hause. Sie öffnete die Wagentür und stieg aus. Eine sanfte Brise strich über ihr Gesicht, und sie nahm einen schwachen Duft von Seetang und Fisch wahr. Während sie die Stufen zur weiß gestrichenen Veranda hochstieg, öffnete sich die Tür.

»Kate, was für eine Überraschung! Du hast gar nicht gesagt, dass du kommst.« Kates Mutter breitete die Arme aus, kam auf sie zu und drückte ihr einen Kuss auf die Wange. Sie roch nach Kölnisch Wasser. »Dad ist auf dem Golfplatz. Ich lasse uns eine Kanne Tee zubereiten.«

Hand in Hand ging Kate mit ihrer Mutter ins Haus. Sofort

nahm Susan, das neue Dienstmädchen, ihr die kleine Reisetasche ab und eilte damit in Kates Gästezimmer. Gloria war vor ein paar Jahren in den wohlverdienten Ruhestand getreten. Jetzt teilten ein Dienstmädchen und eine Köchin sich die Arbeit im Hause der Hepburns.

»Was führt dich denn so unangekündigt zu uns?«, fragte Katharine Houghton Hepburn.

Trotz ihrer einundsiebzig Jahre hielt sie sich gerade, auch wenn die aufrechte Haltung sie viel Kraft kostete. Sie hatte erhebliche Probleme mit der Wirbelsäule und litt unter heftigen Schmerzen.

»Ich war in New York und dachte, bevor ich zurück nach Los Angeles fahre, mache ich einen Abstecher nach Fenwick.«

»Das ist lieb von dir. Komm, setzen wir uns in den Garten. Das Wetter ist einfach zu schön, um den Nachmittag im Haus zu verbringen.«

Deutlich langsamer als früher ging die Mutter zur Hintertür und von dort in den Garten. Der süße Geruch von frischem Kuchen hing in der Luft. Die Köchin hatte offenbar gebacken. Auf dem Liegestuhl im Schatten einer hohen Platane lag ein aufgeschlagenes Buch, in dem Kates Mutter gerade gelesen hatte. Es war eine Übersetzung von Bertolt Brecht.

»Immer noch linke Literatur?«, fragte Kate schmunzelnd.

Ihre Mutter griff nach der Sonnenbrille, die sie neben dem Buch abgelegt hatte, setzte sie auf die Nase und nahm am Tisch Platz. »Selbstverständlich. Ich kann dir die Bücher nur empfehlen. Leider kann dein Vater sich nicht dafür erwärmen. Je älter wir werden, umso weiter entfernen sich unsere politischen Ansichten.«

»Ihr habt euch doch immer schon heftige Diskussionen geliefert«, bemerkte Kate.

»Stimmt«, gab Kates Mutter zu. »Und ich glaube, sie halten uns jung.«

Kate rückte einen der Stühle in den Schatten und setzte sich ebenfalls.

»Wie schade, dass du ausgerechnet heute gekommen bist, wo deine Geschwister alle in der Stadt sind.«

»Ach, das macht nichts«, entgegnete Kate. »Ich habe mich letzte Woche mit Margaret im Plaza zum Frühstücken getroffen.«

»Dann weißt du es also schon?«

»Was soll ich wissen?«

In dem Moment trat Susan aus dem Haus. Sie balancierte ein Tablett vor sich her, stellte Teekanne, Kuchen, Teller und Tassen auf den Tisch. Erst als sie wieder gegangen war, antwortete Kates Mutter: »Deine Schwester ist wieder schwanger.«

Kate erstarrte. Sie hatte bereits drei Nichten und neun Neffen. Anders als sie selbst sorgten ihre Geschwister dafür, dass die Familie Hepburn sich ständig vergrößerte. Sie verzog die Mundwinkel zu einem Lächeln.

»Das ist ja eine großartige Nachricht!« Doch ihre Augen verrieten sie. Ihre Mutter konnte sie nicht täuschen.

»Was ist los?«, fragte sie und bedachte Kate mit einem sorgenvollen Blick. »Warum freust du dich nicht für Margaret?«

»Aber ich freue mich doch für sie«, behauptete Kate. »Noch ein kleines Kind in der Familie – das ist wunderbar. Ich werde gleich morgen zu Bergdorf Goodman gehen. In der Auslage habe ich ganz entzückende Babymützchen gesehen. Sie sind so niedlich. Margaret wird sie lieben. Ich frage mich, welche Farbe ich nehmen soll. Gelb, Weiß oder Türkis? Auf keinen Fall Hellblau oder Rosa.« Sie redete wie ein Wasserfall.

»Warum schaust du dir Babykleidung an?«

»Ich bin am Kaufhaus vorbeigegangen und habe zufällig in die Auslage geschaut. Mir sind dabei übrigens auch andere Dinge aufgefallen«, verteidigte sich Kate. »Staubsauger und Pflegecremes, Badekostüme und Sonnenhüte …«

»Hör auf, Kate«, unterbrach ihre Mutter sie. »Was ist los?«

Kate gab sich geschlagen. Sie fühlte sich wie damals in ihrer Kindheit, als sie ihre Mutter wegen eines gemopsten Schokoladenkuchens angelogen hatte und erwischt worden war. Seufzend lehnte sie sich zurück. »Manchmal finde ich es traurig, dass ich selbst keine Kinder habe. Ich frage mich, was ich dadurch versäume.«

»Du hast deine Karriere«, sagte ihre Mutter, deren Stimme nun deutlich sanfter war. »Diese Entscheidung hast du sehr bewusst getroffen.«

»Ich wollte beides«, gestand Kate. Sie erinnerte sich an Luddy, mit dem sie immer wieder über Kinder gesprochen hatte.

»Noch kannst du beides haben. Du bist zweiundvierzig. Was hält dich ab?«

Kate schüttelte traurig den Kopf. »Spencer ist bereits Vater. Er hat zwei Kinder und will keine weiteren. Er wird sich auch niemals von seiner Frau trennen, weil er überzeugter Katholik ist. Wenn ich mit ihm zusammenbleiben möchte, dann werde ich auf Kinder und eine offizielle Beziehung verzichten müssen. Ich werde immer nur die heimliche Geliebte sein.«

»Und das reicht dir?«

»Ich habe keine andere Wahl.«

»Willst du wirklich mit ihm zusammenbleiben?«

»Unbedingt.«

Kates Mutter verzog missbilligend den Mund. Sie hatte nie

ein Geheimnis daraus gemacht, dass sie Spencer Tracy nicht ausstehen konnte. Nicht, weil er verheiratet war, und auch nicht, weil er Katholik war. Anders als ihr Ehemann nahm sie es ihm nicht krumm, dass er in Diskussionen keine überzeugenden Argumente vorzubringen wusste, und konnte es ihm sogar nachsehen, dass er trank. Aber sie fand es unverzeihlich, dass er ihre Tochter in ihrer Lebensführung einschränkte und sie daran hinderte, sich frei zu entfalten.

»Seit du mit Spencer zusammen bist, hast du kein einziges Bühnenangebot angenommen«, sagte sie bitter.

»Ein Theaterengagement würde bedeuten, dass ich monatelang nicht in Los Angeles wäre«, erklärte Kate. »Spencer braucht mich. Wenn ich nicht bei ihm bin, trinkt er noch mehr und hat sich nicht im Griff. Er kann seine Verpflichtungen nicht einhalten und erscheint nicht bei den Dreharbeiten. Ich muss in seiner Nähe sein, um ihn zu schützen.«

»Das klingt nach Kindermädchen und Mutter und nicht nach der Rolle einer Geliebten.«

Kate antwortete nicht.

»Ich finde es schade, dass du nur noch in Filmen an seiner Seite spielst«, fuhr ihre Mutter grimmig fort.

»Was soll ich denn sonst tun?«

»Wie wäre es, wenn du auf dich selbst schaust und deine eigene Karriere vorantreibst?«

»Aber das tue ich doch«, verteidigte sich Kate. »Wir haben gerade *Ehekrieg* fertig gedreht. Der Film wird in allen großen Kinos des Landes gezeigt und ist jetzt schon ein riesiger Erfolg.«

»Pah!« Kates Mutter schnaufte verächtlich. »Der Film verrät alles, wofür deine Tante und ich jahrelang gekämpft haben.«

»Das stimmt nicht«, verteidigte sich Kate. »Ich spiele eine

unabhängige Anwältin, die sich für Frauenrechte einsetzt. Der Film ist modern. Er wird als romantische Komödie gefeiert, in der Geschlechterkampf und Gleichberechtigung der Frau humoristisch thematisiert werden.«

»Natürlich sind die Dialoge lustig«, sagte Katharine Houghton Hepburn ärgerlich. »Vor allem aus der Sicht eines Mannes. Die Anwältin wird am Ende von ihrem überlegenen Ehemann in die Schranken gewiesen. Das nennst du eine moderne Handlung? Kate, ich kann nicht glauben, dass du das eben gesagt hast.«

»Es ist ein hervorragender Film. Spencer und ich spielen richtig gut.« Kate verschränkte die Arme vor der Brust.

»Das mag schon sein, aber die Botschaft des Films ist eindeutig frauenfeindlich. Er zeigt das Bild einer Frau, die naiv und unbedacht agiert und dafür von ihrem Mann die gerechte Strafe erhält. Das ist schrecklich. Wie kannst du darauf stolz sein?«

Kate presste die Lippen zusammen. Zu gerne hätte sie ihre Mutter gefragt, wie es sich mit Frauen verhielt, die zum Kapitol zogen, um für das Wahlrecht zu kämpfen, und trotzdem zum Fünfuhrtee zu Hause bei ihrem Mann sein mussten, doch sie verkniff sich diese Bemerkung.

»Kate, du bist eine wunderbare Schauspielerin«, fuhr Katharine Houghton Hepburn versöhnlicher fort. »Verschwende dein Talent nicht an einen Mann.«

»Ich liebe Spencer und will für ihn da sein«, beharrte Kate. »Ich war lang genug egoistisch und habe bloß meine Karriere im Blick gehabt. Jetzt ist es Zeit, an den Menschen zu denken, den ich liebe.« Wieder tauchte das Bild von Luddy vor ihr auf, der so aufopfernd für sie gesorgt hatte. Er war wohl einfach zum falschen Zeitpunkt in ihr Leben getreten.

»Warum kannst du nicht beides tun?«, fragte Kates Mutter. »Es muss doch kein Entweder-oder sein.«

»Wie soll das funktionieren? Sobald ich nicht bei ihm bin, trinkt er.«

»Spencer trinkt auch, wenn du bei ihm bist.«

»Aber dann kann ich für ihn da sein und dafür sorgen, dass er wieder damit aufhört.«

Verständnislos schüttelte Kates Mutter den Kopf. »Es gefällt mir nicht, wie dieser Mann dich erpresst.«

»Aber das tut er nicht«, versicherte Kate. »Er verlangt gar nichts von mir. Ich bin es, die bei ihm sein möchte. Ich will in seiner Nähe sein. So fühlt sich echte Liebe an.«

»Für mich klingt das eher nach Unterwerfung«, brummte Katharine Houghton Hepburn. Sie griff nach der Teekanne und schenkte ein. Kate sah, dass die faltigen Hände ihrer Mutter zitterten.

»Lass mich das machen«, sagte sie und nahm ihrer Mutter die Kanne ab.

Zu ihrer großen Überraschung ließ diese es geschehen. »Danke.«

Die körperliche Gebrechlichkeit ihrer Mutter schmerzte Kate. Sie nahm sie heute zum ersten Mal wirklich wahr.

»Ich wünsche mir, dass du wieder auf der Bühne stehst«, sagte Katharine Houghton Hepburn ernst.

»An welche Rolle hast du denn gedacht?«, fragte Kate einlenkend.

»An ein Shakespeare-Stück. Du hast es mir versprochen.«

Kate lachte. Ihre Mutter träumte also immer noch davon, sie eines Tages in einem Stück des wohl berühmtesten Dramatikers der Welt zu sehen.

»Dazu bin ich nicht gut genug«, meinte sie.

»Unsinn.«

Kate stellte die Kanne zurück auf den Tisch.

Fassungslos sah ihre Mutter sie an. Die Traurigkeit in den hellblauen Augen schnürte Kate die Luft ab. »Was ist mit dir passiert, Kate? Wo ist dein Selbstvertrauen? Was ist aus deinen Träumen geworden? Du wolltest die beste Schauspielerin der Welt werden.«

»Das will ich immer noch«, entgegnete Kate. »Aber nicht mehr um jeden Preis.«

»Ich finde, dass der Preis, den du für die Beziehung zu Spencer zahlst, viel zu hoch ist.«

Kate antwortete nicht. Betroffen starrte sie auf ihre Teetasse. Gerade näherte sich eine Wespe dem Kuchenteller, doch Kate ließ sie gewähren.

»Ich will Spencer nicht an die Dunkelheit verlieren«, sagte sie leise. Als sie den Kopf hob, blickte sie in das blasse Gesicht ihrer Mutter, das von blankem Entsetzen gezeichnet war. Kate fröstelte. Die Gespenster der Vergangenheit warfen eisige Schatten über die Terrasse. Schnell versuchte sie, die schlimmen Erinnerungen zu vertreiben, und stürzte sich übertrieben gut gelaunt in einen Redefluss.

»Was meinst du, Mum, was soll ich für Margarets Baby kaufen? Würde sie sich vielleicht über einen neuen Stubenwagen freuen? Und was hältst du davon, wenn du mitkommst und wir gemeinsam etwas aussuchen? Wir könnten anschließend im Restaurant von Bergdorf Goodman essen. Angeblich gibt es dort ein hervorragendes Lammkotelett, aber auch der gebeizte Lachs soll vorzüglich sein.«

Während sie sprach, beobachtete sie das Gesicht ihrer Mutter. Langsam kehrte Farbe in die faltigen Wangen zurück, und Katharine Houghton Hepburn atmete tief durch.

»Das klingt nach einer ganz wundervollen Idee«, meinte sie.

Erleichtert ließ sich Kate zurücksinken. Sie wedelte die Wespe mit der Serviette vom Kuchenteller. »Möchtest du einen Zitronenmuffin oder einen Heidelbeermuffin?«

»Zitrone«, sagte ihre Mutter. Die Normalität war wieder hergestellt.

Liebster, bester Freund,
ich suche nach Antworten, und du bleibst sie mir schuldig. Warum? Dein Weggehen kommt mir immer noch so sinnlos vor. Lag es an mir? Hätte ich irgendetwas tun können?
Ich wünschte, du würdest dein Schweigen brechen.
Dein Jimmy

Los Angeles, Hollywood, Dezember 1932

George Cukor besaß ein Haus am Cordell Drive, in den Hügeln oberhalb des Sunset Boulevard. Anfangs war es bloß ein bescheidenes Grundstück gewesen, doch mit jedem Kinoerfolg war sein Anwesen gewachsen. Mittlerweile gehörten ihm mehrere Hektar Land, und aus dem kleinen Bungalow war eine stattliche Villa geworden. Hinter dem Gebäude befand sich ein lang gestreckter Swimmingpool. Von dort aus führte ein Weg zu einer Art Aussichtsplatz mit Marmorsäulen, von wo man die gesamte Umgebung überblicken konnte.

George Cukor liebte es, Freunde zum Essen einzuladen, und seine Dinnerpartys waren legendär. Seit Kates Leinwanderfolg waren Laura und sie regelmäßige Gäste bei ihm.

Im Sommer saß man im Garten, im Winter wich man ins Wohnzimmer oder in den Speisesaal aus. George Cukor hatte ein Faible für schöne, teure Dinge. Die Wand über dem Kamin schmückte eine Originalpastellzeichnung von Renoir, die eine Frau mit Regenschirm zeigte. Von der Decke im Speisezimmer hingen Kristalllüster aus Frankreich, das Geschirr war teures Porzellan aus Meißen, die Bleikristallgläser stammten aus einer Manufaktur in Böhmen.

Bei Cukor traf sich die Elite Hollywoods: Schauspieler, Drehbuchschreiber, Agenten und Produzenten. Man sah berühmte Gesichter, die einen Dauerauftritt in den Zeitungen genossen, aber auch diejenigen, die sich lieber im Hintergrund hielten und von dort aus die Fäden zogen. Einer von ihnen saß Kate heute gegenüber: Leland Hayward. Den ganzen Abend schon musterte der Agent Kate mit unverhohlener Neugier. Er war groß, schlank und hatte ein kantiges Gesicht mit einem ausdrucksstarken Kinn. Wie alle anwesenden Männer trug er einen maßgeschneiderten Anzug, und das brünette Haar war mit Wachs modisch nach hinten gelegt. Er bemühte sich um Kates Aufmerksamkeit, was ihr schmeichelte. Charmant verwickelte er sie in angenehmen Small Talk, erzählte kleine Anekdoten aus seinem Arbeitsalltag als Agent und lachte über Kates Scherze, wenn sie ihm antwortete. Kate fand ihn durchaus attraktiv und genoss den Flirt.

»Stimmt es, dass Sie Ihren nächsten Film mit einer Regisseurin machen werden?«, erkundigte er sich.

»Ja, ich freue mich schon auf die Zusammenarbeit mit Dorothy Arzner.«

»Eine Verschwendung, dass sie bloß hinter der Kamera steht«, meinte Leland. »Sie ist eine äußerst hübsche Frau, die auch vor der Kamera eine gute Figur machen würde.«

»Ich hoffe doch sehr, dass Sie die Qualitäten einer guten Schauspielerin nicht ausschließlich an ihrem Äußeren festmachen«, erwiderte Kate.

»Selbstverständlich nicht«, antwortete Leland mit gespielter Empörung.

»Auch wenn man nicht dem gängigen Schönheitsideal entspricht, kann man große Erfolge auf der Bühne oder vor der Kamera feiern«, fuhr Kate fort. Schmerzlich erinnerte sie sich an die bösen Bemerkungen von Leslie Howard, der sie von Anfang an vor den Kollegen beleidigt hatte. »Schönheit ist immer subjektiv. Was dem einen gefällt, findet der andere hässlich.«

Leland beugte sich über den Tisch und blickte Kate so tief in die Augen, dass ihr heiß wurde. »Wollen Sie etwa behaupten, dass es Menschen gibt, die Sie unattraktiv finden?« Er zog den einen Mundwinkel nach oben. »Nennen Sie mir den Namen, und ich werde dem Wicht ein paar zwielichtige Gestalten aus Brooklyn vorbeischicken.«

Kate belohnte sein Kompliment mit einem herzhaften Lachen. Er war nicht nur gut aussehend, sondern hatte auch Sinn für Humor. Eine Mischung, die sie bei einem Mann sehr schätzte.

»Danach macht Kate wieder einen Film mit mir«, mischte sich George ins Gespräch ein, der neben ihr saß und gerade nach dem dritten Kuchenstück griff. Kate wusste, dass er am nächsten Morgen wieder jammern und seine Völlerei bedauern würde. Er ärgerte sich über sein Übergewicht, doch er gab seiner Leidenschaft für Süßes trotzdem immer wieder nach.

»Dürft ihr schon darüber reden, was für ein Film es wird?«, fragte Leland.

»Wir bearbeiten einen historischen Stoff.«

»Ein Western?«

»Nein, ein literarisches Thema.«

»Literatur im Kino?«

»Ist das nicht großartig?«, entgegnete Kate. »Ich freue mich riesig darauf.« Sie sah fragend zu George, um sich die Erlaubnis einzuholen. Durfte sie mehr verraten? Er nickte. »Ich werde in *Vier Schwestern* die Jo March spielen – das ist die Verfilmung von Louisa May Alcotts Roman *Betty und ihre Schwestern*«, platzte sie stolz heraus.

Doch statt Kates Begeisterung zu teilen, schüttelte Leland bloß den Kopf. »Nie davon gehört.«

Fassungslos schnappte Kate nach Luft. »Wie kann das sein? Es ist einer der besten Romane aller Zeiten. Jeder sollte das Buch kennen. Ich habe es als junges Mädchen mehrere Male gelesen. Jo March war viele Jahre meine Heldin.«

Leland hob entschuldigend die Hände. »Ich schwöre, dass ich den Titel noch nie gehört habe.«

»Was wohl daran liegt, dass es sich um einen Roman für junge Frauen handelt«, mischte sich Ethel Barrymore ein, die die Konversation mitverfolgt hatte. »Er gilt als Pflichtlektüre für junge Mädchen und Frauen.«

»Das ist doch völliger Unfug«, widersprach Kate ärgerlich. »Warum sollen manche Bücher nur für Frauen und andere nur für Männer bestimmt sein? Ich kann selbst entscheiden, was ich lese und was nicht. Ich brauche keine Experten, die meine Lektüre vorsortieren. Wenn mir nach einem blutrünstigen Spannungsroman ist, dann greife ich danach, und wenn ich etwas Romantisches lesen will, dann tu ich das genauso.«

Leland lachte.

»Was soll daran lustig sein?«, fragte Kate.

»Ich dachte immer, Sie würden die Rolle der emanzipierten, selbstständigen Frau nur spielen. Aber nun sehe ich, dass Sie sich selbst darstellen. Sie brauchen gar nicht in eine Rolle zu schlüpfen. Das finde ich gut.«

»Ach ja?« Kate wirkte nicht überzeugt.

»Sie sind hinreißend«, versicherte Leland und beugte sich so nah zu ihr, dass sie sein teures Aftershave riechen konnte. Es war ein angenehmer, unaufdringlicher Duft, der aus einem der teuren Kaufhäuser der Stadt stammte. »Ich schwöre, dass ich die Wahrheit sage. Verraten Sie mir, worum es in dem

Buch geht. Ich werde es lesen.« Er hob feierlich die Hand, und Kate errötete. Das war ihr seit Langem nicht mehr passiert. Es fühlte sich aufregend und gut an, und sie genoss das Knistern, das zwischen ihnen entstand.

»In *Betty und ihre Schwestern* werden die Entwicklungsgeschichten von vier Schwestern erzählt, die in Neuengland während des Bürgerkriegs heranwachsen. Jede von ihnen ist einzigartig und auf ihre Art besonders. Jo March will Schriftstellerin werden und nach New York gehen.«

»Sie sind auch einzigartig.«

Kate lachte und warf kokett den Kopf in den Nacken. Mit einem Mal war sie sich ihrer weiblichen Ausstrahlung bewusst. »Danke.« Sie fing an, das Spiel nicht nur zu genießen, sondern aktiv mitzuspielen.

Später, als Kate sich einen weiteren Cocktail von der Bar holte, packte George sie am Ellbogen und zog sie freundschaftlich zur Seite. Er senkte die Stimme, sodass nur sie ihn hören konnte. »Leland ist verheiratet.«

»Das bin ich auch«, antwortete Kate.

»Er sammelt Frauenbekanntschaften wie andere Briefmarken oder Schallplatten.«

»Ich bin ein großes Mädchen«, versicherte Kate. »Ich will den Mann nicht heiraten, sondern mich bloß ein bisschen amüsieren.«

George hob besorgt die Augenbrauen. »Soweit ich mich erinnern kann, wartet in New York ein netter Ehemann auf dich, der dich abgöttisch liebt.« Als Kate nicht reagierte, sagte er schließlich: »Du musst wissen, was du tust.«

»Das weiß ich in den seltensten Fällen«, erwiderte Kate übermütig. Der Alkohol stieg ihr zu Kopf, und ein angenehmes, leichtes Gefühl breitete sich in ihr aus. Sie fühlte sich wie eine unwiderstehliche Diva, der die Männer reihenweise erlagen. Endlich, schoss es ihr durch den Kopf. Nach den Backfischjahren, in denen sie bloß das hässliche Entchen gewesen war, die Bohnenstange mit dem roten Haar, das unscheinbare Mädchen, das mit seinem Verhalten hatte auffallen müssen, weil seine äußeren Reize nicht gereicht hatten. Nach dem langen Warten hatte sie es endlich geschafft und wurde als begehrenswerte Frau wahrgenommen. Kate genoss den Augenblick und wünschte, er würde noch ewig andauern.

Tatsächlich zögerte Leland den Abschied von Kate möglichst lang hinaus. Er fuhr sie mit dem Auto zu ihrem Apartment, stieg mit ihr aus und brachte sie zur Tür. Mit seiner Rechten streifte er scheinbar zufällig ihre Hand. Die Berührung fühlte sich aufregend an, so als hätte Kate sich an der Stelle verbrannt. Ihr Herz schlug schneller.

»Danke für die Begleitung«, sagte sie heiser.

Er beugte sich so tief zu ihr, dass sein Gesicht nur eine Handbreit von ihrem entfernt war. In seinen Augen lag eine eindeutige Frage. »Der Abend muss noch nicht zu Ende sein«, meinte er verführerisch, griff nach einer ihrer Haarsträhnen und wickelte sie verspielt um seinen Finger.

Genau wie Luddy es immer tat, dachte Kate, nur dass es sich bei Leland aufregend und verboten anfühlte. Sie mochte diese Mischung, denn sie verhieß Spannung, Abenteuer, das pure Leben.

Leland interpretierte ihr Zögern als Zustimmung. Langsam beugte er sich zu ihr und küsste sie. Seine Lippen waren fordernd. Sie schmeckten nach Tabak und ein wenig nach Alkohol. Kates Körper reagierte mit dem Wunsch nach mehr. Sie gab sich dem Moment hin und schmiegte sich an ihn. Kurz tauchte Luddys Gesicht vor ihr auf. Seine traurigen Augen und der Schmerz, den sie ihm zufügte, sollte er jemals erfahren, was sie gerade tat. Doch schon im nächsten Moment verschwand sein Bild wieder. Kate würde ihm nicht von diesem Abend erzählen. Der Augenblick war zu verheißungsvoll und die Anziehungskraft zwischen Leland und ihr zu intensiv. Das Leben war zu kurz, um das Vergnügen nicht auszukosten. Sie drückte die Haustür auf und zog Leland mit sich.

Los Angeles, Hollywood, Januar 1933

»Wann wirst du Luddy von deiner Affäre mit Leland erzählen?«, fragte Laura. Sie saß mit überkreuzten Beinen auf dem Sofa in Kates Garderobe und blätterte gelangweilt eine Modezeitschrift durch, während Kate sich abschminkte. Laura war gern im Studio und hatte es sich zur Angewohnheit gemacht, Kate bei den Aufnahmen zu begleiten. Auch wenn sie selbst keine Rolle hatte, so hielt sie sich gerne unter den Schauspielern, Drehbuchautoren, Regisseuren und Filmproduzenten auf, denn in Kates Nähe färbte ein Hauch Hollywoodglamour auf sie ab. Den Rest erledigte ihr Geld. Lauras Privatleben war nach wie vor ein beliebtes Thema für die Reporter der Klatschpresse.

»Wenn ich das nächste Mal in New York bin, rede ich mit ihm«, sagte Kate.

»Wirst du dich scheiden lassen?«

Kate tupfte Creme auf ein Tuch und wischte damit über ihre Wangen. Sie rückte näher an den Spiegel, um sicherzugehen, dass sie nirgends Reste von Schminke übersehen hatte.

In den letzten Wochen hatte sie eingehend über diese Frage nachgedacht. Seit sie in Los Angeles wohnte und nur noch alle paar Wochen mal nach New York kam, hatte sie sich von Luddy emotional entfernt. Es war ein langsamer, schleichender Prozess gewesen, der vielleicht schon viel früher eingesetzt hatte. Jetzt lebten sie nicht nur in unterschiedlichen Welten, sondern auch in verschiedenen Städten. Da half es auch nicht, dass Luddy ihr aufmerksam zuhörte, wenn sie ihm vom Filmset, von den Kollegen oder den Aktivitäten abseits von der Arbeit erzählte. Für ihn blieben die Menschen und die Geschichten abstrakt. Im Grunde hatte er keine Ahnung, was Kate Tag für Tag machte, was sie beschäftigte und was sie fühlte. Genauso erging es ihr, wenn er von seinem Alltag an der Börse berichtete. Was aber noch viel schlimmer war: Kate sah in ihrem Ehemann zwar ihren besten Freund, aber keinen begehrenswerten Liebhaber. Sie konnte sich zu hundert Prozent auf ihn verlassen und war ihm dankbar für seine Loyalität und seine Fürsorge, aber es fehlte jede Leidenschaft. Wenn Leland sie berührte, brannte ein wahres Feuer in ihr. Im Vergleich dazu war es bei Luddy bestenfalls ein winziges Flämmchen.

Kate wusste, dass Luddy ihr den Seitensprung verzeihen würde, und dieser Gedanke löste noch mehr schlechtes Gewissen in ihr aus. Sie wollte ihn auf gar keinen Fall verlieren. Er war ihr Sicherheitsnetz, ihre breite Schulter, an der sie sich immer ausweinen konnte. Der Anker, der sie davor bewahrte, bei Sturm aufs offene Meer hinauszutreiben.

»Ich glaube nicht, dass Luddy die Scheidung will«, wich Kate aus.

Laura schlug die Zeitschrift zu und legte sie beiseite. Sie hatte nie ein Geheimnis daraus gemacht, dass sie Luddy langweilig fand. In ihren Augen gehörte er zu der Sorte von Männern, die für sie arbeiteten. Emsige Finanzberater, die sich mit Zahlen und Anlagen auskannten. Laura redete mit ihnen übers Geld und übers Geschäft, aber darüber hinaus wollte sie mit ihnen nichts zu tun haben. Sie waren grau und farblos.

»Wen interessiert denn, wie es um ihn steht?«, fragte Laura erstaunt. »Ich habe dich gefragt, was du willst.«

»Das weiß ich eben nicht«, behauptete Kate. Das war natürlich eine Lüge. Sie war sich sehr wohl über ihre Wünsche im Klaren. Luddy sollte weiterhin ihr bester Freund bleiben. Der Mann, der sie vor allen Gefahren bewahrte. Der Vertraute, den sie bei Problemen mitten in der Nacht anrufen konnte, weil sie wusste, dass er sich auf der Stelle ins Auto setzen und zu ihr fahren würde. Aber das wäre unfair, denn seine Gefühle für sie waren tief und intensiv. Er liebte sie. Wahrscheinlich würde er auf jeden Vorschlag eingehen, nur um weiter mit ihr zusammen sein zu können. Kate würde ihn in aller Öffentlichkeit zum betrogenen Ehemann machen, und Luddy würde leiden, sich aber niemals von ihr trennen. Diese Situation galt es zu verhindern. Was Kate ganz bestimmt nicht wollte, war, Luddy zu verletzen. Das hatte ihr bester Freund nicht verdient.

»Ich werde mit ihm reden, sobald dieser Film fertig gedreht ist«, versicherte sie, warf das Tuch in den Korb unter dem Schminktisch und drehte sich zu Laura, die gerade nach der nächsten Zeitschrift griff.

»Ich finde Leland aufregend, witzig und unterhaltsam«, sagte Laura.

»Ja, das ist er«, stimmte Kate ihr zu. »Die Beziehung zu ihm ist unkompliziert. Wir haben eine Menge Spaß miteinander, aber ohne Verpflichtungen und ohne Verantwortung.«

Ihre Arbeitstage begannen morgens um sechs und endeten um acht Uhr abends. Sie arbeitete sechs Tage die Woche und spielte sonntags Tennis oder Golf. Leland hasste jeglichen Sport, weshalb er sich bei ihren Unternehmungen nie anschloss. Kate hatte dagegen überhaupt nichts einzuwenden. Was sie verband, war der Sex, und das war im Moment genau nach Kates Geschmack.

»Leland wird mein Agent werden.«

»Ist das eine gute Idee? Geschäftliches mit dem Privaten zu vermischen?«, gab Laura zu bedenken.

Kate zuckte mit den Schultern. »Wir verbringen die Nächte zusammen. Das ist alles. Sollte der Spaß dabei eines Tages nicht mehr da sein, dann bleibt das Geschäftliche. Er ist ein guter Agent und hat einen fabelhaften Vertrag für mein nächstes Filmprojekt ausgehandelt.«

»Wie lange dauern die Dreharbeiten für diesen Film noch?«, wollte Laura wissen.

»Spätestens Ende Januar sind wir fertig.«

»Wie ist es eigentlich, mit einer Frau als Regisseurin zu arbeiten? Ich habe mit Dorothy Arzner noch keine zehn Sätze gewechselt.« In Lauras Stimme klang ein leiser Vorwurf mit. Sie war es gewohnt, dass die Menschen am Set sie als Teil des Teams wahrnahmen, auch wenn sie keines war. Dorothy Arzner ignorierte Laura hartnäckig. Offenbar hatte sie kein Interesse an wohlhabenden Frauen, die sich den Alltag damit vertrieben, anderen Menschen bei der Arbeit zuzusehen.

»Die Zusammenarbeit ist herrlich entspannt«, sagte Kate. Sie hatte ihre gute Laune wiedergefunden. Es war besser, über Berufliches zu reden als über Luddy. »Es gibt keine anzüglichen Bemerkungen über dein Aussehen. Keine schleimigen Komplimente, die dir das Gefühl geben, der Mann wolle mehr von dir als bloß ein Lächeln vor der Kamera. Du musst keine Einladungen ablehnen und dir bei einer gelungenen Szene nicht auf den Po klopfen lassen.«

»So etwas machen männliche Regisseure?«

»Nicht nur Regisseure, glaub mir!« Kate seufzte und dachte an all die Schauspieler, die glaubten, sie könnten ihre Kolleginnen wie Freiwild behandeln.

Laura stand vom Sofa auf und strich sich das Kleid glatt. »War Cukor eigentlich auch übergriffig?«, fragte sie gespielt beiläufig.

Kate war auf der Hut. »Nein, George ist da anders«, sagte sie vorsichtig. »Deshalb schätze ich ihn so als Regisseur.«

»Was meinst du mit anders?«

Es gab wilde Gerüchte über den Regisseur, die besagten, dass er sich nicht für Frauen, sondern für Männer interessiere.

Kate hatte Georges Geheimnis rasch herausgefunden. Der Regisseur stand auf Männer, und Kate hatte damit keinerlei Probleme, ganz im Gegenteil. Sie fand die Zusammenarbeit mit George harmonisch. Er war empathisch und verständnisvoll.

Laura wartete mit gierigen Augen auf eine Antwort.

»George ist anders als andere Regisseure, weil er seine Schauspieler in den Mittelpunkt stellt«, wich Kate geschickt aus. »Er rückt uns ins rechte Licht und holt das Beste aus uns heraus.«

»Hm!« Laura verzog enttäuscht den Mund. Ganz offensichtlich hatte sie auf eine andere Antwort gehofft.

Kate mochte Laura, aber sie kannte sie gut genug, um zu wissen, dass ein Geheimnis bei ihr nicht sicher aufgehoben war. Sobald Laura etwas getrunken hatte, lockerte sich ihre Zunge. Deshalb behielt Kate die Wahrheit über George Cukor lieber für sich.

»George inszeniert die Geschichte aus der Perspektive

der Figuren«, fuhr Kate fort. »Als Schauspielerin konnte mir nichts Besseres passieren, als mit ihm zu drehen.«

»Du bist ja ein echter Fan«, sagte Laura.

»Es ist die Wahrheit«, entgegnete Kate. »Komm, lass uns gehen. Ich habe einen Riesenhunger. Hörst du meinen Magen knurren?«

»Er kann nicht lauter sein als meiner«, sagte Laura. »Ich habe seit dem Lunch nichts mehr gegessen.«

Gemeinsam verließen sie die Garderobe.

Los Angeles, Hollywood, Januar 1933

Die Luft im Studio war zum Schneiden dick. Seit Stunden waren die Fenster nicht zum Lüften geöffnet worden, und die Scheinwerfer sorgten für zusätzliche Wärme. Der Qualm der unzähligen Zigaretten, die im Pausenraum geraucht wurden, drang auch ins Studio. Die Arbeit am Set für den Film *Ihr großes Erlebnis* war anstrengend, aber für Kate unglaublich faszinierend.

»Wir sind fast fertig. Ihr wart alle großartig«, lobte Dorothy Arzner. Sie klatschte in die Hände und stand von ihrem Klappsessel auf. Ihr Haar war auf Schulterlänge geschnitten, und sie trug enge Hosen, was ihr ein burschikoses Aussehen verlieh.

»Machen wir vor der Schlussszene eine kurze Pause«, sagte sie. »In der Kantine gibt es Erfrischungen.«

Das Wunderbare an der Zusammenarbeit mit Dorothy war, dass sie sich an den Stärken der Schauspieler orientierte. Bevor sie Kritik anbrachte, äußerte sie stets lobende Worte. Sie war eine Perfektionistin. Wenn eine Szene nicht exakt ihren Vorstellungen entsprach, wurde sie so oft gedreht, bis sie endlich zufrieden war. Es konnte vorkommen, dass das gesamte Team bis Mitternacht im Studio bleiben musste, und es war nur Dorothys stoischer Art zu verdanken, dass keiner der Schauspieler die Nerven verlor. Auch beim dritten Versuch blieb sie wertschätzend, was allerdings nichts daran änderte, dass sie hartnäckig auf ihren Forderungen beharrte.

Jetzt kam sie auf Kate zu. »Stärken Sie sich, meine Liebe«, sagte sie. »Die Schlussszene wird der eigentliche Höhepunkt des Films. Ich würde mich gerne kurz mit Ihnen darüber unterhalten.«

Kate hatte seit Stunden nichts gegessen. Ihr Magen knurrte, und sie konnte es kaum erwarten, in ein Gurkensandwich zu beißen. Gemeinsam gingen alle zur Kantine im Nebengebäude, wo belegte Brote, Getränke und Obst bereitstanden. Kate belud einen Teller mit mehreren Sandwiches, schnappte sich eine Flasche Zitronenbrause und folgte Dorothy zu einem der Tische, die ein wenig abseits standen. Die Regisseurin begnügte sich mit einer Tasse schwarzem Kaffee.

»Sie überzeugen mich voll und ganz als Lady Cynthia Darrington«, schwärmte Dorothy. »Man hat den Eindruck, Sie sind Cynthia. So als hätten Sie die Rolle der selbstständigen, unabhängigen Frau mit der Muttermilch aufgesogen.« Dorothy musterte Kate. »Womit ich vielleicht gar nicht so falschliege, oder? Soviel ich gehört habe, kämpften Ihre Mutter und Ihre Tante für das Frauenwahlrecht.«

Kate nickte. »Die beiden sind immer noch politisch aktiv. Derzeit geht es um die Geburtenkontrolle.«

»Ungewollte Schwangerschaften sind ein sehr wichtiges Thema«, stimmte Dorothy ihr zu. »Wobei wir auch schon bei meinem eigentlichen Anliegen sind. Es geht um die Schlussszene, die wir morgen früh noch drehen wollen.«

Während Kate herzhaft in ihr Gurkensandwich biss, nippte Dorothy bloß an ihrem Kaffee. Kate fragte sich, wann die Frau eigentlich mal aß. Hier am Set tat sie es jedenfalls nie.

»Ich will Cynthias Entscheidung für den Freitod groß in Szene setzen«, fuhr die Regisseurin fort. »Es ist ein dramatischer Willensakt, den die Hauptfigur vollzieht. Sie entscheidet sich für den Tod, weil sie für sich selbst, ihr ungeborenes Kind und die verbotene Liebe keinen anderen Ausweg sieht.«

Kate hatte das Drehbuch mehrere Male gelesen und wusste genau, weshalb Cynthia nicht mehr weiterleben wollte. Erwartungsvoll sah sie Dorothy an. Da musste noch mehr kommen.

»Statt des Ausblendens, das ursprünglich vorgesehen war, möchte ich dem Publikum Cynthias Todeskampf zeigen.«

Das Sandwich blieb Kate im Hals stecken. Sie musste husten.

»Trinken Sie einen Schluck!« Dorothy reichte Kate das Glas mit der Brause.

Dankbar nahm sie es entgegen und trank. Das kratzende Gefühl im Hals blieb.

»Ich will Sie in Großaufnahme sehen. In Rückblenden zeigen wir Cynthias Erinnerungen an die Zeit mit ihrem Geliebten. Auf ihrem Gesicht ist Verzweiflung. Sie ringt mit sich. Dann reißt sie sich die Sauerstoffmaske vom Gesicht. Es ist ein langsamer, quälender Tod.«

Dorothy begleitete ihre Worte mit Gesten und ballte ihre Hand zu einer Faust. Es herrschte kein Zweifel: Sie wollte eine dramatische Szene.

»Cynthia hält immer noch die Maske in der Hand«, fuhr sie voller Leidenschaft fort. »Das Publikum fiebert mit ihr. Es weiß, dass sie selbst über ihr Leben bestimmen kann. Die Zuschauer hoffen natürlich, dass sie die Maske wieder aufsetzt. Sie bangen, halten den Atem an, wünschen sich nichts sehnlicher als das Überleben unserer Heldin. Aber die Würfel sind gefallen. Cynthia hat sich für den Tod entschieden. Sie ist unglaublich stark und lässt die Maske fallen.« Dorothy öffnete dramatisch ihre Hand. Ihre hellen Wangen waren vor Aufregung gerötet. Die Regisseurin war von ihren eigenen Ausführungen sichtlich bewegt. »Cynthia ringt nach Luft. Das Flugzeug kippt nach vorne und stürzt ab.«

Eine Pause entstand.

»O mein Gott. Das ist großartig!«, rief Colin Clive, der neben ihnen am Tisch saß und das Gespräch mitgehört hatte. Jetzt applaudierte er begeistert. Kate hatte das Kommen des Schauspielers gar nicht bemerkt. »Diese Dramatik ist herrlich«, sagte er. »Ich wünschte, ich dürfte den Todeskampf spielen.«

Kate schob den Teller mit den restlichen Sandwiches von sich. Der Appetit war ihr vergangen. »Sind Sie sicher, dass wir diese Szene brauchen?«, fragte sie. »Würde es nicht reichen, wenn wir einfach ausblenden und dann das abstürzende Flugzeug zeigen? So, wie es ursprünglich geplant war?«

»Nein.« Dorothys Antwort war knapp und kompromisslos.

»Um Himmels willen, Kate«, sagte Colin. »Damit würdest du dem Film das Herzstück nehmen. Das geht auf gar keinen Fall. Das Publikum muss den Todeskampf sehen. Dorothy hat vollkommen recht. So funktioniert großes Kino.« Seine Augen glänzten. Offenbar malte er sich in Gedanken bereits die fertig gedrehte Szene aus.

»Ich will, dass Sie sich Gedanken zur Umsetzung machen, Kate«, erklärte Dorothy. Sie trank ihren Kaffee aus und stand auf. »Morgen drehen wir die Szene im Flugzeug. Ich erwarte von Ihnen die überzeugende Darstellung einer starken Frau, die sich bewusst für den Tod entscheidet. Ich weiß, dass Sie das hinkriegen. Und jetzt bin ich schon sehr gespannt auf das Mottenkostüm. Wir wollen unbedingt ein paar Fotos für die

Presse machen. Dieses Kostüm ist ein Hingucker, den Werbeeffekt dürfen wir uns nicht entgehen lassen.«

Kurz darauf stand Kate in ihrer winzigen Garderobe und betrachtete sich stirnrunzelnd im Spiegel. Sie mochte sich nicht vorstellen, was ihre Eltern oder ihre Tanten zu dieser Aufmachung sagen würden, könnten sie sie jetzt sehen. Kate trug einen eng geschnittenen Anzug, der keine Fragen zu ihren Körperformen offenließ. Der silberne, glänzende Stoff lag dicht auf ihrer Haut und kratzte. Auch ihr Haar war damit bedeckt. Nur ihr Gesicht blieb frei. Um die Stirn hatte sie einen unauffälligen Reif, an dem zwei lange, dünne Fühler befestigt waren, die ihr bei jedem Schritt wippend vor den Augen tanzten. Sie sah lächerlich aus. Wie ein riesiges Insekt mit Armen und Beinen. Kate fand, dass das absurde Kostüm nicht zur eleganten Figur der Lady Cynthia passte. Doch Dorothy war offenbar anderer Meinung.

»Ich sehe schrecklich aus.« Kate drehte sich zur jungen Filmassistentin um, die ihr beim Anziehen geholfen hatte. Sie hatte ihren Namen vergessen, doch zum Glück stand er auf einem Namenschild an ihrer Bluse. Kate warf einen Blick darauf. Sie wollte nicht unhöflich erscheinen. »Was meinen Sie, Barbara?«

»Schrecklich finde ich es nicht«, sagte die Assistentin. Allerdings zog sie ihre Worte in die Länge, was Kate an ihrer Aussage zweifeln ließ.

»Wie dann?«

»Provozierend, verführerisch und sexy.« Barbara drückte eine dünne Mappe mit Unterlagen fest gegen ihren Oberkörper. »Ich bin mir sicher, dass Sie es mit diesem Anzug auf die Titelseiten der wichtigsten Filmjournale schaffen werden.«

»Ich will nicht wegen meines Kostüms dort landen, sondern wegen meiner schauspielerischen Leistungen.«

Barbara zuckte verständnislos mit den Schultern. »Ist es am Ende des Tages nicht egal? Hauptsache, der Film bekommt genug Aufmerksamkeit, und die Leute gehen ins Kino.«

»Nein, es ist ganz und gar nicht egal«, widersprach Kate aufgebracht. »Ich bin Schauspielerin und kein billiges Fotomodell, das seinen Körper in einem Schlauch aus glitzerndem Stoff zur Schau stellt.«

Sie konnte das strenge Urteil ihres Vaters und die vorwurfsvollen Worte ihrer Mutter förmlich hören. Beide würden den Kopf über sie schütteln und alles andere als erfreut sein.

»Kommen Sie. Der Fotograf wartet«, meinte Barbara, ohne auf Kates Jammern einzugehen. Sie winkte sie ins Studio, wo ein Mann mit Kamera bereitstand.

Die nächste Stunde verbrachte Kate damit, in unterschiedlichsten Posen in eine riesige Kamera zu lächeln. Einmal saß sie auf einer Bank, streckte lasziv ein Bein aus, während sie das andere anwinkelte. Dann wieder stand sie aufrecht und blickte ernst und nachdenklich in die Ferne. Schon nach wenigen Minuten war ihr in dem Ganzkörperkostüm so heiß, dass ein feiner Schweißfilm auf ihrer Stirn glänzte.

»Wir brauchen Puder«, forderte der Fotograf genervt, so als wäre es Kates Schuld, dass sie in dem Kostüm schwitzte.

Barbara hastete heran, tupfte Schweißperlen mit einem weichen Tuch weg, trug hellen Puder auf Kates Wangen, und schon ging es weiter. Als der Fotograf endlich zufrieden war, wurde die Kostümballszene gedreht.

Am Ende des Drehtags war Kate fix und fertig. Nie hätte sie gedacht, dass die Arbeiten sie körperlich so herausfordern würden. Schließlich war sie eine durchtrainierte Sportlerin.

Doch nun sehnte sie sich nach ihrem Bett und einer wohlverdienten Pause.

Trotz ihrer bleiernen Müdigkeit fand sie in dieser Nacht keinen Schlaf. Unruhig wälzte Kate sich im Bett hin und her. Sie hatte Leland vertröstet und auch Laura weggeschickt, die sie zum Abendessen in ein schickes mexikanisches Restaurant hatte einladen wollen.

»Ich bin müde«, hatte Kate behauptet. »Ich mache mir eine Kanne heißen Kakao und gehe früh ins Bett. Es war ein unglaublich anstrengender Drehtag.«

Der Kakao stand unberührt auf dem Nachttisch. Statt sich weiter um Schlaf zu bemühen, schlug Kate ungeduldig die Decke zurück, sprang auf und lief unruhig im Zimmer auf und ab. Sie rief sich ins Gedächtnis, wie es sich anfühlte, wenn man keine Luft mehr bekam. Als Kind hatten sie und ihre Geschwister einen Wettkampf daraus gemacht. Wer länger die Luft anhalten konnte, hatte gewonnen. Kate hatte jedes Mal verloren. Aber sie konnte sich noch gut an das Gefühl erinnern, an die Angst und das Entsetzen. An das Brennen in den Lungen und das leise, hohe Pfeifen in den Ohren – kurz bevor die Angst, man könnte tatsächlich ersticken, schier grenzenlos wurde. Der erste schnappende Atemzug glich dem eines Fischs, der aus dem Wasser sprang. Der nächste war die pure Erleichterung darüber, dass das Leben ganz normal weiterging.

Allein die Erinnerung an dieses Spiel ließ Kates Herz schneller schlagen. Es raste förmlich. Sie lehnte sich gegen die kühle Wand. Langsam ließ sie sich auf den Boden gleiten. Kate zog die Knie an, umfasste sie mit beiden Händen und kämpfte gegen die Tränen an. Das letzte Mal hatte sie bei

Mrs Robinson-Duff geweint. Wenn sie heute damit begann, würde sie nicht mehr aufhören können. Sie durfte der Traurigkeit keine Chance geben.

Mit brennenden Augen starrte sie ins Halbdunkel des Zimmers. Die Vorhänge waren vorgezogen, dennoch drang der helle Schein des Mondes und der Straßenlaternen durch den dünnen Stoff. Sie würde nicht schlafen, aber sie wollte auch nicht weinen. Immer fester zog sie die Knie an sich heran, bis es schmerzte. Keine Träne, sagte sie sich vor. Keine Träne.

»Ich fühle mich schrecklich. Mein Kopf brummt, ich habe mich mehrfach übergeben, und ich habe Fieber.« Kate wickelte sich fest in ihre Decke und schniefte ins Telefon.

»Wie stellen Sie sich das vor? Wir können die Dreharbeiten nicht einfach unterbrechen!« Zum ersten Mal erlebte Kate die Regisseurin aufgebracht und ungehalten. Dorothy Arzners Stimme überschlug sich. »Die Produktionskosten laufen weiter. Wir haben das Studio nicht ewig zur Verfügung!«

»Ich bin krank«, wiederholte Kate.

»Dann schauen Sie zu, dass Sie schleunigst wieder gesund werden. Trinken Sie eine Kanne Tee, nehmen Sie Medikamente, tun Sie irgendetwas. Sie sind Schauspielerin. Überspielen Sie ihre Wehwehchen.«

Kate antwortete nicht.

»In zwei Tagen drehen wir weiter. Wenn Sie dann nicht hier sind, sorge ich dafür, dass Sie nie wieder einen Vertrag bei RKO bekommen. Haben Sie mich verstanden?«

Weg war jede Form der Empathie und des Mitgefühls. Ohne sich von Kate zu verabschieden, knallte die Regisseurin den Hörer auf die Gabel. Kate zuckte zusammen. Niedergeschlagen kroch sie zurück in ihr Bett und zog die Decke bis übers Kinn. Sie fühlte sich schrecklich. Es war zweifellos ein Fehler gewesen, die ganze Nacht im dünnen Nachthemd auf dem kalten Fußboden zu verbringen.

Kate hatte kein Fieber. Das war eine Lüge gewesen, doch sie fühlte sich auch ohne erhöhte Temperatur kraftlos und erschöpft. So als hätte jemand die gesamte Energie von ihr abgezogen. Immer noch saßen die Tränen in ihrer Kehle, aber sie hatte es geschafft, sie zurückzuhalten.

Erneut klingelte das Telefon. Sie wollte mit niemandem reden, nahm aber trotzdem ab. »Ja, bitte?«

»Kate, bist du es?« Es war die Stimme ihrer Freundin Alice.

»Wer denn sonst?«

»Ich habe dich nicht erkannt«, gab Alice zu.

»Ich fühle mich, als wäre eine Straßenwalze mit voller Wucht über meinen Körper gefahren.«

»Oh, das klingt nicht gut. Soll ich dir Suppe vorbeibringen?«

»Bist du denn in Los Angeles?«

»Würde ich aus New York kommen, wäre die Suppe längst kalt, bis ich bei dir bin.« Alice schnaufte. »Natürlich bin ich in Los Angeles. Ich wollte dich überraschen, aber wenn du mich nicht sehen willst, warte ich, bis du dich besser fühlst.«

»Bitte komm«, flehte Kate. »Schnell!« Allein die Aussicht, ihre gute Freundin wiederzusehen, hob ihre Laune.

»Bin schon auf dem Weg.«

Wenig später saßen sie wie früher in Bryn Mawr auf dem Bett und aßen Hotdogs mit Kartoffelchips von fettigem Zeitungspapier. »Der Kiosk an der Ecke hatte keine Suppe«, entschuldigte sich Alice.

»Kein Problem«, versicherte Kate. »Hotdogs sind tausendmal besser. Ich sterbe vor Hunger. Meine letzte ordentliche Mahlzeit liegt zwei Tage zurück.«

Sobald Alice das Apartment betreten hatte, waren Kates düstere Gedanken verflogen. Gäbe es einen Wettbewerb im Wegschieben von unangenehmen Dingen, würde Kate ihn zweifellos gewinnen. Sie war Meisterin darin, sich selbst abzulenken. Während der nächsten zwei Stunden dachte sie nicht ein einziges Mal über die bevorstehenden Filmaufnahmen nach. Erst als Alice die Reste des ungewöhnlichen Picknicks im Bett wegräumte und sie auf die laufenden Filmaufnahmen ansprach, kehrte die Angst zurück.

»Morgen muss ich einen Selbstmord spielen«, sagte Kate.

»Oh, das klingt gruselig«, meinte Alice aufgeregt. »Was musst du tun? Aus dem Fenster springen? Gift schlucken? Dich vor einen fahrenden Zug werfen?«

»Ich spiele eine Pilotin.«

»Lass mich raten, du stürzt ab?«

»Ja, weil ich zuvor meine Sauerstoffmaske abnehme und langsam ersticke.«

»O mein Gott!«, sagte Alice mit gespieltem Entsetzen. »Warum tust du das?«

Die humorvoll gestellte Frage half Kate, wieder die notwendige Distanz zur Figur der Cynthia zu finden.

»Ich bin eine reiche Adelige, die unfreiwillig schwanger wird. Der Mann, den ich liebe, wird mich niemals heiraten. Deshalb wähle ich den Freitod.«

»Ach, du meine Güte«, stieß Alice hervor. »Wer denkt sich denn so einen Schwachsinn aus? Eine Frau, die ein Flugzeug lenken kann, wird sich doch wegen einem feigen Waschlappen nicht umbringen.«

»Warum feiger Waschlappen?«

»Ein Mann, der seine Frau betrügt, mit einer anderen Frau ein Kind zeugt und dann nicht zu seinen Fehlern steht, ist ein Feigling.«

»Ein uneheliches Kind ist eine große Schande«, gab Kate zu bedenken. »Und für Lady Cynthia ist die Tatsache unerträglich, dass der Mann, den sie liebt, mit einer anderen Frau zusammenleben wird.«

»Wenn du mich fragst, hat der Drehbuchautor keine Ahnung davon, was in modernen Frauen wirklich vorgeht. Er ist wohl der Ansicht, dass man als Frau nur an der Seite eines Mannes glücklich sein kann. Deine Cynthia soll den Schlappschwanz vergessen und sich auf ihre eigenen Stärken konzentrieren. Sie kann ihr Kind allein großziehen und dabei eine Menge Spaß haben. Den Mann kann sie getrost der anderen lassen, wenn die ihn unbedingt haben will. Wer hat den Nonsens geschrieben?«

»Das Buch stammt von Gilbert Frankau.«

»Nie gehört. Aber offenbar habe ich da nichts versäumt.«

»Die Regie führt eine Frau, Dorothy Arzner.«

»Das macht die Sache auch nicht besser.«

»Dorothy meint, der Selbstmord wäre ein dramatischer Willensakt.«

»Der Selbstmord ist ein Fehler und steht für ein völlig veraltetes Frauenbild. Ein Freitod hat nicht zwangsläufig etwas mit Stärke zu tun.«

Kate musste schmunzeln. Sie hatte Alice' kritischen Geist vermisst, die Diskussionen und die Abende, an denen sie gemeinsam literweise Kakao getrunken und Unmengen fettiger Hotdogs gegessen hatten.

»Was soll ich morgen tun?«, fragte Kate. »Die Vorstellung, einen langsamen Tod zu spielen, ist mir unerträglich. Ich liebe das Leben. Ich will keine Sterbende mimen. Aber wenn ich die Szene verweigere, dann ist meine Karriere als Schauspielerin beendet, noch bevor sie richtig begonnen hat.«

Alice rückte näher zu Kate und ergriff ihre Hände. »Du gehst da morgen hin«, sagte sie. »Du vergisst, dass die Romanvorlage schlecht ist und keine vernünftige Frau wie diese Lady Cynthia agieren würde. Dann reißt du die Maske runter, denkst dabei an etwas ganz anderes, und beim nächsten Drehbuch überlegst du schon vorher, ob du den Dreck spielen willst.«

»Ich hätte das Angebot nicht ablehnen können«, entgegnete Kate kleinlaut. Dabei wusste sie, dass das nicht so ganz stimmte. Ihr Ehrgeiz und die Möglichkeit, mit Dorothy Arzner zusammenzuarbeiten, hatten sie blind gemacht. Niemals hätte sie gedacht, dass die Schlussszene sie dermaßen aus der Bahn werfen könnte.

»Würdest du morgen bei den Dreharbeiten zuschauen?«, fragte Kate.

»Darf ich das denn?«

»Ja, natürlich. In den Drehpausen gibt es Brötchen und Kuchen von *La Maze.*«

»Ist das nicht das Café, in dem die besten Hummersandwiches von ganz Los Angeles verkauft werden?«

»Ganz genau.«

»Ich bin dabei.«

Doch Kate wusste, dass Alice auch ohne Imbiss gekommen wäre.

Ein warmes Gefühl der Dankbarkeit breitete sich in ihr aus. Wie hatte sie so viele Monate ohne ihre Freundin überstehen können?

Liebster, bester Freund,
ich liebe das Leben und werde mich immer dafür entscheiden. Auch wenn es nicht perfekt ist, so ist es doch das beste, das wir haben.
Dein Jimmy

New York, Manhattan, März 1933

»Hast du die Kritik von Mordaunt Hall gelesen?« Luddy setzte sich zu Kate aufs Sofa. Er hielt die neueste Ausgabe der *New York Times* in der Hand. »›Katharine Hepburn ist das führende Licht in der Bildversion von Gilbert Frankaus Roman *Christopher Strong*‹, schreibt er.«

Kate rückte ein Stück von ihm weg. Seit sie Luddy mit Leland betrog, fiel es ihr schwer, ihrem Ehemann körperlich nah zu sein. Sie fühlte sich in seiner Gegenwart wie eine Verräterin. Solange sie in Los Angeles war, konnte sie ihren Ehemann ausblenden. Doch hier in New York wurde sie ständig an ihren Betrug erinnert.

Luddy legte seinen Arm um ihre schmalen Schultern und versuchte, sie an sich zu ziehen. »Hier, sieh mal.«

Geschickt wand sich Kate aus seiner Umarmung, nahm die Zeitung und stand auf. Sie überflog den Artikel. Genau wie alle anderen Kritiker überschlug auch Hall sich vor Lob. Die Anstrengungen bei der Schlussszene hatten sich gelohnt. Kate war zum gefeierten Hollywoodstar avanciert. Ohne Alice' Hilfe hätte sie es wohl nicht geschafft, den Freitod zu spielen, aber mit der Freundin im Hintergrund hatte sie den notwendigen inneren Abstand gefunden. Letztlich war es ja nur eine Rolle gewesen.

Luddy runzelte nachdenklich die Stirn. »Du wirkst verändert. Bedrückt dich etwas?«

»Wie kommst du auf die Idee?«

»Du weichst mir aus und scheinst dich über die Kritik nicht zu freuen. Dabei bist du der aufgehende Stern in der Filmbranche.«

Kate wischte seine Bedenken mit der Hand weg und lachte. »Mach dir keine Gedanken. Es geht mir hervorragend.« Es klang perfekt, aber es war das oberflächliche Lachen der Bühne und des Films.

Nie hätte sie gedacht, dass ein schlechtes Gewissen sich so schmerzhaft anfühlen konnte. In Los Angeles genoss sie ihre Affäre mit Leland in vollen Zügen, doch hier in New York holte das schlechte Gewissen sie ein. Ihr war klar, dass ihr Verhalten verwerflich war. Eigentlich sollte sie Luddy reinen Wein einschenken, gleichzeitig wollte sie diesen sanften Mann, der sie aus tiefstem Herzen liebte, nicht verletzen. Wie würde er reagieren? Würde er sie beschimpfen, weinen, sich von ihr abwenden? Kate fürchtete, dass er sie bloß traurig ansehen und dann versuchen würde, sie zu küssen. Die Vorstellung war ihr unerträglich.

»Komm, setz dich zu mir!« Luddy klopfte auf den Platz neben sich.

Es kostete Kate Überwindung, doch schließlich ließ sie sich neben ihm nieder. Sofort zog Luddy sie an sich und küsste sie zärtlich aufs Haar, streichelte ihre Schultern und massierte ihren Nacken.

»Ich liebe dich.«

Kate antwortete nicht. Es wäre unehrlich gewesen, hätte sie erwidert: Ich dich auch.

Wenn Luddy enttäuscht war, so zeigte er es nicht.

»Du bist das Beste, was mir im Leben bisher widerfahren ist«, fuhr er fort.

Eine eiskalte Hand umschloss Kates Herz und drückte es zusammen. Sie lehnte ihren Kopf gegen Luddys Brust. Jetzt war der denkbar ungünstigste Moment, ihm ihre Affäre zu gestehen. Aber sie wusste, dass sie es irgendwann tun musste. Sie konnte ihn nicht ewig hintergehen. Sie war ihm die Wahrheit schuldig.

»Seit Tagen sehne ich mich nach dir. Lass uns ins Bett gehen.« Luddy küsste sie nun auf den Mund. Kate ließ es geschehen, doch vor ihrem inneren Auge tauchte Lelands Bild auf. Selten hatte sie sich so schlecht gefühlt. Als Luddy wieder von ihr abließ, bettete sie ihren Kopf auf seiner Brust.

»Hast du über unsere Familienplanung nachgedacht?«, fragte er sanft. Augenblicklich schnellte Kates Kopf wieder hoch. Ihr schlechtes Gewissen war mit einem Schlag weggewischt.

»Wie kannst du jetzt an Kinder denken, wo ich gerade dabei bin, mir eine Karriere aufzubauen?«

»Du wirst in den nächsten Jahren immer erfolgreicher werden«, sagte Luddy. Er lächelte. »Irgendwann wirst du dich entscheiden müssen, eine Pause zu machen.« Zärtlich strich er über ihren Rücken. Doch Kate war nun überhaupt nicht mehr nach Nähe zumute. Sie richtete sich auf und schob sich auf Armeslänge von ihm weg.

»Ich muss gar nichts«, entgegnete sie trotzig.

Luddy sah sie verdattert an. »Aber wir hatten uns doch geeinigt, dass wir eines Tages …« Weiter kam er nicht.

»Eines Tages«, sagte Kate scharf. »Das kann in zehn Jahren sein. Vielleicht später. Ich will nicht andauernd über das leidige Thema Kinder reden.«

»Leidiges Thema?«, wiederholte Luddy traurig. »In zehn Jahren bist du sechsunddreißig Jahre alt, und ich bin vierundvierzig.«

»Ja, und? Das ist ein gutes Alter, um Eltern zu werden.«

»Es ist reichlich alt«, widersprach Luddy. »Wir wollten doch …«

»Wenn du noch einmal sagst, dass du in den nächsten Jahren Vater werden willst, steh ich auf und fahre auf der Stelle nach Los Angeles zurück«, drohte Kate. »Ich habe mich nicht durch diesen Film gekämpft und mich in ein lächerliches Kostüm gezwängt, um in ein paar Monaten mit einem riesigen Bauch durch die Welt zu laufen. Mit einem Kind wäre ich für Jahre von der Bühne und den Studios weg.«

»Wir würden ein Kindermädchen einstellen, das in der Zeit, wenn du drehst oder Bühnenengagements hast, auf das Kind aufpasst.«

»Und was ist während der Schwangerschaft?« Kates Stimme überschlug sich, so aufgeregt war sie. »Denkst du, dass irgendwer eine Hauptdarstellerin mit einem Wasserball im Bauch engagiert?«

Luddy antwortete nicht sofort. Offenbar suchte er nach Gegenargumenten, zögerte jedoch. Schließlich lenkte er ein. »Wenn dir die Karriere so wichtig ist, dann warten wir noch.« Kate sah die Enttäuschung in seinen Augen. Doch sie wusste, er würde ihren Wunsch akzeptieren, so wie er immer alles akzeptierte, was sie von ihm verlangte.

»Lass uns ins Bett gehen«, bat er. Kate gab nach, doch es fehlten ihr die Lust und die Leidenschaft, um die Nacht genießen zu können.

Los Angeles, Hollywood, September 1949

»Ach, lasst uns doch über etwas Erfreulicheres reden«, schlug Kate vor. »War Spencer in *Edward, mein Sohn* nicht ganz hinreißend?«

Die Unterhaltung in George Cukors Speisezimmer drehte sich um die Verdienste der Amerikaner im Kampf gegen Hitler, um den Marshallplan und die Frage, ob es gerechtfertigt war, den Deutschen beim Wiederaufbau finanziell zu helfen. Die Meinungen waren durchaus geteilt. Der Einzige, der sich nicht am Gespräch beteiligte, war Spencer. Sein Gesichtsausdruck war immer finsterer geworden, weshalb Kate unbedingt über etwas anderes sprechen wollte. Spencer war einer der wenigen männlichen Schauspieler gewesen, die keinen Kriegsdienst geleistet hatten. Sie wusste, dass er deshalb ein schlechtes Gewissen hatte. Böse Zungen behaupteten, dass seine Karriere in den Kriegsjahren nur deshalb so steil bergauf gegangen sei, weil die gesamte männliche Konkurrenz in Europa gekämpft habe. Kate wusste, dass das nicht stimmte. Sie war von seinen Fähigkeiten als Schauspieler überzeugt, und es war ihr völlig unverständlich, dass nicht nur einige Kritiker ihn in einem so schlechten Licht sahen, sondern sogar er selbst.

»Ich muss zugeben, dass mir *Ehekrieg* besser gefallen hat«, sagte der britische Theaterregisseur Michael Benthall, der den Themenwechsel gerne aufnahm. Auch er wollte nicht mehr über den Krieg und seine Folgen reden. Letzte Woche war er aus England angereist. »Ich habe das Bühnenstück *Edward, mein Sohn* in London gesehen. Auf der Bühne funktionierte das Drama noch halbwegs, aber auf der Leinwand war es eindeutig zu schwülstig.«

»Pass auf, was du sagst!« George hob drohend den Zeigefinger. »Ich habe Regie geführt.«

»Du weißt doch, dass ich dich und deine Arbeit schätze«, meinte Benthall.

Er war einer von Georges besten Freunden und aus diesem Grund zu der Dinnerparty eingeladen. »Gerade deshalb will ich ehrlich sein. Für meinen Geschmack gab es zu viele Konflikte. Ein absturzgefährdeter Sohn, mehrere Affären, ein Selbstmord, Gefängnis, das war zu viel.«

George steckte die Kritik lachend weg, was wohl damit zusammenhing, dass der Film mehr als die erwarteten Gewinne einfuhr und vom Publikum wohlwollend angenommen wurde.

»Wie gesagt, mir hat *Ehekrieg* deutlich besser gefallen. Es ist eine wunderbare Komödie«, fuhr Benthall fort. »Und Sie waren darin großartig, Kate. Die Rolle der Amanda Bonner ist Ihnen auf den Leib geschrieben. Ich kann mir niemanden vorstellen, der die Rechtsanwältin besser hätte spielen können.«

»George hat sich wieder einmal selbst übertroffen«, stimmte ihm Judy Holliday zu, die in dem Film die Rolle der Doris Attinger gespielt hatte, die Frau, die Amanda Bonner vor Gericht vertrat. »Niemand setzt uns Schauspieler vorteilhafter ins Licht als er.« Die attraktive Blondine warf George eine Kusshand zu, die er mit einem Lächeln entgegennahm.

Sorgenvoll sah Kate zu Spencer hinüber. Auf seiner hohen Stirn hatten sich noch mehr Falten gebildet, und die Mundwinkel waren nach unten gezogen. Er hatte den ganzen Abend noch kein Wort gesagt. Benthalls Kritik hatte er mit finsterer Miene über sich ergehen lassen, ohne etwas zu erwidern. Seit Tagen befand er sich in einer seiner depressiven, zerstörerischen Phasen, in denen es nur noch Dunkelheit zu geben schien. Es grenzte an ein Wunder, dass Kate ihn hatte überreden können, sie heute zu begleiten.

»Ach, komm schon, Spencer«, hatte sie gesagt. »Wir werden uns amüsieren. George hat ein Catering von *La Maze* bestellt. Dort gibt es die köstlichsten Brötchen der Stadt.« Sie hatte ihn mehrere Stunden mit einfühlsamem Geschick bearbeitet. Die Vorstellung, dass er erneut eine Nacht auf dem Fußboden seines Hotelzimmers verbringen würde, war ihr unerträglich. Doch sie bewegten sich auf gefährlich dünnem Eis. Ein paar falsch verstandene Bemerkungen – und schon würde Spencer sich völlig gehen lassen. Der nächste Absturz war vorprogrammiert.

Kate redete sich ein, dass sie ihn verhindern konnte. Bis jetzt hatte er nicht zu den Cocktails gegriffen, sondern ausschließlich Limonade getrunken. Lob war die einzige Möglichkeit, Spencers angeschlagenes Selbstwertgefühl aufzubessern.

»Spencer hat eine grandiose Leistung vollbracht«, rief sie übertrieben gut gelaunt. »Die Szene, in der er von der Lakritzpistole abbeißt, ist einfach zum Schreien komisch.« Sie lachte laut und eine Spur zu schrill. Der grelle Ton erschreckte sie selbst. George war der Einzige, der den Misston hörte. Er schien ihren Wink zu verstehen und versuchte, Kate zu helfen.

»Die Pistole sieht wirklich zum Verwechseln echt aus«, stimmte er zu. »Der Süßwarenfabrikant hat ein kleines Meisterwerk geschaffen. Ich frage mich, ob er auch andere Gegenstände anfertigen kann. Eine Kamera aus Schokolade würde mir gefallen.«

»Die Lakritze hat ganz abscheulich geschmeckt«, brummte Spencer.

Die Rechnung war aufgegangen. Es waren seine ersten Worte an diesem Abend, doch Kate lachte, als hätte er eben den besten Scherz aller Zeiten gemacht. George tat ihr den Gefallen und stimmte mit ein. Auch Benthall wollte nicht unhöflich sein und lachte. Zu Kates großer Erleichterung hoben sich Spencers Mundwinkel ein winziges Stückchen. Es entwickelte sich ein Gespräch über Süßigkeiten, an dem Spencer sich bereitwillig beteiligte.

Kate entspannte sich. Sie hatte es wieder einmal geschafft, doch sie behielt Spencer weiterhin im Auge. Nur halbherzig beantwortete sie Benthalls Fragen.

»Haben Sie eigentlich darüber nachgedacht, wieder ein Bühnenangebot anzunehmen?«

»Nein.«

»Aber warum denn nicht? Sie sind eine wundervolle Schauspielerin. Der Broadway lechzt nach Ihnen. Viel zu lange haben Sie das Theater vernachlässigt.«

»Ich liebe Los Angeles und will auf alle Fälle in der Stadt bleiben«, log Kate. Die Wahrheit war, dass sie Spencer nicht allein lassen wollte.

»Ich habe Sie 1942 in dem Stück *Zu klug für die Liebe* gesehen«, schwärmte Benthall. »Sie waren einfach hinreißend in der Rolle der Jamie Rowan.«

Kate dachte an die Zeit in New York zurück. Philip Barry

hatte das Stück für sie geschrieben und die weibliche Hauptrolle auf sie zugeschnitten. Sie spielte die wissenschaftliche Assistentin Jamie Rowan, die wegen akuter Wohnungsnot den Wissenschaftler Patrick Jamieson bei sich aufnimmt. Um sich keinen moralischen Diskussionen ausliefern zu müssen, gehen die beiden eine Scheinehe ein, letztlich verlieben sie sich aber natürlich doch ineinander. Kate hatte das Stück und die Rolle geliebt, doch sie hatte die Arbeit nicht genießen können. Spencer war jeden Abend in die Vorstellung gekommen und hatte sie dazu gedrängt, zu ihm nach Los Angeles zurückzukehren. Während der gesamten Produktion hatte ein Schatten auf ihr gelastet. Bei keinem einzigen Auftritt war die euphorische Freude aufgekommen, die sie für gewöhnlich auf der Bühne verspürte. Später war das Stück verfilmt worden, und Kate hatte auf Spencer in der Rolle des Patrick Jamieson bestanden. Es war die dritte Produktion gewesen, in der Spencer und Kate gemeinsam vor der Kamera gestanden hatten.

»Es ist eine Vergeudung Ihres Talents.« Benthall holte Kate aus ihren Überlegungen zurück. »Ganze sieben Jahre haben Sie kein Bühnenangebot mehr angenommen. Das ist schrecklich.« Theatralisch fasste Benthall sich an die Brust und verzog den Mund. Er war ein gepflegter Mann, der großen Wert auf sein Äußeres legte. Seine Hände waren perfekt manikürt, das Haar penibel frisiert. Er sah aus, als wäre er eben einem Hochglanz-Modejournal entstiegen.

»Das Einzige, was mich reizen würde, wäre eine Rolle in einem Shakespeare-Stück.« Kate wusste, dass sie mit dieser Antwort das Gespräch beenden würde. Es war Jahre her, dass Shakespeare auf einer großen amerikanischen Bühne gespielt worden war.

»Genau das will ich Ihnen vorschlagen.« Benthall lächelte siegessicher.

Für einen Moment verschlug es Kate die Sprache. Sie hatte bloß einen Spaß machen wollen.

Benthalls Lebensgefährte, der Tänzer Robert Helpmann, saß ihr gegenüber und hatte das Gespräch verfolgt. Jetzt lehnte er sich vertraulich über den Tisch. »Michael meint es ernst«, bekräftigte er. »Er redet seit Wochen von nichts anderem mehr. Seit wir Ihr Foto auf dem Filmplakat auf dem Piccadilly Circus gesehen haben, hat er die fixe Idee, Sie für das Stück *Wie es euch gefällt* zu gewinnen.«

»*Wie es euch gefällt?*«, wiederholte Kate ungläubig. Wie lange hatte sie von diesem Stück geträumt.

»Sie würden eine charmante, wundervolle Rosalind abgeben«, schwärmte Benthall.

»Ich bitte Sie inständig, nehmen Sie das Angebot an«, fiel Helpmann ein. »Michael ist völlig besessen. Er kann nachts nicht mehr schlafen, wenn er es nicht schafft, Sie zu überreden. Na, was meinen Sie?«

Der Titel der Shakespeare-Komödie löste in Kate eine ungeahnte Sehnsucht aus. Sie hätte nicht gedacht, dass sie immer noch so groß war. In all den Jahren hatte sie sich eingeredet, dass es ihr reichte, an Spencers Seite in mehr oder weniger seichten Komödien zu spielen.

»Ich bin nicht bereit für einen Shakespeare-Stoff«, wich sie aus.

»Unsinn«, widersprach Benthall und zwinkerte ihr siegessicher zu. Offenbar hatte er noch einen weiteren Trumpf im Ärmel. »Ich habe Constance Collier an der Hand. Sie wäre bereit, die Rolle mit Ihnen einzustudieren.«

Collier war *die* Shakespeare-Expertin. Wenn Kate mit

jemandem zusammenarbeiten wollte, dann mit ihr. Die Theaterdiva würde ihr beibringen, wie man einen Stoff aus dem sechzehnten Jahrhundert auf eine moderne Bühne brachte. Kate könnte so viel von ihr lernen. Sie schluckte. Mit einem Mal wurde ihr schmerzlich bewusst, wie sehr sie danach gierte, ihren Horizont zu erweitern. Sie war förmlich ausgehungert. In den letzten Jahren hatte sie ihre Rollen ausschließlich danach ausgesucht, ob sie dabei in Spencers Nähe bleiben konnte. Alles, was wirklich interessant gewesen war, hatte sie abgelehnt.

»Sind Sie dabei?«, fragte Benthall.

Kate schaute zu Spencer. Er erwiderte ihren Blick mit finsterer Miene. Erneut waren die Mundwinkel nach unten gerutscht, und die Falten auf seiner Stirn waren tiefer denn je. Sobald sie allein waren, würde er versuchen, sie davon abzuhalten, das Angebot anzunehmen. Kate konnte die Angst in seinen hellen Augen deutlich erkennen. Gleichzeitig hatte sie noch nie so klar ihre eigenen Bedürfnisse wahrgenommen wie gerade eben. Sie vermisste die Bühne, den Nervenkitzel bei jedem Auftritt. Die knisternde Aufregung, bevor der Vorhang sich hob und sie in erwartungsvolle Gesichter schaute. Kate wünschte sich nichts sehnlicher, als wieder vor einem vollen Theatersaal zu stehen. Wenn sie weitermachte wie in den letzten Jahren, würden ihre Fähigkeiten als Schauspielerin verkümmern.

»Ich werde darüber nachdenken«, sagte sie vorsichtig, während sie Spencers stummen Protest hörte. Nein, sie durfte ihn jetzt nicht im Stich lassen. Er brauchte sie.

»Der Abend war ein einziges Desaster«, schimpfte Spencer, als sie auf dem Rückweg zum Hotel waren. »Ich hätte nicht auf dich hören und lieber in meinem Zimmer bleiben sollen.«

»Ach, Spencer. Was hättest du denn allein auf deinem Zimmer tun sollen?« Kate blieb stehen. »Ist es nicht eine wunderbare Nacht? Schau nur, der Himmel ist voller Sterne.« Sie hatte sich bei ihm untergehakt und schmiegte sich an ihn.

»Der Himmel ist mir völlig egal«, brummte Spencer. »Was sollte der Unfug vorhin, mit Shakespeare und dem Theater? Ich kann diesen Benthall mit seiner manierierten Art nicht ausstehen.«

»Für seine Veranlagung kann er nichts«, entgegnete Kate scharf und trat einen Schritt zur Seite. Sie konnte mit Spencers Launen umgehen, aber wenn er damit anfing, Homosexuelle zu kritisieren, weil sie aus Sicht der katholischen Kirche Sünder waren, stieß er bei ihr an eine klare Grenze. Nichts war Kate verhasster als Scheinheiligkeit.

Mürrisch stellte Spencer den Kragen seines Mantels auf, murmelte etwas Unverständliches, lenkte aber ein. Kate wusste, dass sie zumindest in diesem Punkt gewonnen hatte. Versöhnlich nahm sie erneut seinen Arm.

»Lass uns nicht streiten.«

»Ich will nicht streiten«, versicherte er. »Du bist es, die sich nicht an die Vereinbarung hält.«

»Welche Vereinbarung?«

»Wir hatten ausgemacht, dass du nicht zurück ans Theater gehst. Du weißt, dass wir noch gemeinsame Filmverpflichtungen haben.«

Kates Karriere war in den letzten Jahren mehr oder weniger zum Erliegen gekommen, weil sie sich ausschließlich an Spencers Rollen orientiert hatte. Bisher war das völlig in Ordnung für sie gewesen. Heute Abend hatte sie zum ersten Mal gespürt, dass sie das nicht mehr wollte.

»Ich habe nur noch einen Vertrag mit MGM«, sagte Kate

vorsichtig. Der geplante Film *Pat und Mike* würde nach einem ähnlichen Muster ablaufen wie *Ehekrieg* und *Die Frau, von der man spricht*. Es sollte wieder um den Geschlechterkampf gehen. Kate fand das Thema inzwischen ziemlich abgedroschen.

»Dann wird es Zeit, dass du weitere Verträge unterschreibst«, sagte Spencer. »Ich werde mich für fünf weitere Filme bei MGM verpflichten.«

Kate hielt so abrupt an, dass Spencer ins Stolpern geriet. »Fünf Filme?«, stieß sie laut hervor. »Du willst weitere fünf Jahre in Los Angeles bleiben?« Er hatte ihr versprochen, mit ihr zu reden, bevor er neue Angebote annahm. Hatte er das vergessen?

»Was ist schlecht daran?«, fragte er. Der Gedanke, Kate könnte etwas anderes wollen als er, war ihm offenbar gar nicht in den Sinn gekommen. »Ich nehme an, dass man dir auch Angebote in L. A. machen wird. Du bist eine begehrte Schauspielerin. Die Verträge bringen gutes Geld.«

»Ja, das wird man wohl«, sagte Kate. Es gab Gerüchte, dass man sie bei MGM weiter verpflichten wollte. Aber Kate konnte es kaum erwarten, wieder frei zu sein. Sie hatte es satt, die ewig gleichen Rollen zu spielen. Warum war ihr das erst heute Abend bewusst geworden? Nachdenklich ging sie weiter.

»Dieses Bühnenangebot wirst du doch nicht ernsthaft in Erwägung ziehen, oder?« Spencers Stimme hatte nun einen weichen Tonfall angenommen. Die Frage klang rhetorisch. Er schien sich ihrer Antwort sehr sicher zu sein.

»Ich weiß es nicht«, gab Kate ehrlich zu.

»Du kannst nicht auf Tournee gehen! Ich brauche dich, Kate.« Er sah sie flehend an. Jede Härte war aus seinem

Gesicht gewichen. Vor Kate stand ein kleiner, verletzlicher Junge, der sich vor der Finsternis fürchtete und gleichzeitig magisch von ihr angezogen wurde. »Wenn du nicht da bist, falle ich in ein tiefes, dunkles Loch, aus dem ich allein nicht herauskomme.«

Kate wusste, dass er die Wahrheit sagte. Spencer brauchte jemanden, der auf ihn aufpasste, der ihn vor seinen Abstürzen bewahrte. Sie schwieg betroffen, was er als Zustimmung interpretierte.

Liebevoll legte er den Arm um ihre Schultern. »Du bist mein Rettungsanker. Ohne dich wäre ich längst nicht mehr hier.« Er zog sie zu sich heran und küsste sie. Es war kein leidenschaftlicher, fordernder Kuss, so wie früher, sondern eine stille Art, sich zu bedanken und vielleicht auch zu entschuldigen.

Kate verzieh ihm. Gleichzeitig spürte sie eine Unruhe in sich wachsen, die sie in der Vergangenheit erfolgreich unterdrückt hatte.

»Du kannst eigene Filmrollen übernehmen«, schlug Spencer vor. »Hauptsache, du bleibst in meiner Nähe.«

Kate nickte versöhnlich. Sie fühlte sich für ihn verantwortlich und durfte nicht zulassen, dass er fiel. Gleichzeitig tauchte ein buntes Plakat vor ihrem inneren Auge auf. *Wie es euch gefällt,* stand darauf, mit ihrem Namen in verschnörkelter Schrift neben der Figur der Rosalind. Kate wusste, dass sie dieses Bild verfolgen würde. Es war verlockend schön.

New York, Manhattan, März 1933

Seit einer Stunde lag Kate mit offenen Augen im Bett und starrte an die Decke. Luddy neben ihr atmete regelmäßig und entspannt.

Wie hatte es dazu kommen können, dass sie wieder miteinander geschlafen hatten? Kate hatte ihm gestern Abend ihre Affäre mit Leland gestanden. Eigentlich sollten sie jetzt in getrennten Räumen liegen.

»Ich schlafe mit einem anderen Mann.«

Kate war direkt und unverblümt ehrlich gewesen. Nach dem Geständnis hätte sie am liebsten auf dem Absatz kehrtgemacht und wäre aus dem Zimmer gestürmt, was natürlich nicht möglich gewesen war. Sie hatte sich Luddys Fassungslosigkeit und seiner Enttäuschung stellen müssen. Der Anblick seiner Tränen, die ihm still über die Wangen liefen, war schier unerträglich gewesen. Auch heute fühlte Kate sich noch wie ein Monster. Warum bereitete sie ihrem besten Freund, dem sanftesten Mann auf dieser Welt, der sie auf Händen trug, solche Schmerzen? Sie liebte ihn, aber nicht auf die Art, wie man seinen Ehemann lieben sollte. Es war eine stille Zuneigung, wie sie sie ihren Brüdern entgegenbrachte.

»Wirst du Leland heiraten?«, hatte Luddy gefragt.

»Nein, natürlich nicht«, war ihre ehrliche Antwort gewesen. Kate hatte nicht vor, jemals wieder eine Ehe einzugehen. Sie wollte frei sein. Die Gefahr, erneut jemanden zu verletzen, war einfach zu groß.

»Gut«, hatte Luddy gesagt. »Ich liebe dich, Kate. Es ist mir egal, ob du mit Leland im Bett gewesen bist. Ich weiß, dass du tief in deinem Herzen starke Gefühle für mich hegst. Die letzten Jahre können keine Lüge gewesen sein. Eines Tages wirst du erkennen, dass wir zusammengehören, und so lange werde ich warten.«

Kate hatte nicht widersprochen, und Luddy hatte sie geküsst. Danach waren sie gemeinsam im Bett gelandet. Kate wusste nicht, wie es jetzt weitergehen sollte. Eigentlich wollte sie die Trennung. Sie sehnte sich nach absoluter Freiheit. Luddy schränkte sie zwar nicht ein. Er machte ihr keine Vorschriften und akzeptierte sowohl ihren Wohnsitz in Los Angeles als auch die Tatsache, dass sie noch keine Kinder haben wollte. Selbst ihre Affäre mit Leland nahm er in Kauf, auch wenn ihr Geständnis ihn sehr verletzt hatte. Aber gerade deshalb fühlte Kate sich ihm gegenüber verpflichtet, und das wollte sie nicht. Jedes Mal, wenn sie ihn ansah, hatte sie ein schlechtes Gewissen. Sie wusste, dass er sich nach etwas anderem sehnte. Luddy wünschte sich eine Familie und eine Frau, die ihn hingebungsvoll liebte. Er hatte beides verdient, doch Kate konnte ihm weder das eine noch das andere bieten.

Kurz hatte Kate erwogen, auf die Affäre mit Leland zu verzichten. Aber den Gedanken hatte sie rasch wieder verworfen. Sex mit Leland war einfach zu aufregend. Zwischen ihnen passte alles im Bett. Ihn zu berühren, fühlte sich aufregend und spannend an. Es war ganz anders als mit Luddy.

Über kurz oder lang würde Kate die Scheidung einfordern. Mit diesem Schritt würde sie allerdings ihre ganze Familie vor den Kopf stoßen. Alle liebten Luddy. Während Kate in Los Angeles lebte, ging er in Hartford und Fenwick ein und aus. Er war zum geschätzten Familienmitglied geworden. Das würde er auch nach einer Trennung bleiben. Luddy würde im Hause Hepburn immer willkommen sein. Vorsichtig schlug Kate die Decke zurück und schlüpfte geräuschlos aus dem Bett. Auf Zehenspitzen schlich sie leise ins Bad, in der Hoffnung, Luddy nicht zu wecken. Es war Samstag. Er konnte heute ausschlafen. Eigentlich hätte auch Kate länger liegen bleiben können, aber sie wollte sich auf keine weitere Diskussion einlassen. Der gestrige Abend lag ihr immer noch im Magen. Lieber ging sie schon jetzt ins Theater und brachte Ordnung in ihre Garderobe und vielleicht auch in ihre Gedanken.

Der Brief war bereits am Vormittag im Theater eingetroffen. Kate hatte ihn liegen lassen und öffnete ihn erst jetzt. Er stammte von Helen Hayes, die die Hauptrolle im Theaterstück *Coquette* gespielt hatte. Kate kannte sie nur flüchtig und war umso überraschter, dass sie ihr eine Nachricht schickte.

»Hören Sie auf meinen Rat und lassen Sie die Finger von einer Zusammenarbeit mit Jed Harris. Auch wenn das Stück *The Lake* vielversprechend klingt – Harris zerstört das Selbstbewusstsein jeder jungen Schauspielerin.«

Irritiert faltete Kate das Blatt wieder zusammen und legte es auf den Schminktisch der Garderobe. Statt aufzuräumen, hatte sie ihr neues Textbuch eingehend studiert. Sie selbst fand die Aussicht auf die Zusammenarbeit mit dem Theaterdirektor Jed Harris durchaus attraktiv, und auch die Produktion des Bühnenstücks *The Lake* am Broadway reizte sie.

Noch nie hatte sie eine Warnung einer Kollegin erhalten. Der Brief von Helen Hayes war verwirrend. Kate konnte doch selbst entscheiden, mit wem sie zusammenarbeitete. Sie würde sich diese Chance nicht schlechtreden lassen. Jed Harris war einer der angesehensten Regisseure der Stadt. Nur weil Helen Hayes mit ihm Probleme hatte, hieß das noch lange nicht, dass auch Kate welche haben würde. Sie zerknüllte das Blatt und warf es achtlos in den Papierkorb.

Wenige Tage später saß Jed Harris in der ersten Reihe des leeren Theatersaals und gab Kate Anweisungen. Sie mimte Stella, die Protagonistin in Dorothy Massinghams Stück *The Lake*. Stella war eine junge Frau aus der Oberschicht, die sich zwischen zwei Männern entscheiden sollte, dem erfolgreichen Geschäftsmann John Clayne und dem attraktiven, aber verheirateten Cecil Harvey.

»Tu so, als würdest du Klavier spielen«, forderte Harris.

»Ich kann nicht Klavier spielen.«

»Ich dachte, du bist Schauspielerin. Du sollst ja auch nur so tun, als würdest du spielen. Die Musik kommt aus dem Orchestergraben. Das wirst du doch wohl zusammenbringen.«

Kate bemühte sich. Leider stand das Klavier so ungünstig auf der Bühne, dass man vom Zuschauerraum vor allem ihre linke Hand beim Klavierspiel sah. Mit der rechten war sie auch im übrigen Leben ziemlich geschickt, doch mit links konnte sie nicht einmal ein Butterbrot bestreichen. Es war ihr schier unmöglich, so zu tun, als würde sie geübt über die Tastatur gleiten. Ihre Bewegungen sahen hölzern aus.

»Hör sofort mit dem Unfug auf. Was tust du da eigentlich? Ich habe noch nie so ein dilettantisches Spiel gesehen.«

»Aber ich …«

»Aufhören, habe ich gesagt!« Harris brüllte so laut, dass

seine Stimme von den Wänden des Theaters widerhallte. Er nahm seinen Hut ab und warf ihn verärgert auf den leeren Stuhl neben sich. »Wir machen eine Pause.«

Hinter der Bühne versuchten die Kollegen, Kate zu beruhigen.

»So ist Jed immer«, sagte Claire, die eine kleine Nebenrolle hatte. »Er sucht sich ein Opfer aus, und auf dem hackt er dann herum.«

Kate hatte nicht vor, sich fertigmachen zu lassen. Sie war ein gefeierter Filmstar. Doch genau darüber machte Harris sich nach der Pause lustig.

»Wenn du denkst, dass du hier am Broadway so arbeiten kannst wie in Hollywood, hast du dich verrechnet. Auf der Bühne ist Können gefragt. Es reicht nicht, bloß die Augen aufzuschlagen und hübsch auszusehen. Und achte darauf, dass dein hässliches rotes Haar nicht so leuchtet. Jemand soll es dunkler machen.«

Die Worte trafen Kate mehr, als sie zugeben wollte. War sie wirklich so eine schlechte Schauspielerin? Und hässlich obendrein? Für ihre Rolle in *Morgenrot des Ruhms* war sie für den Oscar nominiert worden. Zugegeben, dieser Preis war noch sehr neu, und niemand wusste, was er für die Zukunft einer Schauspielerin bedeutete, aber man hatte sie dafür vorgeschlagen. Ihre Darstellung der Eva Lovelace hatte die Filmkritiker überzeugen können. Kate spielte in dem Film eine junge, ambitionierte Schauspielerin, die nach New York kommt, um am Broadway das große Glück zu suchen. Über weite Strecken des Films hatte sie sich mit der Rolle zu hundert Prozent identifizieren können. Kate hatte bei der gesamten Produktion Spaß gehabt. Die Nachricht über die Oscar-Nominierung war in allen namhaften Zeitungen des Landes erschienen, und ihr Name war in aller Munde. Die Menschen kannten und schätzten sie.

Erneut holte sie tief Luft und versuchte es noch einmal. Kaum setzte sie sich ans Klavier, wurde sie auch schon von Harris zurückgepfiffen.

»Was tust du da? Was soll das werden? Hast du vor, eine Suppe zu kochen, oder willst du Klavier spielen?«

Kate wagte nicht, zu widersprechen, und versuchte, alle Anweisungen zu befolgen. Doch die Reaktion war immer nur Kritik.

Am Abend ging sie völlig verstört nach Hause. Sie hoffte, dass es bloß an Harris' schlechter Tagesverfassung gelegen hatte, doch bereits am nächsten Tag zerplatzte dieser Wunsch wie eine Seifenblase. Es ging im selben Ton weiter. Auch während der kommenden Woche ließ Harris keine Gelegenheit aus, Kate zu erniedrigen. Die mitfühlenden Blicke ihrer Kollegen verrieten ihr, dass sie ihnen leidtat. Wenn sie abends das Theater verließ, fühlte sie sich niedergeschlagen und leer. Manchmal hatte sie das Gefühl, jede Orientierung zu verlieren. Ihr innerer Kompass, der ihr genau gezeigt hatte, wohin eine Figur sich bewegen sollte, funktionierte nicht mehr. Sie wusste nicht mehr, wie sie spielen und was sie fühlen sollte.

Es kam hinzu, dass Leland sie täglich anrief und Druck auf sie ausübte. Er selbst hatte sich von seiner Frau scheiden lassen und forderte das nun auch von Kate ein. »Ich will mich ganz offiziell mit dir in der Öffentlichkeit zeigen können«, sagte er. »Hat dein Ehemann endlich eingewilligt, sich scheiden zu lassen?«

»Das will er nicht«, gab Kate zu.

»Soll ich mit ihm reden?«

»Nein.«

»Ich komme nach New York.«

»Bitte nicht!« Je heftiger sein Drängen wurde, umso mehr Abstand wollte Kate von ihrem Liebhaber. Das aufregende Knistern war einem langweiligen, schalen Gefühl gewichen. Die Gespräche mit Leland waren anstrengend geworden. Seine Bitten eine Last. Schließlich nahm sie seine Anrufe nicht mehr entgegen.

Unterdessen unterstützte Luddy sie so gut er konnte – wie immer, wenn es ihr schlecht ging. Einfühlsam kümmerte er sich um sie und las ihr jeden Wunsch von den Augen ab. Wenn sie abends müde nach Hause kam, wartete ein Schaumbad, ein warmes Abendessen oder ihr Lieblingswein auf sie. Luddy umsorgte sie, und Kate ließ sich fallen, sobald sie das gemeinsame Reihenhäuschen betrat. Luddys Fürsorge half ihr, nicht an Harris' Schikanen zu zerbrechen. Seine Aufmerksamkeiten und seine Empathie waren wie heilender Balsam für ihr geschundenes Selbstbewusstsein. Was Kate dabei übersah, war die Tatsache, dass Luddy sich nichts sehnlicher erhoffte, als die Ehe mit Kate fortzusetzen.

Als die Premiere von *The Lake* näherrückte, wuchs auch Kates Nervosität. Sie wusste, dass sie versagen würde. Jed Harris versicherte es ihr jeden Tag. Am liebsten hätte Kate ihren Vertrag gekündigt, aber damit hätte sie Schwäche gezeigt, und auch das wollte sie nicht. Abends vor der Premiere war sie einem Nervenzusammenbruch nahe. Wieder war es Luddy, der sie aufrichtete und mit ihr zum Theater fuhr. Er harrte mit ihr in der Garderobe aus, drückte ihr die Daumen und saß später in der ersten Reihe im Publikum. Von dort aus himmelte er sie an. Kate spielte mechanisch, fühlte sich wie eine leere Hülle, die bloß funktionierte, und hoffte, dass die Vorstellung irgendwie vorübergehen würde. Mit etwas Glück würde die Presse milde über sie urteilen. Aber das Gegenteil war der Fall. Man verriss ihre Leistung noch in den Abendausgaben der Zeitungen.

»Miss Hepburn ist noch keine ausgereifte dramatische Schauspielerin«, schrieb Brook Atkinson in der *New York Times*. »Durch ihren kometenhaften Erfolg im Tonfilm sind die Maßstäbe, nach denen sie in der Welt der Bühne beurteilt werden muss, zu hoch angesetzt.«

Kate verkroch sich nach der Vorstellung in ihrem Bett und weinte in Luddys Armen. Sie war am Boden zerstört.

»Ich habe eine Kundin die Sängerin ist. Sie kennt sich mit Stimmbildung aus«, sagte Luddy. Zärtlich strich er ihr übers Haar. »Vielleicht kann sie dir weiterhelfen.«

Kate war so verzweifelt, dass sie zu jedem Vorschlag Ja gesagt hätte. Ihre letzte Stunde bei Mrs Robinson-Duff lag Monate zurück, denn die alternde Schauspiellehrerin hatte inzwischen mit dem Unterrichten aufgehört.

Schon am nächsten Vormittag kam eine sehr dicke, sehr große Frau unangemeldet in ihre Garderobe. Sie trug ein lavendelfarbenes Rüschenkleid, das im vorigen Jahrhundert vielleicht modern gewesen war, heute aber wie eine exzentrische Verkleidung wirkte.

»Hallo, Schätzchen«, sagte sie. »Ich bin Susan Steele, und ich denke, dass ich Ihnen helfen kann.«

Kate hatte nicht damit gerechnet, dass Luddy seine Kundin noch am selben Abend kontaktieren und dass diese sich so schnell melden würde. Fragend starrte sie Susan an.

»Ihr Mann hat meine Finanzen in Ordnung gebracht«, erklärte die dicke Frau. »Außerdem liebe ich Ihre Filme und kann es nicht erwarten, dass noch mehr davon in die Kinos kommen. Erzählen Sie mir von Ihrem letzten Projekt.«

Die Worte schmeichelten Kate, doch sie konnten ihren angeknacksten Selbstwert nicht reparieren.

»In *Morgenrot des Ruhms* spiele ich eine junge Schauspielerin, die bei einem Kollegen Schauspielunterricht nimmt. Sie verliebt sich in seinen britischen Akzent.«

Susan lachte herzlich, dabei bewegten sich die üppigen Rüschen an ihrem Dekolleté. »Mit einem britischen Akzent kann ich nicht dienen, und dass Sie sich in mich verlieben, ist auch unwahrscheinlich. Aber ich kann Ihnen ganz sicher ein paar Tipps zur Stimmbildung geben.«

»Das wäre fein«, sagte Kate. »Wenn die Presse meine Darstellung der Eva Lovelace in *Morgenrot des Ruhms* ebenso verreißt wie meine Rolle in *The Lake*, ist meine Karriere als Schauspielerin Geschichte.«

»Das wird ganz sicher nicht passieren«, widersprach Susan. »Immerhin hat man Sie für einen Oscar nominiert, und das will schon etwas heißen.«

»Denken Sie wirklich?« Kate hatte jeden Glauben an sich verloren.

»Ihre Stimme ist fürs Theater eine Spur zu schrill und zu monoton. Auf der Bühne hört das Publikum nicht die feinen Nuancen, mit denen man Gefühle unterschiedlich ausdrückt. Was Sie mit dem Körper und der Mimik problemlos hinkriegen, schaffen Sie mit Ihrer Stimme noch nicht.« Susan Steele machte eine wegwerfende Handbewegung. »Aber das ist alles keine große Sache. Daran kann man arbeiten.«

Kate war sprachlos. Susan Steele brachte ihr Problem auf den Punkt, ohne dabei abwertend oder verletzend zu sein. Im Gegenteil, sie machte ihr sogar neuen Mut.

»Wann sollen wir mit dem Unterricht beginnen?«, fragte Susan Steele.

»Am besten sofort und auf der Stelle.«

Wieder lachte Susan schallend. »Das gefällt mir«, sagte sie und wischte sich eine Lachträne aus dem Augenwinkel. Dann holte sie eine Visitenkarte aus ihrer Handtasche. »Kommen Sie heute Nachmittag zu mir. Mein Apartment liegt in der 55th Street. An der Ecke befindet sich ein kleiner Bäcker, der die besten Zitronenmuffins der Stadt verkauft. Gönnen Sie sich einen, dann macht das Üben gleich noch mehr Spaß.«

Kate nahm das Kärtchen dankend an sich und verabredete sich mit der Gesangslehrerin für den späten Nachmittag.

Ähnlich wie Mrs Robinson-Duff arbeitete Susan mit Atem- und Zwerchfellübungen. Sie ließ Kate singen, atmen und sprechen.

»Sie haben eine gute Körperhaltung«, lobte Susan. »Aber Ihre Stimme kommt ausschließlich aus der Kehle statt aus ihrem Inneren, aus dem Bauch heraus.«

»Ich bin doch keine Bauchrednerin«, entgegnete Kate. Sie stand aufrecht im Wohnzimmer der Sängerin, hatte ihre rechte Hand auf der Körpermitte liegen und achtete auf das Heben und Senken ihres Bauchs.

»Der Atem ist das Wichtigste«, sagte Susan. »Lassen Sie ihn fließen. Horchen Sie in sich hinein.«

Genau wie in den Anfangsstunden bei Mrs Robinson-Duff erschloss sich für Kate auch jetzt nicht der Sinn der Übungen. Warum sollte sie an ihrer Atmung arbeiten, wenn es doch ums Sprechen ging? Aber sie vertraute der Sängerin, die selbst über ein beneidenswertes Stimmvolumen verfügte. Ehrgeizig führte sie die Übungen durch und trainierte auch zu Hause weiter.

Mit jedem Tag kehrte Kates Zuversicht ein Stück zurück.

Sie hörte ihre Fortschritte und freute sich darüber, dass ihre Stimme weniger schrill klang. Vor jeder Unterrichtseinheit kaufte sie Zitronenmuffins, die sie noch vor dem Unterricht gemeinsam mit Susan verzehrte. Schließlich kam auch das Selbstvertrauen wieder. Abend für Abend konnte Kate an der Reaktion des Publikums ablesen, dass sie sich verbesserte. Die Zuschauer lachten länger und applaudierten heftig.

Ihr Erfolg veranlasste Harris jedoch zu keinem Lob. Er kritisierte auch weiterhin jeden ihrer Sätze, beschimpfte sie vor den Augen der Kollegen und hatte daran sichtlich Spaß. Sein Spott traf Kate noch immer, doch ihre Selbstzweifel schrumpften, und was blieb, war der Hass auf den selbstgefälligen Regisseur.

Kurz nach Weihnachten sollte das Stück auf Tournee gehen. Kate fasste einen Entschluss. Sie rief bei Harris an.

»Es hat doch überhaupt keinen Sinn, wenn ich in Chicago auftrete«, sagte sie. »Man wird mich dort ebenso verreißen wie in New York. Ich ruiniere meinen Ruf als Schauspielerin. Nächsten Monat erscheint mein neuer Film. Ich habe darin die Rolle einer Schauspielerin, und es gibt sogar eine Balkonszene aus *Romeo und Julia*. Weitere negative Kritiken als Bühnenschauspielerin kann ich mir nicht leisten.«

»Tja, das hättest du dir vorher überlegen sollen, Schätzchen.«

Kate war sprachlos. Ganz offensichtlich verfolgte Harris ein einziges Ziel. Er wollte sie vernichten.

»Was muss ich dir zahlen, damit du mich aussteigen lässt?«

»Wie viel Geld hast du denn?«, fragte Harris überheblich.

Kate ging in ihr Arbeitszimmer, holte den Bankordner von ihrem Schreibtisch und schlug ihn auf. »Ich habe 13 675 Dollar und 75 Cent auf meinem Konto der Chase National Bank.«

»Das genügt mir. Schick mir einen Scheck.«

Ohne Gruß knallte er den Hörer auf die Gabel.

Kate saß fassungslos da. Sie hatte eben ihr gesamtes Erspartes geopfert.

Luddy hatte das Gespräch vom Wohnzimmer aus mitgehört. Nun stand er auf und kam zu ihr. Sie sah ihn fragend an, doch Luddy tat wie immer genau das, was sie von ihm erwartete.

»Das war eine goldrichtige Entscheidung.«

»Jetzt habe ich kein Geld mehr.«

Luddy machte eine beschwichtigende Handbewegung. »Du wirst wieder neues verdienen«, tröstete er sie.

»Aber ich wollte nach Europa fahren«, schluchzte Kate. Sie hatte die Reise vor Wochen geplant. Der Abstand von Hollywood, von New York, von Luddy und Leland würde ihr helfen, Klarheit in ihr verworrenes Gefühlsleben zu bringen. Zumindest war das ihre Hoffnung.

»Das Ticket liegt bereits auf deinem Nachttisch«, sagte Luddy. »Ich habe es dir gekauft, als du gesagt hast, dass du die Reise zum Nachdenken brauchst.«

Ein Gefühl von Dankbarkeit durchströmte Kate. Luddy wusste stets, wie er ihre Stimmung heben konnte. Er war der netteste und einfühlsamste Mann, den sie kannte. Sie wünschte, sie könnte ihn von ganzem Herzen lieben. Aber sosehr sie sich auch bemühte, sie sah in ihm bloß ihren besten Freund.

Tief in ihrem Inneren ahnte sie, dass sich das eines Tages ändern könnte, doch dann würde sie ihre Chance wohl längst verspielt haben.

Paris, April 1933

Erste zarte Knospen zierten die dunklen Äste der Pappeln am Seineufer, und um einen Straßenmusikanten, der ein Ständchen zum Besten gab, hatte sich eine Traube Schaulustiger versammelt. Ein Pärchen drehte sich spontan im Walzerschritt. In einem Café saßen die ersten Sonnenhungrigen im Freien und streckten die Gesichter den warmen Strahlen entgegen. Der Duft von frisch gebackenen Croissants und geröstetem Kaffee wehte zu Kate und Alice herüber.

»Es war eine himmlische Idee, im Frühling nach Europa zu reisen«, erklärte die Freundin begeistert. Sie hatte heute bereits die dritte Tasse Milchkaffee getrunken und steuerte das nächste Kaffeehaus an.

»Wenn du noch eine Tasse trinkst, wirst du heute Nacht nicht schlafen können«, warnte Kate. Aber sie konnte Alice nur zustimmen. Paris war himmlisch. Sie hatten sich bei Jo Bennett einquartiert, einer Freundin von Kates Mutter. Früher war sie die Geliebte von Harold Stearns gewesen und hatte sich dank seiner Hilfe dem Kreis rund um Hemingway angeschlossen. Jetzt war sie mit dem Maler Richard Brooks verheiratet. Die Gespräche mit Jo, die endlosen Spaziergänge mit Alice und der Abstand zu den Staaten halfen Kate, rasch ihre Gedanken zu klären. Sie würde sich von Luddy trennen, sobald sie wieder zurück war, und sie würde Lelands Heiratsantrag ganz sicher nicht annehmen. Er hatte ihr einen Brief nach Paris geschickt und sie darin gebeten, seine Frau zu werden.

»Ich heirate nie wieder«, sagte Kate übermütig. Sie hatte ihre Lebensfreude wiedergefunden. Gut gelaunt griff sie nach Alice' Hand und lief mit ihr zu dem Straßenmusiker. Gemeinsam tanzten sie so lange im Dreivierteltakt, bis ihnen schwindelig wurde. Lachend sanken sie auf eine der Parkbänke.

»Ich liebe diese Stadt! Sie ist so atmosphärisch und charmant.«

»Und elegant«, ergänzte Alice. Sie hatte sich gestern ein sündhaft teures Kostüm gekauft, in dem sie hinreißend aussah.

»Und köstlich«, fügte Kate hinzu. »Denk an all die herrlichen Süßigkeiten und die Quiches und den Wein und das Baguette, den Käse und …«

Alice stieß sie sanft mit dem Ellbogen in die Seite. »Hör um Himmels willen auf«, bat sie. »Mein Magen fängt schon wieder an zu knurren. Wenn ich ein weiteres Croissant esse, passe ich nicht mehr in mein Kostüm.«

»Ach was«, meinte Kate. »Dann laufen wir noch ein paar Stunden durch die Stadt, und du hast das Croissant wieder abgearbeitet.«

»Bei mir geht das leider nicht so schnell wie bei dir.« Seit Alice als Anwältin arbeitete, hatte sie deutlich an Gewicht zugelegt. Kate fand sie immer noch wunderschön, doch die Freundin war mit ihrem Äußeren unzufrieden.

»Was machen wir als Nächstes?«, fragte Kate.

»Louvre?«

»Eine gute Idee. Ich wollte immer schon die Mona Lisa aus der Nähe sehen. Vielleicht kann ich ihr geheimnisvolles Lächeln kopieren.«

»Das darfst du nicht tun«, sagte Alice streng. »Dein herzliches, lautes Lachen ist einmalig. Das darfst du niemals ablegen. Es ist Teil deines Hepburn-Stils.«

»Du hast recht, ich habe so lange daran gearbeitet. Es wäre schade, es gegen ein Lächeln einzutauschen.«

Kate fühlte sich so glücklich und unbeschwert wie schon lange nicht mehr. Diese Gefühle konnte nur Alice in ihr wecken. Gemeinsam machten sie sich auf den Weg zum Museum. Vor der Kathedrale von Notre-Dame ließ Kate es sich nicht nehmen, ein paar Tauben mit den Resten ihres Baguettes zu füttern.

Spätabends kehrten sie in die Wohnung von Jo Bennett zurück. Ihre Gastgeberin war nicht zu Hause, aber es hing ein Zettel an der Tür des Zimmers, in dem Alice und Kate schliefen. »Hollywood hat angerufen«, stand darauf. »Sie probieren es morgen früh wieder.«

»Denkst du, Jo meint morgen früh nach europäischer Zeit?«

Noch bevor Alice antworten konnte, klingelte das Telefon. Es stand im Wohnzimmer neben einem Sofa, das so alt aussah, dass es problemlos aus der Zeit König Ludwigs XIV. hätte stammen können.

Kate wagte es nicht, sich daraufzusetzen. Sie nahm den Hörer ab und blieb stehen.

Am anderen Ende war Leland. »Hey, Honey!«

»Hallo!« Kate straffte die Schultern. Sie hatte sich schon ganz genau zurechtgelegt, was sie ihm sagen wollte. Natürlich wäre es einfacher gewesen, es nicht am Telefon zu tun. Aber wenn Leland sie anrief, würde sie ihm den Korb auf diese Weise erteilen müssen.

»Hast du die Nachricht schon erhalten?«

»Du meinst deinen Brief?«

»Honey, du hast den Oscar als beste Darstellerin bekommen!«

Hatte sie sich eben verhört?

»Hast du mich verstanden? Du bekommst die kleine goldenen Trophäe und steigst damit in den Olymp der Filmindustrie auf.«

Die Verbindung war schlecht, aber Kate nahm es kaum wahr. Ihr Herz schlug schnell, ihre Hände wurden feucht. Der Nominierung hatte sie keine große Beachtung geschenkt, denn sie war zu sehr mit Ted Harris' Kritik beschäftigt gewesen, hatte sich über die Beiträge in den Zeitungen gekränkt und war sich sicher gewesen, keine Chance auf den Oscar zu haben. Endlich drang die Nachricht zu ihr durch. Sie sprang aufgeregt in die Luft und stieß einen Jubelschrei aus.

»Na, endlich«, sagte Leland. »Ich dachte schon, du freust dich nie.«

»Und wie ich mich freue!«, rief Kate und hüpfte vor Aufregung auf der Stelle.

»Du wirst in den nächsten Tagen eine Menge Glückwunschkarten, Telegramme und Anrufe bekommen. Wobei du die Karten wohl erst siehst, wenn du wieder in New York bist«, sagte Leland. »Ich wollte der Erste sein, der dir die Nachricht übermittelt.«

»Die Überraschung ist dir gelungen.«

»Fein, das wollte ich hören!« Er wünschte ihr noch einen schönen Abend, versicherte ihr, dass er sie vermisste, und verabschiedete sich.

Kate legte auf, dann lief sie zu Alice, fiel ihr um den Hals und drehte sich mit ihr im Kreis. »Ich bin ab jetzt eine Oscarpreisträgerin!«

»Eine was?«

»Ich bekomme die höchste Ehrung, die man als Filmschauspielerin bekommen kann.«

»Das ist ja toll«, sagte Alice.

Kate war überzeugt, dass ihre Freundin keine Ahnung hatte, wozu sie ihr gerade gratulierte, aber das schmälerte die Freude nicht. Sie hatte es geschafft: Sie war erfolgreich.

»Zu gerne würde ich jetzt Ted Harris' Gesicht sehen«, sagte Alice. »Ich frage mich, ob er sich gerade in den Hintern beißt. Er hat es sich mit einer Oscarpreisträgerin verscherzt.«

Der Gedanke gefiel Kate, sie grinste. »Jetzt müssen wir feiern gehen«, sagte sie.

»Wir sind doch gerade erst hierher zurückgekommen. Mir tun noch immer die Füße weh.«

Doch Kate ließ keine Entschuldigung gelten.

»Heute trinken wir Champagner!«, rief sie übermütig. »Zieh dein hübsches neues Kostüm an. Ich lade dich in eines der elegantesten Lokale der Stadt ein.«

Das ließ Alice sich nicht zweimal sagen.

Fenwick, August 1933

»Wir stoßen auf deinen Oscar an!« Thomas Hepburn stand auf und erhob feierlich das Glas.

Nicht nur Kates Geschwister und Eltern waren nach Fenwick gekommen, um ihren Erfolg zu feiern, sondern auch Tante Edith, Onkel Don, Kates Cousinen und Cousins. Es war fast wie früher. Gemeinsam saßen sie im Garten, aßen Kuchen und Sandwiches und genossen den Sommertag. Weiße Schäfchenwolken zogen über den strahlend blauen Himmel. Es roch nach Ginster, Salz und Fisch. Das Kreischen der Möwen und das Rauschen der Wellen bildeten eine angenehme Geräuschkulisse.

»Auf Kate!«, stimmte Tante Edith ein und wandte sich an ihre Nichte. »Deine Leistung in *Morgenrot des Ruhms* war großartig.«

»Vielen Dank!« Kate war gerührt.

»Wobei ich gestehen muss, dass ich deine Darstellung in *Vier Schwestern* noch besser fand«, sagte Tante Edith.

Alle prosteten einander zu, nippten am Champagner und lachten.

»Ich habe während des Drehs an dich gedacht«, gab Kate zu.

»Weil ich dir das Buch als Mädchen geschenkt habe?«

»Nein, du warst mein Vorbild für die Rolle.«

Tante Edith errötete, was äußerst selten passierte, doch Kate fand, dass ihr die Farbe stand.

Sie hatte die Rolle der Jo March als energische und sensible junge Frau angelegt. Genauso hatte sie Tante Edith als Kind erlebt. Viele Jahre war die Schwester ihrer Mutter ihr Vorbild und Idol gewesen. Tante Edith war eine der wenigen Personen, die auch Thomas Hepburn Paroli boten und sich nicht vor Auseinandersetzungen mit ihm scheuten. Ein Streit, den Kate als Kind miterlebt hatte, war ihr noch besonders gut in Erinnerung. Es war im Sommer gewesen, als Kate zehn geworden war. Sie hatte nicht alles verstanden, aber sie hatte die emotional aufgeheizte Stimmung erfasst und begriffen, dass niemand anderes es gewagt hätte, ihren Vater dermaßen aus der Fassung zu bringen wie Tante Edith. Kurz nach einer Segelregatta, bei der keines der Hepburn-Kinder gewonnen hatte, war es zum Streit gekommen. Kates Bruder Tom war am Boden zerstört gewesen und hatte geweint.

»Zu viel Ehrgeiz bricht Kinder. Er wirkt sich ungesund auf ihre Entwicklung und ihren Selbstwert aus«, hatte Tante Edith zu Kates Vater gesagt. »Du solltest das wissen, Thomas. Denk daran, was der Druck bei deinen Brüdern bewirkt hat.«

Er hatte mit einem so heftigen Wutausbruch reagiert, dass Kate sich immer noch an den Klang seiner donnernden Stimme erinnerte. »Ich lasse mir von dir nicht vorschreiben, wie ich meine Kinder erziehe. Kümmere dich um deine eigene Familie, deinen unterwürfigen Mann und deinen verweichlichten Nachwuchs.«

Diskussionen und Debatten waren in Fenwick an der Tagesordnung gewesen, aber an diesem Nachmittag war eine Schwelle überschritten worden. Noch im selben Sommer hatte Onkel Don seine Hälfte des Sommerhauses an Kates Vater verkauft. Danach waren die Verwandten jahrelang nicht nach Fenwick gekommen. Erst allmählich hatte sich das Verhältnis wieder beruhigt, was vor allem den Schwestern geschuldet war, die einander innig liebten. Katharine Houghton Hepburn und Tante Edith hatten ihren eigenen Vater verloren, als sie sehr jung gewesen waren. Kurz darauf war ihre Mutter verstorben. Diese tragischen Erfahrungen hatten sie zusammengeschweißt.

Richard holte Kate aus ihren Erinnerungen. »Stimmt es, dass *Vier Schwestern* sämtliche Kassenrekorde in den Kinos gebrochen hat?«, wollte er wissen. Als großer Fan von Kate hatte er keine Bühnenproduktion und keinen Film mit ihr ausgelassen und las alle Kritiken, die ihm in die Hände fielen.

»Der Film ist ein großer Erfolg«, bestätigte Kate. Der Champagner stieg ihr zu Kopf, ihre Wangen glühten, und ihr wurde heiß. »Die Music Hall ist seit Wochen jeden Abend ausverkauft. Ich denke, dass mein Name jetzt in aller Munde ist.«

»Man kennt deinen Namen nicht nur in New York«, warf ihre Mutter ein. »Als ich letzte Woche in Washington an der Anhörung zur Geburtenkontrolle teilgenommen habe, wurde ich nicht mit meinem Namen angesprochen, sondern als ›Mutter der Schauspielerin‹ oder ›Katharine Hepburns Mutter‹. Das ist mir nie zuvor passiert.« Sie lachte, aber Kate meinte, auch einen bitteren Unterton zu hören.

»Hast du denn gar keine Angst, dass deine Aktivitäten zur Geburtenkontrolle Kate schaden könnten?«, fragte Don. Er war ein unauffälliger, stiller Mann, der sich nie in den Vordergrund drängte. In vielerlei Hinsicht erinnerte er Kate an Luddy. Auch er trug seine Frau auf Händen und unterstützte sie in allem, was sie tat. Der entscheidende Unterschied war die Tatsache, dass Tante Edith Onkel Don liebte. Sie sah in ihm nicht nur ihren besten Freund.

»Natürlich habe ich Bedenken«, gab Kates Mutter zu. »Wir wissen alle, wozu die Kirche in unserem Land imstande ist. Besonders die Katholiken machen gegen die Empfängnisverhütung mobil und scheuen nicht davor zurück, Frauen in Verruf zu bringen, die sich dafür einsetzen.«

»Ich kann dieses scheinheilige Gerede über den Willen Gottes nicht mehr hören. Man redet den Frauen ein, sie würden Kinder töten, indem sie verhüten. So ein Unsinn.« Tante Ediths Stimme wurde lauter. »Alles, was wir fordern, ist Bildung und Aufklärung. Die Frauen sollen erfahren, was in ihrem Körper vorgeht. Sie müssen selbst bestimmen können, ob sie Mutter werden wollen oder nicht.«

Kates Mutter nickte zustimmend. »Deshalb habe ich die Rede gehalten. Auch auf die Gefahr hin, dass ich Kates Karriere schade.«

»Das war eine gute Entscheidung!«, pflichtete ihre Schwester ihr bei.

Thomas Hepburn presste die Lippen zusammen und schwieg. Es war ihm anzusehen, dass er dem gerne etwas entgegensetzen würde, aber damit hätte er seinen eigenen Prinzipien zur Aufklärung über den menschlichen Körper widersprochen.

»Hätte denn niemand anderer die Rede halten können?«, fragte Onkel Don vorsichtig. »Ihr habt so viele engagierte Kämpferinnen.«

»Katharine ist eine begnadete Rednerin«, sagte Tante Edith. »Niemand kann Menschen so in ihren Bann ziehen wie meine Schwester. Und das Thema ist unglaublich wichtig. Wir dürfen dazu nicht schweigen. Auch wenn dabei der eine oder andere Preis zu bezahlen ist.«

Thomas Hepburns Gesicht wurde immer finsterer. Kate überlegte, wie sie die Situation entspannen konnte. Ein Streit war das Letzte, was sie wollte.

Ihre Schwester Marion schien ähnlich zu denken. Sie wechselte das Thema.

»Luddy war letzte Woche in Hartford«, erzählte sie.

Alle drehten sich zu ihr. Die Geburtenkontrolle war vom Tisch, aber das neue Thema war für Kate nicht unbedingt erfreulicher. Sie wusste, dass Luddy trotz ihrer Trennung regelmäßig ihre Familie besuchte. Alle schätzten und mochten ihn.

»Hat er dir erzählt, dass er ausgezogen ist?«, fragte Kate.

Augenblicklich verstummten auch die letzten Gespräche am anderen Ende des Tisches. Betroffen starrten alle zu Kate. Die bemühte sich um Schadensbegrenzung, setzte ein strahlendes Lächeln auf und sagte: »Es war das Beste für uns beide. Ich will Luddy nicht weiter verletzen. Das hat er nicht verdient.«

»Aber warum verletzt du ihn überhaupt?«, fragte Marion betroffen. »Er ist der netteste Mann, den ich kenne. Du solltest froh sein, dass er dich liebt.«

Kates Kehle wurde eng. Sie versuchte, sich den Schmerz nicht anmerken zu lassen. Über die Frage, warum sie Luddy nicht so lieben konnte wie er sie, hatte sie ausführlich nachgedacht und war zu keinem befriedigenden Schluss gekommen. Möglich, dass sie einander bloß zum falschen Zeitpunkt begegnet waren. Sie zuckte mit den Schultern. »Manche Menschen passen einfach nicht zueinander.«

»Wirst du dich von ihm scheiden lassen?«, wollte Thomas Hepburn wissen.

»Luddy lehnt die Scheidung ab.«

»Warum?«

»Er sagt, dass er mich immer noch liebt und auf mich warten will, bis ich wieder vernünftig werde.«

»Und wirst du je wieder zur Vernunft kommen?«, wollte Thomas Hepburn wissen. Vorwurf lag in seiner Stimme.

»Nein, ich fürchte nicht«, antwortete Kate ehrlich. »Ich werde gegen Ende des Monats nach Mexiko fahren, damit man dort unsere Ehe rechtskräftig beendet.«

»Das geht?«, erkundigte sich Robert überrascht.

»Ja. Vorläufig schon. Ich denke nicht, dass Luddy mir Steine in den Weg legen wird. In Mexiko ist die Angelegenheit innerhalb kürzester Zeit erledigt.«

»Wie viel Geld schuldest du Luddy?«, erkundigte sich Kates Vater.

»Was meinst du?«

»Du hast in Los Angeles doch weit über deine Verhältnisse gelebt. Allein das Kleid, das du heute anhast, ist den Monatslohn eines einfachen Arbeiters wert. Wie viel von seinem hart verdienten Geld hast du ausgegeben?«

»Keine Ahnung.« Kate lachte und versuchte, die Frage als Scherz abzutun. Sie wusste, dass sie innerhalb der letzten Jahre gute hunderttausend Dollar verbraucht hatte. Ihr Lebenswandel hatte sich drastisch verändert, seit sie in Hollywood arbeitete. Statt Hotdogs vom Straßenverkäufer an der Ecke zu essen, gönnte sie sich immer häufiger teure Restaurantbesuche. Auch ihre Garderobe hatte sich gewandelt. Kate trug keine alten Pullover mehr, sondern kleidete sich modisch schick. Mit Vorliebe kaufte sie in den großen, teuren Kaufhäusern New Yorks ein und griff in erster Linie nach exklusiven Modellen aus Europa. Dasselbe galt für Kosmetika, auch da hatte sie einen exquisiten Geschmack entwickelt. Kate hatte gelernt, wie wichtig das äußere Erscheinungsbild war. Eine Schauspielerin in einfacher Kleidung wurde von den Reportern nicht wahrgenommen. Thomas Hepburns Gesichtsausdruck verriet ihr, dass er von ihren Ausgaben wusste.

»Ich will, dass du ihm sämtliche Schulden zurückzahlst.«

»Aber …«

»Und ich werde in Zukunft deine finanziellen Angelegenheiten regeln. Denn du bist ganz offenbar nicht dazu imstande.«

Wieder herrschte Stille am Tisch. Eigentlich hätte Kate jetzt protestieren sollen. Sie brauchte keinen Aufpasser. Aber tief in ihrem Innern wusste sie, dass sie zur Extravaganz und Großzügigkeit neigte. Sobald sie Geld besaß, gab sie es aus. Nur wenn sie keines hatte, konnte sie sich mäßigen. Nach dem Scheck, den sie Ted Harris geschickt hatte, war ein tiefes Loch auf ihrem Bankkonto geblieben. Ihr Vater hätte sie vor diesem Schritt bewahrt.

»In Ordnung.« Kate gab klein bei. »Ab jetzt bist du mein Finanzberater.«

Sie betrachtete ihr leeres Champagnerglas. Die unbeschwerte Stimmung, mit der der Nachmittag begonnen hatte, war längst verflogen. Sie wollte zumindest einen Teil davon zurückholen.

»Und jetzt hätte ich gerne noch ein Schlückchen«, sagte sie. »Danach fordere ich Robert zu einem Tennismatch heraus. Wetten, ich schlage dich!«

»Nie im Leben«, entgegnete ihr Bruder.

»Was haltet ihr von einem Doppel?«, schlug Kates Cousin vor. »Oder von einem kleinen Turnier? Eltern gegen Kinder?«

Tante Edith schüttelte den Kopf. »O nein. Da habe ich keine Chance mehr. Wir könnten die Paare mischen. Jeweils ein Doppel aus Alt und Jung?«

»Eine wundervolle Idee!« Schon sprang Kate voller Enthusiasmus auf. Ihre Energie war ansteckend, und kurz darauf machten sich alle plaudernd auf den Weg zum Tennisplatz.

Am nächsten Morgen brach Kate kurz nach dem Frühstück Richtung New York auf. Sie nahm ihren Bruder ein Stück des Weges mit. Während sie schwungvoll in die 49th Street einbog, pfiff sie eine Melodie von Benny Goodman. Doch dann bremste sie abrupt. Im Vorgarten ihres kleinen Reihenhauses stand eine ganze Traube von Reportern. Langsam parkte sie den Wagen in gebührendem Abstand, doch schon bald hatte einer der Männer sie erkannt, und schon stürmten alle gemeinsam auf sie zu. Drei trugen Kameras, andere hielten einen Notizblock in der Hand. Ein kleiner, drahtiger Mann im zerknautschten Sakko redete am lautesten auf sie ein. Sein Hut war ihm tief in die verschwitzte Stirn gerutscht. Kate verstand ihn kaum, da er während des Sprechens an einem Kaugummi kaute.

»Wie lautet Ihre Meinung zur Geburtenkontrolle, Miss Hepburn?«

»Würden Sie mich freundlicherweise aus meinem Auto steigen lassen?« Sie öffnete die Tür, und der aufdringliche Mann musste einen Schritt rückwärts machen.

Doch der Reporter neben ihm stellte schon die nächste Frage. »Ihre Mutter hat in Washington eine Rede gehalten, in der sie für die Geburtenkontrolle eintritt. Wie stehen Sie zu dem Thema? Distanzieren Sie sich davon?«

Er zückte einen Bleistift und hielt ihn erwartungsvoll über dem leeren Block. Ein Blitzlicht flammte auf. Kate blinzelte. Es roch nach verbranntem Schwefel. Ein weiteres Foto wurde geschossen. Diesmal lächelte Kate in die Kamera.

»Ich stehe voll und ganz hinter allen Äußerungen meiner Mutter«, sagte sie möglichst charmant.

»Das heißt, Sie befürworten die Geburtenkontrolle?«, erkundigte sich der Reporter mit dem Kaugummi fassungslos und machte sich hektisch Notizen.

»Ja, natürlich. Was soll es sonst bedeuten?«, entgegnete Kate gelassen. »Übrigens kann ich es nicht ertragen, wenn die Zeitungen meine Mutter als ›Katharine Hepburns Mutter‹ bezeichnen. Sie hat einen Namen: Katharine Houghton Hepburn. Und sie ist eine großartige Frau, die für die richtige Sache kämpft. Ich unterstütze sie in allen Punkten.« Dann drängte sie sich an den Männern vorbei, die versuchten, ihr den Weg ins Haus zu versperren. »Jetzt muss ich Sie bitten, zur Seite zu treten. Ich habe eine lange Autofahrt hinter mir und bin müde.«

»Eine Frage noch, Miss Hepburn.«

»Bedaure. Ich habe zu diesem Thema bereits alles gesagt.« Energisch schob sie den Kameramann zur Seite, drängte sich an ihm vorbei und ignorierte alle weiteren Fragen. Während sie eilig zur Haustür ging, wühlte sie den Schlüssel aus ihrer Handtasche. Sie sperrte auf und huschte in den Flur. Laut flog die Tür hinter ihr ins Schloss. Kate lehnte sich mit heftig klopfendem Herzen dagegen.

Langsam ging sie in die Knie. Wie lange würde es dauern, bis der erste wütende Anruf von RKO kam? Hatte sie soeben ihre Karriere aufs Spiel gesetzt?

Nach einer Weile stand sie wieder auf und spähte durch den Türspion. Lauter selbstgefällige Männer, die sie in ihren Beiträgen als gottloses Mannweib bezeichnen würden. Sie sah, wie der Kaugummimann einen Zettel nach dem anderen vollkritzelte. Dabei hatte sie nicht mehr als zwei Sätze geantwortet. Sie trat einen Schritt von der Tür weg.

Ganz sicher würde sie Ärger bekommen. Sobald die ersten Artikel in den Zeitungen erschienen, würden die Wogen hochgehen. Sie straffte die Schultern und wappnete sich für die Auseinandersetzungen mit der Filmfirma. In Gedanken sah sie ihre Mutter und Tante Edith vor sich. Es war deren Kampf, für den Kate jetzt ihren bekannten Namen hergab. Sie zweifelte keine Sekunde daran, das Richtige zu tun, und diese Gewissheit fühlte sich gut an.

Liebster, bester Freund,
du hast zu mir gesagt, man muss wissen, wann es sich lohnt zu kämpfen, und hast mich mit Fäusten verteidigt. Ich versuche immer noch, den Sinn deines letzten Kampfes zu erkennen, kann ihn aber beim besten Willen nicht finden.
Dein Jimmy

Los Angeles, Hollywood, April 1950

»Ich sehe es dir an der Nasenspitze an, dass du Benthalls Angebot annehmen willst. Seit er dir vor einem halben Jahr den Floh ins Ohr gesetzt hat, lässt dich der Gedanke nicht mehr los.« George Cukor saß auf der Terrasse seiner immer größer werdenden Villa. Im Moment ließ er eigens einen Flügel für die Bibliothek anbauen. Der Pool, den Kate so gerne benutzte, war im vergangenen Jahr renoviert worden.

»Ich kann nicht«, meinte Kate niedergeschlagen. »Du kennst Spencer. Er braucht mich hier in Hollywood. Ohne meine Hilfe schafft er es nicht, nüchtern beim Dreh zu erscheinen.«

George griff nach einem weiteren Butterkeks, was er, sobald er aufgegessen war, bereuen würde. Gerne hätte Kate ihm das Gebäck aus der Hand geschlagen. Stattdessen runzelte sie bloß tadelnd die Stirn.

»Es ist der letzte Keks«, versicherte George, steckte ihn unzerteilt in den Mund und kaute entschuldigend.

»Das Shakespeare-Stück würde mich reizen«, gab Kate zu. »Ich kann seit Monaten an nichts anderes mehr denken.« Sie lachte bitter. »Die Rolle der Rosalind kann ich nur spielen, solange meine Beine lang und schlank sind.«

Georges Blick glitt nach unten. Kate trug eine weiße Leinenhose aus leichtem Stoff, der ihre Figur elegant umschmeichelte.

»Wegen deiner Beine musst du dir ganz bestimmt keine Sorgen machen«, versicherte er. »Die sind einwandfrei.«

»Danke.« Kate nahm einen Schluck von ihrem Tee. Als sie die Tasse zurück auf den Tisch gestellt hatte, meinte sie seufzend: »Ich kann das Angebot wegen Spencer nicht annehmen.«

»Wo ist der eigentlich? Wollte er nicht mitkommen?«

»Er ist bei Louise und seinen Kindern.«

»Spencer kann doch zu seiner Familie ziehen, solange du auf Tournee gehst. Er ist ohnehin ständig dort. Die Ranch ist groß genug. Louise könnte auf ihn aufpassen, während du deinen Shakespeare-Traum verwirklichst.«

Kate schüttelte den Kopf: »Du weißt, dass er dort nicht leben kann. Er fährt zu Louise, weil er ein schlechtes Gewissen hat. In seinen Augen ist sie eine Heilige.«

»Eine Heilige wird doch wohl ein paar Wochen auf einen armen Sünder aufpassen können.«

Kate musste schmunzeln, auch wenn ihr ganz und gar nicht danach zumute war.

»Findest du auch, dass Louise eine Heilige ist?«, hakte George nach.

Kate zuckte mit den Schultern. »Ich versuche, möglichst wenig über sie nachzudenken. Sie ist ein fester Bestandteil von Spencers Leben. Das muss ich akzeptieren. Ich denke, dass sie ihre Rolle sehr genießt und ganz bewusst auskostet. Doch es steht mir nicht zu, über sie zu urteilen.« Kate machte eine Pause. »Was ich mit Sicherheit sagen kann: Spencer und Louise tun einander nicht gut. Jedes Mal, wenn er von seiner Familie zurückkehrt, greift er zur Flasche. Würde er bei ihr einziehen, wäre das fatal.«

George wollte nach einem weiteren Keks langen, senkte die Hand aber im letzten Moment. »Ich kann dein Verhalten nur bewundern«, sagte er ehrlich. »Ohne dich hätte Spencer all die großartigen Filme nicht drehen können. Aber er ist ein Egoist, der nur an sich denkt. Wenn du nicht aufpasst, reißt er dich mit in seinen düsteren Abgrund. Und das hast du ganz sicher nicht verdient.«

»Da besteht keine Gefahr«, erwiderte Kate. »Ich bin dem Licht und dem Leben zugewandt.«

»Das klingt sehr schön, aber selbst der positivste Mensch wird trübselig, wenn er ständig zurückstecken und seine eigenen Bedürfnisse vernachlässigen muss.«

Kate blieb ihm die Antwort schuldig. Sie ließ ihren Blick über das Grundstück schweifen. George hatte nicht nur seine Villa, sondern auch das Grundstück ständig vergrößert. Mittlerweile war er der stolze Besitzer einiger Hektar Land.

»Was ist eigentlich aus deinem Vorhaben geworden, unterhalb des Pools Bungalows zu bauen?«, fragte sie, um das Thema zu wechseln.

»Du meinst die drei kleinen Häuser, die ich vermieten wollte?«

»Ja!« Kate schaute zu der Stelle, an der sich ein kleines Pinienwäldchen befand. Sie konnte die schmucken Häuschen geradezu vor sich sehen. Helle Bungalows mit rotbraunen Dächern, die sich harmonisch in die Landschaft einfügten und diskret von üppig blühenden Pflanzen umgeben waren.

Mit einem Mal hatte sie eine wundervolle Idee. Sie richtete sich auf und drehte sich schwungvoll zu George. Ihre Augen glänzten. George, der sie mittlerweile gut kannte, neigte fragend den Kopf. »Was hast du vor?«

»Ach, George, wäre es nicht großartig, wenn Spencer in eines der Häuschen ziehen würde?«

»Welche Häuschen? Ich sehe keine.«

»Jetzt noch nicht«, fuhr Kate begeistert fort. »Aber du wolltest doch schon lange welche bauen. Stell dir nur vor, wie praktisch das wäre. Du könntest hin und wieder einen Blick auf Spencer werfen, wenn ich nicht da bin.«

»Ich soll sein Kindermädchen spielen?«

»Aber nein«, widersprach Kate. »Du bist doch sein Freund. Du würdest nur mal bei ihm vorbeischauen und dich ein bisschen mit ihm unterhalten. Im Moment ist Spencer recht stabil. Seine Abstürze sind viel harmloser als noch vor ein paar Jahren. Er ist in der Lage, seine Rollen zu spielen und seinen Alltag zu bewältigen.«

Georges Gesicht verfinsterte sich. »Also, ich kann mich an ganz andere Geschichten erinnern. Die letzten Monate …«

»Ach, das war doch alles ganz harmlos!« Kate wedelte den Einwand mit der Hand weg. Sie war fest entschlossen, George zu überreden, denn sie wusste, dass er Spencer mochte. Die Vorstellung, den erfolgreichen Schauspieler auf seinem Grundstück zu haben, schien dem Regisseur zu gefallen, aber George wollte keine Verantwortung übernehmen, was Kate gut verstehen konnte.

Sie blieb hartnäckig. »Du müsstest nur hin und wieder einen Kaffee mit ihm trinken, ihm zuhören und ihn reden lassen.«

»Ich weiß nicht.«

»Es müsste auch gar nicht jeden Tag sein!« Kate spürte, dass George bereits schwankte, und redete doppelt so schnell weiter. »Ihr könntet an Tagen, an denen er besonders deprimiert aussieht, einen kleinen Spaziergang über dein Anwesen machen. Dabei vergisst du deinen Heißhunger auf Süßes und Spencer seinen Wunsch nach Alkohol. Es wäre für euch beide ein Gewinn.«

»Ich werde ihm wohl kaum täglich begegnen«, murrte George. »Falls du es vergessen haben solltest: Ich habe einen Beruf, dem ich nachgehe. Ich bin Regisseur.«

»Du wirst sehen, dass es eine wirklich schöne Sache werden wird«, versuchte Kate, ihn zu überzeugen. »Ihr werdet eine Menge Spaß haben. Du schätzt Spencer und magst seinen Witz und seinen feinen Sinn für Humor. Die meiste Zeit wirst du ihn gar nicht bemerken. Aber wenn er ein paar Tage nicht zu den Dreharbeiten erscheint, dann klopfst du vorsichtig an seine Tür und wirfst einen Blick ins Häuschen.«

George schwieg, was Kate als Zusage interpretierte.

»Auf diese Weise bist du mit deinen nächsten Filmprojekten auf der sicheren Seite«, fuhr Kate fort. Sie wusste, dass George zwei weitere Filme mit Spencer drehen wollte. Es war also in seinem ureigenen Interesse, den Schauspieler unter Kontrolle zu haben, wollte er nicht mitten im Dreh nach einem anderen Darsteller suchen müssen.

»Hast du denn mit Spencer schon darüber gesprochen?«, wollte George wissen.

»Das werde ich gleich heute Abend tun!«, versprach Kate und klatschte enthusiastisch in die Hände. »Das wird ganz großartig. Was für eine herrliche Idee. Warum bin ich nicht schon viel früher darauf gekommen?«

»Und du gehst wirklich zurück zum Theater?«, fragte George.

Kate sah verträumt in die Ferne. Jetzt, da eine Lösung am Horizont auftauchte, wagte sie zum ersten Mal, ernsthaft über das Angebot nachzudenken. Noch nie hatte sie sich so sehr nach einer neuen Herausforderung gesehnt. Sie wollte zurück zur Bühne, gierte nach dem direkten Kontakt zum Publikum. Es war Zeit, sich weiterzuentwickeln und wieder intensiv an ihrer Karriere zu arbeiten. Sie hatte die erfolgreichste Schauspielerin Amerikas werden wollen. Jetzt war sie die Frau, die an Spencers Seite die ewig gleichen Rollen spielte. Kate gestand sich ein, dass ihr das schon seit einiger Zeit nicht mehr reichte.

»Ja«, sagte sie seufzend.

George zögerte, sah sie nachdenklich an und meinte dann: »An mir soll es nicht liegen. Ich werde die Häuschen bauen lassen.«

»Oh, du bist ein Schatz. Der Allerbeste!« Kate sprang auf, fiel ihrem Freund um den Hals und drückte ihm überschwänglich einen Kuss auf die glatt rasierte Wange.

George schob sie sanft von sich.

»Freu dich nicht zu früh«, meinte er. »Du musst erst Spencer mit ins Boot holen. Ich kann mir beim besten Willen nicht vorstellen, dass er dich gehen lässt.«

Das Deckenlicht im *Lucy's*, einem der feinsten Restaurants Hollywoods, war gedämpft, und in der Mitte ihres Tisches stand eine Kerze. Im Hintergrund spielte ein Mann im Frack leise auf dem Piano. Man hatte ihnen einen Platz in einer Nische zugewiesen, wo sie ungestört essen konnten. Spencer Tracy und Katharine Hepburn waren Gäste, um deren Wohl man sich mit ganz besonderem Eifer kümmerte.

Nach dem Krabbencocktail tupfte Kate ihre Lippen mit einer weißen Stoffserviette ab.

»Das war himmlisch«, schwärmte sie.

Spencer stimmte ihr zu. Er war seit einer Woche nüchtern und lächelte sie charmant an. Dabei zog er den rechten Mundwinkel hoch, genau wie er es in den Filmen tat. Trotz seiner guten Verfassung fand Kate, dass er müde aussah. Der regelmäßige Alkoholkonsum zeigte deutliche Spuren. Kate wusste, dass er nachts nicht schlafen konnte. Tagsüber trank er literweise starken Kaffee, und nachts nahm er mehrere Schlaftabletten auf einmal. Auch jetzt stand eine Tasse Kaffee neben seinem Wasserglas.

»Du siehst heute Abend wieder umwerfend aus«, sagte er zärtlich. »Habe ich dir schon gesagt, dass du die attraktivste und gleichzeitig klügste Frau bist, der ich jemals begegnet bin?« Er griff nach ihrer Hand, zog sie zu seinen Lippen und hauchte einen Kuss darauf. Das war der Mann, in den Kate sich verliebt hatte. Einnehmend und aufmerksam. Zuvor hatte sie zehn Minuten durchgehend über einen seiner Witze lachen müssen. Niemand konnte irische Anekdoten unterhaltsamer erzählen als Spencer. Kate liebte seinen schwarzen Humor.

»Ich war heute Morgen bei George«, begann Kate vorsichtig.

»Na, so etwas, ich bin ihm am Nachmittag begegnet.«

»Tatsächlich?« Kate richtete sich auf. »Habt ihr euch unterhalten?«

Spencers Lächeln wurde zu einem breiten Grinsen. Aus seinen Augen blitzte der Schalk. Er sagte nichts.

»Hat George dir von unserem Gespräch erzählt?«

Spencer ließ sie zappeln. Amüsiert hob er die Augenbrauen. Kate liebte seine ausdrucksvolle Mimik.

»Los, komm schon. Sag was. Worüber habt ihr zwei euch unterhalten?«

»Über deine Idee mit einem versteckten Bungalow auf seinem Grundstück.«

Kate war auf der Hut. Würde er ihr jetzt erklären, dass er niemals ein Häuschen auf Georges Grundstück mieten würde? Sie hatte ganz genau geplant, wie das Gespräch ablaufen sollte. Häppchenweise hätte sie Spencer ihren Vorschlag präsentiert. Jetzt war alles anders. Sie musste umdisponieren.

»Es wäre eine Situation, von der wir alle profitieren«, sagte sie vorsichtig. »George freut sich darauf, dich in seiner Nähe zu haben.«

»Damit er mich unter Kontrolle hat?«

»Er mag dich«, gab Kate zurück.

Spencer seufzte laut. »Du bist so leicht zu durchschauen, Kate. Du willst diese verdammte Shakespeare-Rolle haben.«

Sie nickte. »Was ist schlimm daran? Ich liebe das Theater.«

»Nichts«, gab Spencer zu. Dann legte er den Kopf schräg. »Versprichst du mir, anschließend zum Film zurückzukehren? Ich will wieder mit dir vor der Kamera stehen. Du bist die beste Partnerin, die man sich wünschen kann. Niemand versteht mich besser als du. Wir sind das perfekte Paar. Das Publikum liebt uns.«

Seine Worte schmeichelten Kate und lösten ein warmes Gefühl der Zuneigung in ihr aus.

»Dieses Kompliment kann ich nur zurückgeben«, sagte sie weich. »Natürlich werde ich weitere Filme drehen. Aber jetzt ist es Zeit für die Bühne. Ich träume von dieser Rolle, seit ich denken kann.«

Spencer beugte sich zu ihr, ergriff ihre Hände und streichelte mit dem Zeigefinger liebevoll darüber. »Die Sache hat auch für mich Vorteile«, sagte er. »Ich bin die lästigen Hotelzimmer los. Ich wohne bei George im Bungalow, und immer, wenn du magst, kommst du…«, seine Stimme wurde tiefer, »…auf ein paar Stunden zu mir.«

»Wir könnten auch zu zweit dort wohnen«, schlug Kate vor. Augenblicklich verschloss sich Spencers Gesicht, und sie ruderte auf der Stelle zurück. »Aber das muss gar nicht sein. Ich bin auch in meinem Apartment sehr zufrieden.«

»Danke.« Spencers verquere Moralvorstellungen waren Kate immer noch ein Rätsel. Er wollte nicht mir ihr zusammenziehen, hatte aber kein Problem damit, seine Frau regelmäßig zu betrügen, und zwar nicht nur mit Kate. Vor ihr hatte er Affären mit Loretta Young und Ingrid Bergman gehabt. Bei jedem anderen Mann hätte sie sich über seine Auslegung des katholischen Moralkodex lustig gemacht. Bei Spencer hingegen nahm sie seine Einstellungen einfach hin. Sie wusste, dass er jede Diskussion in diese Richtung verweigerte. Im Moment war sie einfach nur glücklich, dass er auf ihren Vorschlag einging und sie das Bühnenangebot annehmen konnte.

»Du hast gesagt, dass du weiter Filme drehen willst«, sagte Spencer. »Gibt es konkrete Projekte?« Er versuchte, beiläufig zu klingen, aber Kate durchschaute ihn. Er wollte wissen, ob sie die MGM-Verträge unterschreiben würde, zu denen er sie seit Wochen drängte. Es waren Filme, die nach demselben Muster geplant waren wie ihre letzten. Keines der Projekte hatte Kate überzeugen können. Mit der Zusage würde sie sich für weitere Jahre fest an MGM binden und hätte keinen Spielraum für neue, spannende Herausforderungen. Sie würde auf keinen Fall unterschreiben, doch das sagte sie heute noch nicht. Stattdessen erzählte sie von einem Anruf, den sie am Nachmittag erhalten hatte.

»John Huston hat mich nach dem Golf angerufen.«

»Hat er dir ein Angebot gemacht?«

»Er will, dass ich die Hauptrolle in seinem Film *African Queen* übernehme.«

Spencer schüttelte ahnungslos den Kopf. »Nie gehört«, meinte er.

»Es handelt sich um die Verfilmung eines Romans von C. S. Forester. John Ford hat sich 1941 die Filmrechte gesichert, konnte das Projekt aber nicht realisieren.«

»Es klingelt immer noch nicht.«

»Er will den Film in Afrika vor Ort drehen«, sagte Kate. »Klingt aufregend, oder?«

»Halt, Kate!«, sagte Spencer. »Eine Theatertournee ist eine Sache, aber eine Reise nach Afrika eine ganz andere.«

Bisher hatte Kate nicht ernsthaft über das Angebot nachgedacht.

»Ich habe schon vor Wochen bei MGM unterschrieben«, fuhr Spencer fort. »Und ich habe ihnen versichert, dass du das auch tun wirst.«

Für einen Moment war Kate sprachlos. Wie konnte er in ihrem Namen eine Zusage machen? Verstand er denn nicht, dass es für sie an der Zeit war, wieder an der eigenen Karriere zu bauen? Empört öffnete sie den Mund, doch in diesem Moment kam der Kellner und brachte die Hauptspeisen: Lammkoteletts mit Bratkartoffeln und Thunfisch in Knoblauchbutter.

»Hm, das sieht köstlich aus«, sagte Spencer und rieb sich voller Vorfreude die Hände.

Kate sparte sich ihren Protest für später auf. Der Thunfisch roch wirklich vielversprechend. Es war Jahre her, dass sie dieses Gericht gegessen hatte.

Los Angeles, Hollywood, August 1935

»Ich bin zum Kassengift geworden«, beklagte sich Kate niedergeschlagen. »Meine Filme sind allesamt Misserfolge.«

»Aber das stimmt doch gar nicht.« Halbherzig versuchte Laura, sie zu beruhigen. Die Freundin saß ihr gegenüber, sah sie aber nicht an. Ihre Aufmerksamkeit galt dem Kostüm der Frau am Nebentisch. Sie hatte es schon bewundert, als sie das Lokal betreten hatte. »Das wird schon wieder«, sagte sie beiläufig. »Du wirst sehen. Leland wird dir eine neue Rolle am Broadway verschaffen. Er ist ein toller Agent.«

Laura griff nach ihrem Glas und nippte am Champagner, den Kate bestellt hatte. Das Getränk war sündhaft teuer, aber im Moment konnte Kate es sich noch leisten. Sie hatte gehofft, dass der Ausflug in den Gourmettempel *Lucy's* ihrer beider Laune heben würde, doch leider war die Rechnung bisher nicht aufgegangen.

In den letzten Monaten hatten Laura und sie sich etwas aus den Augen verloren. Die Freundin verbrachte immer weniger Zeit mit ihr, und es kam Kate so vor, als würde der Glanz, der in ihrer Nähe auf Laura abfiel, nicht mehr ausreichen.

»Ich werde mich von Leland trennen«, erklärte Kate.

Verblüfft stellte die Freundin das Glas zurück auf den Tisch.

»Beruflich oder privat?«, wollte sie wissen.

»Beides.«

»Aber wieso…?«

»Leland hat mich missverstanden. Ich wollte ihn nie heiraten. Wir hatten Spaß – und das war's.«

»Okay.« Laura zog ihre Antwort in die Länge, was vermutlich bedeuten sollte, dass sie gar nichts verstand.

»Und er taugt als Agent nichts«, fügte Kate hinzu.

Mit dieser Bemerkung konnte Laura ganz offensichtlich noch weniger anfangen. Sie fand Leland hinreißend und hätte ihn wohl nie im Leben als Ehemann abgelehnt.

»Das ist doch Unsinn«, meinte sie.

»Er verhandelt lukrative Verträge, und ich verdiene eine Menge Geld«, gab Kate zu. »Aber der künstlerische Wert einer Produktion ist ihm völlig gleichgültig. Weißt du, Laura, es geht mir nicht ums Geld. Ich bin nach Hollywood gekommen, weil ich das, was ich auf der Bühne gelernt habe, auf die Leinwand bringen möchte. Emotionen und Leidenschaft. Die Zuschauer sollen mit meinen Figuren mitleiden, sich mit ihnen freuen und mit ihnen lachen. Ich will die ganze Palette menschlicher Gefühle zeigen und großes Kino machen.«

»Großes Kino bedeutet viel Geld«, entgegnete Laura. »Eben hast du noch darüber gejammert, dass du ein Kassengift bist. Das alles passt doch überhaupt nicht zusammen.«

»Leland will, dass ich Verträge für Projekte unterschreibe, die mir nicht liegen.«

»Erstens kannst du selbst entscheiden, was du spielst«, erwiderte Laura. »Und zweitens bist du hier in Hollywood und nicht am Broadway. Film ist Unterhaltung und nicht Kunst.«

»Nein«, widersprach Kate überzeugt. »Auf der Leinwand

kann ebenso große Kunst entstehen wie auf der Bühne. Aber dazu muss man in den richtigen Filmen mitspielen.«

Statt zu antworten, trank Laura ihren Champagner aus. Wieder schaute sie zum Nebentisch und dem umwerfenden Kostüm von Coco Chanel.

»Ich bin die Diskussionen mit Leland über dieses Thema leid«, fuhr Kate fort. »Er versteht mich nicht.«

Sie schluckte die Bemerkung hinunter, dass auch Laura ihre Argumentation offensichtlich nicht nachvollziehen konnte, und fragte sich, ob sie ihr überhaupt zuhörte.

»Weißt du, Laura, wenn ich gute Arbeit abliefere und ein Film oder ein Theaterstück dennoch floppt, dann ist das eine Sache.« Kate dachte an ihren letzten Streifen, *Alice Adams*. Ihre Leistung in dem Film war gut gewesen. Sie hatte eine junge Frau gespielt, die aus ärmlichen Verhältnissen stammte und sich in einen Mann aus der gehobenen Gesellschaft verliebte. Die Kritiker hatten ihr Beifall gezollt, und die Presse hatte davon geschwärmt, wie überzeugend die Klassenunterschiede herausgearbeitet worden seien. Der Film hatte zwar Gewinn eingebracht, war aber trotzdem hinter den Erwartungen von RKO zurückgeblieben.

»Mit einer solchen Enttäuschung kann ich leben«, fuhr Kate fort. »Aber wenn das Drehbuch und die Rolle nichts taugen, kann ich mich noch sosehr bemühen, dann wird es niemals ein guter Film. In diesem Fall ist mir die Kritik peinlich, denn ich weiß, dass sie berechtigt ist.«

»Welche deiner Rollen waren nicht gut?«, fragte Laura.

»Über *Sylvia Scarlett* hat die Presse geschrieben, es sei der schlechteste Film aller Zeiten gewesen«, erinnerte sich Kate. Sie stieß schnaufend die Luft aus. »Dabei war *Spitfire* noch viel schlimmer.« Allein beim Gedanken an die rührselige

Bergweltmentalität des Streifens schoss ihr die Schamesröte in die Wangen.

»Ich fand den Film nicht so schlimm«, sagte Laura.

»Das Drehbuch war eine einzige Katastrophe«, widersprach Kate. »Die Dialoge waren platt und die Handlung vorhersehbar. Es grenzt an ein Wunder, dass ich mir damit meinen Ruf als Schauspielerin nicht völlig zerstört habe.«

»Du übertreibst maßlos.«

»Ganz und gar nicht«, meinte Kate. Sie hatte eine junge Frau gespielt, die sich in der Heilkunst auskannte und von den Dorfbewohnern für ihr Wissen als Hexe verfolgt wurde, während sich gleich zwei Bauingenieure in sie verliebten. Die absurde Handlung war in einer billigen Studiokulisse gedreht worden, deren bemalte Pappgebilde selbst mit viel Fantasie nicht wie Berge ausgesehen hatten. Bei der Erinnerung an den Film wurde Kate immer noch übel.

»Ich hätte die Rolle niemals annehmen sollen«, fuhr Kate grimmig fort. Sie erinnerte sich an das mulmige Gefühl, das sie beim Unterschreiben des Filmvertrags gehabt hatte.

Hätte Leland nicht neben ihr gesessen und sie dazu gedrängt, sie wäre wohl wieder aufgestanden und gegangen. »Die Gage ist einmalig, Honey. Ich habe das Beste für dich rausgeholt«, hatte er grinsend gesagt und ihr den Füllfederhalter in die Hand gedrückt.

»Ich verstehe nicht, was du hast«, sagte Laura. »Du hast einen Oscar bekommen. Mehr kann man als Schauspielerin nicht erreichen. Man überschüttet dich mit Filmangeboten, du verdienst eine Menge Geld und kannst dir ein gutes Leben leisten. Was willst du mehr? Irgendwann wird sich das Blatt wenden, und das Publikum wird dich wieder lieben. Und wenn nicht, gehst du trotzdem als Oscargewinnerin in die

Filmgeschichte ein und bist eine reiche Frau. Leland kann dir ein gemütliches Leben bieten, und er vergöttert dich.«

Kate öffnete den Mund, um zu einer Erklärung anzusetzen, doch dann überlegte sie es sich anders. Laura würde keines ihrer Worte verstehen. Sie waren aus unterschiedlichen Gründen nach Hollywood gekommen. Laura hatte ihr ganzes Leben lang zu den Reichen des Landes gehört, Luxus und Geld waren ihr in die Wiege gelegt worden. Hollywood reizte sie wegen des Ruhms und des Scheinwerferlichts. Sie war auf der Suche nach Menschen, mit denen sie sich schmücken konnte, wie andere es mit Diamanten und Gold taten. Derzeit war Kate wohl einfach nicht glamourös genug. Sie spürte einen feinen Stich der Enttäuschung in ihrer Brust.

»Wann kommt endlich das Essen?«, beschwerte sich Laura. Ungeduldig sah sie sich um. »Es ist eine Ewigkeit her, dass wir bestellt haben.« Genervt schnippte sie nach dem Kellner.

Kate schob ihr volles Glas über den Tisch zu Laura. »Hier!«, sagte sie. »Trink meinen Champagner, der nimmt dir den Hunger.«

Mit der Selbstverständlichkeit eines Menschen, der sich stets nahm, was er wollte, ergriff Laura das Glas. Kate war der Appetit vergangen. Sie würde sich in den nächsten Wochen und Monaten nicht weiter darum bemühen, Laura wiederzusehen. Es gab Freundschaften, die langsam ausklangen, ohne große Aufregung oder einen Streit. Zwischen Laura und Kate schien es genau so zu sein. Die Erkenntnis war überraschend schmerzlos.

Los Angeles, Oktober 1935

»Kate, jetzt konzentrier dich mal auf den Schlag!«, forderte Alice, während sie selbst mit ihrer Aufmerksamkeit ausschließlich bei ihren Spielgegnern war.

Seit zwei Stunden liefen sie bei strahlend blauem Himmel über die saftig grüne Wiese des Bel-Air Country Clubs und lieferten sich mit Cary Grant und seinem Freund Randolph Scott einen erbitterten Wettkampf. Kate und Alice lagen um drei Schläge voraus.

Jetzt holte Kate elegant aus und schlug ab. Der weiße Ball flog in hohem Bogen über den Teich und landete direkt auf dem Green.

»Jawohl!« Jubelnd sprang Kate in die Luft. »Habt ihr das gesehen?« Sie tanzte im Kreis und sang dabei: »Wir werden gewinnen! Wir werden gewinnen!«

»Wo zum Teufel hast du so gut Golfspielen gelernt?« Cary schüttelte den Kopf, dabei rutschte ihm das dichte dunkle Haar in die Stirn. Bei den Dreharbeiten zu *Sylvia Scarlett* hatten Kate und er sich kennen- und schätzen gelernt. Sie konnten über dieselben Witze lachen, liebten das Golfspiel und verbrachten gerne ihre Freizeit zusammen.

Als Cary sich in Position für den Abschlag brachte, hörte Kate ihre Freundin neben sich seufzen.

»Dieser Mann ist umwerfend schön«, murmelte Alice leise.

»Wer ist da unkonzentriert?«, erwiderte Kate und stieß ihrer Freundin sanft mit dem Ellbogen in die Seite.

»Schau dir bloß die breiten Schultern an und dieses charmante Lächeln. Er ist einfach hinreißend«, flüsterte Alice so leise in Kates Ohr, dass nur sie es hören konnte.

»Ob er eine Beziehung zu Randolph pflegt?«

Diese Frage hatte Kate sich auch schon öfter gestellt. Die beiden Männer wirkten wie ein verliebtes Paar. Dabei war Cary noch vor Kurzem verheiratet gewesen, allerdings hatte seine Frau ihn nach wenigen Wochen verlassen. Seither wohnte er mit Randolph zusammen – in einem Haus am Meer in Santa Monica und in einer Wohnung in Los Angeles.

Mit einem klickenden Geräusch schlug Cary den Ball ab, der in einem flachen Bogen über den Golfplatz sauste und schließlich mitten im Teich landete.

»Verdammt!«, fluchte Cary. »Was ist bloß los mit mir?« Er drehte sich zu Kate und zeigte gespielt vorwurfsvoll mit ausgestrecktem Finger auf sie. »Schuld daran bist du, weil du mich mit deinem Freudentanz abgelenkt hast. Das sind unlautere Methoden. Ich werde mich beschweren.«

»Und ich werde weitertanzen«, verkündete Kate aufgekratzt. »Denn wir werden gewinnen!«

Statt etwas zu erwidern, hielt Cary schützend die Hand über die Augen und blickte in den Himmel. Es war nicht das erste Mal an diesem Nachmittag, dass er den Sonnenstand prüfte. Nach Wolken konnte er unmöglich suchen, denn das satte Blau war so ungetrübt, als hätte ein Künstler verschwenderisch tief in den Farbtopf gegriffen.

Vergnügt ließ Kate ihren Kollegen stehen und lief voraus zum Green. Alice folgte ihr, nicht ohne zuvor einen sehnsuchtsvollen Blick auf den attraktivsten Schauspieler Hollywoods zu werfen.

»Ich wünschte, er würde mich so ansehen wie Randolph«, bemerkte sie leise.

Kate kniff die Augen zusammen. Tatsächlich verriet Carys Körperhaltung, dass er seinen Freund am liebsten geküsst hätte. Doch er tat es nicht, stattdessen griff er nach seiner Schlägertasche, schulterte sie und spazierte gemeinsam mit Randolph hinter Kate und Alice her.

»Mach dir keine Hoffnungen«, riet Kate der Freundin. »Auch wenn er nicht auf Randolph stehen sollte, hast du bei ihm keine Chancen. Du bist viel zu klug für Cary. Er ist ein netter Kerl, ich mag ihn, aber er verliebt sich ausschließlich in Frauen ohne Bildung. Seine Angebeteten dürfen im besten Fall einen Highschool-Abschluss haben.«

Alice' Mundwinkel wanderten enttäuscht nach unten.

»Kluge Frauen flößen ihm Angst ein«, fuhr Kate fort.

»Das heißt, er fürchtet sich vor dir?«, entgegnete Alice.

»Ich bin seine Arbeitskollegin und Freundin, aber keine potenzielle Partnerin. Ich passe nicht in sein Beuteschema.«

»Ihr würdet ein schönes Paar abgeben.«

»Genau aus dem Grund will George Cukor uns für einen weiteren Film engagieren.«

Cary und Randolph hatten den Abstand wieder aufgeholt, und Kate wechselte das Gesprächsthema.

»Wenn ich den Ball mit einem Schlag ins Loch treffe, wirst du uns alle zum Dinner einladen müssen«, neckte sie Cary. »Du kannst schon mal deine Brieftasche zücken.«

»Wart erst mal ab…« Der Rest von Carys Antwort wurde von einem ohrenbetäubenden Lärm übertönt. Erschrocken zuckte Kate zusammen, und auch Alice fuhr nervös herum.

»Was zum Teufel ist das?«, schrie Kate.

Ein kleines Sportflugzeug flog direkt über ihre Köpfe hinweg. Kate duckte sich, auch Alice und Randolph gingen in die Hocke. Letzterer hielt seine Sportkappe fest, damit sie nicht davonsegelte. Noch nie hatte Kate eine graue Propellermaschine auf einem Golfplatz gesehen. Punktgenau landete das Flugzeug auf dem kleinen Hügel unterhalb des Teichs. Die Äste der Trauerweide neben dem Green bogen sich im Wind der sich drehenden Propellerblätter. Langsam kam der Motor zum Stillstand. Der Lärm ließ nach, der Wind ebbte ab, und schließlich war wieder alles wie vorher, bis auf die Tatsache, dass nun ein Flugzeug am Green stand.

Eine Weile hallte das Motorengeräusch in Kates Ohren nach. Mit einem heftigen Schwung flog die Tür der Flugkabine auf. Ein großer, schlaksiger Mann mit leicht gebückter Haltung kletterte geschickt ins Freie. Er hatte braunes Haar, trug ein dunkles Sakko und helle Hosen. So als würde er zu einem eleganten Dinner oder einer Vorstellung ins Theater gehen. Alice und Randolph starrten genauso gebannt hinüber wie Kate. Nur Cary wirkte so unbeeindruckt, als wäre die Landung das Selbstverständlichste der Welt.

Kate wurde misstrauisch. »Wusstest du davon?«

Grinsend hob Cary die Schultern. Er hatte die Unschuldsmiene eines kleinen Jungen aufgesetzt. Genau diesen Gesichtsausdruck gepaart mit seinem britischen Akzent liebten seine weiblichen Fans.

Kate war immun dagegen. »Wer ist das?«

»Lass dich überraschen.«

Doch noch bevor der Pilot zu ihnen herüberwinkte, wusste Kate, um wen es sich handelte. Dort drüben stand Howard Hughes, der Erbe der Hughes Tool Company. Er war einer der erfolgreichsten Unternehmer Amerikas und ein enger Freund von Cary.

»Ich habe dir schon vor Wochen gesagt, dass Howard dich kennenlernen will, aber du hast immer abgeblockt. Da musste er sich etwas ganz Besonderes einfallen lassen.«

Kate schnappte nach Luft. Empört blickte sie zwischen dem Piloten und Cary hin und her. Sosehr sie sich auch bemühte, es gelang ihr nicht lange, böse zu sein. Sie war von Howard Hughes' frechem Verhalten beeindruckt. Genau wie Randolph, der fasziniert zum Flugzeug hinübersah.

»Das nenne ich einen gelungenen Auftritt«, meinte er ergriffen.

»Der gute Mann wird gleich eine Menge Ärger bekommen«, sagte Alice trocken. Sie war die Einzige, die den Auftritt geschmacklos und überzogen fand. »Der Rasen ist für Wochen zerstört.«

Kaum hatte sie ihre Bedenken ausgesprochen, kamen auch schon der Verwalter und der Direktor des Golfplatzes in einem Golfwagen angebraust. Ihre hochroten Köpfe verhießen nichts Gutes.

»Das wird teuer«, fügte Alice mit etwas Schadenfreude hinzu.

»Wenn Hughes eines hat, dann Geld«, sagte Cary. »Er wird die Sache rasch regeln, und dann ...« Er zwinkerte Kate siegessicher zu. »Dann werde nicht ich für das Dinner bezahlen. Howard kann es nicht erwarten, dich einzuladen.«

So einfach, wie Cary gedacht hatte, wurde es für Howard Hughes doch nicht. Der Millionär musste tief in die Tasche greifen und feierlich versprechen, nie wieder einen Fuß auf den Golfplatz des Bel-Air Country Clubs zu setzen. Des Weiteren musste Hughes zusichern, das Flugzeug abbauen und abtransportieren zu lassen.

»Sie starten ganz sicher nicht von meinem Golfplatz!«, schrie der Direktor aufgebracht. »Der Schaden ist jetzt schon enorm. Es wird Monate dauern, bis der Rasen wieder in seinem ursprünglichen Zustand ist.«

Hughes stimmte ihm in allen Punkten zu. Aus seinem Plan, Kate, Alice, Cary und Randolph im Clubrestaurant zum Essen einzuladen, wurde trotzdem nichts. Er hatte auch dort lebenslanges Hausverbot.

Also kletterte er auf die Rückbank von Kates Wagen, während Alice auf dem Beifahrersitz Platz nahm. Cary und Randolph fuhren im Auto vor ihnen. Ziel ihres Ausflugs war das Beverly Hills Hotel, wo Howard Hughes ein Apartment im Dachgeschoss besaß.

Sie setzten sich im Schatten eines Sonnenschirms auf die Hotelterrasse.

»Wie sind Sie auf die Idee gekommen, mit dem Flugzeug auf dem Golfplatz zu landen?«, fragte Kate.

»Cary hat mir verraten, dass er heute mit Ihnen Golf spielen würde. Ich wollte Sie schon lange kennenlernen, aber bisher sind Sie mir immer entwischt. Da habe ich die Gelegenheit beim Schopf gepackt.«

Kate sah, wie Alice neben ihr vielsagend die Augen verdrehte, als wollte sie ihr sagen: Pass gut auf, der hat noch mehr mit dir vor.

»Drehen Sie immer mit Ihrem Flugzeug eine Runde, um Frauen zu beeindrucken?«, fragte Kate.

»Es war das erste Mal«, erklärte Hughes.

Trotz seines angeberischen Auftritts glaubte Kate ihm. Howard Hughes war ein Mann, der zu seinen Taten stand und niemandem Rechenschaft ablegen musste. Sein Äußeres war gepflegt, der Schnurrbart modisch getrimmt, das Haar mit Pomade zur Seite gekämmt.

»Ihr Landemanöver sah schwierig aus«, bemerkte Alice. »Da gehört wohl eine ordentliche Portion Geschick dazu.«

»Wie bitte?«

Alice wiederholte ihre Bemerkung, und diesmal sah Howard auf ihre Lippen. Kate fragte sich, ob er schwer hörte. Wenn ja, dann war Howard Hughes mit Sicherheit ein Mann, der das niemals zugeben würde.

»Ich fliege seit Jahren«, erklärte er. »Es ist nicht schwieriger als das Lenken eines Automobils.«

»Das glaube ich nicht«, mischte sich Kate ein. »Sie müssen den Wind im Blick haben und auf das Wetter achten und die Stecke genau kennen und mit dem Flugzeug vertraut sein …«

»Ich versichere Ihnen, dass es ein Kinderspiel ist«, unterbrach Howard ihren Redefluss. »Aber überzeugen Sie sich am besten selbst und fliegen Sie mit mir.« Er machte eine Pause. »Natürlich erst, wenn mein Flugzeug wieder zusammengebaut ist.«

»Sehr gerne«, sagte Kate. »Ich bin noch nie geflogen. Was sagst du dazu, Alice? Sollen wir es wagen?«

»Nie im Leben.« Die Freundin winkte entschieden ab.

»Aber warum denn nicht? Willst du die Welt denn nicht von oben sehen?«

»Auf gar keinen Fall!«

»Howard«, rief Kate vergnügt. »Können Sie meine Freundin nicht zu einem Rundflug überreden?«

Howard lehnte sich nach vorne. Seine Überzeugungsversuche waren halbherzig. Er machte kein Geheimnis daraus, dass er nur Kate in sein Flugzeug locken wollte und Alice lieber am Boden sah. Sein Verhalten war so einfach zu durchschauen, dass Kate sich ein wenig irritiert fragte, ob sie sich geschmeichelt oder abgeschreckt fühlen sollte. Sie entschied sich für Ersteres. Der Mann hatte Stil. Er gehörte zu den reichsten Männern Amerikas und landete für sie mitten auf dem Golfplatz. Die Geschichte war herrlich. Kate würde sie bei jeder Dinnerparty zum Besten geben können.

Gut gelaunt griff sie nach dem Champagner, den Howard für alle bestellt hatte, und nippte daran. Dann schnappte sie sich einen der exquisiten Snacks. Dabei spürte sie ein aufregendes Kribbeln in sich aufsteigen. Sie hatte es schon seit Monaten nicht mehr gespürt. Howard Hughes hatte ausschließlich Augen für sie. Er hing förmlich an ihren Lippen und fand jeden ihrer Scherze amüsant.

Nach dem dritten Glas Champagner beschloss Kate, diesem Mann eine Chance zu geben. Sie wollte ihn kennenlernen. Vorerst würde sie mit ihm fliegen. Danach würde sie weitersehen.

»In ein paar Wochen werde ich meine Familie in Hartford besuchen«, sagte Kate. »Wollen Sie mich hinfliegen, Howard?«

Sein Gesicht hellte sich auf. »Es wäre mir eine außerordentlich große Freude.«

Cary grinste selbstgefällig, als wollte er ihr sagen: Ich habe dir gleich gesagt, dass du diesem Mann nicht widerstehen kannst.

Kate trat ihrem Kollegen unter dem Tisch gegen das Schienbein. Er unterdrückte einen Fluch, kniff die Augen zusammen und grinste noch breiter.

New York, Manhattan, Februar 1936

Kates Wangen glühten, und ihr Kopf fühlte sich an, als hämmerte jemand erbarmungslos darauf ein. Ein metallener Geschmack in ihrem Mund verriet ihr, dass sie Fieber hatte. Wann hatte sie sich die Erkältung eingefangen? Auf Howards Jacht? Oder beim Rundflug über Los Angeles? Der Millionär scheute keine Ausgaben, um ihr den Hof zu machen, und Kate genoss es in vollen Zügen. Noch nie hatte sie sich so begehrt gefühlt. Die Welt, die Howard ihr bot, war glamourös. Nichts schien unmöglich. Sie hatte Lust auf einen Kaffee in Paris? Kein Problem, Howard stieg auf der Stelle mit ihr ins Flugzeug und brachte sie nach Europa. Kate wollte zur Premiere einer Opernaufführung nach Mailand? Auch das war keine große Sache. Die Jacht oder das Flugzeug warteten.

Doch mit laufender Nase und Kopfschmerzen wollte Kate ihren neuen Liebhaber nicht anrufen. Sie wusste, dass er in der Stadt war, aber Howard war kein Mann, der Medikamente und Suppe vorbeibrachte. Er wollte Spaß im Leben haben.

Erschöpft drehte sie sich von einer auf die andere Seite. Ihr Bettlaken war vom Schweiß völlig durchnässt. Sollte sie ihre Mutter anrufen? Wenn sie es richtig in Erinnerung hatte, war sie gerade bei ihrer Schwester zu Besuch. Es wäre unfair, dieses Treffen zu stören.

Kate rappelte sich auf. Sofort wurde ihr schwindelig. Die Wände drohten auf sie zu stürzen. In ihren Ohren sauste es. Wie hoch ihr Fieber wohl war?

Niedergeschlagen wickelte sie sich in ihre Decke und versuchte es noch einmal. Zitternd taumelte sie zum Telefon. Ihr Kopf schmerzte, und sie hatte das Gefühl, als wären alle Nummern aus ihrem Gedächtnis gelöscht. Sie konnte keinen klaren Gedanken fassen. Automatisch wählte sie eine Nummer. Es war die einzige, die ihr in den Sinn kam.

»Ja, bitte?«

Ein Gefühl der Dankbarkeit durchströmte Kate, als sie den Klang von Luddys Stimme hörte.

»Ich fühle mich schrecklich«, schniefte sie ins Telefon.

»Kate, bist du krank? Wo bist du?«

»In meiner Wohnung in New York.« Wegen ihres ständigen Ortswechsels leistete Kate sich zwei Wohnungen. Eine kleine in New York und eine größere in Los Angeles. Sie mochte es nicht, über Wochen in einem Hotel zu wohnen. »Ich glaube, ich habe eine böse Erkältung.« Wie zum Beweis hustete sie trocken in den Hörer.

»Leg dich auf der Stelle wieder ins Bett, ich bin in wenigen Minuten bei dir.«

Luddy legte auf, und Kate marschierte wieder zurück ins Schlafzimmer. Augenblicklich fühlte sie sich besser. Getröstet ließ sie sich aufs Bett plumpsen, zog die Decke bis über die Nase und schlief auf der Stelle ein.

Ein lautes Klingeln an der Tür riss sie aus unruhigen Träumen. Zuerst fehlte ihr jede Orientierung, dann erinnerte sie sich wieder daran, dass sie Luddy angerufen und um Hilfe gebeten hatte. Sie richtete sich auf, ging mit weichen Knien zur Tür und öffnete.

»Kate, um Himmels willen. Du siehst schrecklich aus.« In seiner fürsorglichen Art legte Luddy seinen Arm um Kate. Wie in alten Zeiten lehnte sie sich an seine Schulter. Der vertraute Duft seines Aftershaves drang in ihre Nase. Mit einem Mal fühlte Kate sich sicher. Sie wusste, dass ihr nichts passieren konnte. Luddy würde dafür sorgen, dass sie wieder gesund wurde.

Und tatsächlich hatte er Medikamente, Hühnersuppe und Tee dabei. Er wechselte ihre Bettlaken, brachte ihr einen frischen Pyjama und nötigte sie dazu, einen Teller Suppe zu löffeln. Danach schlief Kate im frisch duftenden Bett ein.

Als sie wieder aufwachte, war es mitten in der Nacht. Der Schein der Straßenlaternen drang durchs Fenster, und ein heller Lichtstrahl fiel durch den Türspalt. Luddy hatte die Tür bloß angelehnt und sich ins Wohnzimmer gesetzt. Kate stand auf und ging zu ihm.

»Wie geht es dir?« Besorgt hob er den Kopf. Er hatte es sich unter Kates Leselampe gemütlich gemacht und las in einem Buch. In den letzten Jahren waren die kleinen Lachfältchen rund um seine Augen tiefer geworden.

»Viel besser«, sagte sie und nahm in die Decke gehüllt auf dem Sofa ihm gegenüber Platz.

»Du solltest wieder ins Bett gehen«, meinte Luddy. Seine Stimme war so sanft und einfühlsam wie immer. Er war der netteste Mensch, den Kate kannte. Warum schaffte sie es nicht, ihn so zu lieben, wie er es verdient hätte?

»Zuerst muss ich mich bei dir bedanken. Du bist mein allerbester Freund.«

»Ich weiß.« Er seufzte. Auch wenn er es nicht aussprach, so wusste Kate, dass er sich wünschte, er könnte mehr für sie sein. Irgendwo tief in ihm hatte er die Hoffnung immer noch nicht aufgegeben, dass sie ihn eines Tages ebenso lieben könnte wie er sie. Kate fühlte sich schuldig, denn mit Anrufen wie heute erhielt sie diese Hoffnung weiter am Leben.

»Du weißt, dass ich immer für dich da sein werde«, sagte Luddy. »Ich liebe dich.«

Kate blinzelte die Tränen weg, die in ihr aufstiegen.

»Danke.« Dann stand sie auf und ging zurück ins Bett.

»Kate?«

»Ja?« Sie drehte sich zu ihm um.

»Stimmen die Gerüchte, dass du und Howard Hughes ein Paar seid?«

Kate wusste, dass die Klatschspalten seit Wochen kein anderes Thema kannten. Wann immer es ihnen gelang, die erfolgreiche Schauspielerin und den Millionär auf einem Foto gemeinsam zu erwischen, wurde es veröffentlicht.

»Ich schlafe mit ihm, wenn es das ist, was dich interessiert.«

Luddy zuckte zusammen.

Sofort hatte Kate ein schlechtes Gewissen. Warum verletzte sie ausgerechnet den Mann, der innerhalb kürzester Zeit zu ihr gefahren war, um ihr zu helfen? Das wollte sie nicht. Aber warum stellte er diese Frage? Sie waren längst geschieden.

»Und liebst du ihn?«, wollte Luddy wissen.

»Nein«, sagte Kate wahrheitsgemäß.

Die Antwort schien Luddy zu beruhigen. Seine Körperhaltung entspannte sich. Er lehnte sich wieder zum Lesen im Stuhl zurück.

»Geh ins Bett, Kate«, bat er sie. »Morgen wird es dir wieder besser gehen.«

Luddys Versprechen ging auf. Kate fühlte sich am nächsten Tag deutlich besser. Das Fieber war gesunken, und ihr Appetit kehrte zurück. Dennoch blieb Luddy noch bei ihr, versorgte sie mit frisch gekochtem Essen und heißem Tee. Er verließ sie erst wieder, als Kate vollständig genesen war.

»Wenn du wieder Hilfe brauchst, melde dich«, sagte er beim Gehen. »Du weißt, dass ich jederzeit für dich da bin.«

»Ich hoffe, dass ich dir eines Tages ein bisschen von der Fürsorge, die du mir schenkst, zurückgeben kann«, erwiderte sie und meinte jedes ihrer Worte ernst.

Los Angeles, Hollywood, März 1936

Kate fasste sich ins offene Haar, das während der Fahrt zum Studio getrocknet war. Nach dem morgendlichen Schwimmen im Pool ihrer Nachbarin hatte sie es mit Eishampoo gewaschen. Aus ihrer Handtasche holte sie Kamm und Spangen, steckte sorgfältig die roten Strähnen hoch und betrachtete sich prüfend im Rückspiegel. Vor jedem neuen Filmprojekt war sie nervös, doch heute klopfte ihr Herz ganz besonders schnell.

Vor Wochen hatte sie den Vertrag für das historische Kostümdrama *Maria von Schottland* unterschrieben. Leland wäre mit diesem Vertrag nicht einverstanden gewesen. Seit sie sich von ihm getrennt hatte, entschied Kate ihre Rollen frei nach ihren Wünschen. Es fühlte sich großartig an. Sie vermisste Leland keine Minute lang. Es war ein kurzer, schmerzloser Bruch gewesen. Ganz anders als mit Luddy, der immer noch Teil ihres Lebens war. Nicht nur, wenn sie krank war, sondern auch, wenn sie Unterstützung in ihrem Apartment oder finanziellen Rat brauchte, griff sie zum Telefonhörer und bat ihn um Hilfe, im sicheren Wissen, dass er mitten in der Nacht aufstehen und zu ihr eilen würde. Leland würde sie nie wiedersehen, und das war gut so. Wie sich die Sache mit Howard Hughes entwickeln würde, stand noch in den Sternen.

Kate parkte auf dem Studiogelände und stieg aus dem Wagen. Schwungvoll schlug sie die Autotür zu. Seit Tagen fieberte sie auf den Drehbeginn hin. Es war das erste Mal, dass sie mit dem Regisseur John Ford zusammenarbeiten würde. Der zweiundvierzigjährige dunkelhaarige Ire stand am Höhepunkt seiner Karriere. Sein Film *Der Verräter*, der im Irland des Jahres 1922 spielte und die Geschichte eines jungen Mannes erzählte, der seinen besten Freund verrät, woraufhin der vor den Augen seiner Mutter erschossen wird, hatte vier Oscars erhalten. Einen hatte Ford selbst für die beste Regie bekommen. Dem ernsten Mann eilte der Ruf eines schonungslos kritischen Filmemachers voraus. In den Studios fürchtete man seine scharfe Zunge und seinen bösen Sarkasmus. Angeblich war er es gewesen, der auf Kate als Hauptdarstellerin bestanden hatte.

Schon auf dem Weg zu den Garderoben stieß sie mit dem Regisseur zusammen, der überraschend nachlässig gekleidet war. Seine Hose und sein Hemd waren zerknittert.

»Hallo!« Kate streckte ihm die Hand entgegen. »Wie schön, Sie kennenzulernen. Ich kann es kaum erwarten, mit den Dreharbeiten zu beginnen.«

Ihr fester Händedruck schien ihn zu irritieren. Ford brummte eine unverständliche Antwort. Er war in etwa so groß wie Kate, hatte dunkles Haar und ebenso dunkle Augen. In seinem rechten Mundwinkel hing eine Pfeife, auf deren Stiel er kaute, während er sie über den breiten Rand seiner Brille hinweg musterte.

Kate ignorierte seine fehlende Euphorie und plapperte ungebremst weiter. »Ich freue mich wahnsinnig auf unsere Zusammenarbeit. Hoffentlich wird es in den nächsten Tagen etwas kühler. Sonst werden die weißen Halskrausen eine Herausforderung.« Sie lachte, ohne damit bei Ford eine Reaktion hervorzurufen. »Wir sehen uns später.«

Sein kritischer Blick war an ihrer Hose hängen geblieben. Konnte es sein, dass er zu jenen Männern gehörte, die Frauen ausschließlich in Kleidern sehen wollten? An den Anblick von Kate in Hosen würde er sich gewöhnen müssen. Sie spürte, wie der Kampfgeist in ihr zum Leben erwachte. Ganz egal, wie mächtig dieser Mann auch war, sie würde sich ihm zuliebe nicht verbiegen.

Der Vormittag verlief unspektakulär. Ford hatte eine ganz eigene Art, zu arbeiten. Er ließ die Schauspieler ihre Texte im vollen Scheinwerferlicht lesen. Dann beriet er sich mit seinem Kameramann und kürzte die Dialoge auf ein Minimum. Es war erstaunlich, wie wenig Worte nötig waren, wenn die Schauspieler mit ihrer Mimik arbeiten durften. Innerhalb einer Stunde war eine Szene fertig vorbereitet, danach konnte sie gedreht werden. In den kurzen Pausen gab es Getränke und Sandwiches.

Eine längere Pause gönnte Ford den Schauspielern erst gegen vier. Als es endlich so weit war, war Kate müde und überdreht zugleich. Statt sich allein in ihre Garderobe zurückzuziehen, setzte sie sich mit ihren Kolleginnen rund um einen kleinen Tisch abseits des Studios.

»Hast du eine Zigarette dabei?«, fragte Florence Eldridge in die Runde. Sie spielte die Rolle der Elisabeth Tudor.

Molly Lamont, die Mary Livingston spielte, eine Freundin von Mary Stuart, musste sie enttäuschen. »Nein, leider. Ich könnte jetzt auch einen Zug gebrauchen. Es kommt mir vor, als hätte der Tag schon hundert Stunden.«

Kate beugte sich nach vorne. Eine Assistentin hatte versehentlich ein paar irische Tonpfeifen liegen lassen, die als

Requisiten dienten. Sie schnappte sich eine davon. »Wir können uns ja mit denen behelfen«, meinte sie übermütig.

Die Kolleginnen sahen sie fassungslos an.

»Ach, was ist schon dabei?« Kate sprang wieder auf. »Ich frage Bob, den Portier, ob er uns ein bisschen von seinem Tabak leiht.« Ohne auf Antwort zu warten, lief sie los, organisierte eine ordentliche Portion Tabak und kam damit wieder zurück.

»Voilà, meine Damen.« Sie sah in die Runde. »Wer will zuerst?«

Molly Lamont kicherte hinter vorgehaltener Hand wie ein junges Mädchen, doch Florence Eldridge streckte den Arm aus. Sie galt im Moment als eine der bekanntesten Bühnenschauspielerinnen Amerikas. Sie für diesen klassischen Film zu gewinnen, war ein genialer Schachzug von Ford gewesen. Ihr Name würde Film- und Theaterliebhaber in die Kinos locken.

»Her damit«, sagte sie mutig.

Kate reichte ihr das Säckchen. Eine nach der anderen nahm sich eine Pfeife und stopfte etwas vom würzigen Tabak hinein.

»Mein Großvater hat früher Pfeife geraucht«, erzählte Molly Lamont und nahm Zündhölzer aus ihrer Handtasche.

Kurze Zeit später stieg so viel Qualm aus den drei kleinen Tonpfeifen, dass Molly husten musste. »O mein Gott, das schmeckt ja widerlich!«

»Ach, ich mag den Geschmack«, meinte Florence. Genüsslich zog sie den Rauch in ihre Lungen und stieß ihn in kleinen weißen Wölkchen wieder aus.

»Wie schaffst du es, diese kleinen Kringel zu formen?« Kate, die die Füße auf den Tisch vor sich gelegt hatte, spitzte die Lippen, um es der Kollegin gleichzutun.

Ein dicker grauer Schleier vernebelte den Pausenraum, und die drei Frauen lachten ausgelassen.

»Was machen Sie da?«, fragte eine Männerstimme ungehalten.

Augenblicklich verstummten alle. John Ford hatte mit seiner Pfeife im Mund den Raum betreten.

»Wonach sieht es denn aus?« Kate wollte sich die gute Laune auf keinen Fall verderben lassen. Sie griff nach der letzten Tonpfeife und reichte sie dem Regisseur. »Wollen Sie auch mal?«

Aus den Augenwinkeln sah sie, wie die anderen Schauspielerinnen den Atem anhielten und gespannt die Szene mitverfolgten.

Nach einer schier endlosen Pause schüttelte Ford den Kopf. »Nein, danke.« Dann machte er auf dem Absatz kehrt und ging.

Kaum hatte er den Raum verlassen, kam wieder Leben in Kates Kolleginnen.

»Meine Güte, Kate, du hast die Bestie gezähmt«, sagte Florence beeindruckt.

»Wieso Bestie?«

»Ford ist ein toller Regisseur, aber er kann unerbittlich sein. Bei manchen Produktionen nörgelt er während der gesamten Dreharbeiten an einem Schauspieler oder einer Schauspielerin herum. Deshalb verhalten sich alle möglichst ruhig, um ja nicht dieses Opfer zu werden.«

Molly stimmte zu. Kate musste an Jed Harris denken. Niemals wieder würde sie zulassen, dass ein Regisseur ihren Selbstwert zerstörte. Sie wusste, was sie konnte, und war stolz darauf.

»Ford wollte uns alle am Set haben«, sagte Kate. »Jetzt ist es seine Aufgabe, das Beste aus uns herauszuholen. Das kann nur gelingen, wenn wir uns vor der Kamera sicher und gut fühlen. Angst ist ganz bestimmt keine Motivation für hervorragende Leistungen.«

»Wow!« Florence war sichtlich beeindruckt. »Das sind kluge und mutige Worte. Ich freue mich auf die Zusammenarbeit mit dir.« Sie hielt die Tonpfeife hoch und prostete Kate damit zu wie mit einem Champagnerglas.

Auch in den nächsten Tagen zeigte sich Kate furchtlos. Sie entwickelte eine gewisse Freude am Austausch von Sticheleien. Wenn Ford sie etwa bat, nach dem Dreh nicht in Hosen zum gemeinsamen Essen zu gehen, antwortete sie frech, dass sie es tun werde, sobald er sich wie ein Gentleman kleiden würde. Tatsächlich sah Ford an manchen Tagen aus, als hätte er in seinen Hosen geschlafen.

Die anderen am Set verfolgten die Wortgefechte zuerst mit verhaltener Neugier, doch als sie bemerkten, dass nichts Schlimmes passierte, stiegen sie ins Geplänkel ein. Schon nach einer Woche war die Stimmung ausgelassen, und alle hatten große Freude an der Arbeit. Selbst die Kostüme, in denen sie bei der sommerlichen Hitze schwitzten, ertrugen sie mit Humor.

Kurz vor Ende der Dreharbeiten nahm Ford Kate beiseite. Er war mit einer Szene nicht ganz zufrieden und wollte sie noch einmal drehen. Kate war einverstanden. In den letzten drei Wochen hatte sie den Regisseur zu schätzen gelernt. Beim zweiten Versuch war Ford zufrieden.

»Darf ich jetzt endlich diese weiße Halskrause abnehmen?«, erkundigte sich Kate.

»Ja, natürlich.« Ford blieb stehen. Es hatte den Anschein, als wollte er noch etwas hinzufügen.

»Gibt es noch was?«, wollte sie wissen.

»Ich denke, dass in Ihnen eine großartige Komikerin steckt«, sagte er.

»Eine Komikerin?«

Er verschränkte die Arme vor der Brust und lehnte sich gegen die Wand. »Ich habe Sie genau beobachtet. Sie haben die Gabe, Menschen zum Lachen zu bringen. Auch dann, wenn es nichts zu lachen gibt. In Ihnen steckt so viel Kraft und Energie, dass es für mehrere Leben ausreichen würde.«

Kate wollte etwas erwidern, doch Ford hielt ihr abwehrend die Hand entgegen. »Lassen Sie mich ausreden.«

Kate fiel es schwer, Kritik zu ertragen, aber so viel ehrliches Lob kommentarlos hinzunehmen, kam ihr noch viel schwieriger vor.

»Kennen Sie Spencer Tracy?«

»Nicht persönlich«, gab Kate zu.

»Ich denke, dass Sie gut zusammenarbeiten würden.«

Kate nahm die Krause von ihrem Hals und kämpfte dabei ein wenig mit den Bändern.

»Spencer Tracy?«, wiederholte sie erstaunt.

»Ja. Ich habe ihn vor Jahren in New York entdeckt. Er hat großes Potenzial.«

Kate hatte Tracy in mehreren Filmen gesehen. Sie schätzte die Vielseitigkeit des Kollegen, der ernste Rollen ebenso überzeugend spielen konnte wie humorvolle.

»Er soll in *Blinde Wut* sehr eindrucksvoll gespielt haben«, sagte sie.

»Ich lobe die Arbeiten meiner Konkurrenten nur sehr ungern«, gab Ford zu. »Aber Fritz Lang ist mit dem Streifen ein Meisterwerk gelungen. Das Drama über einen Mann zu erzählen, der unschuldig im Gefängnis landet und zuvor vom

Mob fast gelyncht wird, ist genial. Ich habe den Film vorab gesehen. Er ist großartig.«

»Wird Tracy für einen Oscar nominiert werden?«, fragte Kate.

»Das wage ich nicht zu sagen. Verdient hätte er den Preis allemal. Wenn die Gerüchte stimmen, hat er vor Kurzem einen Film gedreht, in dem er an der Seite von Clark Gable einen Priester spielt. Seine Leistung soll ausgezeichnet sein. Mal sehen, was die Juroren sagen werden. Leider werden wir Iren immer wieder übergangen.«

»Er ist Ire wie Sie?«, fragte Kate.

»Sea!«

Kate runzelte die Stirn, während sie nachlässig die Krause zusammenfaltete.

»Das heißt Ja auf Irisch«, erklärte Ford.

»Das muss ich mir merken!«

»Merken Sie sich auch den Namen, Sie beide würden nämlich ein Traumpaar auf der Leinwand abgeben.«

Hartford, Oktober 1937

Die letzten drei Tage hatte es durchgehend geregnet. Jetzt, da Kate am späten Nachmittag wieder ins sommerliche Los Angeles aufbrach, riss die Wolkendecke auf, und eine strahlende Herbstsonne tauchte den Garten ihres Elternhauses in ein warmes goldgelbes Licht.

Sie wollte die verbleibenden Stunden unbedingt für einen ausgedehnten Spaziergang nutzen, denn Howard würde sie erst nach dem Mittagessen mit dem Automobil abholen. Ursprünglich hätte er die Zeit gemeinsam mit Kate bei ihren Eltern verbringen sollen, schließlich waren sie nun ganz offiziell ein Paar und lebten seit ein paar Wochen zusammen, aber dann hatte Kate sich im letzten Moment anders entschieden. Die Vorstellung, dass ihre Mutter Howard in unzählige politische Diskussionen verwickelte, fand sie unerträglich. Howard war ein Mann des Geldes. Er verdiente jeden Tag Summen, mit denen viele Familien ein ganzes Jahr lang auskommen mussten. Dieser Umstand war für Howard eine Selbstverständlichkeit, und er war davon überzeugt, dass ihm dieser Reichtum voll und ganz zustand. Über weniger wohlhabende Menschen machte er sich keine Gedanken. Gespräche über soziale Gerechtigkeit und Ähnliches waren ihm völlig fremd.

Kates Mutter hingegen beschäftigte sich immer intensiver mit diesen Themen. Auf ihrem Schreibtisch stapelten sich die Schriften und Bücher über linke Ideen. Sie bezeichnete sich selbst als sozialistische Demokratin und beobachtete das Experiment in Russland aus der Ferne mit großem Interesse. Dabei war sie keineswegs unkritisch und gab zu, dass der Kommunismus keine geeignete Medizin für die kranke Welt sei, denn sie fürchtete, er könne einen neuen Napoleon hervorbringen.

Kate liebte die hitzigen Diskussionen mit ihrer Mutter und konnte Stunden damit verbringen. Trotzdem wollte sie den Luxus, den Howard ihr bot, nicht missen. Im Gegenteil, sie genoss die riesige Jacht, die exquisiten Dinner, die spontanen Reisen ans Mittelmeer. Für Kate war das kein Widerspruch. Sie war der Meinung, dass man sich für alles interessieren konnte und trotzdem ein gutes Leben führen durfte. Dass ihre Mutter den Reichtum der Welt umverteilen wollte, war in ihren Augen vollkommen in Ordnung, solange sie nicht bei Kate anfing.

Aus ihrem Koffer holte sie einen warmen Wollpullover. Sie hatte sich nicht die Mühe gemacht, ihre Kleidung in den Schrank zu räumen, denn irgendwie widerstrebte es ihr, die Möbel ihrer Kindheit zu benutzen. Langsam schlüpfte Kate in den Pullover und wickelte den Schal, den sie sich gestern von ihrer Mutter geliehen hatte, um ihren Hals. Sie war dazu ins elterliche Schlafzimmer gegangen und hatte sich nach Jahren wieder die gerahmten Fotos ihrer beiden Onkel Charles und Sewell angesehen. Zum ersten Mal war ihr die große Ähnlichkeit mit ihrem Vater aufgefallen.

»Die beiden haben dieselbe Kinnpartie wie Dad«, hatte Kate bemerkt und den Schal ihrer Mutter entgegengenommen. Statt zu antworten, hatte diese sich abgewandt und kommentarlos das Zimmer verlassen, als hätte sie ihre Tochter nicht gehört. Kate war darüber nicht sonderlich überrascht. So war es immer gewesen. Sobald ihre Onkel ins Spiel kamen, verstummten die Gespräche.

Dasselbe galt für ihren Großvater mütterlicherseits und dessen Bruder, Kates Großonkel. Auch über die beiden wurde nicht geredet. Ein dunkles Geheimnis hing über den vier Männern. Seit dem Gespräch mit Tante Betty ahnte Kate, dass es mit Krankheit und Tod zu tun hatte, doch sie spürte, dass es niemandem guttat, weitere Fragen zu stellen. Das Schweigen war vor Jahren von ihren Eltern beschlossen worden. Als Tochter galt es, diese Regel zu akzeptieren.

Sie schob die düsteren Gedanken zur Seite und lief die Treppe hinunter ins Esszimmer, wo es verführerisch nach frischem Kaffee und geröstetem Brot duftete.

Ihr Bruder Robert saß als Einziger am Tisch. Alle anderen Familienmitglieder waren unterwegs. Ihr Vater war in der Klinik, ihre Mutter beim Einkaufen, Marion und Margaret im College und Richard in Harvard.

»Wolltest du heute nicht in die Klinik?«, fragte Kate erstaunt. Robert studierte Medizin und war wegen eines Praktikums, das er bei seinem Vater absolvieren wollte, derzeit in Hartford.

»Dad hat gemeint, dass ich erst am späten Vormittag in die Klinik kommen soll, weil es vorher ein paar interne Besprechungen gibt, bei denen ich nichts lernen würde.«

Er legte die Zeitung zur Seite, und Kate fiel auf, dass er seinem Vater und seinen beiden Onkeln verblüffend ähnlich sah.

»Ich habe die Kritiken zu *Maria von Schottland* gelesen«, fuhr er fort. »Sie waren gut.«

Kate setzte sich. »Der Film ist leider trotzdem weit hinter

den Erwartungen geblieben. Das Publikum konnte mit dem klassischen Stoff nichts anfangen.«

»Es war wohl der falsche Film zur falschen Zeit«, meinte Robert. »Es werden wieder andere kommen.«

Im Moment fiel es Kate schwer, die Zuversicht ihres Bruders zu teilen. Sie landete einen Misserfolg nach dem anderen, und es sah so aus, als hätte das Publikum genug von ihr. Sie erhielt zwar nach wie vor Filmangebote, aber wenn ihr Name weiterhin so wenige Zuschauer in die Kinos lockte, würden sie bald ausbleiben. Kate hätte dann zwar einen Oscar, aber keine neuen Rollen, in die sie schlüpfen durfte.

»Vielleicht entspreche ich dem gewünschten Frauenbild nicht mehr«, meinte sie nachdenklich.

Robert goss ihr Kaffee ein. Er selbst nahm sich Tee. »Weil du modern und unabhängig bist? Weil du sagst, was du denkst?«

»Die Artikel über die Geburtenkontrolle haben einen Teil meines Publikums verschreckt«, meinte Kate. »Die Übrigen sind entsetzt, weil ich mit dem dritten Mann liiert bin und kein Blatt vor den Mund nehme, wenn es um heikle Themen geht. Ich ecke ständig an, das mögen weder die Filmfirmen noch das Publikum.«

»Hättest du denn lieber geschwiegen?«, wollte Robert wissen.

Kate schüttelte vehement den Kopf. »Nie im Leben«, schoss es aus ihrem Mund.

»Na bitte«, meinte Robert. »Du musst dir keine Vorwürfe machen. Deine Leistungen als Schauspielerin sind gut, und eines Tages wird das Publikum dich wieder lieben. Du brauchst bloß ein bisschen Geduld.«

»Moderne Frauen sind gerade nicht gefragt«, sagte Kate

bitter. »Gewünscht sind brave Hausfrauen, die sich um Mann und Kinder kümmern, die den ganzen Tag hinter dem Herd stehen und abends ihrem Ehemann die Füße massieren.«

Robert grinste. »Was für ein schönes Bild.«

Kate wusste, dass er bloß einen Scherz machte, trotzdem strafte sie ihn mit einem vorwurfsvollen Blick.

Dann griff sie nach einem Stück Toastbrot, tat es auf den Teller und überlegte, was sie daraufstreichen sollte.

»Spaß beiseite«, sagte Robert ernst. »Ich kann dir nicht ganz zustimmen. Schau dir mal dieses Cover an.« Er schob Kate das *Time Magazine* entgegen, in dem er zuvor geblättert hatte.

»Ist das eine aktuelle Ausgabe?«

»Nein, das Heft lag auf einem der Stapel im Wohnzimmer. Es stammt vom Vorjahr«, sagte Robert. »Mir ist das Foto auf dem Cover aufgefallen.«

Kate zog die Zeitschrift zu sich. Auf dem Titel war eine attraktive, sportliche Frau abgebildet, die mit Badeanzug und Wollsocken bekleidet einen verschneiten Berghang in Skiern hinaufstapfte. Die Bildunterschrift lautete: *Hitlers Leni Riefenstahl.*

»Das ist doch diese Deutsche, die für Hitler Filme dreht, oder?«, meinte Kate. »Wir haben neulich bei den Proben über ihn gesprochen. Cary hat ihn parodiert. Wir haben Tränen gelacht.«

»Ich fürchte, dass die Welt ihn unterschätzt«, sagte Robert. »Einer meiner Studentenkollegen ist Jude. Seine Eltern wohnen in Berlin, wo sie ein erfolgreiches Unternehmen führen. Jetzt wollen sie das Haus, die Firma und die Grundstücke verkaufen und sich Visa für die Staaten besorgen. Sie brechen alles ab, verlieren Unsummen von Geld und lassen ihre gesamte Vergangenheit in Deutschland zurück.«

»Ist das nicht etwas übertrieben?«, fragte Kate und blickte wieder auf das Cover. Leni Riefenstahl sah modern und mutig aus. Wie passte das mit dem zusammen, was Kate über Hitler gehört hatte?

»Ich weiß es nicht«, gab Robert zu. »Es heißt, dass Hitler ein Genie der politischen Propaganda ist. Er engagiert kluge Köpfe, die ihn gekonnt in Szene setzen. Jacob sagt, Riefenstahl sei eine ehrgeizige Künstlerin, die über Leichen gehen würde, um ihr Ziel zu erreichen, und Hitler bezeichnet er als größenwahnsinnigen Mann mit einem krankhaften Hass auf Juden.«

»Das mag schon stimmen«, sagte Kate. »Aber nur weil ein Politiker verrückte Dinge von sich gibt, kann man doch nicht seinen gesamten Besitz aufgeben und die Heimat verlassen! Stell dir vor, Roosevelt würde seltsame Dinge vertreten. Dann würden die Intellektuellen des Landes alles daransetzen, damit er wieder zur Vernunft kommt, aber niemand würde deshalb sein Haus verkaufen und auswandern.«

»Ich glaube nicht, dass wir die politische Situation in Europa vollständig erfassen«, gab Robert zu bedenken. »Wir kriegen hier nur einen Bruchteil von dem mit, was derzeit in Deutschland vorgeht.«

Kate schob die Zeitschrift wieder zur Seite.

»Da hast du recht«, sagte sie.

Kate war im Moment mit ihren eigenen Sorgen und dem Stagnieren ihrer Karriere beschäftigt. Politische Probleme, die sie ohnehin nicht beeinflussen konnte, tangierten sie nur, wenn sie mit ihrer Mutter darüber diskutierte. Sie griff nach der Erdnussbutter und wechselte das Thema.

»Wolltest du das Praktikum bei Dad absolvieren? Oder war es seine Entscheidung?«, erkundigte sie sich. Die Frage hatte sie ihm schon am Vortag stellen wollen.

»Du kennst Dad«, sagte Robert. »Man ist nach einem Gespräch mit ihm nie sicher, ob man noch das tut, was man selbst wollte.«

»Du meinst, er manipuliert uns?«, fragte Kate.

Robert zuckte mit den Schultern.

»Erzähl mir von deinem nächsten Filmprojekt. Was hast du vor? Mit wem wirst du spielen? Cary Grant? Meine Studienkolleginnen wollen sich nur deshalb mit mir treffen, weil sie hoffen, ein Autogramm von ihrem Idol zu bekommen.«

Kate lachte. »Du hast Glück«, sagte sie. »Ich werde tatsächlich einen Film mit Cary drehen. Howard Harks führt Regie. Es wird eine unglaublich witzige Komödie. Ich freue mich riesig darauf.«

»Wie wird der Film heißen?«

»Leoparden küsst man nicht.«

»Klingt interessant.«

Beim Gedanken an das neue Projekt verflogen Kates Sorgen wegen ihrer Karriere. »Um ein Leopardenbaby zu beruhigen, müssen Cary und ich *I can't give you anything but love* singen.« Sie bestrich ihr Brot mit einer dicken Schicht Erdnussbutter. »Dabei sitzen wir auf dem Dach einer Scheune. Kannst du dir das vorstellen? Ist das nicht wunderbar komisch?«

Robert lehnte sich zurück und verschränkte die Arme vor der Brust. »Du musst mir Karten für die Premiere besorgen. Diesen Film muss ich als einer der Ersten sehen.«

»Selbstverständlich«, versprach Kate. »Und deine hübschen Studienkolleginnen kriegen auch Karten.«

Liebster, bester Freund,
Schweigen breitet sich über mein Leben wie ein dunkler Mantel, der mich schützt und gleichzeitig zu ersticken droht. Er verdeckt die hässlichen Wunden und bewahrt mich davor, sie anzusehen. Doch das bedeutet nicht, dass sie nicht da sind. Es fehlt mir nur der Mut, ihnen die Luft zu geben, die sie zum Heilen benötigen. Ich begegne dem Schweigen mit Lärm, während du die Stille gewählt hast.
Dein Jimmy

New York, Manhattan, Januar 1950

Immer noch hallte der Klang des Applauses in Kates Ohren nach. Fünfmal hatte sich der Vorhang wieder gehoben, und die ganze Schauspieltruppe war auf die Bühne zurückgekehrt. Es war ein überschäumendes Gefühl des Glücks gewesen. Der Jubel hatte ihr gegolten. Einige der Zuschauer hatten ihren Namen gerufen. Sie hatte so viele Blumen, Karten und Süßigkeiten bekommen, dass sie drei Sträuße der Regieassistentin überlassen hatte.

Jetzt saß sie vor ihrem Spiegel und griff benommen vom Erfolg nach ihren Abschminktüchern. Gerade als sie die übertriebene Ladung Rouge von ihren Wangen reiben wollte, klopfte es an ihrer Garderobentür. Sie wurde aufgerissen, noch bevor sie antworten konnte. Michael Benthall stürmte mit ausgebreiteten Armen herein.

»Schätzchen, du warst großartig!«, rief er aufgekratzt. Wie immer sah er aus, als hätte er gleich einen offiziellen Termin beim amerikanischen Präsidenten. Sein maßgeschneiderter Anzug saß perfekt. »Deine Leistung wird in die Theatergeschichte eingehen. Die beste Shakespeare-Darstellerin aller Zeiten!«

Michael neigte zur Übertreibung. Er liebte die Dramatik, nicht nur auf der Bühne, sondern auch privat. Kate sah es ihm nach. Im Moment war sie vom Glück dermaßen berauscht, dass sie die Komplimente gerne entgegennahm. Nach der Premiere von *Wie es euch gefällt* in der vergangenen Woche waren die Kommentare der Presse verhalten gewesen. Einige Rezensenten waren über die üppige Ausstattung des Stücks hergezogen, andere hatten die luxuriöse Aufmachung des Programms kritisiert. Kate war dennoch zuversichtlich geblieben. Ihr Optimismus hatte sich bewahrheitet. Das Publikum liebte das Stück, und es kaufte die Hochglanzprogramme, um sie als Souvenir zu behalten. Alle Vorstellungen in den nächsten Wochen und Monaten waren bereits ausverkauft.

Michael trat auf sie zu und drückte ihr einen freundschaftlichen Kuss auf die Wange. Sein Parfum war eine Spur zu aufdringlich. Kate rümpfte die Nase.

»Ich bin so stolz auf dich, auf uns, auf die ganze Produktion. Es ist einfach ein Traum«, schwärmte Michael.

Kate löste sich lachend von ihm. Da fiel ihr Blick auf Spencer, der im Türrahmen stand. Sein Gesichtsausdruck war grimmig.

»Wollt ihr gemeinsam ins nächste Bett steigen?«

Erschrocken fuhr Michael herum.

Kate sprang von ihrem Stuhl auf. »Spencer, Liebling. Was für eine Freude! Ich wusste gar nicht, dass du kommen wolltest. Was sagst du zu dem Stück? War das Publikum nicht hinreißend? Ich habe den Abend so genossen.«

Sie redete hastig, ließ Michael links liegen und hastete zu Spencer. Liebevoll küsste sie ihn. Aus den Augenwinkeln nahm sie Michaels verstörte Miene wahr. Sie würde später mit ihm reden und ihm Spencers eifersüchtige, böse Bemerkung erklären. Jetzt wollte sie sich um Spencer kümmern. Er hatte sein Versprechen eingelöst und war gekommen. Kate war gerührt. Sie wusste ganz genau, wie viel Überwindung es ihn gekostet hatte, schließlich hatte er bis zum Schluss mit ihrer Entscheidung gehadert und gehofft, dass sie einen Rückzieher machen würde.

»Ich gehe dann mal«, flüsterte Michael und drückte sich geschickt an Kate vorbei. Spencer würdigte er keines Blickes.

Kaum war die Tür hinter ihm zu, zog Kate Spencer näher an sich heran. »Was sagst du zu meiner Rosalind? Ist Shakespeare nicht ein wundervoller Autor? Er sollte viel öfter gespielt werden.«

»Hat er dir gerade die Zunge in den Mund gesteckt?«, brummte Spencer wütend.

Kate lachte übertrieben laut. »Ach, Spencer. Was soll dieser Unfug? Du weißt doch, dass Michael schwul ist. Er liebt Robert. Es ist schlimm genug, wenn der die ganze Zeit eifersüchtig hinter der Bühne herumschleicht. Bitte fang du nicht auch noch damit an. Das ist schwer zu ertragen.«

Robert Helpmann war tatsächlich eifersüchtig und misstrauisch. Hinter jeder Berührung, jedem freundschaftlichen Wortwechsel zwischen Kate und Michael vermutete er einen Betrug. Was lächerlich war, denn weder Kate noch Michael verspürten auch nur den Hauch einer körperlichen Anziehung füreinander.

Spencer grummelte etwas Unverständliches in seinen Hemdkragen, und Kate entspannte sich. Sie konnte an seiner Körperhaltung erkennen, dass sein Ärger allmählich verflog.

Sanft zog sie ihn mit sich und drückte ihn auf das Sofa in ihrer Garderobe. Dann kehrte sie zum Schminktisch zurück, um ihr Gesicht von der restlichen Theaterfarbe zu befreien.

»Also, nun sag schon. Wie hat dir das Stück gefallen?« Sie tauchte das weiche Tuch in einen Cremetopf und verteilte die Masse auf den Wangen.

»Das Stück stammt von einem toten Engländer. Was soll ich als Ire dazu sagen?«

»Abgesehen davon, dass Shakespeare ein Engländer war, auf die ihr Iren nicht sonderlich gut zu sprechen seid – was hältst du von der Inszenierung?«

Spencer zuckte mit den Schultern. »Ich bin bloß ein einfacher Hollywoodschauspieler. Mit der großen Theaterkunst habe ich nichts am Hut. Aber ich denke, dass du gut warst. Sonst hätten die Leute im Saal nicht so euphorisch applaudiert.«

Kate drehte sich zu ihm und strahlte ihn an. »Es war schön, weißt du? Im Theater ist alles echt. Man fühlt sich als Schauspielerin dem Publikum so nah. Völlig egal, was die Reporter und Kritiker schreiben. Die Menschen im Saal zeigen einem Abend für Abend, welche Leistung erbracht wird. Sie belohnen einen mit Applaus, Blumen und Grußkarten und bestrafen einen mit verhaltenen Reaktionen.«

Spencer antwortete nicht.

»Du solltest auch ans Theater. Du würdest die Bühnenluft lieben.«

Es war nicht Kates erster Versuch, Spencer zu einer Theaterrolle zu überreden. Sie war fest davon überzeugt, dass der Kontakt zum Publikum gut für ihn wäre. Echter Beifall würde seinem Selbstwert guttun. Vielleicht würde er weniger oft zur Flasche greifen. An Angeboten mangelte es ihm wahrlich nicht. In regelmäßigen Abständen wurde er für Hauptrollen am Broadway angefragt, galt er doch als einer der erfolgreichsten Charakterdarsteller Hollywoods. Doch Spencer hatte Angst vor Veränderungen. Alles, was von seinem gewohnten Alltag abwich, stellte eine Bedrohung für ihn dar. Selbst Reisen trat er nur an, wenn sie nicht vermeidbar waren.

Am liebsten wäre er jeden Tag der gleichen Routine nachgegangen.

»Du wärst großartig auf der Bühne«, drängte Kate.

»Niemals.«

»Eine neue Aufgabe würde dir guttun.«

»Ich habe neue Aufgaben«, entgegnete Spencer. »Du weißt, dass ich schon vor Wochen weitere Verträge bei MGM unterschrieben habe. Man wartet dort nur noch auf deine Zusage.«

Kate hatte gehofft, dass diese Diskussion längst beendet sei. Sie liebte Spencer über alles, aber in den letzten Wochen war ihr klar geworden, dass sie die Bühne brauchte. Sie wollte keine weiteren langweiligen Filme drehen, sondern in Produktionen mitwirken, die sie interessierten und forderten. Nur so würde sie auch weiterhin Kraft für Spencer aufbringen können.

»Ich werde keine weiteren Filme mit MGM drehen«, erklärte sie.

»Du musst«, entgegnete Spencer. »Gemeinsam sind wir großartig. Die Menschen lieben uns auf der Leinwand. Meine ruhige Art und deine Dynamik ergänzen sich perfekt. Wir sind das ideale Paar.«

»Ja, das sind wir«, stimmte Kate ihm zu. Sie stand auf und ging zu ihm. Langsam sank sie vor ihm auf die Knie und legte ihre Hände auf seine Oberschenkel.

»Vergiss die Bühne«, sagte Spencer. »Der eigentliche Ruhm ist in Hollywood zu finden. Nächstes Jahr spielt eine andere Schauspielerin die Rosalind und ist dabei vielleicht noch besser. Ein Film dagegen ist für die Ewigkeit. Man wird mit einem Titel immer nur einen Schauspieler verbinden. Tracy und Hepburn gehen in die Filmgeschichte ein.«

Kate spürte, wie das Glücksgefühl, das sie eben noch auf der

Bühne verspürt hatte, langsam schrumpfte. Es war, als würde Spencer ihr die Energie entziehen. Noch nie hatte sie das so deutlich wahrgenommen. Kate hatte immer genug Kraft für sie beide gehabt. Jetzt waren ihre Reserven beinahe aufgebraucht. Wollte sie ihn weiter beschützen, brauchte sie neue Kraft, und die würde sie nur in befriedigender Arbeit finden.

»Unterschreib die Verträge mit MGM«, drängte Spencer. »Es ist das Beste für uns beide.«

Noch vor einem Jahr hätte Kate ihm zugestimmt. Sie hatte darauf gehofft, dass er sein Alkoholproblem mit ihrer Hilfe vollständig in den Griff bekommen würde. Heute wusste sie, dass das bloß ein Wunsch gewesen war. Er würde weiter trinken und erneut abstürzen. Sie würde für ihn da sein, aber dazu musste sie auch auf sich selbst achten. Es half ihnen beiden nicht, wenn Kate unglücklich war. Sie brauchte die Glücksmomente auf der Bühne.

»Spencer, ich werde *Pat und Mike* mit dir drehen, das habe ich dir versprochen, und ich habe den Vertrag schon vor Jahren unterschrieben. Aber es wird der letzte Film dieser Art sein. Ich will zu neuen Ufern aufbrechen. Ich brauche das Abenteuer.«

Ein Schatten legte sich über Spencers Gesicht. Seine buschigen Augenbrauen schoben sich zusammen.

»Hast du für den Afrika-Film zugesagt?«

»Nein«, beruhigte ihn Kate.

Spencer schwieg und presste seine Lippen so fest gegeneinander, dass das Blut daraus entwich.

Kate rappelte sich auf, strich ihm mit dem Zeigefinger über den Mund und küsste ihn sanft. Es dauerte einen Moment, bis er den Kuss erwiderte. Zuerst nur zaghaft, doch dann fordernder und leidenschaftlich.

»Lass uns zu dir gehen«, murmelte er schließlich.

Das war nicht der Satz, den Kate hören wollte. Sie wünschte, er würde eines Tages sagen: Lass uns nach Hause gehen. Doch tief in ihrem Inneren wusste sie, dass es bloß ein Traum bleiben würde. Genau wie der Wunsch, dass er aufhören würde zu trinken. Spencers Gespenster hielten ihn erbarmungslos gefangen. Von Zeit zu Zeit konnte Kate sie auf Abstand halten, aber endgültig verscheuchen konnte sie sie nicht.

»Gib mir eine Minute«, sagte sie. »Ich muss meine lächerlichen Strumpfhosen gegen eine ordentliche Hose eintauschen.«

»Als ob Hosen ordentliche Kleidung für eine Frau wären.«

Kate schüttelte nachsichtig den Kopf. »Du unverbesserlicher irischer Katholik. Würde ich einen weiteren Oscar gewinnen, würde ich ihn in Hosen entgegennehmen.« Die Diskussion über die passende Kleidung war zu einem Spiel zwischen ihnen geworden.

»Ich fürchte, du würdest es wirklich tun.«

»Selbstverständlich!«

Los Angeles, Hollywood, August 1940

»Jetzt bezeichnet mich sogar die Presse als Kassengift!« Niedergeschlagen legte Kate die Zeitung zur Seite. Ihr schlimmster Albtraum hatte sich bewahrheitet. Der Name, den sie sich vor ein paar Jahren Laura gegenüber selbst gegeben hatte, stand jetzt schwarz auf weiß in der *Times*. »Katharine Hepburn ist der Garant für einen Filmflop. Wir fragen uns, wie lange die Filmproduzenten Hollywoods diesem Kassengift neue Rollen anbieten werden.«

»Vergiss die Presse. Du feierst Erfolge am Broadway«, versuchte George, sie zu beruhigen. Er war nach wie vor einer von Kates wichtigsten Freunden. In den letzten Jahren waren Menschen in Kates Leben getreten und wieder daraus verschwunden, doch George Cukor, Alice Palache und Luddy waren stets an ihrer Seite geblieben.

Vor einem Monat hatte Kate sich von Howard Hughes getrennt. Das Leben mit ihm war gemütlich gewesen, aber auf Dauer hatte weder der Luxus noch das Geld die fehlende emotionale Verbundenheit wettmachen können. Auch diese Trennung war problemlos verlaufen und hatte sich für Kate als große Befreiung angefühlt.

Tatsächlich feierte sie gerade einen nie da gewesenen Erfolg am Broadway, doch die Abende auf der Bühne konnten sie nicht darüber hinwegtrösten, dass ihre Filmkarriere zum Erliegen gekommen war. Dabei wollte Kate am liebsten beides: Film und Theater. Im Bühnenstück *Die Nacht vor der Hochzeit* spielte sie die selbstbewusste und unnahbare Tracy Lord, eine junge Frau der oberen Zehntausend, die sich auf die Ehe mit einem gesellschaftlichen Aufsteiger vorbereitet und sich im Laufe des Stücks erneut in ihren Ex-Mann Dexter verliebt. Die Rolle war Kate wie auf den Leib geschnitten. Tracy war exakt die Art von Frau, die sie jahrelang in *Holiday* geprobt und mithilfe von Mrs Robinson-Duff bis zur Perfektion eingeübt hatte.

»Mein Broadwayerfolg ist schön«, jammerte Kate. »Aber in Hollywood will man mich nicht mehr haben. Im Film *Bühneneingang* hat man mir Ginger Rogers an die Seite gestellt.«

»Bei RKO wollte man Rogers helfen, ihr Image als Fred Astaires Tanzpartnerin abzulegen.« George schenkte Kate Zitronenlimonade nach. Sein eigenes Glas war noch voll.

Dankbar griff Kate nach dem Getränk und verdrehte dabei die Augen. »Du weißt ganz genau, dass das nicht stimmt«, sagte sie. »RKO hat Rogers engagiert, weil ich allein nicht populär genug bin, um dem Film einen Erfolg zu verschaffen. Ich bin genau das, was man schreibt: ein Kassengift. Das Publikum mag mich nicht mehr. Ich bin zu unnahbar, zu eigenständig, zu stark. Es sind Frauen gefragt, die anpassungsfähiger und gefälliger sind. Frauen wie Ginger Rogers.«

George neigte den Kopf, widersprach aber nicht.

»Dabei hatte ich so gehofft, dass *Leoparden küsst man nicht* ein Erfolg wird. Der Film ist die beste Komödie, die seit Jahren gedreht worden ist.«

George, der nur ungern die Filme seiner Konkurrenten lobte, stimmte Kate widerwillig zu.

»Hawks ist mit dem Film wirklich ein besonderer Wurf gelungen«, brummte er. »Es ist mir ein Rätsel, dass das Publikum den Witz nicht erkannt hat.«

»Der Film hat einen Verlust von 365 000 Dollar eingefahren«, seufzte Kate.

»Das ist bitter.« Doch George konnte seine Schadenfreude nicht ganz verbergen. Sein rechter Mundwinkel zuckte. Es war kein Geheimnis, dass er und Howard Hawks nicht die besten Freunde waren. Die beiden interessierten sich stets für ähnliche Drehbuchstoffe und lieferten sich wahre Wettrennen, wenn es darum ging, gute Geschichten einzukaufen.

»Eines Tages wird die Filmwelt den wahren Wert dieser Geschichte erkennen«, fuhr George fort, doch seine Worte konnten Kate nicht trösten.

Der Hochsommer hatte Los Angeles erbarmungslos im Griff. Erst jetzt, mit dem Untergehen der Sonne, nahm die Hitze erträgliche Formen an. Eine sanfte Brise streifte über Kates erhitzte Wangen und kühlte ihre Haut.

»Ich überlege, ob ich mich von RKO freikaufen soll. Die Filmfirma glaubt nicht mehr an mich.«

»Wo willst du stattdessen hin?«

»Ich weiß es nicht«, gab Kate zu. »Columbia?«

»Tu das nicht«, riet George.

»Man wird mir bei RKO keine interessante Rolle mehr anbieten. Das letzte Drehbuch war so schlecht, dass ich es abgelehnt habe. Ich glaube, sie wollen, dass ich freiwillig gehe.«

»Ich finde dein Talent fürs Komödiantische großartig.« George griff nach einem der gefüllten Törtchen, die neben einer großen Schüssel Obst standen.

Kate langte über den Tisch nach einem Pfirsich. »Lass uns tauschen«, schlug sie vor.

George verstand den Wink.

»Meinetwegen.« Leidend reichte er ihr das Törtchen und nahm den Pfirsich entgegen.

»Gern geschehen. Gute Freunde geben aufeinander acht.«

Mit Todesverachtung biss George in den saftigen Pfirsich. Der Geschmack schien ihn nicht zu überzeugen, denn sein sehnsuchtsvoller Blick hing weiter am Zitronentörtchen.

»Du hast recht, Kate. Gute Freunde unterstützen sich gegenseitig, und deshalb gebe ich dir jetzt einen wichtigen Ratschlag.«

Neugierig hob Kate die Augenbrauen.

»Sichere dir die Filmrechte von *Die Nacht vor der Hochzeit.*«

»Wie kommst du darauf, dass Philip Barry mir die Rechte verkauft?«

»Er schuldet dir etwas«, entgegnete George. »Er hat dich in *The Animal Kingdom* eiskalt abserviert. Jetzt bist du es, die seinem Stück zum Erfolg am Broadway verholfen hat. Ohne deine Hilfe wäre er in der Bedeutungslosigkeit versunken. Das weiß er.«

Kate widersprach nicht, denn was George sagte, entsprach der Wahrheit. Als Barry angefragt hatte, ob sie mitspielen wolle, hatte sie zuerst abgelehnt. Die Erinnerung an *The Animal Kingdom* war noch sehr präsent und die Wunde, die er ihr seinerzeit zugefügt hatte, längst nicht vollständig verheilt. Außerdem hatte Kate zu diesem Zeitpunkt gehofft, die Hauptrolle der Scarlett O'Hara in *Vom Winde verweht* zu bekommen. Aber man entschied sich für Vivien Leigh, und Kate war am Boden zerstört gewesen. Sie hatte einen ganzen Abend lang geheult. Dann hatte sie sich aufgerappelt und Barry angerufen. »Ich nehme die Rolle in deinem Stück an.« Seit über einem Jahr trat sie nun vor ausverkauften Zuschauersälen auf.

»Angenommen, ich bekomme die Rechte«, sagte Kate. »Was soll ich damit tun?«

»Ich drehe den Film, und du wirst die Hauptrolle spielen. Ich verspreche dir, dass *Die Nacht vor der Hochzeit* einen Wendepunkt in deiner Karriere bedeuten wird.«

Kate richtete sich auf. Sie war sich nicht sicher, ob George eben einen Scherz gemacht hatte, und sah ihm ins Gesicht. Er wirkte vollkommen ernst.

»Ich mache keinen Scherz«, versicherte George. »Wir gehen mit dem Stoff zu MGM.«

»Du denkst, die würden den Film produzieren?«

»Ganz bestimmt. Wichtig ist, dass du darauf bestehst, zwei bekannte Schauspieler an die Seite zu bekommen.«

»An wen hast du gedacht?«

»Clark Gable und Spencer Tracy?«

»Cary Grant und James Stewart?«

»Klingt genauso gut«, meinte George. »Ich mag Cary. Ihr beiden gebt ein charmantes Paar ab.«

Kate dachte angestrengt nach. Die Idee gefiel ihr außerordentlich gut. Um den Plan zu verwirklichen, musste sie sich zuerst von RKO freikaufen. Was nicht schwer werden dürfte, da man sie dort ohnehin loswerden wollte. Dann musste sie Philip Barry überzeugen, was mit dem richtigen Kleingeld auch keine Schwierigkeit werden sollte. Den Rest musste George erledigen.

»MGM«, wiederholte Kate langsam.

George nickte eifrig.

»Und du denkst, dass man dort das Manuskript kaufen wird?«

»Die werden begeistert sein, dass sie dich bekommen. Die werden jedes Manuskript einkaufen. Du magst für RKO ein Kassengift sein, aber du bist nach wie vor Katharine Hepburn, die Oscarpreisträgerin und der Broadwaystar. Bei MGM haben sie keine Charakterdarstellerinnen deiner Größe.«

Aufgeregt kaute Kate auf ihrer Unterlippe. In ihrem Magen breitete sich ein angenehmes, vorfreudiges Kribbeln aus. »Ich bin Louis B. Mayer noch nie begegnet«, sagte sie.

George rieb sich die Hände und grinste. »Der Mann liebt die Herausforderung. Jede Verhandlung ist für ihn wie ein sportlicher Wettkampf, den er gewinnen möchte.«

Die Bemerkung ließ Kates letzte Bedenken dahinschmelzen. »Mein Vater hat mich meine ganze Kindheit hindurch auf den Wettkampf vorbereitet. Ich kann es kaum erwarten, mit Mayer über unser Vorhaben zu reden.«

George hatte es innerhalb kürzester Zeit geschafft, ihre Laune zu heben.

»Ein winzig kleines Törtchen wird dir schon nicht schaden«, meinte sie großzügig, als er jetzt erneut nach einem Pfirsich statt nach einem Törtchen griff.

Genussvoll biss er hinein. »Bevor du es dir noch anders überlegst«, meinte er grinsend.

Drei Wochen später saß Kate im Büro von Louis B. Mayer. Hinter seinem riesigen Schreibtisch wirkte der glatzköpfige Filmproduzent kleiner, als er tatsächlich war. Die dunklen Augen hinter der runden Metallbrille beobachteten jede ihrer Bewegungen. Seine Körpersprache erinnerte Kate an einen Pokerspieler, der seinen Gegner studierte, um dann mit einem genialen Spielzug den Sieg zu erringen.

Sie hatte die Filmrechte für eine unverschämt hohe Summe

von Philip Barry erstanden. Da der Autor sich geweigert hatte, eine Filmversion zu schreiben, hatte Kate zwei völlig unbekannte junge Autoren mit einem Treatment beauftragt: Ring Lardner und Michael Kanin. Das Drehbuch würde großartig werden, davon war sie überzeugt, aber sie wusste, dass Mayer niemals die gewünschte Summe bezahlen würde, wenn er erfuhr, dass kein bekannter Name dahintersteckte.

Das ausführliche Treatment lag in einer eleganten Ledertasche auf ihrem Schoß. Kate gab sich entspannt, hatte das eine Bein lässig über das andere geschlagen, nippte immer wieder am Tee, der auf dem Tisch stand, und lachte charmant über Mayers Witze. Sie trug weite Hosen, was Mayer zu imponieren schien.

»Sie bieten mir ein Drehbuch an, wollen mir aber nicht verraten, wer es geschrieben hat«, fasste der Filmproduzent ihr Gespräch der vergangenen Stunde zusammen. »Seit Wochen rätselt ganz Hollywood, was es mit diesem Drehbuch auf sich haben könnte.«

Kate war sehr klug vorgegangen. Sie hatte sich bei RKO freigekauft und sich gleichzeitig bei Barry die Filmrechte gesichert. Dann hatte sie das Gerücht gestreut, sie plane einen neuen Film, bei dem sie selbst bestimme, welche Rolle sie spielen wolle. Die Presse hatte sich begeistert auf die Geschichte gestürzt und in mehreren Artikeln laut darüber nachgedacht, was Katharine Hepburn, die Hollywoodgröße, die zum Kassengift geworden war, wohl als Nächstes vorhatte. Genau diesen Rummel hatte es gebraucht, um Mayers Interesse zu wecken.

»Ich biete Ihnen einen Stoff an, mit dem wir beide in die Filmgeschichte eingehen werden«, erklärte Kate.

Sie genoss das Spiel in vollen Zügen. Mayer hatte längst angebissen und gierte danach, das Geheimnis zu lüften. Doch

Kate musste ihn zu einer Zusage überreden, bevor er erfuhr, von wem das Treatment für das Drehbuch stammte.

»Könnten Sie bitte etwas konkreter werden?«

»Wie hat Ihnen *Leoparden küsst man nicht* gefallen?«

»Der Film war ein Riesenflop.«

»Ich habe Sie nicht nach dem Erfolg gefragt, sondern danach, wie er Ihnen gefallen hat«, beharrte Kate.

»Ich muss zugeben, dass er gut war. Als ich ihn gesehen habe, dachte ich, das wird ein Kassenschlager. Es ist mir ein Rätsel, warum das Gegenteil eingetreten ist. Vielleicht erkennt man in einigen Jahren den wahren Wert.«

Genau diese Antwort hatte Kate sich erhofft. Sie deckte sich mit Georges Meinung.

»Ich denke, dass es am Humor lag«, erwiderte Kate. »Er war zu europäisch.«

»Das verstehe ich nicht.«

»In Europa haben die Verkaufszahlen gestimmt. Die Briten haben die Lichtspielsäle gestürmt«, erklärte Kate. »Leider konnten sie die Verluste in den Staaten nicht wettmachen.«

»Und Sie denken, dass der Stoff, den Sie mir anbieten wollen, dem Geschmack des amerikanischen Publikums entspricht?«

»Ich weiß es!«

»Sie scheinen sich sehr sicher zu sein.«

Kate ließ sich mit ihrer Antwort Zeit, griff nach der Teetasse und nippte daran. Lässig stellte sie sie wieder auf den Tisch, lehnte sich zurück und sagte: »Ich bin hundertprozentig davon überzeugt. In dieser Tasche liegt das Treatment für eine perfekte Komödie, die das amerikanische Publikum begeistern wird. Und wenn Sie zugreifen, bekommen Sie mich als Schauspielerin obendrauf.«

»Katharine Hepburn, das Kassengift Hollywoods«, sagte Mayer. »Damit mache ich bestimmt nicht den großen Wurf.«

Kate versuchte, sich die Kränkung nicht anmerken zu lassen. »Ich konzentriere mich lieber auf die Sonnenseiten des Lebens. Sie bekommen Katharine Hepburn, die seit zwei Jahren die Theatersäle am Broadway füllt, die für einen ihrer ersten Filme einen Oscar erhalten hat und deren Schritte von der Boulevardpresse penibel genau verfolgt werden.« Sie lächelte charmant. »Wenn Sie mit mir einen Film drehen, haben Sie eines ganz gewiss: die volle Aufmerksamkeit der Reporter.«

Mayer verschränkte die Arme vor der Brust. »Und was sind Ihre Bedingungen?«

Kate musste sich zusammenreißen, um nicht aufzuspringen und jubelnd durch den Raum zu tanzen. Ihr Ziel war in greifbarer Nähe. Jetzt galt es, die Nerven nicht zu verlieren und weiter mit hohem Einsatz zu pokern.

»Ich will hunderttausend Dollar für das Manuskript, den gleichen Betrag für mich, zehntausend Dollar für meine Agentin und tausend Dollar für die Reisekosten zwischen New York und Kalifornien.«

Mayer ließ sich nicht anmerken, was er über Kates hohe Forderungen dachte. Seine Miene blieb stoisch. Kate vermutete, dass er darauf hoffte, das Treatment in ihrer Tasche stammte von Ben Hecht und Charles MacArthur. Sie hatte dafür gesorgt, dass auch dieses Gerücht verbreitet worden war.

»George Cukor muss die Regie übernehmen, und ich will zwei bekannte Schauspieler an meiner Seite«, fuhr Kate frech fort.

Mayer schwieg. Eine Weile starrten sie sich schweigend an. Kate zeigte ihr freundlichstes und gewinnendstes Lächeln, während Mayer angestrengt nachzudenken schien. Vielleicht rechnete er hinter seiner hohen Stirn gerade Summen zusammen.

»Sonst noch etwas?«, fragte er schließlich.

»Nein, das wäre alles.«

Mayer beugte sich nach vorne über den Tisch und streckte Kate die Hand entgegen.

»Einverstanden!«, sagte er. »Und jetzt packen Sie endlich dieses verdammte Manuskript aus!«

»Sie werden die Entscheidung nicht bereuen.«

Los Angeles, Hollywood, März 1942

Georges vorwurfsvolle Worte verfolgten Kate auch noch während der Fahrt ins Studio. Sie hatte ihn gestern Abend zum Dinner getroffen.

»Wie kannst du nach dem Erfolg von *Die Nacht vor der Hochzeit* dein neues Projekt George Stevens geben?«

Tatsächlich hatte der Film alle Erwartungen weit übertroffen. George hatte den richtigen Riecher gehabt. Sein Versprechen hatte sich bewahrheitet. Kate war wieder eine gefeierte Schauspielerin. Vergessen war der unglückliche Beiname Kassengift. Nachdem Mayer Kate die Rechte abgekauft hatte, war er zuerst entsetzt gewesen. Doch dieser Zustand hatte nur kurz angehalten, denn der Filmprofi hatte rasch das Potenzial erkannt, das in dem Manuskript steckte, und hatte Kate als männliche Hauptdarsteller Cary Grant und James Stewart an die Seite gestellt. Der Film hatte alle Kassenrekorde der Music Hall in New York gebrochen, des wichtigsten Kinopalastes in den Vereinigten Staaten. Insgesamt hatte der Streifen 1,3 Millionen Dollar Gewinn eingespielt und war für sechs Oscars nominiert worden. Kate war auf den Olymp der Filmindustrie zurückgekehrt. Louis B. Mayer hatte ihr auch für ihr nächstes Projekt freie Hand gelassen.

»Bringen Sie mir ein gutes Drehbuch, dann können Sie

sich den Regisseur und die Schauspieler aussuchen«, hatte er gemeint.

Das hatte Kate sich nicht zweimal sagen lassen. Sie war ausgezogen, um nach einem passenden Stoff zu suchen, und sehr schnell fündig geworden. Die Autoren Ring Lardner und Michael Kanin hatten diesmal nicht nur ein Treatment, sondern auch ein Drehbuch geliefert. Sie hatten ein treffsicheres Gespür für Humor und Aktualität. In *Die Frau, von der man spricht* ging es um eine sozial engagierte politische Journalistin und einen einfachen Sportreporter, die sich ineinander verliebten.

Kate hatte George von dem neuen Projekt vorgeschwärmt und nicht damit gerechnet, dass er beleidigt reagieren könnte, weil sie diesmal einen anderen Regisseur ins Boot holen wollte.

»Du lässt mich einfach links liegen und ignorierst mich«, hatte George gekränkt gesagt.

»Nein, das stimmt nicht«, hatte Kate geantwortet. »Der einzige Grund, warum ich diesmal Stevens haben will, ist dein Desinteresse für Sport.«

»Was soll daran ein Problem sein?«

»Du kennst den Unterschied zwischen einem Baseballspiel und einem Schwimmwettkampf nicht. Es geht um einen Sportreporter. Wie willst du da überzeugende Arbeit liefern?«

»Man kann alles nachlesen!«

Kate hatte schallend gelacht. »Siehst du, genau aus dem Grund kannst du diesen Film nicht drehen.«

Doch George hatte immer noch geschmollt.

»Ich verspreche dir, George, wenn ich ein Projekt plane, in dem es nicht um Sport geht, bekommst du es als Erster zu lesen.« Sie hatte all ihren Charme spielen lassen. »Du bist der Beste.«

»Pah, als ob ich dir noch etwas glauben könnte.«

»Ich verspreche es dir hoch und heilig. Du bist mein absoluter Lieblingsregisseur.«

Zum Beweis ihrer Worte war Kate aufgestanden und hatte ihm einen versöhnlichen Kuss aufs Haar gedrückt. Sie hoffte inständig, dass er ihr glaubte, denn die Freundschaft mit George bedeutete ihr sehr viel.

In diesem Film würde sie zum ersten Mal mit Spencer Tracy zusammenarbeiten. Sie hatte John Fords Ratschlag befolgt und den ruhigen Iren angefragt. Die Filme, die sie von ihm kannte, hatten sie überzeugt. Er würde eine perfekte Ergänzung zu ihrem energiegeladenen Schauspiel abgeben. Kate konnte es kaum erwarten, sich in die Arbeit zu stürzen.

Wie immer war sie ein bisschen spät dran und lief hastig über das Gelände der MGM Filmstudios. Dabei steckte sie ihr Haar zusammen und krempelte die Ärmel ihrer Jacke auf. Vor dem Eingang zum Hauptgebäude stieß sie mit einem Regieassistenten zusammen.

»Oh, Verzeihung. Ich war mit meinen Gedanken schon bei den Aufnahmen«, erklärte sie.

Als sie aufblickte, sah sie, dass hinter dem Mitarbeiter Spencer Tracy stand. Er trug einen dunklen Sommeranzug, zu dem seine helle Haut und sein rotes Haar einen hübschen Kontrast abgaben. Sein Gesicht war über und über mit Sommersprossen übersät, was ihm ein jungenhaftes Aussehen verlieh. Kate fand ihn auf Anhieb attraktiv. Die finstere Miene, mit der er sie ungeniert musterte, weckte ihre Neugier.

»Guten Tag, Mr Tracy. Ich freue mich sehr, dass wir endlich zusammenarbeiten können. Ich verfolge Ihre Arbeit seit Jahren im Kino und bin begeistert davon.«

Statt einer höflichen Antwort brummte Tracy bloß ein paar unverständliche Worte vor sich hin.

Kate fand das so komisch, dass sie lachen musste. »Sie sind in Wirklichkeit genauso unnahbar und grummelig wie die Figuren, die Sie auf der Leinwand darstellen.«

Er sagte immer noch nichts, was Kate zu einer weiteren frechen Bemerkung herausforderte. »Ich hoffe, dass Sie nicht zu klein für mich sind.« Sie machte einen Schritt zurück, um seine Größe zu überprüfen. Es wäre nicht das erste Mal, dass es deshalb Probleme mit ihrem Schauspielpartner gab.

»Keine Sorge«, entgegnete Tracy. »Ich werde Sie schon auf Ihre Größe zurechtstutzen.« Dann drehte er sich um und ging.

Kate blieb fassungslos zurück. Sie war unschlüssig, ob sie sich ärgern oder lachen sollte, und entschied sich für Letzteres.

Während des gesamten ersten Drehtages war sich Kate nicht sicher, was sie von Tracy halten sollte. Er war es offenbar gewohnt, dass alle Kollegen vor ihm zu Kreuze krochen. Bei diesem Film hatte sie alle Vorbereitungen und Entscheidungen getroffen. Sie würde die Führungsrolle nicht aus der Hand geben. Als sie auf dem Weg zu ihrer Garderobe war, um sich eine Erfrischung zu holen, hörte sie zufällig, wie sich Tracy mit Stevens unterhielt.

»Wer hat hier eigentlich das sagen? Die Lady oder du?«, erkundigte sich Tracy gerade. Als Stevens nicht antwortete, fuhr er fort: »Da habe ich mich ja auf eine üble Sache eingelassen. Man sollte meinen, dass ich alt genug sei, um es besser zu wissen. Ein Film, bei dem eine Frau bestimmt – das kann ja nichts werden.«

Kate tat so, als hätte sie nichts gehört. Sie machte gute

Miene zum bösen Spiel und ertrug Tracys ständige Nörgelei. Er schien weder mit ihren Hosen noch mit ihren kurzen Fingernägeln einverstanden zu sein. Offenbar entsprach sie einem Frauentyp, den er abscheulich fand. Bei einer Szene verschüttete er absichtlich Wasser und reichte Kate ein Taschentuch, damit sie es aufwischte. Als sie unter den Tisch kroch, zeigte Tracy ein schmallippiges Grinsen. Kate fühlte sich an eine Szene aus ihrer Kindheit erinnert. Es war genau wie zu Hause, wenn ihr Vater Tee verschüttete. Als sie sich wieder aufrappelte, konnte auch sie lächeln, was Tracy aus dem Konzept zu bringen schien.

Als die Szene gedreht war, sprang Stevens begeistert von seinem Sessel auf und applaudierte. »Ihr beide seid großartig«, rief er entzückt. »Ich werde euch genau so in Szene setzen. Ein grantelnder Sportreporter, der immer wieder versucht, seine Frau zu demütigen, aber es gelingt ihm nicht. Denn die quirlige, aufgeweckte Weltverbesserin läutert ihn und macht ihn zu einem besseren Menschen.«

Kate runzelte die Stirn. Das war nicht das Bild, das sie von der Geschichte gehabt hatte.

»Hör mal, George, darüber müssen wir noch einmal reden«, sagte sie. »Ich will eine Komödie mit einer Menge politischer Anspielungen. In Europa tobt der Krieg. Hitler versucht, den Kontinent einzunehmen, und verfolgt Tausende Juden. Wir können nicht schweigend zusehen. Dieser Film soll ein klares Statement abgeben.«

»Jaja, keine Sorge.« Stevens winkte ab. »Die Spitzen gegen Deutschland und Hitler werden bleiben. Sie passen immer noch in den Film, aber es wäre ein Jammer, wenn ich das, was ihr zwei mir bietet, nicht nutzen würde. Glaubt mir, ihr könntet einen abendfüllenden Film gestalten, ganz ohne Drehbuch und Anweisungen. Ihr würdet die Menschen unterhalten, bloß indem ihr so seid, wie ihr seid. Ein Paar, das unterschiedlicher nicht sein könnte.«

Kate sah Tracy fragend an. Auch er wirkte angesichts der enthusiastischen Worte des Regisseurs überrascht bis irritiert. Doch das Eis schien gebrochen zu sein. Schon bei der nächsten Szene zeigte er sich deutlich freundlicher.

In den nächsten Tagen beobachtete Kate ihren neuen Kollegen sehr genau und bemerkte, dass auch er sie aufmerksam betrachtete. Wann immer er sich unbeobachtet glaubte, warf er verstohlene Blicke in ihre Richtung. Schon bald bewunderte Kate Tracys Gespür für pointierte Dialoge. Er war ein großartiger Schauspieler, der es genoss, im Rampenlicht zu stehen. Dennoch spürte Kate bei ihm eine überraschende Unsicherheit. Es kam ihr so vor, als benötigte er nach jeder Szene die Versicherung aller, dass er gut gearbeitet hatte. Seine Augen waren voller Selbstzweifel, und er erinnerte sie an ein Kind, das vom Lob seiner Eltern und Lehrer abhängig war. Kate hatte schon einmal in solche Augen geblickt, doch das lag lange zurück. Hinter der rauen Schale verbarg sich eine verletzliche Seele, die schon bald Kates Neugier geweckt hatte.

In einer der Pausen raunte ihr Stevens hinter vorgehaltener Hand zu: »Nimm dich in Acht, Kate.«

»Wovor?«

»Vor Tracy. Er hatte in den letzten Jahren mit so ziemlich jeder Kollegin ein Verhältnis. Er sammelt Frauen wie Trophäen.«

»Ich dachte, er wäre verheiratet.«

»Das hat noch keinen Mann von Affären abgehalten«, bemerkte Stevens. »Nach jeder Nacht in einem fremden Bett kehrt er reumütig zu seiner Frau zurück. Er vergöttert sie.«

»Und deshalb betrügt er sie?«

»Er trägt einen ganzen Rucksack voller Schuldgefühle mit sich herum.«

Diese Bemerkung fachte Kates Neugier nur noch weiter an.

»Ich würde ihm als Frau nicht über den Weg trauen«, fuhr Stevens fort.

Kate sah zu Spencer Tracy hinüber. Keine Warnung der Welt würde sie davon abhalten, diesen Mann besser kennenzulernen. Die tiefe Traurigkeit, die in ihm schlummerte, hatte ihr Interesse geweckt. Sie fühlte sich davon angezogen wie Metall von einem Magneten.

Stevens schien ihre Gedanken zu erraten. Sorgenvoll legte er seine Stirn in Falten. »Sag hinterher nicht, ich hätte dich nicht gewarnt.«

Kate winkte lachend ab. Ähnliche Sätze hatte sie in der Vergangenheit schon oft gehört. Keiner hatte sie von einer Entscheidung abhalten können.

»Dass er sich in regelmäßigen Abständen ins Koma säuft, das weißt du aber schon, oder?«

Kate schlug auch diesen guten Ratschlag in den Wind.

»Ich bin ohnehin nicht sein Typ«, entgegnete sie, doch noch während sie sprach, hoffte sie, dass sie sich irrte.

Als Kate am nächsten Abend ihre Garderobe verlassen hatte und zu ihrem Auto ging, stieß sie auf Tracy, der offenbar auf sie gewartet hatte. Er lehnte lässig an der Hauswand, hatte sein Sakko über der rechten Schulter hängen und hielt die Linke hinter dem Rücken versteckt. Sobald er Kate erblickte, stieß er sich mit dem Fuß von der Wand ab und kam auf sie zu. Sein Lächeln war umwerfend.

»Warten Sie auf jemand Bestimmten?«, fragte Kate.

Statt einer Antwort holte er seine Linke hinter dem Rücken hervor und streckte Kate einen Strauß dunkelroter Rosen entgegen.

»Darf ich Sie zum Essen einladen?«

Für einen Moment war Kate sprachlos. Sie blickte sich um. »Sind Sie sicher, dass Sie mich meinen?«, fragte sie lachend.

Er folgte ihrem Blick. »Außer Ihnen sehe ich niemanden.«

Kate nahm die Rosen entgegen und vergrub ihre Nase darin. Sie dufteten himmlisch.

»Vielen Dank«, sagte sie. »Womit habe ich diese Blumenpracht verdient?«

»Möglich, dass Sie einen falschen Eindruck von mir bekommen haben«, sagte er zerknirscht. »Ich habe mich bei unserer ersten Begegnung nicht von meiner besten Seite gezeigt.«

Die Art, wie er den Kopf schräg legte, ließ Kates Herz schneller klopfen. Für einen Moment verlor sie sich in seinen hellen Augen, in denen Bewunderung und ein Hauch Spott lagen. Eine Mischung, die sie unglaublich aufregend fand. Gleichzeitig spürte sie, dass hinter der attraktiven Fassade eine Finsternis lauerte, der sie auf den Grund gehen wollte.

»Und die Blumen stehen für Ihre gute Seite?«, konterte sie.

»Die Rosen sind ein Friedensangebot.«

»Das nehme ich gerne an.« Am liebsten hätte Kate einen weiteren Schritt auf ihn zugemacht, nur um ihm näher zu sein. Seine frisch gewaschenen rotblonden Locken verströmten einen unwiderstehlich verführerischen Duft.

»Dann darf ich Sie also zum Essen einladen?«, wiederholte er sein Angebot.

»Ich muss Sie warnen«, gestand Kate. »Ich bin unglaublich hungrig. Die Rechnung wird enorm.«

Sein Lächeln wurde noch breiter, und Kate schmolz förmlich dahin.

»Ich denke, dass ich mir das leisten kann. Vorausgesetzt, Sie verzichten auf Tonnen von Kaviar und Champagnerflaschen.«

»Für gewöhnlich tun es ein gut gebratenes Steak und ein feines Glas Wein.«

»Das sollte sich machen lassen.«

Er bot ihr seinen Arm an, und zu Fuß spazierten sie zu einem Lokal in der Nähe des Filmstudios. Es war nicht gerade ein Nobelrestaurant, aber auch keiner von den einfachen Schnellimbissen, sondern ein hübsch eingerichtetes Lokal mit schlichtem Geschirr und einer Kerze auf jedem Tisch.

Es wurde ein großartiger Abend, bei dem sich beide hervorragend unterhielten. Spencer Tracy brachte Kate zum Lachen und zum Nachdenken. Dabei berührte er etwas in ihr, von dem sie gehofft hatte, dass es längst vergessen sei.

Rasch erkannte sie, dass sich hinter Spencers attraktivem Äußeren und seinem gespielten Selbstbewusstsein ein verwundbares Ego mit dem Hang zur Selbstzerstörung verbarg.

Beim Hauptgang waren sie zum Du übergegangen, beim Dessert hielt Spencer bereits Kates Hand. Als die Rechnung beglichen wurde, war klar, dass er Kate nach Hause begleiten und über Nacht bleiben würde.

Hartford, März 1951

»Du warst hinreißend, Kate«, erklärte Katharine Houghton Hepburn. »Ich bin so stolz auf dich.« Sie saß vor dem knisternden Kaminfeuer, das Cynthia, das neue Dienstmädchen, vor einer Stunde entzündet hatte. Draußen hatte der Winter erneut Einzug gehalten. Nachdem die letzten Wochen frühlingshaft warm gewesen waren, herrschten jetzt wieder Eis, Schnee und Kälte.

Seit einigen Jahren konnte Kates Mutter ihre Gebrechlichkeit nicht mehr verbergen. Mit ihren dreiundsiebzig Jahren litt sie an einem schwachen Herzen. Sobald sie sich schneller bewegte, ging ihr die Luft aus.

»Du hättest sie sehen sollen, Thomas«, fuhr sie an ihren Mann gewandt fort. Schon beim gestrigen Dinner hatte sie ununterbrochen von Kates Auftritt als Rosalind in *Wie es euch gefällt* geschwärmt. Sie hatte ihre Tochter in New York besucht und auf dem Heimweg Tränen der Rührung in den Augen gehabt. Obwohl Kate sich auf den Verkehr hatte konzentrieren müssen, hatte sie das verräterische Glitzern gesehen.

»Vielleicht ergibt sich noch eine Gelegenheit«, brummte Thomas Hepburn, küsste seine Frau aufs ergraute Haar und verließ dann wie jeden Morgen das Haus, um ins Krankenhaus zu gehen. »Ich bin zum Fünfuhrtee wieder hier.«

Kaum, dass die Tür hinter ihm ins Schloss gefallen war, setzte Kate sich zu ihrer Mutter. Auf einem kleinen Tischchen neben ihr lagen mehrere Zeitungsartikel. Katharine Houghton Hepburn hatte es sich zur Angewohnheit gemacht, interessante Ausschnitte aufzuheben, um damit Gespräche in Gang zu bringen. Trotz ihrer angeschlagenen Gesundheit liebte sie immer noch heftige und anregende Diskussionen.

»Gibst du mir bitte die blaue Mappe?«, wandte sie sich an ihre Tochter.

Kate holte die gewünschte Mappe und schlug sie auf. Sie war neugierig, worüber ihre Mutter mit ihr reden wollte. Ihre Überraschung hätte nicht größer sein können. In der Mappe befand sich eine Sammlung von Rezensionen. Alle betrafen Kates Leistungen in *Wie es euch gefällt*.

»Mum, wo hast du all diese Zeitungsartikel her?«

»Ich habe Freundinnen im ganzen Land gebeten, sie aufzuheben und mir zu schicken. Wer hat schon eine Tochter, die in einem Theaterklassiker auftritt und mit ihrer Darbietung das ganze Land begeistert?«

Ein warmes Glücksgefühl durchflutete Kate. Noch nie hatte sie ihre Mutter so stolz erlebt. Zu Kates letzten Filmen mit Spencer hatte sie sich nur spärlich geäußert, aber Kate wusste auch ohne große Kommentare, was sie davon hielt. Das Frauenbild, das Kate in *Ehekrieg* verkörperte, widersprach ihren Idealen, das hatte ihre Mutter oft genug gesagt. Umso mehr freute es Kate, jetzt die Freude in den Augen ihrer Mutter zu sehen. Gemeinsam gingen sie einen Zeitungsausschnitt nach dem anderen durch Kate erzählte Anekdoten, und ihre Mutter unterhielt sich blendend.

»Ich habe immer davon geträumt, dich eines Tages in klassischen Stücken zu sehen«, gestand Katharine Houghton

Hepburn. »Edith und ich waren in Bryn Mawr ja auch in der Theatergruppe.«

Kate kannte die alten Geschichten und liebte sie. Gemütlich kuschelte sie sich in den Ohrensessel und lauschte der weichen Stimme ihrer Mutter.

»Versprich mir, dass du nur noch Rollen annimmst, die dich stolz auf dich selbst machen.«

»Ich werde mich bemühen.« Dann stand sie auf, um ein altes Familienalbum zu holen. »Lass uns Fotos von früher ansehen«, bat sie.

Doch ihre Mutter winkte ab. »Lieber nicht.«

»Ach, warum denn nicht? Das macht doch Spaß.«

Ein trauriges Lächeln breitete sich auf dem Gesicht von Kates Mutter aus. »Willst du dir etwa die Fotos ansehen, auf denen du dir die Haare kurz geschnitten hast?«

Kate lachte. »Ich kann mich noch gut daran erinnern. Ich wollte ein Junge sein und habe mir mit der Nagelschere Strähne für Strähne gekürzt.«

»Dein Vater ist fast in Ohnmacht gefallen«, sagte Kates Mutter.

»Ich habe es nicht ausgehalten, dass in der Schule nur die sportlichen Leistungen der Jungs gezählt haben«, verteidigte sich Kate. »Ich war mindestens genauso schnell und stark. Aber ich wurde deshalb nie gelobt.«

»Deshalb hast du dir auch einen anderen Namen gegeben«, sagte Kates Mutter. »Wir mussten dich Jimmy nennen, weil du unbedingt ein Junge sein wolltest.«

»Richtig!«, erinnerte sich Kate. »Das habe ich fast vergessen.« Sie lachte. »Später hat sich das geändert. Als ich mich zum ersten Mal verliebte, wünschte ich mir einen weiblicheren Körper.«

»Zum Glück bist du jetzt mit deinem Äußeren zufrieden.«

Genau in dem Moment kam Cynthia und unterbrach das Gespräch. »Die Suppe steht schon auf dem Tisch«, verkündete sie.

»Dann wollen wir sie nicht kalt werden lassen.« Kates Mutter hievte sich umständlich aus dem Sessel. Während des Essens redeten sie über Kates Geschwister, dann war ihre Mutter so müde, dass sie sich ausruhen musste.

»Ich brauche mein tägliches Nachmittagsschläfchen«, meinte sie entschuldigend.

Während ihre Mutter sich hinlegte, fuhr Kate nach Fenwick. Am Meer gönnte sie sich einen ausgedehnten Spaziergang. Der eisige Wind, die raue See und das Kreischen der Möwen weckten ihre Sinne. Nirgendwo anders fühlte sie sich so lebendig wie hier. Mit jedem Atemzug schöpfte sie neue Kraft.

Viel länger als geplant lief sie den Strand entlang und kehrte erst um kurz vor fünf zurück. Gemeinsam mit ihrem Vater erreichte sie das elterliche Haus in Hartford.

»Hallo, Dad! Wie war dein Arbeitstag?«

»Gut, danke.«

Ihr Vater ließ ihr den Vortritt.

»Sicher ist der Teetisch schon gedeckt«, sagte Kate voller Vorfreude. Die Aussicht auf eine heiße Tasse Tee und ein Stück Früchtebrot nach dem langen Spaziergang war verlockend.

»Das will ich hoffen«, meinte ihr Vater.

In der Erwartung, ihre Mutter lesend vor dem Kamin mit der ersten Teetasse in der Hand vorzufinden, betrat Kate das Wohnzimmer. Dabei rieb sie sich die Hände, die immer noch klamm von der Kälte waren. Tatsächlich war der Tisch gedeckt. Cynthia hatte sich sichtlich Mühe gegeben. Aber von Kates Mutter fehlte jede Spur.

»Nanu, wo steckt denn Mum?« Kate drehte sich suchend um.

»Mrs Hepburn schläft noch«, erklärte Cynthia. Das Dienstmädchen brachte ein Kännchen Sahne und stellte es auf den Tisch.

»Immer noch?«, fragte Kate erstaunt.

»An manchen Tagen verbringt deine Mutter den ganzen Nachmittag im Bett«, sagte Thomas Hepburn abschätzig. Er machte keinen Hehl daraus, was er von Müßiggang hielt. Dass seine Frau Schmerzen hatte und kraftlos war, wollte er nicht gelten lassen.

»Ich werde hochgehen und sie holen«, meinte Kate. »Vielleicht liest sie noch und hat bloß vergessen, auf die Uhr zu schauen.«

Kate lief die Treppen in den ersten Stock hoch. Die Holzdielen knarrten unter ihren Schritten. Vor der Tür zum elterlichen Schlafzimmer hielt sie an. Sie klopfte, doch es kam keine Antwort. Kate wartete, dann probierte sie es noch einmal. Ihre Nervosität wuchs, und das Herz schlug ihr bis zum Hals. Als niemand reagierte, trommelte sie mit der Faust gegen die Tür. Dann griff sie mit zitternder Hand nach der Klinke.

Aufmachen, sie musste diese Tür aufmachen, aber ihr ganzer Körper fühlte sich plötzlich schwer wie Blei an, ganz so, als wären ihre Muskeln gelähmt. In ihren Ohren begann es, laut zu surren. Der hohe, schrille Ton nistete sich in ihrem Kopf ein und breitete sich von dort über den ganzen Körper aus.

Kate schloss für einen Moment die Augen. Sie hatte diese Szene schon einmal erlebt. Sie sah sich selbst als Dreizehnjährige im Haus von Mary Towl, der besten Freundin ihrer Mutter. Kate sollte ihren Bruder wecken, der verschlafen hatte, und ihn zum Frühstück holen.

Der Ton in Kates Ohren wurde noch lauter und drohte, ihren Kopf zu sprengen. Die Luft blieb ihr weg.

»Mum? Schläfst du?«

Immer noch Stille auf der anderen Seite der Tür. Zum erbarmungslosen Surren mischte sich nun eine kindliche Stimme. Es war ihre eigene. »Tom, schläfst du?«

Kate wurde schwindelig. Sie versuchte, ihren Atem zu beruhigen, doch ohne Erfolg. Auch das Herz raste weiter. Langsam öffnete sie die Tür. Das Quietschen der Scharniere nahm sie nicht wahr. Ihr eigener Pulsschlag dröhnte in den Ohren. Alles ist gut, dachte sie. Ich wecke Mum auf, und dann trinken wir alle zusammen Tee.

Zögerlich betrat sie den Raum. Statt des dezenten Parfums ihrer Mutter nahm sie den Geruch eines staubigen alten Dachbodens wahr. Es roch nach Mäusepisse, Mottenkugeln und feuchten Wänden. Nichts davon passte in das gemütliche, ordentliche Schlafzimmer ihrer Eltern. Kates Blick wanderte zum Bett, in dem ihre Mutter lag, das graue Haar ordentlich nach oben gesteckt, das Gesicht schmerzverzerrt. Für einen Moment setzte Kates Herz völlig aus. Dann polterte es weiter.

Benommen näherte sie sich dem Bett. Dabei hatte sie das Gefühl, als beobachtete sie sich selbst bei ihren Bewegungen. Sie ergriff die leblose Hand. Es herrschte kein Zweifel – ihre Mutter war tot. Verzweifelt starrte Kate auf das leblose Gesicht. Das Bild verschwamm mit einem anderen, das langsam aus dem Nebel ihrer Gedanken aufstieg.

Es war ihr Bruder Tom. Sein schlaffer Körper baumelte an einem Strick, der am Deckenbalken des Dachbodens befestigt war. Kate stürzte sich auf ihn, zerrte weinend an seinem Körper. Aber längst war jedes Leben aus ihm gewichen. Sein Gesicht war aufgedunsen, blau.

»Kate, was ist los?« Die Stimme ihres Vaters riss sie aus ihren Erinnerungen. Mit einem Mal war sie wieder im Schlafzimmer ihrer Eltern. Sie fuhr herum.

»Daddy, geh runter. Sieh nicht hin. Bitte, geh runter!«, sagte sie ruhig.

Ihr Vater machte dennoch einen Schritt ins Schlafzimmer, warf einen Blick aufs Bett und erstarrte.

»O nein!« Keuchend rang er nach Luft und fasste sich an die Brust. Dann drehte er sich abrupt um und ging hinunter ins Wohnzimmer.

Kate wandte sich wieder ihrer Mutter zu und löste deren Finger vom Laken, in das sie sich gekrallt hatten. Ihr Vater sollte nicht sehen, wie sehr seine Frau hatte leiden müssen.

Auf einmal sah Kate sich selbst wieder als Dreizehnjährige. Sie rannte die Treppe hinunter zu Mary Towl. »Mein Bruder ist tot, wir brauchen einen Arzt«, rief sie.

Die Erinnerungen verloren sich und setzten erst wieder beim Begräbnis ein. Es war ein stilles Abschiednehmen im allerkleinsten Kreis gewesen. Kate hatte nie den Friedhof besuchen dürfen, wo ihr Bruder beerdigt war. Tom war einfach aus ihrem Leben verschwunden.

Erst als Katharine Houghton Hepburn friedlich aufgebahrt in ihrem Bett lag, ging Kate hinunter ins Wohnzimmer, um ihren Vater zu holen.

»Komm, lass uns Abschied von Mum nehmen«, schlug sie sanft vor. Sie bot ihm den Arm an, um ihn zu stützen.

Doch er lehnte ihn ab. »Ich werde einen Räumungsdienst beauftragen«, sagte er leise. »Die Bücher und Kleidungsstücke deiner Mutter müssen weg.«

Kate konnte ihm nicht böse sein. Es war seine Art, sich der Trauer zu stellen.

Liebster, bester Freund, mein Bruder Tom,

ich werde nie verstehen, warum du gegangen bist. Du warst der klügste, einfühlsamste und hübscheste Junge, den ich gekannt habe. Und doch hat dich die Finsternis stets angezogen. Am Abend vor deinem Tod hast du mich gefragt: »Du bist mein Mädchen, stimmt's?« Natürlich war und bin ich dein Mädchen. Wir waren im Kino und haben uns A Connecticut Yankee *in King Arthur's Court angesehen. Der Film war lustig, doch du verspürtest ein »kaltes Grausen«, als eine Erhängungsszene über die Leinwand flackerte.*

War das der Zeitpunkt, als du deinen letzten Schritt geplant hast? Hätte ich dich davor bewahren können? War diese Bemerkung ein Hilferuf, den ich übersehen hatte?

Ich wünschte, ich hätte dich retten können. Ich will meinen Fehler wiedergutmachen, will dich zurückholen ins Licht. Aber dazu ist es zu spät. Du hast eine endgültige Lösung gewählt und dich für immer von mir entfernt. Dad glaubt an einen Unfall. Er ist davon überzeugt, dass du einen Erhängungstrick geübt hast und dabei versehentlich ausgerutscht bist. Ich weiß es besser. Ich habe dich gesehen. Deine Füße waren auf dem Boden. Du musstest sie hochheben, um zu ersticken. Ein langsamer, grausamer Tod. Ich habe Dad seine Version nie geraubt und werde es auch jetzt nicht tun. Sein Schmerz würde ihn umbringen und uns alle mitreißen.

Auch nach dreißig Jahren vermisse ich dich. Du fehlst mir.

Dein Mädchen,

deine Kate,

dein Jimmy

London, April 1951

»Vielen Dank, dass du mich begleitet hast«, sagte Kate. Zusammen mit Alice saß sie in einem eleganten Doppelbett im Savoy. Die beiden hielten je eine Tasse heißen Kakao in den Händen. Genau wie damals, als sie Schülerinnen in Bryn Mawr gewesen waren. Doch heute hatten sie sich den Kakao von einem Hotelangestellten in Uniform bringen lassen.

»Das ist selbstverständlich«, entgegnete Alice. »Dazu sind Freundinnen schließlich da.«

»Seit dem Tod meiner Mutter kenne ich mich selbst nicht mehr. Ich könnte den ganzen Tag weinen. Wann wird dieser Schmerz endlich aufhören?«

»Das braucht Zeit.« Alice ergriff Kates Hand. Trotz des heißen Kakaos war sie eiskalt. »Ich verspreche, ich werde immer für dich da sein, wenn du mich brauchst.«

»Ich weiß.« Dankbarkeit durchströmte Kate wie eine sanfte Meereswelle.

Sie nahm einen Schluck aus ihrer Tasse, um den Tränen, die in ihrer Kehle saßen, keine Chance zu geben. In den letzten Wochen hatte sie so viel geweint, dass sie jedes Mal verwundert war, weil offenbar noch weitere Tränen in ihr steckten. Eigentlich hätten längst alle vergossen sein müssen.

»Warum war Spencer eigentlich nicht beim Begräbnis deiner Mutter?«, wollte Alice wissen. »Er hat sie doch gekannt und war regelmäßig bei euch in Fenwick zu Besuch.«

»Mum und er haben sich nicht so gut verstanden.« Kate musste an die spitzen Bemerkungen ihrer Mutter denken. Sie hatte nie ein Geheimnis daraus gemacht, dass sie Spencers Beiträge in Diskussionen für eher überflüssig hielt. Er war in ihren Augen nie ein ebenbürtiger Gesprächspartner gewesen.

»Es ist doch völlig egal, wie er zu deiner Mutter gestanden hat«, entgegnete Alice empört. »Er ist dein Partner und hätte beim Begräbnis für dich da sein sollen. Nicht ihretwegen, sondern um dir in der Not beizustehen.« Sie legte eine kurze Pause ein, ehe sie weitersprach: »Wenn ich daran denke, wie oft du mitten in der Nacht zu ihm gefahren bist, um ihn aus seinem eigenen Dreck zu holen, macht es mich unglaublich wütend, dass er nicht einmal den Gang zum Friedhof für dich geschafft hat.«

»Ich muss wohl akzeptieren, dass er mir keine Stütze ist«, gab Kate zu.

»Macht dich das nicht unglaublich zornig? Ständig gibst du und kriegst nie etwas zurück!«

Kate spürte in sich hinein. Ja, da war Wut. Aber auf wundersame Weise gelang es ihr, dieses Gefühl nicht gegen Spencer zu richten, sondern auf alle möglichen anderen Menschen, die ihr gerade über den Weg liefen: Kollegen, Mitarbeiter, Hotelangestellte. Sie alle bekamen ihren Ärger, ihre Enttäuschung und ihre Trauer zu spüren. Auch auf Louise und Spencers Kinder war sie wütend.

»Spencer ist einfach nicht in der Lage, sich um andere zu kümmern«, sagte Kate. »Er ist zu sehr mit sich selbst beschäftigt.«

Alice setzte zu einer weiteren spitzen Bemerkung an, doch Kate hielt ihr abwehrend die Hand entgegen. »Nicht«, bat sie. »Ich habe von Anfang an gewusst, worauf ich mich einlasse. Es war und ist meine freie Entscheidung, bei Spencer zu bleiben und für ihn da zu sein.«

Missbilligend schüttelte Alice den Kopf. »Als deine älteste Freundin darf ich dir aber sagen, dass das nicht gesund ist.« Sie stellte ihren Kakao auf den Nachttisch. »Was ist mit deinem Wunsch nach Kindern und einer eigenen Familie? Du hast doch immer davon geträumt, selbst einmal Mutter zu sein. Mit Spencer wird dieser Wunsch niemals in Erfüllung gehen.«

»Ich weiß«, gab Kate zu. »Natürlich gibt es einen Teil in mir, der sich nach Kindern sehnt. Aber wenn ich ganz ehrlich zu mir bin, dann überwiegt die Angst davor.«

»Welche Angst? Vor der Schwangerschaft etwa und dass du deinen makellosen Körper verlieren könntest?« Alice hatte in den letzten Jahren weiter zugenommen und beneidete Kate um ihre schlanke Taille.

»Unsinn«, widersprach Kate.

»Wovor fürchtest du dich dann?«

Kates Gesichtsausdruck wurde sehr ernst. »Davor, dass ich das, was ich am meisten liebe, wieder verlieren könnte.«

Verständnislos sah Alice sie an.

»Stell dir vor, deinem Kind stößt etwas zu. Wäre das nicht schrecklich?« Kates Blick glitt in die Ferne. Die Traurigkeit, die sie erfasste, war schier grenzenlos.

Alice schwieg betroffen. Einen Moment war es völlig still im Raum. Nur der leise Straßenlärm vorbeifahrender Automobile und plaudernder Passanten drang durch das leicht geöffnete Fenster.

Kate setzte sich auf. »Lass uns nicht Trübsal blasen. Das Leben ist zu kurz, um es mit düsteren Gedanken vollzupacken.«

Alice griff nach ihrer Tasse. »Gibt es noch Kakao?«

»So viel du willst«, sagte Kate. »Ein Anruf beim Service reicht, und wir kriegen noch eine ganze Kanne voll.«

»Das klingt verlockend. Aber es ist wohl besser, ich verzichte darauf. Schließlich will ich in Italien neben dir nicht wie ein Walross aussehen.«

»Was für ein ausgemachter Unsinn«, empörte sich Kate. »Du bist wunderschön so, wie du bist.« Sie griff nach dem Telefon und orderte eine weitere Kanne Kakao und Plätzchen.

»Ich muss morgen ein neues Badekostüm kaufen«, sagte Alice. »Ich habe keines mit.«

»Ich auch nicht«, meinte Kate. »Das schreit nach einer Einkaufstour in der Oxford Street.«

»Weiß Spencer, dass wir weiter nach Italien reisen?«

»Ich habe es ihm gesagt, aber ich bin mir nicht sicher, ob er es gehört hat«, sagte Kate. »Er hofft immer noch, dass ich weitere Verträge für MGM unterschreibe.«

»Und wirst du es tun?«, wollte Alice wissen.

»Ich treffe mich morgen mit John Huston.«

»Ist das nicht der Regisseur, der den Afrika-Film drehen will?«, fragte Alice erstaunt. »Ich dachte, du wolltest das Angebot nicht annehmen.«

»Ich glaube, *African Queen* wird ein richtig guter Film. Der Großteil der Szenen wird vor Ort in Afrika gedreht«, erzählte Kate. »Mich reizt die ganze Sache schon sehr, muss ich sagen.«

»Der Film wird sicher großartig«, fiel ihr Alice ins Wort. »Ich habe die Romanvorlage von C.S. Forester gelesen. Die Rolle der Rose Sayer ist dir auf den Leib geschrieben.«

»Danke«, entgegnete Kate schmunzelnd. »Das dachte ich auch.«

»Wer wird Charlie Allnutt spielen?«

»Humphrey Bogart.«

»Er ist perfekt für die Rolle. Ihr werdet ein hinreißendes Filmpaar abgeben.«

Über Kates Stirn legte sich ein Schatten. »Spencer wird damit allerdings nicht einverstanden sein.«

»Willst du etwa für den Rest deines Lebens Filme wie *Die Frau, von der man spricht* oder *Ehekrieg* spielen?«

Das Gesicht ihrer Mutter tauchte vor Kates innerem Auge auf. In diesem Punkt war sie mit Alice einer Meinung gewesen. Kate erinnerte sich an das Lächeln ihrer Mutter am Tag ihres Todes. Versprich mir, dass du nur noch Rollen annimmst, die dich stolz auf dich selbst machen, hatte sie gesagt.

Genau in dem Moment klopfte es an der Zimmertür. Kate sprang vom Bett auf. »Das muss unser Kakao sein.«

»Oje«, stöhnte Alice. »Nach diesem Abend darf ich wochenlang nichts Süßes essen.«

»Das schaffst du nie.« Kate lachte, und es fühlte sich gut an.

Am nächsten Tag schlenderten Kate und Alice durch die Londoner Innenstadt, erstanden neue Badeanzüge und Sonnenhüte. Danach aßen sie einen köstlichen Lunch in einem kleinen, schicken Lokal neben Westminster Abbey. Die Gespräche mit Alice halfen Kate dabei, ihre Traurigkeit in Schach zu halten.

Am Nachmittag fand das Treffen mit John Huston statt. Gleich danach meldete Kate ein Ferngespräch nach Los Angeles an. Ihr Herz schlug schneller, als sie Spencers Stimme am anderen Ende der Leitung hörte. Er war nüchtern. Das war schon mal gut. Doch statt sich nach ihrem Wohlergehen zu erkundigen, fragte er als Erstes: »Wann kommst du wieder?«

»Wir werden noch ein paar Tage in London bleiben, dann auf den Kontinent übersetzen und nach Italien weiterreisen«, berichtete Kate.

»Warum das denn?« Sie konnte Spencers gerunzelte Stirn förmlich vor sich sehen. Seine Stimme klang vorwurfsvoll.

»Um die Zeit zu genießen und auf erfreulichere Gedanken zu kommen.«

Ein Brummen kam aus dem Telefonhörer.

»Und um mich mit Humphrey Bogart zu treffen. Alice fliegt von Rom zurück in die Staaten. Ich bleibe noch in Italien.«

Kate hörte, wie Spencer nach Luft schnappte. Es folgte ein langes, bedrücktes Schweigen. Nur das Knacken in der Leitung verriet, dass beide noch dran waren.

»Hast du mit John Huston gesprochen?« Spencers Stimme war leise.

»Ja.«

»Verdammt, Kate. Wie kannst du mir das antun? Willst du etwa diesen Film in Afrika drehen?«, schrie er aufgeregt. Kate musste ihren Hörer ein paar Zentimeter weit weghalten.

»Ich bin bloß ein paar Monate unterwegs.«

»Monate?« Spencer wirkte fassungslos. Kate war froh, dass er am anderen Ende des Atlantiks war. Stünde er ihr jetzt gegenüber, würde sie wieder umfallen, würde nachgeben und ihm versprechen, das Projekt seinetwegen aufzugeben. Damit sie ihn beschützen und für ihn da sein konnte.

Mit aller Kraft versuchte sie, sich das Gespräch von heute Nachmittag ins Gedächtnis zurückzurufen. Kate hatte sich lebendig und zuversichtlich gefühlt. Ihr ganzer Körper hatte vor Vorfreude vibriert. Das Drehbuch war einfach großartig und Huston ein Regisseur, der sie zu einer facettenreichen Leistung antreiben würde.

Rose Sayer war wild und unbezähmbar und gleichzeitig voller kindlicher Unschuld. Sie reagierte auf Tragödien, indem sie daraus Kraft schöpfte. Kate liebte diese Figur. Mit jeder Faser ihres Körpers wollte sie sie spielen. Es war etwas Neues, Spannendes. Nicht mehr die unnahbare junge Frau aus der High Society, sondern ein starker und zugleich verletzlicher Charakter, dem sie sich verbunden und nah fühlte. Sie brauchte dieses Projekt, um ihre leeren Kraftreserven wieder aufzufüllen. Kate schloss die Augen. Den ganzen Weg zum Hotel hatte sie sich diesen Satz immer und immer wieder vorgesagt.

»Ich muss diesen Film machen. Ich werde nach Afrika reisen.«

»Das kannst du nicht machen, Kate. Wir sind ein Team. Sei vernünftig und komm auf der Stelle nach Hollywood zurück.«

Kate schluckte. Erst letzte Woche hatte sie in einer der Klatschzeitungen gelesen, dass Spencer ein Verhältnis mit einer jungen Schauspielkollegin begonnen hatte. Möglich, dass es bloß ein Gerücht war, aber in den letzten Jahren hatte sie immer wieder erlebt, dass viele dieser Gerüchte stimmten. Sie hatte im Moment keine Energie dafür.

»Ich komme, sobald der Film gedreht ist«, versprach Kate.

»Nein, das geht nicht!« Nun jammerte und flehte Spencer.

Kate kannte den Ablauf dieser Gespräche nur zu gut. Sie hatten unzählige davon geführt. Zuerst war Spencer verärgert, dann laut und schließlich weinerlich. Gleich würde er ihr drohen, wieder mit dem Trinken zu beginnen. Kate musste das Telefonat beenden, bevor es dazu kam.

»Hör mir zu, Spencer. Ich liebe dich. Das weißt du. Aber ich liebe auch meinen Beruf. Und deshalb werde ich den Film drehen. Ich werde nach Afrika reisen und viele neue Erfahrungen sammeln. Sobald ich fertig bin, kehre ich zu dir zurück, und wir verbringen ein paar schöne Tage miteinander.«

Schweigen war die Antwort.

»Bist du noch dran?«, fragte Kate.

»Ja.«

»Wünsch mir eine gute Zeit«, bat Kate.

»Ich brauche dich, und das weißt du.«

Kates Kehle wurde eng

»Ich wünsche dir eine gute Zeit. Pass auf dich auf, Spencer. Wir sehen uns.«

Kate legte den Hörer auf. Ihr Herz raste, und ihr wurde schwindelig. Hatte sie gerade die richtige Entscheidung getroffen? War sie nun schuld daran, wenn Spencer absackte und in eines seiner dunklen Löcher fiel?

Kate schüttelte diese Gedanken ab. Es galt, nach vorne zu schauen. Sich erneut dem Leben zu stellen und einen der besten Filme aller Zeiten zu drehen. Sie spürte, wie ihre Kraft zurückkehrte. Bald würde sie wieder stark genug sein, um sich all den Aufgaben zu stellen, die das Leben ihr bot.

Lieber Tom, mein Bruder und bester Freund,
es liegt immer in unserer Hand, ob wir uns für das Licht oder die Finsternis entscheiden. Du hast die Dunkelheit gewählt, und ich wünschte, ich hätte dich davor bewahren können. Ich nehme das Licht, das Leben und alles, was dazugehört, und koste es in vollen Zügen aus. Ich hoffe, du kannst mich dabei sehen und dich vielleicht daran erfreuen.
Ich liebe dich, deine Kate

Nachwort

Liebe Leserinnen und Leser,
dass ich eine Romanbiografie über Katharine Hepburn geschrieben habe, verdanke ich meiner Verlegerin Felicitas von Lovenberg, die die wunderbare Idee zu diesem Buch hatte. Natürlich kannte ich die berühmtesten von Katharine Hepburns Filmen und verband mit ihr das Bild einer starken, emanzipierten Frau. Allerdings muss ich gestehen, dass ich ansonsten nur wenig über die vierfache Oscarpreisträgerin und bis heute erfolgreichste Schauspielerin Hollywoods wusste.

Voller Neugier fing ich mit der Recherche an und stieß gleich zu Beginn auf die erste große Überraschung: die geheime Beziehung zum verheirateten Spencer Tracy. Katharine Hepburn kümmerte sich aufopfernd um den alkoholkranken Schauspieler und vernachlässigte viele Jahre lang ihre eigene Filmkarriere zu seinen Gunsten. Obwohl sie ihn heiraten wollte, akzeptierte sie seine Entscheidung, sich von seiner Frau nicht scheiden zu lassen, sah über seine zahlreichen Affären zu anderen, meist jüngeren Frauen hinweg und ertrug Kränkungen und Zurückweisungen. Ich fragte mich, was wohl der Grund für dieses Verhalten gewesen sein mochte, und machte mich auf die Suche, um eine glaubwürdige und authentische Geschichte erzählen zu können.

Die Autobiografie *Ich: Geschichten meines Lebens* von Katharine Hepburn sowie die Biografie *Katharine Hepburn: Ein Jahrhundertleben* von A. Scott Berg und das Buch *Katharine Hepburn: Legende und Wahrheit* von Barbara Leaming haben mir dabei sehr geholfen. Viele Informationen, die ich in die Geschichte eingearbeitet habe, stammen aus diesen drei Büchern.

Es gibt viele Möglichkeiten, eine spannende Geschichte über die Ausnahmeerscheinung Katharine Hepburn zu schreiben. Für mich war der zentrale Schlüssel zu ihrer Persönlichkeit der traumatische Tod ihres Bruders Tom. Kate hatte ihn als Teenager erhängt auf dem Dachboden ihrer Tante vorgefunden und musste viele Jahre eine Lüge aufrechterhalten, um ihre Eltern vor dem Schmerz zu schützen. Ich denke, dass die Frage nach dem »Warum« sie zeit ihres Lebens beschäftigt hat. Sicherlich hat sie auch die Tatsache belastet, dass offenbar zwei ihrer Onkel väterlicherseits, aber auch der Großvater und der Großonkel mütterlicherseits depressiv waren und schließlich Selbstmord begingen. Sie verliebte sich vielleicht nicht ganz zufällig in einen Mann, der sein Leben lang immer wieder unter starken Depressionen litt. Vielleicht hoffte sie, eine Antwort auf die quälende Frage nach dem Grund für Toms Freitod zu finden, indem sie sich um Spencer Tracy kümmerte und versuchte, Verständnis für seine Krankheit aufzubringen.

Wer sich beim Lesen der Geschichte gewünscht hat, Kate würde Luddy irgendwann einen Teil der Liebe zurückgeben, die er ihr bedingungslos geschenkt hatte, der sei beruhigt. Als Luddy im hohen Alter schwer erkrankte, kümmerte Kate sich um ihn und war als gute Freundin an seiner Seite.

Wie immer habe ich mich bemüht, historisch belegte Tatsachen mit fiktiven Handlungssträngen zu verweben. Bis auf kleine Ausnahmen haben alle handelnden Personen tatsächlich gelebt. Alice Palache und George Cukor waren wichtige Freunde in Kates Leben. Dennoch handelt es sich bei dem vorliegenden Buch um eine Romanbiografie, bei der ich meine Fantasie genutzt habe. Nicht jeder Dialog hat zwingend so stattgefunden.

Ich hoffe, dass Sie beim Lesen so viel Freude hatten wie ich beim Schreiben. Jetzt bleibt mir nur noch, mich bei einigen Menschen zu bedanken, die maßgeblich beim Entstehen dieser Geschichte mitgeholfen haben: bei Anne Scharf vom Piper Verlag, die mich stets mit der richtigen Mischung aus Lob und konstruktiver Kritik zum Weiterschreiben animiert. Bei Annika Krummacher, die meine Texte stets verbessert und in eine lesbare Form bringt. Und bei meiner Agentin Franka Zastrow, die immer an meiner Seite ist, wenn ich Hilfe brauche.

Ihnen, liebe Leserinnen und Leser, Buchhändlerinnen und Bibliothekare, gilt mein größter Dank. Solange Sie meinen Büchern treu bleiben, kann ich weiterschreiben, worüber ich sehr glücklich bin.

Herzlichst
Ihre Laura Baldini

Entdecken Sie weitere inspirierende Geschichten!

Laura Baldini, Lehrerin einer neuen Zeit
(Maria Montessori), ISBN 978-3-492-06240-4

Laura Baldini, Ein Traum von Schönheit
(Estée Lauder), ISBN 978-3-492-06299-2

Laura Baldini, Der strahlendste Stern von Hollywood
(Katharine Hepburn), ISBN 978-4-492-06258-9

Eva-Maria Bast, Die aufgehende Sonne von Paris
(Mata Hari), ISBN 978-3-492-06259-6

Eva-Maria Bast, Die vergessene Prinzessin
(Alice von Battenberg), ISBN 978-3-492-06260-2

Eva Grübl, Botschafterin des Friedens
(Bertha von Suttner), ISBN 978-3-492-06286-2

Petra Hucke, Die Architektin von New York
(Emily Warren Roebling), ISBN 978-3-492-06238-1

Agnes Imhof, Die geniale Rebellin
(Ada Lovelace), ISBN 978-3-492-06217-6

Bedeutende Frauen, die die Welt verändern

Agnes Imhof, Die Pionierin im ewigen Eis
(Josephine Peary), ISBN 978-3-492-06270-1
Erscheint im Februar 2023.

Lea Kampe, Der Engel von Warschau
(Irena Sendler), ISBN 978-3-492-06215-2

Lea Kampe, Die Löwin von Kenia
(Karen Blixen), ISBN 978-3-492-06268-8

Romy Seidel, Die Tochter meines Vaters
(Anna Freud), ISBN 978-3-492-06254-1

Yvonne Winkler, Ärztin einer neuen Ära
(Hermine Heusler-Edenhuizen), ISBN 978-3-492-06309-8

Weitere Infos unter
piper.de/bedeutende-frauen